BASTEI
LÜBBE
TASCHENBUCH

Weitere Titel der Autorin:

Aus der Mitchell-und-Markby-Reihe:
Mord ist aller Laster Anfang (auch als Lübbe Audio)
Fuchs, du hast die Gans gestohlen (auch als Lübbe Audio)
Warte, bald ruhest auch du (auch als Lübbe Audio)
Messer, Gabel, Schere, Mord (auch als Lübbe Audio)
Wer andern eine Grube gräbt
Ein schöner Ort zum Sterben
Blumen für sein Grab
Kerzenlicht für eine Leiche
Ein Hauch von Sterblichkeit
Ihr Wille geschehe
Tote kehren nicht zurück
In dunkler Tiefe sollst du ruhn
Mord wirft lange Schatten
Der Fluch der bösen Tat
Und sei getreu bis in den Tod

Aus der Jessica-Campbell-Reihe:
Stadt, Land, Mord (auch als Lübbe Audio)
Mord hat keine Tränen
Asche auf sein Haupt
Mord mit spitzer Feder

Aus der Lizzie-Martin-und-Benjamin-Ross-Reihe:
Wer sich in Gefahr begibt (auch als Lübbe Audio)
Neugier ist ein schneller Tod (auch als Lübbe Audio)
Ein Mord von bessrer Qualität
Ein guter Blick fürs Böse
Die Beichte des Gehenkten
Die Tote von Deptford

Über die Autorin:

Ann Granger war früher im diplomatischen Dienst tätig. Sie hat zwei Söhne und lebt heute mit ihrer Familie in der Nähe von Oxford. Bestsellerruhm erlangte sie mit der Mitchell-und-Markby-Reihe und den Fran-Varady-Krimis. Nach Ausflügen ins viktorianische England mit den Lizzie-Martin-Romanen knüpft sie mit der Serie um Inspector Jessica Campbell wieder unmittelbar an die Mitchell-und-Markby-Reihe an. Sie gehört zu den weltweit erfolgreichsten britischen Kriminalroman-Autorinnen.

Weitere Infos auf www.anngranger.net

ANN GRANGER

DIE BEICHTE DES GEHENKTEN

EIN FALL FÜR
LIZZIE MARTIN UND
BENJAMIN ROSS

Kriminalroman

Übersetzung aus dem Englischen
von Axel Merz

BASTEI LÜBBE
TASCHENBUCH

BASTEI LÜBBE TASCHENBUCH
Band 17483

Dieser Titel ist auch als E-Book erschienen

MIX
Papier aus verantwortungsvollen Quellen
FSC® C083411

Vollständige Taschenbuchausgabe der im Gustav Lübbe Verlag erschienenen Hardcoverausgabe

Titel der Originalausgabe: »The Testimony of the Hanged Man«

Für die deutschsprachige Ausgabe:

Umschlaggestaltung: Kirstin Osenau
Unter Verwendung eines Motivs von © David Hopkins/Phosphor Art
Satz: Dörlemann Satz, Lemförde
Gesetzt aus der Goudy Old Style
Druck und Verarbeitung: CPI books GmbH, Leck – Germany
ISBN 978-3-404-17483-6

5 4 3 2 1

Sie finden uns im Internet unter www.luebbe.de
Bitte beachten Sie auch: www.lesejury.de

ANMERKUNG DER AUTORIN

In einem in meinem Besitz befindlichen Reiseführer aus dem Jahre 1818 heißt es über Putney: »Eine Ortschaft in Surrey, vier und eine Dreiviertelmeile südwestlich von London malerisch am Ufer der Themse gelegen, verbunden durch eine Holzbrücke mit Fulham auf der anderen Seite.« Diese Holzbrücke war im Jahre 1729 gegen den Widerstand der Fährleute errichtet worden, die ihren Lebensunterhalt schwinden sahen.

Fünfzig Jahre später, 1868, als die vorliegende Geschichte Ben Ross und seine Frau Lizzie nach Putney führte, war die alte Holzbrücke immer noch in Gebrauch. Es hatte sich manches verändert, da Putney nun eine wachsende Gemeinde war, doch im Grunde genommen war es nach wie vor ein Dorf. Trotz einiger bitterarmer Viertel war es bei den Wohlhabenden stets beliebt geblieben, und es rühmte sich einer Reihe von großen Häusern inmitten noch größerer Gärten. Trotzdem sollte es fast bis zum Ende des Jahrhunderts dauern, bis die Holzkonstruktion einer gemauerten Brücke wich. Das Wachstum der Bevölkerung hatte es schließlich erforderlich gemacht, und das war nicht die einzige Veränderung im Ort gewesen.

Das Problem beim Verfassen eines historischen Romans besteht darin, den Geist eines Ortes wieder zum Leben zu erwecken, ohne die Bedürfnisse des Handlungsstrangs zu vernachlässigen. Ich mag den einen oder anderen Fußweg dort platziert haben, wo es in Wirklichkeit nie einen gab. Doch wer will das mit Bestimmtheit sagen? Wie dem auch sei, ich hoffe, ich habe die »Atmosphäre« von Putney heraufbeschworen, ohne die Fakten allzu sehr zu verbiegen.

Abschließend möchte ich Reverend Ailsa Newby sowie Michael

Bull von der St. Mary's Putney Parish Church meinen aufrichtigen Dank aussprechen. Beide waren so freundlich, mir bei meinen Nachforschungen zum viktorianischen Gemeindefriedhof zu helfen.

KAPITEL EINS

Inspector Benjamin Ross

»Zum ersten Mal habe ich Francis Appleton gesehen, als wir beide oben in Oxford waren, vor fast vierzig Jahren«, berichtete James Mills. »Es war ein ungewöhnlich warmer Frühlingstag, wie ich mich erinnere, und ich ging am Cherwell spazieren, nicht weit von der Magdalen Bridge. Es waren noch viele andere Leute unterwegs, die die Sonne genossen und über die Wiesen des Colleges schlenderten, genau wie ich, außerdem befuhren die unterschiedlichsten Boote den Fluss, Ruderboote, Kähne und so weiter. Einige davon wurden mit deutlich mehr Geschick manövriert als andere.«

Mills hielt inne, und sein Blick wurde abwesend, als er an eine lang zurückliegende Szene dachte. Durch das kleine Fenster kam nur wenig Licht, und die Kerze, die auf dem Tisch flackerte, ließ unsere Schatten fantastisch über die Wände tanzen. Er hatte Gewicht verloren im Gefängnis, seit ich ihn das letzte Mal gesehen hatte auf der Anklagebank im Old Bailey. Aber er war immer noch ein kräftiger Mann und ausgesprochen robust für seine mehr als sechzig Jahre.

Ich hoffte, dass der Henker am nächsten Tag keinen Pfusch ablieferte. Ich empfand kein Vergnügen bei dem Gedanken, dass Mills gurgelnd und mit den Füßen zappelnd am Strick baumeln würde, während das Leben langsam aus ihm herausgepresst wurde.

Calcraft, der Henker von Newgate, war berüchtigt, weil er eine so hohe Zahl an Hinrichtungen durchgeführt hatte und die Todesqualen der Verurteilten dabei deutlich länger gedauert hatten.

Wenn er mit der Vollstreckung des Urteils betraut war, hatte ich nicht viel Hoffnung, dass Mills ein schnelles und schmerzloses Ende fände. Ich hatte Berichte gehört, denen zufolge Calcraft sich an die Beine der Verurteilten gehängt hatte, um die Dinge am Ende zu beschleunigen. Wahrscheinlich betrachtete er das als Gefälligkeit den Gefangenen gegenüber. Ich hatte meine eigene Meinung dazu.

Es war nicht der einzige Grund, warum ich an diesem Abend dem Ruf ins Newgate-Gefängnis nur mit großem Widerwillen gefolgt war. Der Gestank des Gefängnisses brauchte stets ein paar Tage, um wieder zu verfliegen. Er hatte die Angewohnheit, alles zu durchdringen. Die Säure von ungewaschenen Menschen, der fettige Gestank von dem Zeug in den großen Kesseln, das als Essen durchgehen sollte, die abgestandene Luft durch den Mangel an Ventilation, und über alledem die nackte Verzweiflung, denn die hat ihren ganz eigenen Geruch. All dies sickert in die Kleidung, die Haut und die Haare. Selbst nachdem alles gründlich gereinigt worden ist, hängt einem der Geruch noch im Kopf fest. Der Gestank und die Atmosphäre in der Zelle des Verurteilten, wo ich mit Mills saß, waren sogar noch finsterer und unangenehmer. Es war, als säße der Tod selbst bei uns in seinen verrottenden Lumpen und als bedächte er uns mit seinem grausigen Grinsen, während wir redeten.

Mills zuckte und richtete seine Aufmerksamkeit wieder auf die trostlose Umgebung, in der er sich gegenwärtig befand. »Hören Sie mir überhaupt zu, Inspector?«, fragte er gereizt.

Ich versicherte ihm, dass dem so sei, und bat ihn, seine Geschichte ohne weitere unnötige Verzögerungen fortzusetzen.

»Ah«, erwiderte Mills mit freudlosem Lächeln. »Sie möchten wieder nach Hause zu Ihrer Frau – ich nehme an, Sie haben eine? – und Ihrer Familie. Sie sitzen sicher am eigenen Tisch, eh?«

Beinahe hätte ich ihn angeplärrt, dass ich es in der Tat vorzöge, gemütlich zu Hause zu sitzen anstatt an diesem elenden Ort, den ich auf seine dringende Bitte hin aufgesucht hatte. Aber das sagte ich nicht, weil mich Mills mit seiner ruhigen Art irgendwie verlegen machte. Ich konnte ja jederzeit von hier weggehen, aber er nicht. Als er sah, dass ich unruhig wurde, fuhr er mit seinem Bericht fort.

»Wie auch immer, Inspector Ross, ich war gerade dabei, Ihnen zu erzählen, wie ich Appleton kennengelernt habe. Dort saß ich nun, unten am Fluss, und ließ den lieben Gott einen guten Mann sein. Da tauchte unter der Brücke ein Stechkahn auf, den ein junger Bursche, den ich zu diesem Zeitpunkt noch nicht kannte, direkt auf mich zustakte. Er war ungefähr in meinem Alter, etwas über zwanzig, blond und von athletischer Statur. Ich gestehe freilich, dass ich der Insassin dieses Kahns mehr Aufmerksamkeit widmete. Ein Mädchen, ein ungewöhnlich hübsches Mädchen überdies, lag halb im Kahn und lachte zu ihm hoch. Sie trug ein weißes Musselinkleid, ziemlich tief ausgeschnitten, wenn ich mich recht entsinne. Das war vor der späteren hässlichen Mode, als die Frauen anfingen, sich hinter Reifröcken zu verbarrikadieren. Damals jedoch hatten die Frauen Kleider mit weit geschnittenen Röcken an über Petticoats, die beim Gehen wunderbar raschelten. Sie trug lange weiße Handschuhe und einen breitkrempigen Hut aus italienischem Stroh, weiß mit blauen Bändern, der sie vor der Sonne beschirmte. Darunter rahmten lange dunkle Locken ihr Gesicht ein. Sie hatte außerdem einen Sonnenschirm. Oh, ich wage zu sagen, dass sie genau das war, wonach sie aussah: eine der vielen jungen Frauen aus der Stadt mit ungezwungenen Manieren und noch ungezwungenerer Moral. Es gab zu jener Zeit genug von ihnen in Oxford, und daran hat sich bis heute nichts geändert. Trotz ihrer weißen Kleidung und Handschuhe lachte sie ihn so ungeniert an, bedachte ihn mit solch schelmischen Blicken und zwirbelte den Schirm so geschickt – ich kann sie heute noch vor mir sehen! Er grinste sie an wie ein Seemann auf Landgang. Ich beneidete ihn auf der Stelle.«

Er hielt inne und kicherte wieder. »Ich habe sie nie wiedergesehen, zu meinem großen Bedauern. Appleton hingegen sah ich ein paar Tage später am Broad entlanghasten, womöglich, weil er zu spät zu einer Vorlesung kam. Er war allein. Der Student, mit dem ich unterwegs war, kannte ihn und rief seinen Namen. Er stellte uns vor, und so lernte ich Francis Appleton offiziell kennen. Es war ein schlimmer Tag.«

»Und nun haben Sie mich darum gebeten, heute Abend hierherzukommen, damit Sie mir selbst in diesem späten Stadium des Verfahrens noch schnell erzählen können, dass Sie ihn nicht letzten Michaeli aufs Schändlichste ermordet haben – und dass ich den falschen Mann verhaftet habe.«

»Oh nein, Inspector Ross, ganz und gar nicht!« Mills hob protestierend eine Hand. »Sicher nicht. Sie haben den Richtigen verhaftet. Ich gestehe freimütig, dass ich ihm die Kehle durchgeschnitten habe, mit einem Tranchiermesser – dem gleichen Messer, mit dem wir die Gans zerlegt haben, die zuvor aus der Garküche vorbeigeschickt worden war. Die kalten Reste unserer Mahlzeit standen noch auf dem Tisch. Ich schnappte mir das Messer in einem Anfall von heißer Wut und stieß es ihm in die Kehle. Das brachte ihn nicht auf der Stelle um, also musste ich weitermachen, wie es der Teufel so will. Ich hackte auf seine Luftröhre ein, während er gurgelte und um sich schlug und blutiger Schaum aus seinem Mund sprudelte. Endlich traf ich die Arterie, und das war es dann auch. Wer hätte schon gedacht, dass es so schwer ist, einen Mann umzubringen? Oh ja, Inspector, ich bin ein Mörder, und morgen früh werde ich den kurzen Weg aus meiner Zelle zum Galgen von Newgate antreten. Wenn ich richtig informiert bin, hat man ihn im Hof errichtet, innerhalb der Gefängnismauern, nicht mehr draußen auf der Straße. Ist das richtig?«

»Das ist richtig. Sie gehören zu den Ersten, die von dem neuen Gesetz profitieren, demzufolge Hinrichtungen nicht mehr in der Öffentlichkeit stattfinden dürfen.«

Als ich mich dem Gefängnis genähert hatte, war mir sogleich das Fehlen der schwarz gestrichenen Barrieren aufgefallen, die noch vor Kurzem am Tag vor einer Hinrichtung aufgestellt wurden, um den Mob unter Kontrolle halten zu können, der sich dieses Schauspiel nicht entgehen lassen wollte. Überhaupt fehlten die frühen Gaffer, die sich die besten Plätze sichern wollten und die Nacht vor der Hinrichtung mit Trinken und Spielen verbrachten. Die Menge würde sich trotzdem einfinden, sobald die Dämmerung den Himmel erhellte, dessen war ich mir sicher. Selbst wenn sie die eigentliche Vollstreckung nicht sehen konnten, würde sie das anlocken, was hinter den Mauern vorging. Sie würden darauf warten, dass jemand herauskam und die Nachricht von der erfolgreichen Exekution an das Tor nagelte. Dann würden sie wahrscheinlich in lauten Jubel ausbrechen. Ich fragte mich, ob der Henker Calcraft seine Technik vielleicht endlich verbessern würde, nachdem er nicht länger vor Publikum auftreten durfte. Er war zweifellos eine Art Selbstdarsteller, und die Menge hatte sich stets an seinen zappelnden, baumelnden Opfern ergötzt, wenn sie am Galgen langsam verendet waren.

»Profitieren?« Mills bedachte mich mit einem amüsierten Blick.

Zu meiner Verärgerung wurde mir bewusst, dass mein Gesicht meine Verwirrung verriet. »Verzeihen Sie«, sagte ich steif. »Das war kein mit Bedacht gewähltes Wort. Ich wollte damit nur sagen, dass Sie den Mob nicht sehen müssen, der Sie ausbuht.«

»Was für ein menschenfreundlicher Bursche Sie doch sind, Inspector.« Mills nickte gnädig. Dann runzelte er die Stirn. »Draußen wurde ein Mann gehängt, kurz nachdem ich hierhergebracht worden war. Das war im Mai. Ich habe die Menge vor Entzücken jubeln hören. Sie haben sogar gesungen.«

»Das muss Barrett gewesen sein, der für seine Mittäterschaft bei den Bombenanschlägen von Clerkenwell büßen musste«, informierte ich ihn. »Es waren fast zweitausend Zuschauer draußen. Ich bin nicht überrascht, dass Sie den Lärm gehört haben.«

»Ah, richtig, Barrett der Fenier. Er brachte zwölf Menschen um, die er überhaupt nicht kannte und die ihm nichts getan hatten. Ich habe nur den einen getötet, der mir sehr geschadet hat ...« Mills lächelte mich an, doch seine Augen waren kalt. »*Natürlich* bin ich erleichtert, dass ich nicht vor einer betrunkenen grölenden Menge aufgehängt werde, die begeistert klatscht, während sie mich beim Baumeln beobachtet.«

Er lehnte sich zurück. »Ich habe gehört, wie sie heute den Galgen im Hof errichtet haben, mit einer Menge Sägen und Hämmern. Der Lärm ging durch Türen und Wände, und ich wage zu behaupten, dass jeder hier drin es hören konnte. Der Gefängniskaplan – ein äußerst ermüdender Bursche – hat mich heute Abend bereits besucht. Er schwadronierte irgendwelchen Mist von Reue und Buße. Ich sagte ihm, ich hätte bereits gebeichtet und wüsste nicht, was ich noch bereuen sollte! Er bestand darauf, dass ich es müsste. Ich sagte ihm, das Einzige, was ich wirklich bereue, zutiefst bereue, sei, dass ich mein Vertrauen, mein Geld und mein Schicksal in die Hände eines Mannes gelegt hätte, den ich für meinen ältesten und engsten Freund gehalten hatte. Eines Mannes, von dem ich niemals vermutet hätte, dass er mich betrügen, mein Vermögen und meinen guten Namen ruinieren, Scham und Schande über meine Frau und meine Kinder bringen und uns alle bettelarm machen könnte ...«

Er wurde erregt. Von meiner Ankunft bis zu diesem Augenblick war er unnatürlich ruhig gewesen. Ich darf Ihnen verraten, dass mich diese äußerliche Ruhe und Ernsthaftigkeit weitaus mehr außer Fassung gebracht hat als sein jetziges Verhalten. Andere in seiner Lage hätten gegeifert und lamentiert. Er war, zumindest äußerlich, die ganze Zeit vollkommen gelassen gewesen. Ich empfand einiges Mitgefühl für den armen Kaplan.

»So«, erwiderte ich ungehalten. »Und warum genau haben Sie mich nun vom anderen Ende Londons herkommen lassen und um mein Abendessen gebracht? Damit ich mir Ihr Geständnis noch einmal aus erster Hand anhöre? Ich brauchte keine Bestätigung von Ihren Lippen. Ich war und bin sicher, dass Sie schuldig sind, seit dem Moment, als ich Sie verhaftet habe.«

Mills entspannte sich ein wenig und hob eine Hand, um meinen Protest abzuwinken. »Es tut mir leid, dass Sie Ihr Abendessen verpasst haben. Man hat mich gefragt, ob ich einen besonderen Wunsch als Henkersmahlzeit hätte. Ich erwiderte, dass ich keinen Appetit hätte, und verlangte lediglich nach einem guten, starken Kaffee, den man mir dann auch brachte. Vielleicht hätte ich nach einem Hackbraten fragen und Sie damit überraschen sollen. Allerdings hab ich denen gesagt, dass ich in der Tat eine letzte Bitte hätte und dass sie Ihnen eine Nachricht schicken sollten und Sie bitten, mich hier zu besuchen, weil ich Ihnen was zu sagen hab. Ich konnte ja schließlich nicht zu Ihnen kommen. Und ich bin Ihnen dankbar, dass Sie den Weg auf sich genommen haben.«

»Dann kommen Sie doch endlich zur Sache!«, belferte ich. Ich nahm an, dass er sich irgendwie an mir rächen wollte, indem er meine Zeit verschwendete. Eine dürftige Rache, keine Frage, doch in seiner Lage konnte er ja nicht viel mehr erreichen.

Ich sollte mich irren.

Sein Verhalten änderte sich erneut. Er wurde forsch und geschäftsmäßig. »Was ein Mann auf seinem Totenbett erklärt, im Angesicht seines nahen Endes, das hat doch wohl Bestand vor einem Gericht, oder?«

»Ich habe keine Erfahrung in diesen Dingen. Ich hatte noch keinen Fall wie diesen, wo ich der verhaftende Beamte war. Doch ich habe gehört, dass es so ist«, antwortete ich vorsichtig. »Wegen der besonderen Umstände, würde ich vermuten. Ich bin kein Anwalt. Ich nehme an, es hängt davon ab, was gesagt wird, ob es vor Zeugen geschieht und ob der Sprecher, obwohl er den Tod vor Augen hat, von nüchternem Verstand ist und nicht dabei durchzudrehen …«

»Ich bin von nüchternem Verstand, Inspector, und ich bin nicht durchgedreht, oder? Ich möchte Sie informieren, dass ich einen Mord beobachtet habe.« Erneut hob er eine Hand, um meinem

Aufbegehren zuvorzukommen. »Nein, nicht den, den ich begangen habe. Ich habe jemand anders bei einem Mord beobachtet. Es kam mir zum damaligen Zeitpunkt nicht gelegen, darüber zu sprechen. Doch es lastet auf meinem Gewissen.«

Er zögerte und legte die Stirn in Falten, bevor er fortfuhr. »Nennen Sie es Gewissen, Inspector. Ich denke, ich sollte Ihnen davon berichten, um mich zu entlasten. Ja, so ist es passender ausgedrückt.«

»Sprechen Sie weiter«, forderte ich ihn auf, ohne meinen Unglauben zu verbergen. Er konnte immer noch ein Spiel mit mir spielen, um sich zu rächen. Er wusste, dass meine Neugier mich dazu treiben würde, weitere Fragen zu stellen. Er wollte womöglich weniger sein Gewissen entlasten, als mir meinen Seelenfrieden rauben. »Wo und wann?«, verlangte ich zu erfahren. »Wer war der Mörder? Wer das Opfer?«

»Geduld, Inspector, Geduld, ich bitte Sie. Vielleicht glauben Sie mir nicht. Doch ich habe mir die größte Mühe gegeben, trotz meiner ungünstigen gegenwärtigen Umstände ruhig zu bleiben, denn ich möchte, dass Sie das, was ich zu sagen habe, als Erklärung auf dem Totenbett betrachten, Sir. Zugegeben, ich sitze an diesem Tisch und liege nicht auf dieser abscheulichen Pritsche dort drüben in der Ecke. Außerdem erfreue ich mich guter Gesundheit, während wir hier reden, angesichts meines Alters. Nichtsdestoweniger betrachten Sie mich bitte als einen Sterbenden. Schließlich gehe ich morgen früh zum Galgen, und das kommt ja wohl auf das Gleiche heraus.«

Der Gefangene schüttelte die unangenehme Vorstellung ab. »Ich möchte, dass Sie das, was ich Ihnen zu sagen habe, ernst nehmen, Inspector. Schreiben Sie es auf, und ich unterzeichne es, genau so, wie es bei einer Aussage gegenüber der Polizei sein sollte.«

Ich gestehe, dass sein Ernst mich beeindruckte. Ich wusste nicht, wie ich auf seine Worte reagieren sollte. »Also schön, wie Sie meinen«, war alles, was ich hervorbrachte. Auch wenn ich mich fragte, ob ich möglicherweise ein wenig voreilig damit war.

Es war alles, was er hören wollte.

»Nun, dann fangen wir an«, bestimmte er und schob mir ein Blatt Papier, ein Fass Tinte und eine Feder hin, die er eigens zu diesem Zweck, wie mir nun klar wurde, bereitgelegt hatte. »Ich, James Mills, bei klarem Verstand und im Bewusstsein, morgen früh meinem Schöpfer gegenüberzutreten, erkläre hiermit …« Plötzlich unterbrach er sich stirnrunzelnd. »Wir brauchen einen Zeugen. Der Wärter soll hereinkommen.«

Also wurde der Wärter, der draußen vor der Tür gewartet hatte, hereingerufen. Ich denke, er hatte ohnehin am Gitterrost gelauscht, denn sein Gesicht verriet Eifer und Neugier, als er eintrat.

»Am späten Nachmittag des fünfzehnten Juni achtzehnhundertzweiundfünfzig kam ich zu Pferde von einem Geschäftsbesuch in Putney zurück«, fuhr Mills fort. »Es war ein Dienstag. Sehen Sie, das Datum ist in mein Gedächtnis eingebrannt. Ich ritt über die Heide. Das kann ein sehr einsamer Ort sein. Die kriminellen Elemente, die dort vor sechzehn Jahren ihr Unwesen getrieben haben, sind immer noch nicht ganz ausgerottet, also hielt ich die Augen nach Räubern und Vagabunden offen. Bei gutem Wetter sind normalerweise genug respektable Menschen dort draußen unterwegs, die sich ertüchtigen oder so wie ich die Heide durchqueren. Zuvor, auf dem Hinweg, hatte ich sogar einen Viehtreiber gesehen, der Rinder in Richtung Hauptstadt brachte, zum Schlachthof in Smithfield. Aber der Juni ist ein launischer Monat. An jenem Tag war es schwül und stickig heiß gewesen. Auf dem Rückweg jedoch kam, wie es das Pech wollte, ein plötzliches Sommergewitter auf. Der Himmel öffnete seine Schleusen, und herunter fiel ein schwerer Regen, begleitet von starkem Wind und mächtigen Blitzen und Donnerschlägen. Die Heide lag verlassen da. Sämtliche Reisenden hatten gezwungenermaßen Unterschlupf gesucht, und ich wusste, dass ich das Gleiche tun musste, schon um mein verängstigtes Pferd unter Kontrolle zu halten. Eine Gruppe von Bäumen, nicht allzu weit entfernt, bot die nächste sichere Zuflucht, und ich wandte mich in diese Richtung.

Es stellte sich als kleines Wäldchen heraus. Ich stieg am Rand ab und führte mein Pferd unter die Zweige, doch sie boten kaum Schutz. Da merkte ich, dass in der Nähe ein Haus stand, direkt vor uns, auf der anderen Seite des Wäldchens. Ich band mein Pferd an einen geeigneten Zweig und machte mich zu Fuß auf den Weg, in der Hoffnung, dass es sich um eine Taverne handeln würde, denn ich hatte mir ausgerechnet, dass ich nicht weit von der Straße nach Portsmouth entfernt sein konnte. Falls ich mich nicht irrte, würde ich mein armes Tier holen, und wir wären beide in Sicherheit an einem trockenen Platz.

Doch es stellte sich heraus, dass es ein Privathaus war, in einem Stil erbaut, der auf den Anfang des letzten Jahrhunderts schließen ließ. Das Dach war tief heruntergezogen, und die Fenster waren klein. Aus dem Schornstein kamen dicke Rauchschwaden, wenn der Regen nicht gerade senkrecht herabprasselte und das Feuer unten im Kamin ablöschte. Der Himmel war dunkel – nicht weil es spät gewesen wäre, sondern wegen des Wetters –, und alles wirkte düster. In einem der unteren Räume brannte eine Lampe, und ihr Licht fiel flackernd durch das Fenster. Ich näherte mich der Haustür und betätigte den Klopfer, doch niemand kam, um zu öffnen, und ich nahm an, dass mich wegen des Lärms, den der Sturm und der Regen verursachten, keiner hören konnte. Also umrundete ich das Haus bis zu dem erhellten Fenster und spähte ins Innere …«

»Sie müssen einen Moment warten, bis ich mit dem Schreiben nachgekommen bin«, bat ich ihn. Ich hatte seinen Bericht hingekritzelt, so schnell ich konnte, doch das Kerzenlicht war nicht sehr hell und die Tinte schlecht gemischt. Es bestand die nicht geringe Gefahr, dass ich die Hälfte des Berichts mit Klecksen unleserlich machte.

Mills hörte genau zu, als ich ihm vorlas, was ich bisher aufgeschrieben hatte. Schließlich nickte er zufrieden.

Der Wärter, den wir als Zeugen hinzugerufen hatten, saß fasziniert da und atmete schwer.

»Ich sah also durch das kleine Fenster ins Innere des Hauses«, fuhr Mills schließlich fort. »Vor mir lag ein kleines Wohnzimmer mit niedriger Decke und frei liegenden Balken, entsprechend dem alten Stil. Ich erinnere mich an eine Standuhr an der Wand zu meiner Rechten. Im Kamin brannte ein Feuer.«

»Üblicherweise folgt so ein Gewittersturm auf heißes, schwüles Wetter, wie Sie es vorhin auch erwähnt haben«, unterbrach ich ihn. »Und trotzdem brannte im Kamin ein Feuer?«

»Ich sage nur, was ich gesehen habe«, entgegnete Mills gereizt. »Und ja, in der Tat, im Kamin brannte ein Feuer. Der Regen fand tatsächlich seinen Weg durch den Schornstein, und die Flammen flackerten immer wieder, wurden größer oder schrumpften im nächsten Moment beinahe zu einem Nichts zusammen. Bitte vergessen Sie nicht, das Feuer war nicht die einzige Lichtquelle im Zimmer. Es gab außerdem eine Öllampe auf einem kleinen Tischchen. Ihr Leuchten war es, das mich von draußen angezogen hatte. Glauben Sie mir, ich konnte alles in diesem Zimmer sehr deutlich erkennen. Das ist wichtig. Ich habe gesehen, was ich gesehen habe, und ich bilde mir nichts ein!«

»Und was haben Sie gesehen?«, fragte ich. »Wenn Sie sich nicht kurz fassen, habe ich bald kein Papier mehr.« Doch trotz meiner scharfen Worte hatte mich seine Geschichte bereits in den Bann gezogen. Ich fühlte mich auf die wind- und regengepeitschte Heide versetzt, und ich hörte das Zischen der Regentropfen auf dem ausgetrockneten, gebleichten Boden, und in Gedanken presste ich das Gesicht an die nassen Fensterscheiben. Was mochte Mills so Furchtbares gesehen haben, dass er nicht dem Tod ins Angesicht sehen wollte, ohne sein Gewissen vorher zu erleichtern?

Mills schien unbeeindruckt von meinem Drängen und meiner Ungeduld. Er wusste, dass er den Fisch – mich – am Haken hatte, und zog ihn jetzt langsam an Land.

»Nun, ich sah einen älteren Gentleman, der in seinem Sessel saß und schlummerte. Er hatte weißes Haar, und an der Armlehne lehnte ein Stock. Das Feuer war zweifelsohne auf seinen Wunsch hin entfacht worden. Ich klopfte gegen die Scheibe, jedoch ohne rechte Hoffnung, ihn zu wecken. Dann, noch während ich überlegte, was zu tun wäre, wurde die Zimmertür plötzlich geöffnet, und eine junge Frau kam herein. Ich hatte gehofft, dass jemand kommen würde, vielleicht eine Magd, um das Feuer zu schüren. Doch diese Frau war eine junge Lady, keine Dienstbotin, ganz bestimmt nicht. Sie war ein hübsches Ding, vielleicht zwanzig Jahre alt, in einem dunklen Hausmantel, violett oder malvenfarbig, mit einem Spitzenkragen und Spitzenmanschetten. Ihr Haar war zu Locken gedreht, wie es damals Mode war, wenn Sie sich erinnern? Sie stand für einen Augenblick in der offenen Tür und sah den schlafenden alten Gentleman an, dann ging sie zum Kamin.

Vielleicht war sie gekommen, um nach dem Feuer zu sehen. Doch als sie im Zimmer war, blieb sie für eine oder zwei Minuten vor dem Sessel des alten Gentlemans stehen und starrte ihn an. Glauben Sie mir, Ross, in ihrem Gesicht war keine Spur von Sorge oder Zuneigung. Ihr Ausdruck war voller Bitterkeit. Es überraschte und schockierte mich zugleich. Nichtsdestoweniger rann mir der Regen auf die unangenehmste Weise in den Nacken, und so hob ich erneut die Hand, um an die Scheibe zu klopfen. Ich hoffte, dass mein plötzliches Erscheinen, mein Gesicht in der Scheibe sie nicht erschrecken würde. Wenn sie schrie, würde der alte Mann aus dem Schlaf schrecken, und es hätte sicher ein großes Aufhebens gegeben. Doch bevor ich klopfen konnte, bewegte sie sich auf eine plötzliche, bestimmte Weise, als wäre sie zu einem Entschluss gekommen. Sie trat zu einem zweiten Sessel neben dem ersten und nahm ein Kissen hoch. Ich dachte im ersten Moment, sie wollte es dem alten Burschen bequemer machen, und verhielt in der Bewegung, um ihr die Zeit dazu zu gewähren. Das war mein unbeabsichtigter Fehler.«

Mills stockte. Der Atem des Wärters ging unnatürlich laut und rau. Ich schrieb die letzten Worte nieder und nickte Mills zu als Zeichen, dass er mit seinem Bericht fortfahren möge.

»Sie ... sie drückte dem alten Mann das Kissen auf das Gesicht«, sagte Mills tonlos. »Mit voller Absicht und so, dass er ersticken musste.«

»Ich will verdammt sein ...!«, entfuhr es dem Wärter.

»Sind Sie sicher, Mr. Mills?«, fragte ich nach.

»So sicher, wie dass der Henker seine Knoten übt, während wir hier sitzen und reden. Sie drückte das Kissen mit beiden Händen auf das Gesicht des Alten und nahm es erst nach einer ganzen Weile wieder hoch, um nachzusehen, ob er noch atmete. Sie hielt ihm sogar die nackte Hand vor Mund und Nase, um zu fühlen, ob sein Atem noch ging.«

»Hat er denn keinen Widerstand geleistet?«

»Ich bezweifle, dass er gemerkt hat, was geschah. Er schrak zusammen und hob kurz die Hände, als sie das Kissen auf sein Gesicht presste. Er machte ein oder zwei schwache Gesten, dann war es auch schon vorbei.«

»Und Sie?«, fragte ich. »Sie unternahmen nichts, um das zu verhindern?«

Mills zuckte mit den Schultern. »Ich war wie erstarrt vor Entsetzen. Abgesehen davon, was hätte ich denn tun können? Ich war draußen, im Regen.«

»Sie hätten rufen können, gegen die Scheibe schlagen, sie einschlagen, falls nötig.«

Mills winkte ärgerlich ab. »Ja, ja, das ist alles sehr schön gesagt, hinterher redet es sich leicht. Im Nachhinein ist alles immer ganz wunderbar einfach. Aber es geschah so unerwartet, so plötzlich, und so schnell ... Es war das Allerletzte auf der Welt, was ich erwartet hätte. Schließlich nähert man sich nicht einem respektablen Haus und rechnet damit, gleich einem Mord zuzusehen. Sicherlich hätte ich meine Anwesenheit kundgetan, mit aller Dringlichkeit, ganz wie Sie es beschreiben, hätte ich auch nur die leiseste Ahnung von ihrer Absicht gehabt.«

Ich nickte, um ihm zu zeigen, dass ich seinen Einwand akzeptierte. Mills atmete tief durch. »Nachdem sie sich überzeugt hatte, dass ihr Werk vollendet war, verließ sie rasch den Raum. Sie hatte die Tür bei ihrem Eintreten offen gelassen, und nun schloss sie sie hinter sich. Ihr Opfer lag allein im Zimmer – bis auf mich, den Zuschauer, der alles beobachtet hatte, das Gesicht an die nasse Scheibe gepresst, starr vor Schock und Entsetzen. Der Kopf des Alten rollte schlaff zur Seite. Ein Arm fiel an der Seite des Sessels herab und schlug gegen den Gehstock, der dort lehnte. Er war tot, Ross, und ich steckte hübsch in der Klemme.«

»Sie hätten zu Ihrem Pferd zurückkehren, aufsteigen und zur nächsten Ansiedlung reiten können, um Alarm zu schlagen«, schlug ich vor.

»Das hatte ich auch vor, Inspector. Ich schwöre es! Ich rannte zu der Stelle zurück, wo ich mein Pferd gelassen hatte, zog das elende Geschöpf aus seinem spärlichen Unterschlupf ins Freie und kletterte hastig in den Sattel. Doch im Sturm, während der Suche nach Schutz, hatte ich die Orientierung verloren, und der Schock des Erlebten machte es nicht besser … Ich muss eine ganze Weile im Kreis geritten sein, und als ich endlich eine gerade Linie zustande brachte, fand ich mich fast am Fluss wieder, bevor ich den Turm der St. Mary's Church und die Häuser und Geschäfte von Putney erblickte.«

»Wo Sie immer noch hätten Alarm schlagen können oder sich an die Behörden wenden.«

»Sie verstehen das nicht, Inspector. Während ich unterwegs war, hatte ich genügend Zeit, über das nachzudenken, was geschehen würde, sollte ich Alarm schlagen und schreien. Zunächst einmal hat eine Reihe rechtschaffener, wohlsituierter Bürger Häuser in der Gegend, und diese Leute wollen sicherlich nicht in etwas so Unangenehmes wie einen Mord hineingezogen werden! Aus diesem Grund wäre es nicht ganz einfach geworden, an eine Tür zu klopfen und jemanden zu informieren. Ich war nicht sicher, wohin ich mich wenden sollte.«

»An die Metropolitan Police!«, brauste ich auf. »Ich akzeptiere, dass Sie in Putney möglicherweise keinen Beamten finden konnten. Aber, in drei Teufels Namen, Mann, Sie waren schon bei der Brücke angekommen! Sie hätten nichts weiter tun müssen, als sie zu überqueren und dem erstbesten Constable zu berichten, was Sie gesehen hatten!«

»So, wie Sie das sagen, klingt es furchtbar einfach«, sagte Mills aufgebracht. »Nehmen wir einmal an, ich hätte einen Constable gefunden – gleich auf welcher Seite der Brücke. Es hätte trotzdem Fragen gegeben, Verzögerungen. Man hätte von mir verlangt, mit einem der Beamten an den Ort der Tat zurückzukehren, und ich wusste nicht mal mit Sicherheit, ob ich ihn überhaupt wiedergefunden hätte! Sie hätten vielleicht geglaubt, dass ich sie zum Narren halte! Und wenn wir das Haus wirklich gefunden hätten – und den toten alten Gentleman darin –, was dann? Noch mehr Fragen. Noch mehr Verzögerungen. Angenommen, sie hätten meinen Geschäftsfreund in Putney gebeten, für mich zu bürgen? Irgendwann hätte die ganze elende Angelegenheit den Weg in die Presse gefunden, und die Reporter hätten sich wie die Geier auf mich gestürzt! Sie hätten auf meiner Türschwelle ihr Zelt aufgeschlagen und wären nicht ohne meinen Augenzeugenbericht wieder gegangen! Das konnte ich nicht zulassen. Die geschäftliche Angelegenheit, wegen der ich in Putney gewesen war, war von sehr … delikater Natur. Ich konnte auf keinen Fall öffentlich einräumen, dort gewesen zu sein.«

Der Wärter und ich wechselten einen Blick. Ich schätze, wir dachten beide das Gleiche – dass es kein Geschäftsbesuch war, der

Mr. Mills nach Putney geführt hatte, sondern ein amouröses Abenteuer. Er schien schon immer eine Schwäche für schöne Frauen gehabt zu haben. Die Lady, die er in Putney besucht hatte, war zweifelsohne verheiratet gewesen, möglicherweise mit einer Persönlichkeit von einiger Bedeutung. Mills Bemerkung über wohlhabende Menschen, die Häuser in der Gegend unterhielten und nicht mit Mord belästigt werden wollten, war gefallen, weil er einen ganz bestimmten Haushalt im Sinn gehabt hatte.

Als hätte er meine Gedanken gelesen, fuhr er trotzig fort: »Der alte Mann war tot. Ich konnte ihn nicht wieder zum Leben erwecken, ganz egal, was ich getan hätte. Ich musste an meine eigenen Umstände denken …«

»Und jetzt möchten Sie, dass ich in einem Mordfall ermittle, der sechzehn Jahre zurückliegt? Der Tod des alten Gentlemans hätte vielleicht damals untersucht werden sollen.«

Er schüttelte den Kopf. »Ich habe danach für eine ganze Weile aufmerksam die Zeitungen gelesen. Ein Fall wie dieser, wäre es zu Ermittlungen gekommen, wäre von der Presse aufmerksam beobachtet worden, aus offensichtlichen Gründen. Der Tod des alten Gentlemans wurde auf natürliche Umstände zurückgeführt, welcher Art auch immer, und das wurde auf seinem Totenschein vermerkt.«

»Umso schwieriger, jetzt noch zu ermitteln!«, erklärte ich. »Die Nachrichten könnten die Presse damals nicht erreicht haben, und das Fehlen eines Berichts in den Zeitungen muss nicht notwendigerweise heißen, dass es keine Ermittlungen gab. Doch nehmen wir an, ein Fachmann – ein Arzt oder ein Coroner – habe zum damaligen Zeitpunkt über die Todesart entschieden. Es wäre durchaus möglich. Dann müsste der fragliche Fachmann, sollte er noch am Leben sein, bereit sein zuzugeben, dass er einen Fehler gemacht haben könnte oder gemacht hat. Und warum sollte er das tun? Was, wenn er darauf beharrt, dass es keinen Irrtum gegeben hat? Es ist viel zu spät, um die Leiche zu exhumieren, selbst wenn wir eine richterliche Anweisung erhalten könnten. Mehr noch, nach so langer Zeit – wen sollte es noch interessieren?«

Diesmal war Mills' Grinsen entschieden wölfisch. »Ich dachte eigentlich immer, mein lieber Inspector Ross, die Polizei würden diese Dinge interessieren?«

Ich seufzte. »Haben Sie die Adresse des fraglichen Hauses?«

»Selbstverständlich nicht!«, brüllte er beinahe. »Es befand sich mitten auf Putney Heath, auf der Heide! Es stand in der Nähe eines Wäldchens, und es ist schätzungsweise vor hundert, hundertzwanzig Jahren gebaut worden. Ich habe es Ihnen beschrieben, so gut ich kann.«

»Und Sie erwarten allen Ernstes, dass ich es finde?«

»Ich habe Ihnen den Zeitpunkt genannt, an dem der Mord geschah«, entgegnete Mills. »Sie kennen den ungefähren Ort. Gütiger Himmel, Mann! Sie sind der Detective! Muss ich Ihnen erzählen, wie Sie Ihre Arbeit machen sollen? Das Haus war alt, und es ist gut möglich, dass es früher eine Taverne war, doch vor sechzehn Jahren war es ein stattliches Wohnhaus. Vielleicht das eines wohlhabenden Gentlemans aus der Stadt, der sich in den Ruhestand zurückgezogen hatte? Wie dem auch sei, der Raum war vornehm möbliert, und die Frau war eine junge Lady …«

Der Wärter lachte schallend. »Eine schöne junge Lady, wenn Sie mich fragen! Was soll das für eine Lady sein, die einen alten Mann mit einem Kissen erstickt?«

Mills bedachte ihn mit einem vernichtenden Blick, bevor er sich wieder mir zuwandte. »Ich möchte meine Aussage jetzt unterschreiben. Sie auch, Inspector, und dieser Kerl hier – als Zeugen.« Er deutete auf den Wärter.

Wir unterschrieben alle.

»Sie können jetzt gehen.« Mills klang plötzlich müde. »Ich habe meine Aussage gemacht und mein Gewissen erleichtert. Was weiter geschieht, liegt an Ihnen.«

Ich erhob mich, faltete die Aussage und steckte sie sicher in meine Brusttasche. »Gibt es sonst noch etwas, das ich für Sie tun kann? Möchten Sie vielleicht ein Buch?«

»Nein, nein!« Mills schüttelte den Kopf. »Oder vielleicht doch, mehr Kaffee, wenn das möglich wäre.« Er sah zu mir hoch. »Ich will nicht einschlafen«, sagte er. »Nicht jetzt. Ich schlafe bald lang genug.« Er stockte. »Außerdem beobachtet Er mich.«

»Ich muss Sie beobachten!«, begehrte der Wärter auf. »Es ist meine Aufgabe, das zu tun! Kerle wie ihr versuchen doch ständig, den Henker um seine Arbeit zu bringen.«

Er sah mich an und fuhr erklärend fort: »Sie rennen sich den Kopf an der Wand ein oder reißen ihre Hemden in Stücke und knüpfen ein Seil daraus, um sich selbst zu erhängen, wenn man nicht aufpasst.«

»Nicht er«, sagte Mills zu mir und zeigte auf den Wärter. *»Er!«* Er deutete auf die Wand.

»Durchgedreht«, flüsterte mir der Wärter vertraulich zu und tippte sich mit einem schmutzigen Zeigefinger an die Schläfe. »Das passiert auch ständig, wissen Sie?«

Doch ich wusste, wen Mills sehen konnte.

»Bringen Sie ihm mehr Kaffee«, sagte ich leise zu dem Wärter, und er nickte.

»Oh, Ross!«, rief Mills mir hinterher, als ich im Begriff stand, die Zelle zu verlassen. Ich hielt inne und drehte mich um. »Eine Sache noch, wegen dieses Hauses. Es ist mir gerade eingefallen. Es hatte eine Wetterfahne am Schornstein. Sie wirbelte herum und herum in diesem Gewittersturm. Sie war geformt wie ein Tier, ein rennender Fuchs, möchte ich meinen, mit weit hinter sich ausgestreckter Rute.«

Der Wärter zog die Tür zu und verriegelte sie. Dann sah er mich fragend an.

»Was halten Sie von dieser Geschichte, Sir?«

»Ich muss auf der Stelle mit dem Direktor sprechen«, erwiderte ich.

»Gott behüte, Sir, der Direktor ist zu Hause. Wahrscheinlich sitzt er beim Abendessen oder genießt ein Glas Weinbrand nach einem langen Arbeitstag.«

»Ich muss ihn dennoch stören. Er muss davon erfahren, auf der Stelle, noch heute Abend. Morgen ist es zu spät, wie Sie sich denken können.«

»Jepp«, pflichtete mir der Wärter bei und nickte weise. »Morgen ist es zu spät.«

KAPITEL ZWEI

Der Gefängnisdirektor war in der Tat zu Hause, und als wäre mein unangemeldetes Eindringen zu so später Stunde nicht peinlich genug, hatte er auch noch Gäste zum Dinner. Der Abend war so weit fortgeschritten, dass die Ladys sich schon zum Plaudern zurückgezogen hatten, während die Männer sich bei Port und Zigarren entspannten. Das war der Moment, in dem ich völlig derangiert vor seiner Tür erschien und darum bat, ihn sprechen zu dürfen. Zu seiner Ehre sei gesagt, dass er sich tatsächlich bereit erklärte, mich für zehn Minuten in seinem Arbeitszimmer zu empfangen.

Da saß er nun vor mir in seinem glänzend weißen Vorderhemd und den weißen Manschetten unter dem makellosen schwarzen Frack, das Gesicht gerötet von gutem Essen und gutem Wein und vom Luxus eines wärmenden Feuers im Kamin an einem kühlen Septemberabend. Ein Aroma von Zigarrenrauch umgab ihn, und ich fühlte mich an eine Erzählung von Charles Dickens erinnert, *Eine Weihnachtsgeschichte*, eines der Lieblingsbücher meiner Frau Lizzie. Es war nicht die Jahreszeit und ganz sicher kein Heiligenkranz über der Stirn des Mannes, doch alles in allem fühlte ich mich sehr stark an den Geist der gegenwärtigen Weihnacht erinnert.

Und hier saß ich nun, ein Geist der vergangenen und zukünftigen Weihnacht in einem und faselte von einem alten Mord und einer kurz bevorstehenden Exekution.

Er hörte mich geduldig an, nahm Mills' Aussage in die Hand, las sie durch und legte sie schließlich mit einem Seufzer wieder hin. »Mein lieber Freund«, sagte er. »Mir scheint, Sie hatten einen äußerst schwierigen Abend. Darf ich Ihnen vielleicht ein Glas Weinbrand anbieten?«

»Das ist wirklich zu freundlich von Ihnen«, erwiderte ich kläglich. »Doch ich muss leider ablehnen. Ich komme ohnehin spät genug nach Hause, auch ohne nach Alkohol zu riechen.«

Er kicherte. »Nun gut, hören Sie, Inspector Ross. Sie hatten vollkommen recht, sich sogleich an mich zu wenden. Aber ich bitte Sie nun, gehen Sie nach Hause zu Ihrer Frau, Ihrem viel zu späten Abendessen und Ihrem warmen Bett. Denken Sie nicht mehr an diese Angelegenheit. Offen gestanden gibt es ohnehin nichts, was man hier tun könnte.«

»Mills sollte am Morgen erneut vernommen werden«, protestierte ich. »Er muss unter strenger Bewachung nach Putney gebracht werden, um uns bei der Suche nach dem fraglichen Haus behilflich zu sein …«

Der Gefängnisdirektor hob eine gepflegte Hand und winkte ab. »Mein lieber Inspector Ross, es gibt kein Haus. Es gibt keinen Mord, den Mills durch ein Fenster hindurch beobachtet haben könnte. Was hat der gute Dr. Johnson noch gleich gesagt? Wenn ein Mann weiß, dass er in den nächsten zwei Wochen gehängt werden soll, konzentriert es seinen Verstand auf wunderbare Weise. Mr. Mills' Fantasie scheint jedenfalls beflügelt worden zu sein.«

Ich stieß einen protestierenden Laut aus.

Aber er schüttelte nur den Kopf. »Sehen Sie, Ross, dieser Gefangene soll gehängt werden, sobald der Morgen graut. Er mag sich bis zum jetzigen Zeitpunkt wacker gehalten und seine Angst verborgen haben, doch jetzt steht der Augenblick bald bevor. Er ist willens, alles zu tun, um der gefürchteten Strafe zu entgehen, ein paar Stunden oder Tage zu gewinnen … es mag wenig genug erscheinen, doch nicht für einen Mann in seiner Lage.

Nehmen wir doch einmal an«, fuhr er fort, »dass Mills, anstatt seine Aussage in der Todeszelle zu machen, vor sechzehn Jahren als freier Mann mit sauberen Händen zur Polizeiwache marschiert wäre und berichtet hätte, was sich seiner heutigen Einlassung zufolge in Putney abgespielt hat. Selbst damals hätte der aufnehmende Beamte, wie Sie mir sicherlich beipflichten werden, zunächst einmal versucht festzustellen, was das für ein Mann ist, der eine so schwerwiegende und befremdliche Anschuldigung vorbringt. Ist er als Zeuge glaubwürdig? Ist sein Leumund einwandfrei? Ist er in seinem Geschäft geachtet und erfolgreich? Ist er klar im Kopf, oder neigt er dazu, zu fantasieren und eigenartig zu reagieren? Erst wenn der Beamte zu dem Schluss gekommen wäre, dass es keinen vernünftigen Grund gibt, dem Mann nicht zu glauben – und wenn er überdies nüchtern erschienen wäre und nicht aufgebracht oder wütend –, erst dann hätte die Polizei ihre Ressourcen und das Geld der Steuerzahler auf eine Ermittlung verwendet. Habe ich nicht recht, Inspector?«

»Ja …«, räumte ich widerwillig ein.

»Nun dann, wie würden *Sie* diese Fragen heute Nacht beantworten, im Hinblick auf Mills, den Mörder? *Ist* er glaubwürdig?«

»Ich verstehe Ihre Argumentation, Sir«, antwortete ich. »Vielleicht sollte ich seine Geschichte mit äußerster Vorsicht aufnehmen. Dennoch kann ich nicht einfach einen Zeugen ignorieren, der mir von einem Mord erzählt, selbst wenn er sechzehn Jahre zurückliegt.«

»Und ich kann den Innenminister nicht um diese späte Stunde wegen so einer Geschichte stören!« Er wedelte mit Mills' Aussage vor meiner Nase herum. »Das hier ist die Ausgeburt eines verzweifelten Mannes! Ihr Wunsch, Ihrer Pflicht nachzukommen, gereicht Ihnen zur Ehre, Inspector. Doch ich habe Erfahrung im Umgang mit Männern auf dem Weg zum Galgen. Sie geraten schließlich in Panik, was nur natürlich ist. Sie verhalten sich wie Ertrinkende, schlagen blind um sich und ergreifen jeden Strohhalm, der ihnen helfen könnte, nicht unterzugehen und am Leben zu bleiben. Glauben Sie mir, mein lieber Inspector Ross, es gibt nichts zu tun. Es existiert kein Verbrechen, das aufzuklären wäre.«

Vielleicht sah er, dass ich immer noch nicht überzeugt war. Er beugte sich vor und fuhr in ernstem Ton fort: »Dieser Mills ist ein gerissener Bursche. Ich habe ihn in den letzten Wochen ein wenig kennengelernt und gestehe, dass er ein faszinierender Charakter ist. Der letzte Mann, sollte man meinen, der sich in eine solche Bredouille bringt. Sie, Ross, haben ihn ebenfalls kennengelernt während Ihrer Ermittlungen und der Verhandlung, die zu seiner Verurteilung geführt hat. Aber das ist nur die eine Hälfte der Geschichte.« Der Direktor hob einen Finger. »Die andere ist – *er* hat *Sie* ebenfalls kennengelernt!«

Das war allerdings wahr. Ich spürte, wie ich errötete. Der Direktor lehnte sich zurück, um seine Theorie weiter zu erläutern, und machte eine ausholende Geste mit der Hand durch die Luft, wie ein Zauberkünstler. »›Ross ist ein gewissenhafter Beamter‹, sagt sich Mills in seiner Todeszelle. ›Wenn ich ihm dieses Ammenmärchen nur plausibel genug auftische, wird er es als seine Pflicht betrachten, etwas zu unternehmen, und versuchen, meine Exekution zu verschieben.‹ Und er hatte recht! Sie haben etwas unternommen. Sie sind mit seinem Jägerlatein zu mir gekommen. Ich habe im Gegenzug meiner Pflicht genügt und seine Aussage gelesen. Ist es nicht so?«

Ich spürte, wie mein Gesicht mehr und mehr brannte, und hoffte inbrünstig, dass er es auf das Feuer im Kamin schieben würde. Doch er wusste natürlich ohnehin, dass er recht hatte. Manch ein gerissener Halunke oder Mörder hat versucht, eine Schwäche bei dem ermittelnden Beamten zu finden, die er zu seinem Vorteil nutzen könnte. Mein Selbstvertrauen sank rasch in sich zusammen, und ich fühlte mich wie ein Narr. Ich hätte klüger sein müssen, als Mills Glauben zu schenken. Natürlich versuchte er das Grauen hinauszuzögern, das ihn am nächsten Morgen erwartete. »Es … es tut mir leid, Sir, dass ich Sie damit belästigt habe«, sagte ich zerknirscht.

»Nun aber halblang, mein lieber Inspector! Sie haben sich vollkommen richtig verhalten. Ihr Gewissen ist sauber, und Sie haben sich keinen Vorwurf zu machen.«

Stille senkte sich zwischen uns herab, unterbrochen lediglich vom Knistern des Feuers. Ich sah widersprüchliche Emotionen im rötlichen Gesicht des Direktors, als er die Aussage in seinen Händen ein weiteres Mal überflog.

Vielleicht bereitete ihm sein Gewissen keine Schwierigkeiten, doch die Sorge um seine zukünftige Karriere beunruhigte ihn umso mehr. Schließlich hatte er soeben einem Gesetzesbeamten in einer brillanten Rede nahegelegt, eine Meldung über einen Mord zu ignorieren. Es war die Sorte von hochfliegender Entscheidung, die sich möglicherweise gegen ihn wenden und ihm empfindlich schaden könnte.

In versöhnlicherem Tonfall fuhr er daher fort: »Nun denn, bei genauerer Betrachtung, jetzt, nachdem Sie mir alles berichtet haben, nehme ich an, ich bin verpflichtet, etwas zu unternehmen. Ich sage Ihnen, was ich mache, Ross. Ich schreibe gleich morgen früh einen Bericht an das Innenministerium, füge diese Aussage bei und sende sie an den Minister persönlich, durch einen Boten. Ich werde den Kurier entsprechend instruieren. Sodann haben Sie und ich, wir beide, alles in unserer Macht Stehende getan und können die Angelegenheit vergessen.«

Der Innenminister wird anordnen, den Bericht in die Akten zu nehmen oder gleich ins Feuer zu werfen, dachte ich, doch das sagte ich nicht laut. Und weil er eine Menge Dinge im Kopf hat, um die er sich kümmern muss, wird er die ganze Sache schnell vergessen. Selbst wenn er sie ernst nimmt, ist es zu spät, weil Mills dann längst tot sein wird.

Ich dankte dem Gefängnisdirektor für seine Geduld, entschuldigte mich ein letztes Mal für die Störung und erhob mich, um zu gehen. An der Tür zu seinem Büro drehte ich mich noch einmal um. »Der Henker wird Calcraft sein, nehme ich an?«

Für einen Moment schien er verlegen zu sein, denn er wich meinem Blick aus, als er antwortete. »Ja, ja, Calcraft. Er ist nun einmal der Henker von Newgate.«

»Er ist ein Stümper«, sagte ich. »Entweder ist er inkompetent oder sadistisch. Er gehört gefeuert. Das ist meine persönliche Meinung.«

»Er steht dicht vor seiner Pensionierung«, erwiderte der Direktor knapp. »Er hat Newgate und den anderen Gefängnissen lange Jahre beste Dienste geleistet und eine Arbeit verrichtet, die nicht jedermann gerne machen würde. Sie, Inspector, William Calcraft und ich, wir alle dienen auf unterschiedliche Weise der Gerechtigkeit in unserem Land. Unsere persönliche Meinung ist in dieser Hinsicht nicht von Belang. Es geht um Pflicht und Pflichterfüllung. Das ist es, was uns leitet. Gute Nacht, Inspector Ross!«

Als der Butler die Straßentür hinter mir schloss, hörte ich männliches Gelächter vom Salon her. Der Gefängnisdirektor war zu seinen Gästen zurückgekehrt und hatte Mills wahrscheinlich bereits vergessen.

Ich machte mich zu Fuß auf den Heimweg, während ich unschlüssig hin und her überlegte, was zu tun wäre. Sollte ich die Angelegenheit auf sich beruhen lassen? Immerhin hatte ich getan, um was Mills mich gebeten hatte, und die Sache gemeldet. Man hatte mir versprochen, etwas zu unternehmen – selbst wenn es zu spät sein würde. Was konnte ich sonst noch tun? Das persönliche Gespräch mit einem übergeordneten Vorgesetzten suchen? Es gibt eine Hierarchie bei der Polizei, und man darf sie nicht ohne Weiteres umgehen. Dienstweg, nennt man das. Es bedeutete, dass ich meinen direkten Vorgesetzten, Superintendent Dunn, stören musste, der jetzt sicherlich zu Hause in Camden war, und ihn bitten musste, seinerseits seinen direkten Vorgesetzten zu umgehen und den Commissioner der Metropolitan Police zu stören.

Es würde einige Zeit dauern, bis ich bei Dunn ankam, selbst wenn ich eine Droschke nahm. Dunn war ein fairer Mann und ein guter Beamter, doch er war auch ungeduldig und von Natur aus respektvoll gegenüber seinen Vorgesetzten. Ich würde ihn informieren müssen, dass der Direktor von Newgate versprochen hatte, am nächsten Morgen den Innenminister zu kontaktieren. Das würde Dunn ausreichend alarmieren. Es würde allerdings auch dagegen sprechen, dass er Sir Richard Mayne belästigte, den Commissioner. Sir Richard war ein bedeutender Mann. Doch es war auch bekannt, dass er keine sonderlich gute Beziehung zum Büro des Innenministers hatte. Das war die Folge einiger Wirrungen im Verlauf der Ermittlungen wegen des Bombenattentats von Clerkenwell, begangen von ebenjenem Barrett, dessen Hinrichtung die letzte öffentliche gewesen war, vor einer johlenden Menge, die selbst Mills in seiner Zelle vernommen hatte. Kurz gesagt, ich musste erst gar nicht den weiten Weg bis nach Camden zurücklegen, um zu wissen, dass Dunn die Angelegenheit genauso wenig Sir Richard vortragen würde, wie er zum Innenminister gehen und persönlich an dessen Tür klopfen würde. Ich konnte nicht mehr tun, als ich bereits getan hatte. Abgesehen davon war es durchaus möglich, dass der Gefängnisdirektor recht hatte. Dass Mills mir ein Märchen aufgetischt hatte von einem ungelösten Mordfall, um seine eigene wohlverdiente Exekution hinauszuzögern. »Ja«, sagte ich laut zu mir selbst. »Das ist es. Das muss es sein!«

Meine Stimme hallte durch die klare Nachtluft. Ich hatte das Ufer erreicht und schlenderte am Fluss entlang. Ich passierte soeben die Pfeiler und Bögen der Waterloo Station. Die Flut stand hoch, und das Wasser schwappte gegen das Korsett aus Stein und Beton, das wenige Meter entfernt seine Einfassung bildete. Ich roch den sauren Gestank durch den Qualm der großen Maschinen auf der anderen Seite der Mauer hinweg. Außer mir war niemand unterwegs, und ich erwartete keine Antwort auf meine Worte. Doch mein Ohr fing einen ganz schwachen Laut unter einem der hohen Bögen auf. Es war eine Frauenstimme, daran konnte kein Zweifel bestehen, aber ich verstand nicht, was sie sagte. Sie sprach zu leise, und ihre Worte galten nicht mir, wie ich annahm. Also keine Prostituierte, die am Fluss entlangpatrouillierte und in mir einen möglichen Kunden erspäht zu haben glaubte, sondern jemand anders.

Die Bögen unter der Station waren bekannt als Unterschlupf für heimatlose Gestalten. Wäre die Stimme männlich gewesen, hätte ich sie einer jener verlorenen Seelen zugeschrieben und mich nicht weiter darum gekümmert. Doch es war eine weibliche Stimme, und zu meiner gesteigerten Neugier – und nicht geringen Bestürzung! – hörte ich ein kleines Kind einen schrillen Schreckenslaut ausstoßen, wie ein ruheloses Kind in unruhigem Schlaf. Ich näherte mich den Gewölbebögen und spähte vorsichtig in die Dunkelheit hinein.

Dort bewegte sich etwas, zweifellos aufgeschreckt durch mein Erscheinen. Ich hörte das Rascheln von Bekleidung. Das Kind quiekte erneut.

»Wer ist da?«, fragte ich.

Niemand antwortete. Nichts bis auf das Geräusch von schnellem Atem. Ich nahm eine Schachtel Lucifers aus meiner Tasche und strich eins davon an. In seinem flackernden Licht bemerkte ich das verängstigte Gesicht einer Frau. Sie kauerte am Boden, eingehüllt in eine Art Decke oder Umhang. Bevor die Flamme des Lucifers erlosch, sah ich die Kauernde sich bewegen, und ein kleiner nackter Fuß kam zum Vorschein.

»Haben Sie keine Angst«, bat ich sie inständig. »Ich bin Polizeibeamter – nicht in Uniform, aber dennoch ein Gesetzesbeamter. Mein Name ist Inspector Ross. Ich komme von Scotland Yard.«

»Ich bettle nicht, Sir«, flüsterte sie anstelle einer Antwort.

»Das weiß ich. Sie suchen lediglich Zuflucht, doch das gilt vor dem Gesetz immer noch als Landstreicherei. Es gibt Stellen, zu denen Sie gehen dürfen, wenn Sie keinen anderen Schutz finden. Sie sollten sich um Aufnahme in einem Obdachlosenasyl oder einem Armenhaus bemühen, um ein Bett für die Nacht zu ergattern.«

»Waren Sie schon einmal in so einem Haus, Sir?«, flüsterte sie zur Erwiderung. »Das waren Sie nicht, sonst würden Sie nicht so etwas vorschlagen.«

Ich hatte tatsächlich nie Veranlassung gehabt, ein solches Haus aufzusuchen. Doch als jüngerer Beamter hatte ich einmal auf der Suche nach einem flüchtigen Gesetzesbrecher ein Obdachlosenheim für Männer durchsucht. Ich erinnerte mich, wie grauenhaft dieser Ort war, ohne Luft, voller Gestank, vollgestopft mit betrunkenen, kranken und verzweifelten Männern jedes Alters. Ich hatte sogar die Tür zum Abort in einer Ecke des Schlafsaals geöffnet, um nachzusehen, ob sich der Gesuchte dort versteckte, und ich werde den Anblick der offenen Grube voll menschlicher Exkremente sicher nie vergessen.

»Aber Sie haben ein Kind bei sich«, gab ich dennoch zu bedenken. »Sie können doch nicht hierbleiben.«

»Wir sind hier sicher«, entgegnete sie beharrlich.

»Was hat Sie in diese Situation gebracht?«, fragte ich als Nächstes, so mitfühlend ich konnte.

»Mein … mein Ehemann hat uns verlassen«, antwortete sie beinahe unhörbar leise. »Ich weiß nicht, wohin er gegangen ist. Ich hatte kein Geld, um die Miete zu bezahlen und Essen zu kaufen … wir mussten die Wohnung verlassen, in der wir untergebracht waren.«

»Dann melden Sie sich doch bei der Gemeinde!«, rief ich aus.

»Die Gemeinde schickt mich ins Armenhaus und nimmt mir mein Kind weg!« Sie schlang die Arme um das Bündel unter ihrem Umhang. »Bitte, Inspector Ross, verhaften Sie mich nicht wegen Landstreicherei! Ich tue doch hier niemandem etwas!«

»Aber es ist kein geeigneter Ort …« Ich brach ab. Ein Armenhaus war genauso wenig ein geeigneter Ort für ein Kind. »Ich lasse Sie heute Nacht hier«, sagte ich. »Aber morgen früh kommen Sie zum Scotland Yard und fragen nach mir oder Sergeant Morris. Wir sorgen dafür, dass Sie in einer geeigneten Einrichtung unterkommen.«

Ich konnte mich auf Morris verlassen und würde ihn vorwarnen, aber ich hoffte, dass Superintendent Dunn niemals herausfände, dass ich im Dienst Arbeiten verrichtete, die eigentlich die Aufgabe von Wohltätigkeitseinrichtungen waren.

»Wie heißen Sie überhaupt?«

Sie zögerte. »Jane Stephens, Sir«, antwortete sie schließlich.

»Haben Sie keine Familie? Außer Ihrem flüchtigen Ehemann?«

»Sie wohnen weit weg von hier, Sir.«

»Nun denn. Kommen Sie morgen früh zum Yard. Vergessen Sie nicht, dass Sie nach Inspector Ross oder Sergeant Morris fragen sollen.« Ich kramte in meiner Tasche und brachte ein paar Münzen zum Vorschein, die ich ihr hinhielt. »Nehmen Sie. Das ist kein Trick. Ich werde Sie nicht der Bettelei bezichtigen. Kaufen Sie etwas zu essen für sich und das Kind.«

Sie flüsterte ihren Dank und nahm das Geld. Ihre Finger, die kurz über meine Handfläche streiften, fühlten sich weich an. Es waren nicht die Finger einer Arbeiterin mit rauen Händen. »Hören Sie«, sagte ich. »Die Tatsache, dass Ihr Ehemann Sie hat sitzen lassen und keinen Unterhalt für Sie und sein Kind zahlt, stellt ein Vergehen dar. Sie können ihn anzeigen.«

Noch während ich dies sagte, wurde mir klar, dass genau das der Grund war, weshalb sie sich nicht an die Behörden gewandt hatte, um Hilfe zu beantragen. Sie hatte ein Kind und musste den Namen des Vaters nennen, sodass er ausfindig gemacht werden konnte, um jegliches Geld zu ersetzen, das die Gemeinde für seine Familie vorgestreckt hatte. Doch sie wollte gar nicht, dass er gefunden wurde, das war es! Ich begann an der Aufrichtigkeit ihrer Geschichte zu zweifeln. Möglicherweise war sogar der Name falsch, den sie mir genannt hatte. Wie dem auch sei, ihr Mann hatte sie nicht verlassen – sie war ihm weggelaufen. Sie befürchtete, dass die Behörden sie zwingen könnten, zu ihm zurückzukehren. Er musste ein brutaler Kerl sein, dass sie diesen Gewölbebogen unter dem Bahnhof einem Dach über dem Kopf für sich und ihre kleine Tochter vorzog.

Ich ging meines Weges. Nicht wenige hätten mir erzählt, dass sie von dem Geld, das ich ihr gegeben hatte, Alkohol kaufen würde, doch ich war überzeugt, dass sie tatsächlich etwas zu essen für ihr Kind erstehen würde, wenn schon nicht für sich selbst.

Ich setzte meinen Heimweg fort, aber ich fühlte mich ungewohnt nutzlos. Ich konnte dieser Frau nicht helfen, und meine einzige Möglichkeit war, sie unter dem Torbogen zurückzulassen, den sie sich als Zuflucht für die Nacht ausgesucht hatte, in der Hoffnung, dass sie sich am nächsten Morgen auf dem Yard melden würde. (Woran ich inzwischen jedoch zweifelte. Sie hatte viel zu viel Angst.) Genauso wenig konnte ich etwas wegen Mills und seiner Aussage unternehmen, mit dem Ergebnis, dass irgendwo hier draußen eine Mörderin frei herumlief und ungeschoren bleiben würde. London war voll von Ungerechtigkeit, und ein Polizeibeamter, der meinte, auch nur die Hälfte davon richten zu können, war ein einfältiger Narr.

Doch er konnte es zumindest versuchen.

Es war still im Haus. Die Uhr im Salon verriet mir, dass wir nahezu Mitternacht hatten. Lizzie lag bereits im Bett, und das Gleiche galt für unser Hausmädchen für alles, Bessie. Ich ging in die Küche und fand einen großen Teller kalten, aufgeschnittenen Fleisches, sorgfältig zugedeckt zum Schutz vor Mäusen, sowie ein Glas eingemachter Zwiebeln. Ich hatte weder auf das eine noch auf das andere Appetit, doch die Küche war warm und behaglich, und ich setzte mich für eine Weile an den Herd, um über alles nachzudenken, was sich an diesem Abend ereignet hatte. Ich konnte am nächsten Morgen zu Dunn gehen und ihm Bericht erstatten, doch ich machte mir keinerlei Hoffnungen, dass irgendetwas passieren würde. Trotzdem musste alles offiziell erfasst werden. Plötzlich vernahm ich ein Geräusch an der Küchentür. Ich hob den Kopf und sah Lizzie in Nachthemd und Umhang vor mir stehen, das lange dunkle Haar zu einem einzelnen Zopf geflochten, eine flackernde Kerze in der Hand. Die tanzende Flamme ließ Schatten über ihr Gesicht huschen. Sie war mittlerweile Anfang dreißig, doch für mich sah sie immer noch aus wie ein junges Mädchen. Wir waren beide ganz jung gewesen, als ich sie zum ersten Mal gesehen hatte, daheim in Derbyshire. Wir waren Kinder, sie die Tochter des Doktors, ich der verdreckte Junge, der tief unten im Bergwerk arbeitete. Die Großherzigkeit ihres Vaters hatte mich von diesem Leben erlöst; er hatte dafür gesorgt, dass ich eine Ausbildung erhielt. Ich bezweifelte, dass er beabsichtigt hatte, dass ich als Gegenleistung seine Tochter heiratete.

»Hast du das Fleisch gefunden?«, fragte sie. Was so viel bedeuten sollte wie: Warum hast du nichts gegessen?

»Ich bin nicht hungrig, Lizzie«, verteidigte ich mich. »Bitte entschuldige, wenn ich dich aufgeweckt habe.«

»Ich habe nicht geschlafen, nur gedöst.« Sie setzte sich zu mir an den Herd. »Was war in Newgate? Mills muss sehr verzweifelt sein. Man muss Mitleid mit ihm haben.«

Also erzählte ich ihr die ganze Geschichte von Anfang bis Ende. Sie lauschte, ohne mich zu unterbrechen. Als ich fertig war und verstummte, sah sie mir fest in die Augen. »Du hättest nichts anderes tun können. Du musstest zum Direktor gehen.«

»Vielleicht hat er recht, und Mills versucht mich zum Narren zu halten.«

»Selbstverständlich kann es sein, dass er recht hat und Mills dich zum Narren zu halten versucht!«, erwiderte sie. »Aber das weißt du nicht mit Sicherheit.«

»Das werde ich wohl nie wissen«, sagte ich ironisch.

Nach einem Moment streckte sie die Hand aus und legte sie mir auf den Arm. »Du hast das Richtige getan«, sagte sie. »Du hast alles getan, was du konntest.«

Ich wünschte, ich hätte ihr glauben können.

KAPITEL DREI

Elizabeth Martin Ross

Ich hatte den ganzen Abend auf Bens Rückkehr aus Newgate gewartet. Ich war nach oben gegangen, um mich ins Bett zu legen, doch nicht, um zu schlafen.

Wir hatten uns gerade zum Abendessen hingesetzt, als die Nachricht gekommen war, dass Ben im Gefängnis verlangt wurde. Ein zum Tode Verurteilter hatte als letzten Wunsch zum Ausdruck gebracht, mit dem Beamten sprechen zu wollen, der ihn verhaftet hatte. Dieser Beamte war Ben gewesen. Ben war vom Tisch aufgestanden, hatte sich entschuldigt und war sofort aufgebrochen. Ich hatte nicht versucht ihn aufzuhalten oder vorgeschlagen, er möge doch bitte zuerst essen. Doch ich wusste, dass er bei seiner Rückkehr nicht nur hungrig wäre, sondern sich auch in einem geistigen Aufruhr befinden würde.

Jeder Besuch in Newgate hat eine deprimierende Wirkung auf Ben, wie es wohl für jeden normalen Menschen der Fall wäre. Ich selbst bin niemals innerhalb der festungsähnlichen Mauern dieses furchtbaren Ortes gewesen, auch wenn ich gelegentlich auf dem Markt eingekauft habe, der in den Straßen davor blüht und gedeiht. Die Betreiber der Marktstände und die Passanten scheinen dem Gefängnis keinen zweiten Blick zu widmen. Doch mich ließen sein verliesartiges Aussehen mit den blinden Fenstern und dem Steinrelief von Ketten und Handschellen über dem Haupteingang jedes Mal erschauern.

Diesmal war Bens Besuch noch schwieriger gewesen wegen

Mills' eigenartiger Behauptung. Konnte es sein, dass sie stimmte? Oder war sie bloß die Erfindung eines verzweifelten Mannes, der im Begriff stand, die Stufen zum Galgen emporzusteigen? Der bloße Gedanke an das, was am Morgen geschehen würde, ließ mich erbeben.

Ben schien Mills' Geschichte zu glauben, und genau das war das Problem. Denn weil er sie glaubte, konnte er sie nicht auf sich beruhen lassen. Die Vorstellung eines nicht entdeckten, niemals aufgeklärten Mordes würde an seinem Verstand nagen, umso mehr, wenn es ihm nicht gelang, seine Vorgesetzten dazu zu bringen, die Sache ernst zu nehmen.

Es gab nichts, was ich ihm hätte sagen können, um es leichter für ihn zu machen. Ich hatte versucht, ihn zu trösten. Ich hatte ihn darauf hingewiesen, dass er sein Bestes getan hatte, dass es richtig gewesen war, zum Gefängnisdirektor zu gehen, und dass es nicht seine Schuld war, wenn der Direktor Mills' Geschichte als reine Erfindung abtat. Mills hätte früher den Mund aufmachen müssen. Schließlich hatte er sechzehn Jahre lang Zeit gehabt dafür, falls seine merkwürdige Beichte der Wahrheit entsprach. Am Ende hatten Ben und ich vereinbart, nicht länger darüber zu reden, da es bereits in den frühen Morgenstunden war.

Ben schlief unruhig, und ich machte fast kein Auge zu, während er sich neben mir herumwarf und -wälzte. Die Sache fing an, auch an meinem Verstand zu nagen. Wenn Mills' Aussage der Wahrheit entsprach, was hatte dann zu der furchtbaren Szene geführt, die er an jenem schicksalsvollen Tag auf Putney Heath beobachtet hatte? Welcher Hass musste sich in einer anscheinend respektablen jungen Frau angestaut haben, und warum? Mir wurde klar, dass ich die Frage genauso wenig ignorieren konnte wie Ben und dass auch ich nach einer Antwort suchte. Das heißt, er konnte kaum mehr tun, als am Morgen im Scotland Yard einen Bericht zu den Akten zu geben. Was mich betraf, ich konnte hier liegen mit den Bildern des zum Sterben verurteilten Mills vor Augen.

Schließlich schlief ich ein, nur um vom Klappern des Herdbestecks unten in der Küche wieder geweckt zu werden. Bessie war aufgestanden und heizte den Herd auf, um heißes Wasser zu machen. Ich schlüpfte aus dem Bett, nahm den leeren Krug vom Waschtisch und ging nach unten, um ihr zu helfen.

Es ist nicht möglich, vor unserem Mädchen für alles viel zu verbergen. »Der Inspector kam erst sehr spät aus Newgate zurück, Missis«, bemerkte sie, während sie den Kessel vom Herd wuchtete und den größten Teil des Inhalts in meinen Krug schüttete. Während sie Anstalten machte, den Krug nach oben zu schaffen, erkundigte sie sich beiläufig: »War er dort, um den Mörder zu treffen?«

»Das ist richtig, Bessie.«

»Allein der Gedanke lässt mir das Blut in den Adern gefrieren«, deklarierte Bessie mit so viel Genuss in der Stimme, dass ich den Eindruck bekam, der Gedanke an den verzweifelten Mills in seiner Todeszelle würde genau das Gegenteil bei ihr bewirken. Mit einem schnellen Blick zur Uhr über dem Ofen an der Wand fügte sie hinzu: »Sie führen ihn wahrscheinlich in dieser Minute nach draußen zum Galgen!«

»Das reicht jetzt, Bessie!«, unterbrach ich sie in scharfem Tonfall. »Bring das Wasser nach oben, oder es wird wieder kalt, und dann kann sich der Inspector nicht rasieren!«

Bessie hatte früher im Haushalt meiner Tante Parry gearbeitet. Damals hatte sie mich mit »Miss Martin« angesprochen. Heutzutage nannte sie mich zu meiner Verärgerung einfach »Missis«, und es gab nichts, was ich dagegen hätte tun können. Ben war stets der »Inspector«, und wenn ich mit ihr über ihn redete, musste ich ihn ebenfalls so nennen.

»Jawohl, Missis«, sagte sie gehorsam.

»Und untersteh dich, ihn nach Newgate zu fragen!«, rief ich ihr hinterher.

»Das würde ich doch niemals tun, Missis!«, flötete es die Treppe hinunter zurück.

Bevor ich nach oben schlafen ging, müde wie ich war, hatte ich ein sorgfältiges Protokoll meines Besuchs bei Mills niedergeschrieben, solange alles noch frisch in meinem Gedächtnis haftete. Ich verwandte große Sorgfalt darauf, nicht das kleinste Detail auszulassen: der Wetterumschwung, das Gewitter, die Öllampe im Salonfenster, der alte Mann, der dösend vor dem Kaminfeuer saß, das Eintreffen der jungen Frau, ihre grauenhafte Tat und ihr gelassenes Verhalten hinterher. Ich beschrieb, wie Mills entsetzt und orientierungslos über die Heide geritten war, bis er endlich besiedeltes Gebiet erreicht hatte. Zu diesem Zeitpunkt jedoch hatte sein Entschluss längst festgestanden, nichts von dem zu erzählen, was er gesehen hatte – aus Gründen, die nur er selbst kannte.

Am Morgen las ich mein Protokoll zwei- oder dreimal durch, bis ich zufrieden war, dann verstaute ich es in meiner Tasche. Sobald sich eine Gelegenheit ergab, würde ich es Superintendent Dunn geben. Die Sache würde vielleicht niemals untersucht werden, doch wenigstens stand sie nun in den Akten.

Auf dem Weg zum Scotland Yard ging ich in Gedanken durch, wie ich das Thema anschneiden würde. Doch als ich dort ankam und bevor ich auch nur in die Nähe des Superintendent gelangen konnte, wurde ich von Sergeant Morris abgefangen. Er baute seine stämmige Gestalt in meinem Weg auf und zwang mich so, stehen zu bleiben und ihm Gehör zu schenken.

»Ich habe eine Nachricht für Sie, Sir«, verkündete er und sah mich, wie ich mir einbildete, ein wenig verstohlen an.

»Von einer jungen Frau mit Namen Jane Stephens?«, fragte ich, als mir einfiel, dass ich der Frau unten am Fluss gesagt hatte, sie solle am Morgen zum Yard kommen.

»Nein«, antwortete Morris. Seine buschigen Augenbrauen zuckten überrascht. »Wer soll das sein, Mr. Ross, Sir?«

»Sie … ich habe ihr gesagt, sie soll nach Ihnen oder mir fragen.

Spielt keine Rolle. Wenn sie auftaucht, sagen Sie es mir und sonst niemandem. Was haben Sie für eine Nachricht für mich?«

Morris bedachte mich mit einem altväterlichen Blick, doch er ließ die Frage nach Jane Stephens fallen. »Von Superintendent Dunn, Sir. Er kam heute in aller Frühe ins Büro und verlangt Sie auf der Stelle zu sehen.«

Der Sergeant beugte sich vor. »Wenn ich richtig gehört habe, hat es einen Nachrichtenaustausch gegeben«, fügte er *sotto voce* hinzu.

»Einen Nachrichtenaustausch?«

»Zwischen dem Commissioner der Metropolitan Police, das heißt, seinem Büro, und dieser Abteilung, Sir, dem Scotland Yard. Es hat Gespräche auf höchster Ebene gegeben. Nur, dass ich keine Ahnung habe, worum es geht, wie üblich«, schloss Morris ein wenig melancholisch.

»Wie üblich?«

»Die *höchsten Ebenen*, Sir, ziehen mich für gewöhnlich nicht ins Vertrauen, was schließlich auch recht und billig ist. Mr. Dunn hat mir eingeschärft, ich soll Ihnen sagen, dass Sie *unverzüglich* zu ihm kommen sollen.«

Ich seufzte erleichtert. Meine sorgfältig einstudierte Rede, ausgeheckt auf dem Weg zur Arbeit, würde nicht stattfinden. Es würde nicht notwendig sein, genauso wenig wie mein schriftlicher Bericht. Sowohl der Gefängnisdirektor von Newgate als auch das Innenministerium hatten schneller gehandelt, als ich erwartet hatte. Ich warf einen Blick auf die Uhr. Es war kurz vor halb neun. Mills war wahrscheinlich seit zwei Stunden tot. Sein Unfug – so begann ich die Geschichte langsam zu sehen – bestand fort und hatte möglicherweise gerade erst angefangen, unseren Alltag durcheinanderzubringen.

Dunn schien in seinem Büro ungeduldig auf und ab gegangen zu sein, während er auf mich gewartet hatte. Als ich eintrat, hatte er soeben die gegenüberliegende Seite erreicht und wandte sich nun rasch zu mir um. Er war erschreckend rot im Gesicht, und seine scharfen kleinen Augen glitzerten unter den buschigen Augenbrauen.

»Da sind Sie ja endlich, Ross!«, begrüßte er mich. »Glauben Sie etwa, wir können Zeit vergeuden hier beim Yard?«

»Nein, Sir!«, antwortete ich verblüfft.

»Mir scheint es aber so, Ross. Als hätten wir nicht genügend Fälle auf dem Schreibtisch und genügend Kriminelle auf freiem Fuß, graben Sie auch noch einen Mord aus, der sich vor *sechzehn Jahren* ereignet hat, falls überhaupt! Er wurde in Putney begangen, will man uns glauben machen. Wir kennen weder den Namen des Opfers, noch wissen wir, wo genau es gelebt hat. Es gibt keine Zeugen, und niemand hat die Tat gemeldet.«

Er verstummte, um Atem zu holen, und ich ergriff die Gelegenheit zu einer raschen Erwiderung. »Es gab einen Augenzeugen, und dieser Zeuge hat mir vergangene Nacht gesagt, was er gesehen hat.«

»Nun, er wird es niemandem mehr erzählen«, sagte Dunn knapp. Er marschierte zu seinem Schreibtisch, setzte sich und legte die kleinen plumpen Hände flach auf die polierte Tischplatte. Dunn war ein stämmiger Mann, der mehr nach einem Bauern aussah als nach einem hohen Polizeibeamten. Seine Vorliebe für Anzüge aus Tweed verstärkte das ländliche Erscheinungsbild noch. Sein drahtiges Haar stand vom Kopf ab und war gleichmäßig kurz getrimmt. Es sah aus, als hätte er eine Scheuerbürste auf dem Schädel.

»Mills wurde also gehängt«, sagte ich dumpf.

»Das ist richtig. Um sechs Uhr heute Morgen.«

»Hat Calcraft diesmal wenigstens ordentliche Arbeit geleistet?«

»Mir ist nichts Gegenteiliges zu Ohren gekommen. Er hat genügend Halunken aufgeknüpft, um zu wissen, was er tut.«

Ich hatte meine eigene Meinung dazu, doch ich behielt sie für mich.

»Wie dem auch sei, Ross, das ist nebensächlich«, polterte Dunn weiter. »Über Mr. James Mills müssen wir uns nicht länger den Kopf zerbrechen. Aber Sie haben schlafende Hunde geweckt, indem Sie zum Gefängnisdirektor gerannt sind. Er hat einen Boten zum Büro des Innenministers geschickt, noch gestern Abend, vielleicht eine oder zwei Stunden, nachdem Sie bei ihm waren. Es gab nur wenig diensthabendes Personal im Gebäude, und das tat, was zu erwarten war – es entledigte sich seiner Aufgabe und schickte einen Nachtkurier mit dem Brief an das Haus des Innenministers. Sein Privatsekretär hatte frei, und ein verschlafener Butler musste den Herrn Minister um Mitternacht aus dem Bett holen.« Dunn beäugte mich kritisch. »Sie haben überhaupt keinen Respekt vor anderen Personen, Ross.«

Ich hatte den Direktor unterschätzt. Er hatte nicht bis zum Morgen gewartet. Ich bezweifelte, dass es Effizienz war oder gar der Wunsch, die Vollstreckung des Urteils zu verschieben, die ihn dazu veranlasst hatten, mitten in der Nacht aktiv zu werden. Er war mehr das Äquivalent eines Pontius Pilatus, der seine Hände in Unschuld waschen wollte. Damit war die Sache für den Direktor erledigt, und er war nicht mehr zuständig. Vielleicht hatte er, nachdem ich gegangen war, seinen Gästen von dem Vorfall erzählt, und sie hatten ihm geraten, nicht erst bis zum Morgen zu warten, sondern sofort zu handeln, um sich abzusichern. Der panische Sachbearbeiter im Innenministerium hatte genauso reagiert und das Gleiche getan. Ich hätte mir keine Gedanken machen müssen, dass die Nachricht den entscheidenden Mann erst mit Verspätung erreichen würde. Die bloße Tatsache, dass sie nach Feierabend weitergeleitet worden war, bedeutete außerdem, dass sie durch weniger Hände gelaufen war, die den Lauf hätten behindern können. Im Gegenteil, sie hätte nicht schneller von Mann zu Mann gehen können, wenn sie kochend heiß gewesen wäre! Doch all das hatte nicht verhindert, dass Mills pünktlich vor seinen Schöpfer getreten war.

»Sie haben die Hinrichtung nicht aufgehalten«, sagte ich mehr zu mir selbst als zu Dunn, doch der Superintendent antwortete trotzdem.

»Herrgott noch mal, Ross!« Seine Faust sauste krachend auf die

Tischplatte. »Selbstverständlich nicht! Es war schließlich nicht so, als hätten Sie neue Beweise in Mills' eigener Sache vorgelegt! Dann hätte es vielleicht einen Aufschub gegeben, während wir ermittelt hätten. Doch Mills wurde nach einem ordentlichen Gerichtsverfahren für schuldig befunden und hat später die Tat auch gestanden. Er hat sein Geständnis gestern Abend *nicht* widerrufen. Und deswegen *musste* das Urteil heute Morgen vollstreckt werden.«

Dunn stockte kurz, bevor er in eindringlichem Tonfall fortfuhr. »Kommen Sie, Ross! Sie haben ihn selbst verhaftet. Haben Sie den Tatort seines grausigen Verbrechens gesehen?«

Ich nickte. »Ja. Selbstverständlich. Der Raum sah aus wie ein Schlachthaus. Überall Blut. Das werde ich sicher nie vergessen.«

»Dann halten Sie sich dieses Bild auch jetzt vor Augen, Ross. Rufen Sie sich ins Gedächtnis, dass Mills sich mit einem Geschäftspartner überwarf, dass er ihn angriff und ihm mit einem Tranchiermesser beinahe den Kopf abgesägt hätte. Die Zeitungen waren voll mit den Details dieser grässlichen Geschichte. Mills zog einen Übermantel über seine blutbesudelten Sachen, ging nach draußen, rief eine Droschke und fuhr nach Hause. Der nächste Fahrgast, der in die gleiche Droschke stieg, beschwerte sich beim Kutscher über die frischen Blutstropfen auf den Polstern. Der Kutscher ging zur Polizei, die Polizei ging zu Mills' Haus ... und von dort zu Appletons Logis, wo sie die grausige Entdeckung machte. Das war Ihr Mann, Ross, Ihr Augenzeuge, Ihr Informant. Vergessen Sie das nicht.«

»Jawohl, Sir«, sagte ich. Ich konnte sehen, wohin diese Argumentationskette uns geführt hatte: in eine Sackgasse. Dunn hielt Mills – genau wie der Direktor von Newgate am Abend zuvor – für einen unzuverlässigen Charakter, einen unglaubwürdigen Zeugen, einen Todeskandidaten, dessen letzten Stunden ein einziger Albtraum waren.

Dunn nickte, als glaubte er, ich wäre zu guter Letzt doch noch zur Vernunft gekommen. »Verstehen Sie, Ross, wir haben hier eine brandneue Anschuldigung, betreffend den gewaltsamen Tod eines unbekannten Opfers von der Hand eines unbekannten Mörders an einem Ort, dessen Adresse wir nicht kennen, und das Ganze hat sich vor sechzehn Jahren abgespielt. Diesen Bericht sollen wir für bare Münze nehmen? Den Worten eines Mannes wie Mills glauben? Den unbegründeten und substanzlosen Worten eines geständigen Mörders? Eines Mannes, der sechzehn Jahre Zeit gehabt hat, den Mund aufzumachen, als er noch ein respektabler Bürger war, ohne Blut an den Händen?«

»Nun ja, Sir ...«

»*Nein!*«, explodierte Dunn. »Wir haben es hier mit einem Mann zu tun, der so lange gewartet hat, bis er die Stufen des Galgens vor sich sah, bevor er seine fantastische Geschichte zum Besten gegeben hat. Er liefert keinerlei Einzelheiten bis auf ein Datum und eine allgemeine Gegend – Putney Heath –, wo dieser Mord angeblich stattgefunden haben soll. Wie konnten Sie, Ross – ausgerechnet Sie, ein Beamter mit so viel Erfahrung und so gutem Urteilsvermögen! –, sich von einer so offensichtlichen Masche, um Zeit zu gewinnen, ablenken lassen?«

»Ich musste eine Entscheidung treffen, Sir. Ich hatte keine Zeit, um alles zu durchdenken. Es war, wie Sie bereits sagten, fünf vor zwölf. Ich konnte nicht ignorieren, was Mills mir erzählte.« Ich atmete tief durch. »Abgesehen davon, Sir – ich glaube ihm.«

Dunn starrte mich aus blutunterlaufenen Augen an. »Was? Ist das Ihr Ernst, Ross? Ich empfehle Ihnen eindringlich, nicht nur als Ihr vorgesetzter Offizier, sondern als Freund – hören Sie auf, diesen Mist zu glauben. Auf der Stelle! Gehen Sie mir nicht aus diesem Büro, Ross, und fangen Sie an, allen und jedem zu erzählen, dass es einen Mord auf Putney Heath gegeben hat, vor sechzehn Jahren im Haus eines ehrbaren Bürgers, und dass dieser Mord nicht nur nie gemeldet wurde, sondern logischerweise auch niemals untersucht ... Woran sich auch in Zukunft nichts ändern wird, Ross, haben Sie das verstanden?«

»Jawohl, Sir.« Der Fall konnte ohnehin nicht untersucht werden. Der einzige Zeuge war tot und wahrscheinlich schon verscharrt worden, bevor sein Leichnam ganz ausgekühlt gewesen war.

Dunn riss sich zusammen, und sein Verhalten wurde kontrollierter. Er deutete auf einen Stuhl, eine Aufforderung an mich, Platz zu nehmen. Ich setzte mich.

Er legte die Hände gegeneinander und verschränkte die Finger. »Was ich Ihnen jetzt sage, Ross, bleibt strikt unter uns. Es wird diesen Raum nicht verlassen, haben Sie das verstanden?«

»Jawohl, Sir. Ich habe verstanden. Es wird den Raum nicht verlassen.«

»Es gab im Frühjahr diesen Jahres ein paar Auseinandersetzungen zwischen Innenministerium und Yard. Wegen der Ermittlungen zu den Bombenanschlägen von Clerkenwell. Die Wogen haben sich inzwischen wieder geglättet, und der Streit ist geschlichtet. Nichts darf diese gute, äh, Arbeitsatmosphäre stören. Ich bin nicht unsensibel in Bezug auf die Situation, in der Sie sich befunden haben müssen, als Mills ihnen seine verrückte Geschichte erzählte. Ich an Ihrer Stelle hätte wahrscheinlich genau das Gleiche getan wie Sie, wenn ich die ganze Nacht in der Todeszelle gesessen hätte. Es war richtig von Ihnen, absolut richtig, der Sache nachzugehen. Doch jetzt ist der Fall erledigt, ein für alle Mal. Der Innenminister hat es verfügt. Es wird keine weiteren Nachforschungen mehr in dieser Richtung geben.«

»Ich verstehe, Sir.«

»Vergessen Sie die Sache, Ross!«

»Jawohl, Sir.« Ich zögerte. »Danke, Sir, für Ihr Verständnis.«

»Ich stehe zu meinen Beamten«, knurrte Dunn. »Ich habe denen da oben erzählt, dass Sie einer der Besten sind, und meine Meinung von Ihnen hat sich infolge dieser Geschichte nicht ein Jota geändert.«

»Ich danke Ihnen, Sir.«

»Also machen Sie keinen Narren aus sich oder mir oder unserer Abteilung.«

»Ich werde mir die größte Mühe geben, Sir.«

»Das war alles, Ross. Meine besten Grüße an Ihre Frau Gemahlin.« Der Gesichtsausdruck des Superintendent war unergründlich.

Ich war sprachlos. Es war nicht das erste Mal, dass Dunn Lizzie seine Grüße hatte bestellen lassen. Er hatte eine Schwäche für sie, auch wenn er ihr Talent für inoffizielle Ermittlungen missbilligte. Auch aus diesem Grund konnte ich mir beim besten Willen nicht vorstellen, warum er Lizzies Namen ausgerechnet am Ende dieser Konversation erwähnte.

»Ich werde es ihr ausrichten, Sir.«

»Alles in Ordnung, Sir?«, fragte Morris in besorgtem Tonfall, als ich wieder auftauchte.

»Danke, Sergeant, alles ist … bestens. Alle Fragen wurden geklärt.« Ich klang wahrscheinlich kleinlaut, und Morris kannte mich inzwischen gut.

»Man kann nicht immer gewinnen, Sir«, bemerkte er.

»Ich habe das gesamte Establishment der Metropolitan Police im Nacken, Morris«, sagte ich. »Ich bin in die Privatsphäre des Hauses des Direktors von Newgate eingedrungen, und der Innenminister wurde um Mitternacht von einem Butler im Nachthemd aus dem Schlaf gerissen. Ich hatte Glück, dass man mich nicht auf der Stelle degradiert hat. Ich schätze, ich stehe in nächster Zeit unter Bewährung.«

»Au Backe«, sagte Morris mit aufgerissenen Augen.

Es war nur fair, ihm genau zu erklären, was geschehen war. Ich erzählte ihm von Mills und seiner Beichte und dem, was daraufhin passiert war.

»Ah«, sagte er schließlich leise. »Das ist eine komplizierte Geschichte, Sir. Und diese Jane Stephens, wo kommt sie ins Spiel?«

»Überhaupt nicht. Sie hat nichts mit der Sache zu tun. Ich habe sie unter den Gewölbebögen bei Waterloo aufgegriffen, wo sie Zuflucht gesucht hatte.« Ich erzählte ihm alles.

»Die Chancen stehen nicht schlecht, dass die Flusspolizei ihre Leiche aus dem Wasser zieht.«

Das trug nicht gerade zu meiner Aufmunterung bei. Doch Morris hatte natürlich recht. »Schicken Sie den jungen Biddle rüber nach Wapping zur Flusspolizei«, sagte ich zu ihm. »Er soll sich erkundigen, ob in der vergangenen Nacht der Leichnam einer Frau oder eines Kindes aus dem Wasser gezogen wurde. Und ob sie so nett wären, mich zu informieren, falls sie in den nächsten Tagen die Leiche einer jungen Frau oder eines Kindes aus dem Wasser ziehen?«

Ich wurde in der Tat informiert, jedoch auf eine Weise, mit der ich nicht gerechnet hatte. Gegen Ende eines anstrengenden Tages bekam ich Besuch von einem Bürger. Anfänglich war ich froh über die Ablenkung. Den ganzen Tag lang hatten Constables sich nur im Flüsterton hinter meinem Rücken unterhalten und mich mit Blicken bedacht, in denen zugleich Ehrfurcht und Häme steckten. Ein neuer Fall würde dafür sorgen, dass die gesamte Mills-Episode nur noch wie ein Strohfeuer wirkte.

»Ein Mr. Canning, Sir«, verkündete Morris. »Er ist sehr aufgebracht. Er sagt, jemand hätte seine gesamte Familie entführt.«

»Wenn dem so ist, hat er ja wohl jedes Recht, aufgebracht zu sein! Wie sicher ist er denn, dass es sich um eine Entführung handelt? Gibt es Augenzeugen?«

»Nein, aber Sie sollten besser selbst mit ihm reden, Mr. Ross. Er ist ein … ein Steuerzahler, Sir.« Morris sah mich eigenartig ausdruckslos an.

»Aha«, sagte ich. »Ich glaube, ich verstehe, was Sie meinen. Er geht davon aus, dass er unsere Gehälter zahlt, und deshalb haben wir gefälligst seine Wünsche zu erfüllen.«

»Das ist jedenfalls der Eindruck, den er vermittelt hat, Sir.«

»Dann führen Sie diesen Steuerzahler doch herein, Morris, ohne Umschweife.« Ich konnte es mir schließlich nicht leisten, heute noch jemanden zu verletzen.

Mr. Canning erwies sich als ein Gentleman von vielleicht vierzig Jahren mit einem Schnurr- und Kinnbart, den man gemeinhin Van Dyke nennt. Er war nicht besonders groß, vielleicht ein wenig über eins fünfzig, und sein bis obenhin zugeknöpfter blauer Mantel lenkte die Aufmerksamkeit auf eine gewisse Wohlbeleibtheit. Auf dem Kopf saß ein runder Hut, den er sich bis fast zu den Augenbrauen heruntergezogen hatte.

»Sie sind Inspector Ross?«, verlangte er zu erfahren, sobald er halbwegs durch die Tür war. Morris war ihm gefolgt und bezog diskret an der Wand neben der Tür Stellung.

»Das bin ich. Und Sie müssen Mr. Canning sein?«, erwiderte ich und erhob mich, um ihn zu begrüßen, doch da ich gut eins achtzig groß bin – in Socken –, überragte ich ihn unversehens um Haupteslänge. Diese Tatsache empörte ihn sichtlich noch mehr, und er funkelte mich von unten herauf an, während er die kleinen roten Lippen inmitten der Barthaare schürzte.

Hastig lud ich ihn ein, doch bitte Platz zu nehmen. Nachdem wir uns beide gesetzt hatten und mehr oder weniger auf einer Höhe waren, schien er ein wenig besänftigt. Er nahm seinen runden Hut ab und platzierte ihn auf den Knien. Sein Haar war dünn und mit grauen Strähnen durchsetzt. Ich addierte ein paar Jahre zu meiner ursprünglichen Schätzung, womit er Anfang, Mitte fünfzig war.

»Mein Name ist Hubert Canning«, sagte er. »Ich bin Händler für edle Weine und genieße in meinem Geschäft einen außerordentlich guten Ruf. Ich beliefere die besten Haushalte Londons.«

»Ist das so, Sir? Ich kenne mich nicht besonders gut aus mit Wein, fürchte ich.«

Der Blick, mit dem er mich musterte, verriet, dass er nichts anderes erwartet hatte. »Meine Geschäftsräume befinden sich gleich in der Nachbarschaft von Charing Cross. Mein Heim liegt in St. John's Wood.«

Also war Mr. Canning ein wohlhabender Weinhändler. »Mein Sergeant hat mich informiert, dass Sie Ihre Familie als entführt melden wollen, Mr. Canning.« Ich hätte erwartet, dass er mit dieser erschreckenden Information anfing. Hätten unbekannte Missetäter meine Familie entführt, wäre ich damit herausgeplatzt. Doch er schien begierig, zuerst seinen Status deutlich zu machen. Vielleicht lag darin Methode. Vielleicht beabsichtigte er damit, sicherzustellen, dass ich ihn ernst nahm. Wie sowohl Dunn als auch der Gefängnisdirektor von Newgate mir mit Nachdruck ins Gedächtnis gerufen hatten, war das Erste, was ein Beamter unternehmen musste, wenn jemand ein ernstes Verbrechen meldete, die Zuverlässigkeit des Informanten zu prüfen. Ich vermutete allerdings, dass Canning mir nur klarmachen wollte, dass er ein bedeutender Mann in der Geschäftswelt war.

Sein Gesicht rötete sich. »Es ist skandalös! In St. John's Wood! Es ist eine höchst respektable Gegend. Sie müssen die Halunken auf der Stelle aufspüren und mir meine Frau und mein Kind zurückbringen!«

»Ah. Mit ›gesamte Familie‹ meinen Sie Ihre Frau und ein Kind. Ein Junge oder ein Mädchen? Dürfte ich den Namen Ihrer Frau und des Kindes erfahren?« Ich nahm meinen Stift zur Hand. »Haben Sie noch andere Kinder?«

»Welchen Unterschied macht es, ob ich noch andere Kinder habe?«, brüllte er mich an. Dann riss er sich unter sichtlicher Mühe zusammen und fuhr fort. »Der Name meiner Frau ist Jane, und meine Tochter heißt Charlotte. Sie ist mein – unser – einziges Kind.«

Meine Nackenhaare richteten sich auf, doch ich schaffte es, mir nichts anmerken zu lassen. »Und wann genau ist das passiert?«

»Irgendwann vorgestern.«

»Sie sind also bereits *seit zwei Nächten* verschwunden?«, rief ich. »Warum kommen Sie erst jetzt zur Polizei? Haben Sie einen Verdacht, wer sie mitgenommen haben könnte?«

»Selbstverständlich nicht! Es gibt natürlich eine ganze Reihe von Neidern, Inspector. Es ist allgemein bekannt, dass ich ein ebenso erfolgreicher wie wohlhabender Mann bin.«

»Haben Sie eine Nachricht erhalten?«, fragte ich. »Eine Geldforderung?«

»Nein, nein! Ich … hören Sie, ich weiß nicht, was ich von der Sache halten soll. Ein Dutzend Möglichkeiten sind mir durch den Kopf gegangen. Das Einzige, was ich mit Sicherheit weiß, ist, dass sie verschwunden sind!« Er atmete tief durch. »Warum ich erst heute zu Ihnen gekommen bin, nun ja, mein Ruf ist mir wichtig. Ich habe Ihnen ja bereits gesagt, dass ich eine Reihe sehr wichtiger Haushalte beliefere. Ich muss jeden Skandal vermeiden. Sobald die Polizei zu einer Angelegenheit hinzugerufen wird, erfährt jeder davon, und das Gerede nimmt seinen Lauf. Ich habe die letzten anderthalb Tage damit verbracht, nach ihnen zu suchen. Doch sie sind nirgendwo zu finden!«

Ich lehnte mich in meinem Stuhl zurück. »Mr. Canning, würden Sie mir bitte die ganze Geschichte von Anfang an erzählen?«, begann ich. »Fangen Sie mit dem Tag vorgestern an, als Sie bemerkt haben, dass Ihre Angehörigen verschwunden sind. Wann und wie ist es Ihnen aufgefallen?«

Er blies die Backen auf und zögerte mit seiner Antwort. »Ich kam gegen vier Uhr nachmittags aus dem Geschäft zurück«, sagte er schließlich. »Wie jeden Tag. Meine Frau war nicht zu Hause. Das war ungewöhnlich. Sie ist eigentlich immer zu Hause, wenn ich komme. Sie weiß, dass ich es so mag. Ich habe die Dienstboten gefragt …«

»Wie viele Dienstboten und welcher Art?«, fragte ich rasch.

»Eine Köchin und zwei Mädchen, außerdem ein Kindermädchen für unsere kleine Tochter.«

»Keine männlichen Dienstboten?«

»Nein. Warum ist das wichtig?« Er schien aufrichtig erzürnt wegen meiner Frage.

Ich ignorierte seine Erwiderung. »Wie lange arbeiten die Frauen bereits bei Ihnen?«, wollte ich wissen.

»Die Köchin und Haushälterin ist seit fünfzehn Jahren in meinen Diensten. Was die Mädchen betrifft, nun ja, eine ist seit einem Jahr bei uns und die andere seit etwa sechs Monaten.« Als hätte er Angst, ich könnte es eigenartig finden, dass die Köchin und Haushälterin seit fünfzehn Jahren und die beiden Mädchen erst seit so kurzer Zeit bei ihm waren, fügte er von sich aus hinzu: »Mrs. Bell, meine Haushälterin, entscheidet ganz allein darüber, ob sie ein Mädchen einstellt oder entlässt. Sie hat hohe Ansprüche und toleriert weder Schlendrian noch Ungehorsam. Das Kindermädchen ist seit der Geburt meiner Tochter bei uns. Wir haben sie von einer Agentur, und meine Frau hat sie eingestellt.«

»Ich verstehe. Bitte fahren Sie fort.«

»Ich habe sie gefragt, wo die Herrin ist, und sie räumten ein, dass sie es nicht wüssten. Ich ging nach oben in die Kinderstube, wo ich ein sehr bekümmertes Kindermädchen antraf. Sie sagte, sie hätte seit dem späten Vormittag weder das Kind noch meine Frau gesehen. Meine Frau hätte ihr gesagt, dass sie beabsichtige, mit dem Kind für eine kurze Weile spazieren zu gehen. Sie wäre nicht wieder zurückgekommen. Es ist offensichtlich, dass sie entführt wurden! Sie müssen auf der Stelle eine gründliche Suche starten! Sie müssen doch Informanten unter den kriminellen Bewohnern der Stadt haben? Fragen Sie unter diesen Leuten nach!«

»Haben Sie es in den Krankenhäusern versucht, Sir?«, grollte Morris' Stimme von seinem Platz neben der Tür.

»Selbstverständlich!«, schnappte Canning, ohne den Kopf umzuwenden. »Es hat keine Unfallopfer gegeben, auf die die Beschreibung meiner Frau oder meiner Tochter gepasst hätte!«

»Was Ihre Frau betrifft«, fragte ich, indem ich meinen Stift wieder zur Hand nahm. »Darf ich erfahren, wie alt die Lady ist, wie sie aussieht und welche sonstigen Einzelheiten es zu wissen gibt, wie die Namen von Familienangehörigen oder Freunden, zu denen sie gegangen sein könnte?«

»Warum um alles in der Welt sollte sie jemanden besuchen und zwei Nächte bleiben, ohne zu hinterlassen, was sie vorhat?«, stotterte er. »Abgesehen davon hat sie keine Angehörigen außer einer sehr ältlichen Tante, die in Southampton lebt. Und sie hat auch keine engen Freundinnen.«

»Sie haben den Namen dieser Tante und ihre Adresse?«

»Gütiger Himmel!«, rief er aus. »Haben Sie nichts anderes zu tun, als nach unwichtigen Einzelheiten zu fragen? Wenn Sie es unbedingt wissen müssen, ihr Name ist Miss Alicia Stephens. Sie muss inzwischen beinahe achtzig sein. Sie ist, wenn ich es richtig verstanden habe, eine Großtante meiner Frau, und meine Frau hat vor unserer Heirat bei ihr gelebt. Ich habe ihre Adresse irgendwo zu Hause.«

Ich gestehe, dass meine Zuversicht sank. Es konnte natürlich reiner Zufall sein, dass der Name, den die Frau unter dem Brückengewölbe von Waterloo mir genannt hatte, Jane Stephens war. Doch Zufälle wie dieser …

»Wenn Sie so freundlich wären, mir die Adresse der Lady herauszusuchen? Und nun, Sir, bitte ich darum, dass Sie mir sagen, wie alt Ihre Frau ist und wie sie aussieht. Besser noch wäre, wenn Sie eine Fotografie hätten. Und von dem Kind?«

Er sah mich betroffen an. »Meine Frau ist sechsundzwanzig Jahre alt. Sie ist von mittlerer Größe und hat blondes Haar. Meine Tochter ist noch keine drei Jahre alt. Ich habe von beiden Fotografien zu Hause. Ich hätte daran denken sollen, sie mitzubringen. Aber wer auch immer meine Familie entführt hat, er hat sie sicher gut versteckt.«

Im Hintergrund, unsichtbar für unseren Besucher, hob Morris die Augenbrauen. Er sah mich an, dann blickte er zu Canning. Der Mann war in Panik, so viel war zu sehen, denn er wusste entweder nicht, dass er offensichtlichen Unsinn plapperte, oder er hatte sich selbst eingeredet, dass dies die Wahrheit war.

»Vielleicht, Mr. Canning, dürfte ich vorschlagen, dass Sie nun nach Hause zurückkehren. Ich werde Sie in Kürze dort aufsuchen, sobald ich mit meinem Superintendent über den Fall gesprochen habe. Wenn Sie in der Zwischenzeit ein paar Fotografien Ihrer Frau und Ihrer Tochter heraussuchen könnten sowie die Adresse dieser Großtante in Southampton, wäre ich Ihnen sehr zu Dank verbunden. Ich würde außerdem gerne mit Ihren Dienstboten sprechen. Seien Sie doch so freundlich und geben Sie Sergeant Morris hier Ihre genaue Anschrift.« Ich erhob mich.

Unwillig stand er ebenfalls auf. »Ich darf doch hoffen, dass Sie die Angelegenheit ernst nehmen? Ich bin ein respektabler Steuerzahler. Ich erwarte, dass die Polizei sich tüchtig Mühe gibt!«

»Sehr wohl, Sir. Nun gehen Sie nach Hause. Ich werde kommen, sobald ich kann.«

Er zögerte immer noch. »Hören Sie!«, platzte es aus ihm heraus. »Meine Frau ist äußerst respektabel!«

»Selbstverständlich, Sir.«

»Weil ich weiß, wie die Menschen schwatzen. Sie mögen Ihnen gegenüber andeuten, dass ein anderer Mann im Spiel ist. Ich versichere Ihnen, das kann nicht der Fall sein, mit absoluter Sicherheit nicht.«

»Wir werden jeden Stein umdrehen«, versicherte ich ihm. »Und wir werden keine voreiligen Schlüsse ziehen.«

»Ich möchte nicht, dass Sie anderen Leuten Ideen in die Köpfe setzen«, sagte er hartnäckig. »Was gedenken Sie meine Dienstboten zu fragen?«

»Das muss warten, bis ich sie sehe, Sir. Und nun bin ich sicher, dass Sie keine weitere Zeit verschwenden möchten. Gestatten Sie mir also, die Suche unverzüglich aufzunehmen.«

»Oh ja, richtig«, murmelte er. »Ganz recht. Aber es darf kein Gerede geben, hören Sie? Keinen Skandal. Ich beliefere die bedeutendsten Haushalte mit meinen Weinen. Es darf unter gar keinen Umständen einen Skandal geben.«

»Führen Sie den Gentleman nach draußen, Morris«, sagte ich. »Und lassen Sie sich die Adresse in St. John's Wood geben.« Als Canning außer Hörweite draußen auf dem Gang war, fügte ich flüsternd hinzu: »Und dann nehmen Sie sich einen Constable zur Unterstützung mit und begeben sich über den Fluss zur Waterloo Bridge Station. Sehen Sie, ob sie jemanden finden können, der die vergangene Nacht im Schutz der Brückenbögen verbracht hat, Obdachlose, Prostituierte, einfach jeden, der die Person gesehen haben könnte, der ich dort begegnet bin. Erkundigen Sie sich in den Armenhäusern, den Waisenhäusern, was immer Ihnen noch einfallen mag.«

KAPITEL VIER

»Soso, das ist in der Tat eine delikate Geschichte, Ross«, sagte Dunn kurze Zeit später, während er sich das Kinn rieb.

Ich war unverzüglich zu ihm gegangen, um ihm die Angelegenheit vorzutragen und von der Frau zu berichten, der ich am Abend zuvor begegnet war und die mir Jane Stephens als Namen genannt hatte.

»Sie glauben, dass diese Person die verschwundene Ehefrau des Weinhändlers Canning sein könnte?«

»Genau das denke ich, Sir. Ich habe sie nach ihrem Namen gefragt, und sie wollte mir ihren Ehenamen nicht verraten, aus Angst, wir könnten sie augenblicklich mit ihrem Mann in Verbindung bringen. Sie wusste, dass er sich früher oder später an die Polizei wenden musste, um sie und ihre Tochter als vermisst zu melden, sonst würde er sich womöglich selbst verdächtig machen. Sie musste sich rasch einen anderen Namen einfallen lassen, und der einzige, der ihr in den Sinn kam, war der Name dieser älteren Verwandten, ihrer Großtante aus Southampton. Stephens. Vielleicht ist es sogar ihr eigener Mädchenname.«

»Die Frau unter den Brückenbögen hat behauptet, ihr Mann hätte sie und ihr Kind sitzen lassen?«

»Das ist richtig, doch ich habe bereits gestern Abend insgeheim vermutet, dass die Wahrheit genau andersherum liegt und sie vor ihm weggelaufen ist. Ich hatte den starken Eindruck, Sir, dass sie eine Frau aus gutem Hause war und erst in jüngster Zeit in diese ungünstigen Umstände geraten ist.«

»Wie würden Sie Cannings Verhalten beschreiben, Ross?«

»Er ist äußerst nervös und geradezu ängstlich darauf bedacht, jeglichen Skandal zu vermeiden. Es würde seine persönliche Reputation beeinträchtigen. Er liefert Wein und war sehr erpicht darauf, mir mitzuteilen, dass nur die besten Haushalte zu seinen Kunden gehören.« Ich gab mir keine Mühe, meine Abneigung gegen Cannings Haltung zu verbergen.

Dunn nickte. »Er hat sich keine Sorgen um ihre Sicherheit gemacht?«

»Falls doch, so hat er wohl vergessen, es zu erwähnen, Sir. Er sprach nur davon, Feinde zu haben, und dass es Neider gebe und wie erfolgreich er sei. Er besteht darauf, keinerlei Nachricht von jenen erhalten zu haben, die seiner Ansicht nach für die Entführung verantwortlich sind. Ich habe ihn mehrere Male gebeten, mir seine Frau zu beschreiben und mir ihr Alter zu verraten. Bestenfalls könnte man es auf seine Aufgeregtheit und Verwirrung zurückführen. Weniger milde ausgedrückt würde ich sagen, dass er nicht viel Wert darauf legt, unsere Aufmerksamkeit auf die fünfundzwanzig Jahre Altersunterschied zu lenken, die schätzungsweise zwischen den beiden liegen. Er hat darauf bestanden, dass es keinen anderen Mann geben kann.«

»Hmmm«, murmelte Dunn. Er ließ sein Kinn in Ruhe und kratzte sich dafür den Kopf mit dem widerborstigen Haar. »Also stecken wir in einem Dilemma, richtig? Sie haben Canning gegenüber nichts von Ihrer Begegnung mit dieser Jane Stephens erwähnt?«

»Nein, Sir. Schließlich kann ich nicht mit Bestimmtheit sagen, dass die Frau, der ich begegnet bin, tatsächlich seine Gattin war. Ich nehme es zwar an, aber solange ich sie nicht finde, kann ich das nicht überprüfen. Wie es gegenwärtig aussieht, fürchte ich seine mögliche Reaktion, wenn ich ihm sage, dass seine Frau und sein Kind unter den Brückenbögen geschlafen haben. Er wird sich wahrscheinlich weigern, einen solchen Gedanken überhaupt in Betracht zu ziehen, und sich in blinde Wut hineinsteigern. Ich könnte es ihm nicht einmal verdenken. Es erscheint selbst mir grotesk, nun, da ich es Ihnen gegenüber laut ausspreche. Eine Frau läuft aus einem Haushalt mit drei Dienstboten davon, um unter den Brückenbögen zu schlafen? Wäre ich Canning und würde mir jemand das erzählen, ich würde es nicht glauben.«

Dunn unterbrach mich. »Aber es besteht der starke Verdacht, dass Sie vergangene Nacht der verschwundenen Frau und ihrem Kind begegnet sind, und wenn wir die Frau nirgendwo anders finden, muss der Ehemann informiert werden.«

Er stieß einen verärgerten Seufzer aus und kratzte sich einmal mehr am Kopf. »Sie sind in der vergangenen Nacht quer durch London gehetzt, um sich Mills' Anschuldigungen anzuhören, doch dann haben Sie diese offensichtlich respektable Frau und ihr Kind unter den Brückenbögen zurückgelassen. Ich nehme an, Sie hatten Mitleid mit ihr, Ross, und haben sie deshalb nicht wegen Landstreicherei in Arrest genommen. Doch genau das hätten Sie tun sollen oder zumindest den zuständigen Constable aufsuchen und ihn anweisen, es zu tun. Hätten Sie das gemacht, Ross, könnte diese Angelegenheit bereits heute abgeschlossen sein. Jane Stephens wäre dem Friedensrichter vorgeführt worden, wir hätten ihren richtigen Namen erfahren und herausgefunden, ob sie die vermisste Frau ist oder nicht.

Wie die Sache steht, müssen wir sie jetzt in ganz London suchen, und wir haben keine Ahnung, wo sie sein könnte. Die Frau kann, falls sie ihren Mann aus eigenen Stücken verlassen hat, nicht gezwungen werden, zu ihm zurückzukehren. Das Kind hingegen ist eine andere Angelegenheit. Gegenwärtig ist es noch keine sieben Jahre alt, und sollten sich die Eltern scheiden lassen, besteht eine große Chance, dass das Gericht der Mutter das Sorgerecht zuspricht, bis das Kind sieben Jahre alt ist. Doch danach wird es dem Vater zurückgegeben. Seine Rechte in dieser Hinsicht sind völlig klar.

Ich muss sagen«, fügte er hinzu, »dass ich es aufgrund der Tatsache, dass sie auf so irreguläre Weise dem ehelichen Haus entflohen ist und das Kind mitgenommen hat, um auf der Straße als Obdachlose zu schlafen, sehr stark bezweifle, dass ein Richter sie als geeignete Person betrachten würde, das Sorgerecht auszuüben. Wir müssen daher davon ausgehen, dass die Rechte beim Vater liegen und dass die Mutter das Kind entführt hat. Was zu dieser traurigen Situation geführt hat, ist nicht unsere Angelegenheit, Ross. Unsere Aufgabe ist es, die kleine Charlotte Canning zu finden.«

»Ja, Sir. Nach allem, was ich von Canning gesehen habe, kann ich mir nicht vorstellen, dass er jemals einer Scheidung zustimmen würde«, sagte ich zu Dunn. »Er hat furchtbare Angst vor einem Skandal.«

Hatte ich vergangene Nacht Mitleid mit Jane Stephens gehabt, als ich sie und ihre Tochter unter den Gewölbebögen zurückgelassen hatte? Oder war mein Verstand so mit Mills' Geschichte und ihren Konsequenzen beschäftigt gewesen, dass ich einfach keine Lust gehabt hatte, irgendetwas wegen Jane Stephens zu unternehmen? Wie dem auch sein mochte, die Tatsache, dass ich versäumt hatte, im Hinblick auf mögliche Landstreicherei dem Buchstaben des Gesetzes zu folgen, war nicht gerade geeignet, mein Ansehen beim Commissioner der Metropolitan Police zu heben.

»Das Rätselhafte an der Sache ist doch …«, meinte Dunn mit einem Blick auf die Uhr an der Wand, als könnte sie nicht nur die Tageszeit anzeigen, sondern auch die Antwort auf unser Problem liefern. »Warum hat sie ihn verlassen, eh? Er ist ein wohlhabender, respektabler Mann. Sie wohnt in einem gut situierten Teil der Stadt in einem Haus mit drei Dienstboten und einem Kindermädchen. Canning besteht darauf, dass kein Liebhaber im Spiel ist, wie Sie sagen. Aber er wäre andererseits nicht der einzige Mann, der davon überrascht wird, dass das Interesse seiner Frau sich von ihm abgewandt hat, und auch nicht der erste, der es erst erfährt, als sie auszieht. In unserem Fall jedoch hat Mrs. Canning das Kind mitgenommen.« Dunn schüttelte den Kopf. »Das legt eigentlich nahe, dass sie nicht zu einem Liebhaber durchgebrannt ist.«

Dunn richtete den Blick von der Uhr auf mich. »Nun, Ross, wenn wir all das im Hinterkopf behalten, was schließen Sie daraus?«

»Dass irgendetwas in diesem Haushalt fehlt«, antwortete ich prompt. »Ich bin neugierig, was die Diener zu sagen haben. Morris ist mit einem Constable unten am Fluss und versucht, Zeugen zu finden, die Jane Stephens gesehen und vielleicht mit ihr gesprochen haben.«

»Wie steht es mit der Flusspolizei?«, fragte Dunn mit ausdrucksloser Stimme.

»Ich habe bereits den jungen Biddle losgeschickt, Sir, um sich nach Leichen zu erkundigen.«

»Es ist bereits spät«, sagte Dunn nach einem neuerlichen Blick auf die Wanduhr. »Sie machen besser, dass sie nach St. John's Wood kommen und mit den Dienern reden, bevor deren Arbeitgeber allzu viel Zeit hat, sie zu präparieren.« Der Superintendent schnitt eine Grimasse. »Obwohl er im Grunde genommen schon zwei Tage Gelegenheit dazu hatte! Aber vielleicht haben Sie Glück und finden einen Nachbarn, der gesehen hat, wie sie das Haus verließ!«

Der Superintendent lehnte sich in seinem Stuhl zurück. »Sollte sich in der Tat herausstellen, dass es seine Frau war, die Sie gestern Nacht unten am Fluss angetroffen haben, dann könnte es durchaus sein, dass Canning Ihnen dafür dankbar sein muss! Wäre er ohne jeden Zeugen mit seiner Geschichte von einer unerklärlicherweise verschwundenen Ehefrau mit Kind zu uns gekommen, hätten wir möglicherweise den Verdacht entwickelt, er selbst könnte dahinterstecken! Es wäre nicht das erste Mal, dass Ehemänner unbequeme Ehefrauen ermordet haben.« Dunn legte die Stirn in Falten. »Ich ziehe Erkundigungen über seine Geschäfte ein, Ross. Zweifellos hat er seine Familie versichert. Sollte er in finanzielle Schwierigkeiten geraten sein, könnte er einen finsteren Plan ausgeheckt haben … aber das überlassen Sie ruhig mir. Sehen Sie zu, was Sie in St. John's Wood herausfinden.«

Cannings Haus erwies sich als massives allein stehendes Gebäude hinter einer hohen Mauer. Das Haus war in weißem Stuck gehalten, und die Fassade wurde von einer großen eleganten Terrasse mit weißen Säulen verziert. Es gab ein Souterrain und zwei Stockwerke über dem Erdgeschoss. Die Fenster der obersten Etage waren klein und deuteten auf Zimmer hin, die vom Hauspersonal bewohnt wurden. Der gesamte äußere Anschein ließ vermuten, dass Mr. Canning in der Tat ein reicher Mann war. Mehr noch, beim Anblick dieses imposanten Hauses stellte sich mir unwillkürlich die Frage, was um alles in der Welt seine Frau veranlasst haben konnte, das gemeinsame Kind zu nehmen und ihn zu verlassen. Ich wunderte mich außerdem darüber, dass er nur drei Hausangestellte beschäftigte (ohne Kindermädchen) und weder einen Butler noch einen Kammerdiener hatte.

Canning erwartete mich mit einiger Ungeduld und öffnete mir persönlich die Tür.

»Das Personal ist im hinteren Salon«, erklärte er. »Es erschien mir der geeignete Ort, um die Befragung durchzuführen. Hier entlang bitte …« Er wandte sich um und wollte losmarschieren, doch ich rief ihn zurück.

»Es ist nicht nötig, Sir, dass Sie vorausgehen. Sagen Sie mir einfach, welche Tür es ist.«

Ich wollte, dass das Personal möglichst zwanglos antwortete, denn der Anblick des Hausherrn hätte jede vorab gegebene Instruktion nur unterstrichen.

Canning wandte sich perplex zu mir um. »Aber … nun, wenn Sie darauf bestehen«, sagte er mit nicht zu übersehendem Zögern.

Die Frauen standen in einer Reihe und warteten bereits auf mich. Sie mussten meine Stimme draußen in der Halle gehört haben. Die älteste von ihnen war eine streng aussehende Matrone von fünfzig oder sechzig Sommern, ganz in Schwarz gekleidet, abgesehen von einer auf dem stahlgrauen Haar festgesteckten weißen Witwenhaube aus Spitzen. Sie trat vor, als ich in das Zimmer kam.

»Ich bin Mrs. Bell, die Köchin und Haushälterin«, sagte sie.

»Und ich bin Inspector Ross vom Scotland Yard, Mrs. Bell. Ich muss mit Ihnen allen sprechen, doch ich wünsche dies jeweils unter vier Augen zu tun.« Die Mägde würden in Gegenwart dieses Drachens nicht frei reden.

Mrs. Bell öffnete den Mund, als wollte sie mir widersprechen, doch bevor sie etwas sagen konnte, fügte ich hinzu: »Das ist die normale Verfahrensweise unter diesen Umständen.«

Dagegen konnte sie nichts einwenden, ganz gleich, welche Instruktionen sie von Canning erhalten haben mochte. »Wie Sie meinen, Sir.« Sie wandte sich zu den beiden Mägden und einem zierlichen jungen Ding von höchstens neunzehn Jahren um, wahrscheinlich das Kindermädchen. »Ihr drei wartet in der Küche!«

Sie verließen gehorsam den Salon. Ich kam nicht umhin festzustellen, dass die Augen des Kindermädchens rot gerändert und geschwollen waren. Sie schien eine Menge geweint zu haben seit dem Verschwinden ihres Schützlings. Die jüngere der beiden Mägde bedachte mich mit einem neugierigen Blick, doch die andere starrte fest geradeaus.

»Nun denn, Mrs. Bell«, begann ich, als wir allein waren. »Wir wollen bitte Platz nehmen.«

Sie setzte sich kerzengerade und mit im Schoß gefalteten Händen hin. Ihre Augen fixierten mich ohne eine Spur von Nervosität, und ihr Mund bildete eine gerade Linie. Ich würde alle Mühe haben, von ihr auch nur die Uhrzeit zu erfahren.

»Wann haben Sie die Herrin des Hauses zum letzten Mal gesehen?«, begann ich.

»Vorgestern, Sir.«

»Um welche Zeit und unter welchen Umständen?«

»Das war so gegen halb zwölf vormittags, Sir. Die Uhr im Salon hatte soeben geschlagen. Ich kam zufällig in die Halle und sah, wie Mrs. Canning die Bänder ihres Capes schnürte. Sie trug einen kleinen Hut. Das Mädchen war bei ihr, angezogen für die Straße.«

»Haben Sie mit ihr gesprochen?«

»Ja, Sir. Ich habe sie gefragt: ›Gehen Sie nach draußen, Ma'am? Wollen Sie denn nicht Ellen mitnehmen?‹«

Ich sah sie verständnislos an. »Ellen ist das Kindermädchen«, fügte sie hinzu.

»Und was hat Mrs. Canning geantwortet?«

»Dass sie Ellen nicht benötige und dass sie nicht länger als eine Stunde draußen sein würde. Sie meinte, das Kind brauche Bewegung und frische Luft. Dann ist sie gegangen und nicht mehr wiedergekommen.«

»Was haben Sie unternommen, als Ihnen bewusst wurde, dass sie nicht zurückgekehrt war? Wie haben Sie davon erfahren?«

»Ich bin nicht nur die Haushälterin, Inspector, sondern auch die Köchin. Ich hatte erwartet, wie üblich ein Mittagessen zu servieren. Doch Purvis – das Zimmermädchen – kam zu mir und informierte mich, dass die Herrin noch nicht da wäre und das Essen warten müsse.«

»Waren Sie überrascht?«

»Allerdings, Sir. Mrs. Canning hatte mir schließlich selbst gesagt, dass sie nicht länger als eine Stunde außer Haus sein würde.«

»Haben Sie herauszufinden versucht, welchen Grund ihre fortgesetzte Abwesenheit haben könnte?«

»Ich habe Ellen losgeschickt, um sich nach ihnen umzuschauen – sowohl nach Mrs. Canning als auch nach Miss Charlotte. Ellen hat die Straßen um das Haus herum abgesucht und sich bei Passanten erkundigt, doch niemand konnte ihr weiterhelfen. Dann kam Mr. Canning nach Hause.« Mrs. Bells Mund schnappte zu. Ich konnte mir die Szene lebhaft vorstellen, als Canning heimgekehrt war. Er war zweifellos mit dem Personal hart ins Gericht gegangen, als wäre es in irgendeiner Weise die Schuld der Hausangestellten.

»Haben Sie eine Idee, was Mrs. Canning zugestoßen sein könnte?«

»Überhaupt keine, Sir«, sagte Mrs. Bell entschieden. »Außer dass beide, wie Mr. Canning glaubt, von abscheulichen Kriminellen auf offener Straße entführt wurden.«

»Warum denken Sie das?«

»Mr. Cannings denkt es«, sagte sie einfach.

»Und denken *Sie* es auch?«, fragte ich freundlich.

»Es gehört nicht zu meinen Aufgaben, Spekulationen anzustellen«, sagte sie, während sie mir in die Augen blickte.

»Hat Mrs. Canning so etwas schon früher gemacht? Ist sie schon einmal ausgegangen – mit oder ohne ihre Tochter – und erst viel später als vereinbart zurückgekehrt?«

»Nein, Sir.«

»Würden Sie sagen, dass Mrs. Canning eine glückliche Frau war?«

»Selbstverständlich, Sir.«

Ich versuchte einen anderen Ansatz. »Sie sind die Köchin des Hauses. Haben Mr. und Mrs. Canning viele Einladungen? Es wäre eine Menge Arbeit für Sie, mit lediglich zwei Mägden als Hilfe.«

»Mr. und Mrs. Canning laden nie ein.« Doch meine Frage hatte sie verärgert. Sie wollte mir nicht durchgehen lassen, dass ich angedeutet hatte, sie sei mit einem einfachen Dinner überfordert. »Es würde mir jedoch keine Mühe bereiten, Sir. Aber ich glaube, Mr. Canning lädt seine Geschäftsfreunde in der Stadt ein. Ich bin die Haushälterin, Inspector. Ich nehme seine Anweisungen entgegen und beaufsichtige das restliche Personal. Ich stelle keine Fragen, Sir. Das steht mir nicht zu.«

Ich würde bei ihr an diesem Tag nicht weiterkommen. Ich dankte ihr und bat sie, Purvis hereinzuschicken. Doch das Zimmermädchen und auch das Hausmädchen, dessen Name im Übrigen Higgins war, konnten oder wollten mir nicht weiterhelfen. Die drei Frauen hätten den sprichwörtlichen drei weisen Affen alle Ehre gemacht, denen es zu hohem Ansehen verholfen hatte, nichts Böses zu hören, zu sehen und zu sagen. Damit war Ellen Brady meine letzte Hoffnung.

Das Kindermädchen wäre unter normalen Umständen wahrscheinlich ein hübsches Ding gewesen, ordentlich gekleidet in Grau, mit einer schneeweißen Schürze wie eine kleine Quäkerin und mit einer gestärkten weißen Haube auf den braunen Haaren. Doch ihre Gesichtszüge und ihr Verhalten waren gezeichnet von dem Unglück, das über sie hereingebrochen war. Auf meine Einladung hin nahm sie Platz und brach prompt in Tränen aus. Ich drängte sie, sich zu fassen und ihr Weinen zu beenden. Insgeheim war ich freilich alles andere als ungehalten – denn nach der rigiden Selbstdisziplin der drei anderen Zeuginnen hatte ich hier endlich jemanden vor mir, dessen Lippen vielleicht doch ein paar interessante Bemerkungen entwischen würden.

Nach viel Jammern und Lamentieren hatte sie sich endlich wieder genügend unter Kontrolle – abgesehen von einem Schluckauf –, um ihr Schluchzen in ein Taschentuch einzustellen. Sie hob das von Tränen gezeichnete Gesicht und sah mich aus verquollenen Augen an. »Es ist nicht meine Schuld, Sir.« Die Worte kamen leise in einem irischen Akzent.

»Niemand behauptet so etwas, Ellen.«

»Alle sagen, ich hätte mitgehen müssen, mit der Herrin und der kleinen Miss Charlotte, Sir. Ich wollte ja, ich hatte es angeboten. Ich habe sie gefragt, ob sie mich nicht bitte mitnehmen könnte, weil der Master …«

An diesem Punkt brach sie ab und sah mich angsterfüllt an. Ausgezeichnet – sie hatte im Begriff gestanden, mir mehr zu verraten als das, was in ihrem sorgfältig vorbereiteten Skript stand.

»Was hatte Mr. Canning denn angeordnet?«, fragte ich ganz beiläufig.

»Nichts. Nur, dass ich mitgehen solle, wenn die beiden Ladys das Haus verlassen.«

»Warum das?«

Ellen schlug den Blick nieder. »Um Mrs. Canning bei dem kleinen Mädchen zu unterstützen, Sir. Miss Canning ist erst drei. Sie kann sehr übermütig sein. Weglaufen und nicht zurückkommen, wenn man nach ihr ruft, diese Dinge.« Ellen lief dunkelrot an.

»Weglaufen?«, fragte ich so behutsam, wie ich konnte. Es war das erste Mal, dass die maßgeblichen Worte ausgesprochen worden waren. »Glauben Sie, dass es das ist, was Mrs. Canning getan hat, Ellen?«

»Oh nein, Sir!« Ellen sah aus, als würde sie im nächsten Moment ohnmächtig werden. Sie schwankte auf ihrem Sessel.

»Keine Angst«, beruhigte ich sie. »Weder Mr. Canning noch Mrs. Bell oder eine der Mägde erfahren ein einziges Wort von dem, was Sie mir erzählen. Sie können in vollem Vertrauen zu mir sprechen.«

Doch Ellen hatte die Grube bereits erspäht, die unter ihren Füßen gähnte. »Ich meinte nur, Sir, dass die junge Herrin sehr verspielt ist.«

»Würden Sie Mrs. Canning als eine glückliche Frau beschreiben, Ellen?«

Eine Pause entstand. Ellen hatte sowohl vor ihrem Arbeitgeber Angst als auch vor Mrs. Bell, doch sie war im Herzen eine aufrichtige Person. »Manchmal dachte ich, dass sie ein wenig traurig ist, Sir. Aber sie liebt Miss Charlotte über alles.« Ellen beugte sich vor. »Sie hätte Miss Charlotte niemals im Stich gelassen oder zugelassen, dass ihr ein Leid geschieht.«

»Sie hat Miss Charlotte mitgenommen«, erinnerte ich sie.

Es war, als hätte ich einen Riegel zurückgeschoben. Die Hände fest im Schoß verschränkt, den flehenden Blick auf meine Augen gerichtet, sprudelten die Worte nur so aus dem Mund des Kindermädchens, wie eine Flut, die von einem nun gebrochenen Damm zurückgehalten worden war.

»Gott ist mein Zeuge, Sir, ich habe alles versucht, sie zu finden! Ich habe überall nachgesehen, die Straßen hinauf und hinunter, im ganzen Viertel und im Park, und ich habe alle Leute gefragt, denen ich begegnet bin!« Die Tränen rollten erneut über ihre Wangen.

»Als ich zurückkam, machte Mrs. Bell mir noch mehr Vorwürfe, weil ich anderen Leuten erzählt hatte, dass die Herrin verschwunden war, denn Mr. Canning mag es überhaupt nicht, wenn andere ihre Nase in seine Angelegenheiten stecken.

Mrs. Bell sagte, wenn sie zu entscheiden gehabt hätte wie bei den anderen Mägden, wäre ich niemals in dieses Haus gekommen. Doch es war Mrs. Canning, die mich ausgewählt hat, aus allen Mädchen, die die Agentur vorbeigeschickt hatte. Sie ist eine freundliche, gute Herrin, und ich habe es immer so gesehen, dass ich für sie arbeite und nicht für den gnädigen Herrn, obwohl er es ist, der meinen Sold bezahlt. Mrs. Canning hat mir gesagt, dass ich nicht mitkommen solle an diesem furchtbaren Tag, an dem sie vom Angesicht der Erde verschwunden ist, weggeschnappt von kriminellen Teufeln und vielleicht sogar ermordet!

Mrs. Canning hat gesagt, dass ich zu Hause bleiben soll. Mrs. Bell hat gesagt, ich soll hinaus und nach ihnen suchen.

Und jetzt stecke ich in Schwierigkeiten, weil ich sie nicht finden konnte und weil ich mit anderen Leuten darüber geredet habe … was hätte ich denn tun sollen, Sir? Was auch immer ich mache, es ist falsch, und sie geben mir die Schuld! Sie geben mir immer noch die Schuld! Ich glaube, ich habe seitdem nicht eine Minute geschlafen. Ich bin nur deswegen noch in diesem Haus, weil ich hoffe, Miss Charlotte zu sehen, wie sie zurückkehrt und alles in Ordnung ist und ihr kein Leid widerfahren ist! Dieses Kind ist ein gesegneter Engel, oh ja. Und nach allem, was ich weiß, ist sie jetzt vielleicht schon selbst bei den Engeln.« Mit diesen Worten hielt sie sich die Schürze vor das Gesicht und schluchzte hinein.

Ich erbarmte mich und ließ von ihr ab. Sie hatte alles in allem bestätigt, was ich mir bereits gedacht hatte. Jane Canning war weggelaufen und hatte ihre Tochter mitgenommen. Jeder im Haus wusste es, Canning eingeschlossen.

Als ich zu ihm zurückkehrte, marschierte er im Gesellschaftsraum auf und ab. »Nun?«, verlangte er zu wissen.

»Danke sehr, Sir. Ich denke, ich habe nun ein gutes Bild der Ereignisse vor Mrs. Cannings Weggang aus diesem Haus.«

Canning musterte mich mit einem scharfen Blick und, wie ich mir einbildete, mit nicht gelindem Schrecken.

»Nun, Sir, es ist eine schmerzliche Geschichte, doch es ist meine Pflicht, Ihnen eine Reihe von persönlichen und möglicherweise quälenden Fragen zu stellen. War Mrs. Canning bei guter Gesundheit?«

»Exzellenter Gesundheit!«, schnaubte er.

»Sie könnte nicht – beispielsweise! – an einer nervösen Krise gelitten haben? Zum Beispiel zusammen mit ihrem Kind verirrt durch London wandern, weil sie die Erinnerung verloren hat?«

»Reden Sie keinen Unsinn!«, giftete er mich an. »Sind Sie der beste Mann, den Scotland Yard vorzuweisen hat?«

Früher oder später musste ich ihn wissen lassen, dass eine Möglichkeit bestand, dass ich seiner verschwundenen Frau bereits begegnet war. »Es gibt viele Obdachlose in London, Personen, die unter Brücken, in Hauseingängen und in jeder noch so kleinen Ecke schlafen, in der sie sich verstecken können. Selbst respektable Personen könnten in eine derart missliche Lage geraten, wenn –«

»Das hat absolut nichts mit dieser Angelegenheit zu tun!«, schnitt er mir das Wort ab. »Ich werde morgen zum Yard gehen und verlangen, dass ein anderer Mann auf den Fall angesetzt wird! Meine Frau wurde entführt, und anstatt nach den Halunken zu suchen, die für diese Schändlichkeit verantwortlich sind, stehen Sie hier und halten mir dumme Vorträge über die Elenden, die in Hauseingängen schlafen! Nicht, dass irgendjemand in einem Hauseingang schlafen sollte! Gibt es denn keine Gesetze gegen Landstreicherei? Wozu sind die Obdachlosenasyle der Armenhäuser eigentlich gut? Ich zahle meine Steuern, Ross, und ich erwarte eine Gegenleistung dafür! Finden Sie meine Frau!«

»Was ich Ihnen zu sagen versuche, Sir, ist, dass ich gestern Nacht zu ziemlich fortgeschrittener Stunde auf meinem Nachhauseweg eine Frau mit einem Kind getroffen habe. Sie schlief in der Nähe des Flusses, und als ich sie nach ihrem Namen fragte, nannte sie sich Jane Stephens.«

Die Farbe wich so blitzartig aus seinem roten Gesicht, dass ich hastig einen Schritt nach vorn machte, weil ich befürchtete, er könnte ohnmächtig werden. Doch er war aus härterem Material gemacht.

»Wenn Sie andeuten wollen, dass meine Frau von allen Sinnen verlassen wurde und in ihrem Wahn meine Tochter genommen hat, um mit ihr auf der Straße zu schlafen, dann … dann glaube ich, dass Sie den Verstand verloren haben, Inspector! Die Frau mag tatsächlich Jane Stephens geheißen haben, doch das ist nichts weiter als ein dummer Zufall.«

Seine Augen glitzerten vor Empörung, und sein kleiner Van-Dyke-Bart schob sich kriegslüstern vor.

Ich erwiderte nichts.

Er wandte sich ab und ging zum Fenster, wo er für ein paar Minuten schweigend stand und mit auf dem Rücken verschränkten Händen auf die Straße hinausstarrte. Schließlich, als er seine Fassung wiedererlangt hatte, fuhr er zu mir herum.

»Wie dem auch sei, und egal ob Sie gestern Nacht meiner Frau begegnet sind oder nicht, Inspector, meine Tochter wurde entführt, und ich verlange, dass Sie sie finden. Ich zahle meine Steuern und erwarte, dass die Hüter des Gesetzes ihre Pflicht erfüllen!« Er marschierte zu dem runden Tisch in der Mitte des Raums, der kunstvoll mit einer Spitzendecke verziert war, und hob einen Umschlag hoch. »Dies sind Fotografien meiner Frau und meiner Tochter. Informieren Sie mich, sobald Sie sie gefunden haben. Die Adresse der Großtante meiner Frau in Southampton finden Sie ebenfalls in diesem Umschlag, so wie gewünscht. Aber sie werden Jane nicht bei ihr finden.«

»Sind Sie sicher, Sir?«

»Natürlich bin ich sicher. Versuchen Sie mich auf die Palme zu bringen, Inspector?«

»Nein, Sir, selbstverständlich nicht. Aber ich hoffe, Sie verstehen, wie wichtig es ist, dass Sie offen mit der Polizei reden. Wir können nicht ermitteln, wenn man uns wichtige Fakten vorenthält.«

»Ich habe Ihnen alles gesagt, was Sie wissen müssen«, entgegnete er eisig.

Ich verließ das Haus in dem Wissen, dass er mich durch ein Fenster beobachtete. Wegen der hohen Mauern um sein Grundstück bezweifelte ich jedoch, dass er sehen konnte, was ich als Nächstes machte. Ich begab mich zu den Häusern rechts und links von seinem, um Erkundigungen einzuziehen. Ich ging zu den Hintereingängen und befragte das jeweilige Hauspersonal. Niemand hatte Mrs. Canning am fraglichen Tag gesehen. Trotzdem kam eine Reihe interessanter Fakten ans Licht. Beispielsweise, dass Mrs. Canning niemals allein ausgegangen war. Tatsächlich hatte sich Mrs. Canning kaum jemals überhaupt auf der Straße sehen lassen.

Wieder im Yard studierte ich die Fotografien aus Cannings Umschlag. Eine war ein Studioporträt einer sehr jungen Frau mit schönen, regelmäßigen Gesichtszügen. Nicht hübsch im herkömmlichen Sinn, doch erweckte sie einen offenen, großherzigen Eindruck. Die sitzende Person fixierte die Kamera mit einem vertrauensvollen Blick. Sie besaß dichtes blondes Haar, in der Mitte gescheitelt und nach hinten gekämmt zu einem eben noch erkennbaren dicken Knoten im Nacken. Das ganze Foto war kunstvoll arrangiert. Sie posierte auf einem Sofa im filigranen, vergoldeten Stil des letzten Jahrhunderts und hielt ein Buch im Schoß, zugeklappt zwar, doch mit dem Zeigefinger zwischen den Seiten, als hätte der Fotograf sie beim Lesen gestört, als er hereingekommen war. Rokoko-Sofa und Buch gehörten vermutlich dem Studio. Ich vermochte nicht zu sagen, ob dies die junge Frau war, die ich unten am Fluss angetroffen hatte, weil in der Dunkelheit nicht viel von ihrem Gesicht zu erkennen gewesen war. Andererseits deutete auch nichts darauf hin, dass sie *nicht* die unbekannte Landstreicherin sein konnte.

Es gab zwei weitere Fotografien. Eine zeigte ein kleines Mädchen neben einem Podest mit einer großen Vase voller Blumen. Auch diese gehörten vermutlich dem Studio, in dem das Bild geschossen worden war. Das Kind hatte ein rundliches Gesicht, eingerahmt von blonden Löckchen, und trug ein kostbares Kleidchen mit einem volantbesetzten Rock und Button-Boots. Es hatte die Stirn leicht gerunzelt, als studierte es den Fotografen, während dieser seine Arbeit machte. Ich bildete mir ein, dass das Mädchen aussah wie seine Mutter, nur entschlossener.

Die dritte Fotografie war ein Familienporträt und offenbar älter als das vorherige Bild, aufgenommen vielleicht einen oder zwei Monate nach der Geburt des Kindes. Mrs. Canning saß mit dem Baby Charlotte auf dem Schoß. Das Kind war so sehr eingehüllt in Petticoats, Bänder und eine riesige Haube, dass es schwer war, mehr zu erkennen als ein kleines Schmollgesichtchen und zwei pummelige Fäustchen. Die Mutter sah älter aus als auf der ersten Fotografie, wo sie allein auf dem Sofa gesessen hatte. Ich nahm besagtes Bild noch mal zur Hand und verglich die beiden miteinander. Ja, das Studioporträt war vermutlich sehr kurz nach der Hochzeit gemacht worden. Die junge Frau schien zu erblühen, wovon auf dem Familienbild nichts mehr zu sehen war. Die Geburt mochte das bewerkstelligt haben … oder es war eine Folge der Ehe selbst. Canning stand auf dem Familienbild schräg hinter der Schulter seiner Frau. Seine Hand ruhte besitzergreifend auf der Rücklehne ihres Stuhls. Sein Van-Dyke-Bart war borstig, und er hatte das Kinn vorgereckt und starrte wild die Kamera an. Es war kein glückliches Bild, erkannte ich.

Dann wurde es Zeit, die Hilfe der Constablerei von Hampshire zu bemühen. Ich nahm ein Blatt Papier und setzte gewissenhaft eine Mitteilung auf, die noch am gleichen Abend über den elektrischen Telegrafen verschickt werden sollte.

Als ich spätabends nach Hause kam, sah ich Lizzies Gesicht an, dass sie sorgenvoll auf mich gewartet hatte. Während wir beim Essen saßen, beschrieb ich ihr meinen langen und frustrierenden Arbeitstag. Als ich ihr von Canning und meiner Befürchtung erzählte, dass ich die verschwundene Frau und das Kind unter den Brückenbögen von Waterloo gesehen hatte, blickte sie noch sorgenvoller drein.

»Du sagst, die Dienstboten hätten dir nichts erzählen können? Vielleicht, wenn du es noch einmal versuchst?«, erwiderte sie, nachdem ich ihr meinen Besuch in St. John's Wood beschrieben hatte. »Meiner Erfahrung nach weiß das Personal eines großen – ja selbst eines bescheidenen – Haushalts sehr genau, was in einer Familie vorgeht.«

»Sie stehen unter der Kontrolle dieser Haushälterin, Mrs. Bell«, antwortete ich mit einem Seufzen. »Selbst das Kindermädchen, das sicherlich eine ganze Menge mehr erzählen könnte, hat nicht viel verraten. Sie hat lamentiert und war untröstlich, jedoch mindestens genauso sehr wegen ihrer eigenen misslichen Lage als wegen ihrer verschwundenen Herrin und ihres Schützlings, würde ich sagen. Es war genug, um meinen Verdacht zu bestätigen, mehr aber auch nicht. Canning scheint im Hinblick auf seine Frau ein sehr besitzergreifender Mann zu sein. Er hat von ihr erwartet, dass sie daheim war, wenn er von seinem Geschäft in Charing Cross zurückkam. Er wollte nicht, dass sie unbegleitet nach draußen ging. Sie scheint überhaupt nur selten ausgegangen zu sein, und sie hatten nie Gäste zu Hause.«

»Ist er vielleicht eifersüchtig?«, schlug Lizzie vor. »Wenn sie so viel jünger ist als er und wenn er so ist, wie du ihn beschreibst …«

»Sein besitzergreifendes Verhalten würde nicht als Grund genügen, um die Scheidung einzureichen«, sinnierte ich. »Zumindest nicht, solange es nicht noch einen weiteren Grund gibt. Vielleicht, wenn er gewalttätig war?«

»Was immer das Gesetz sagt«, entgegnete Lizzie leise. »Es ist beinahe unmöglich für eine Frau, sich von ihrem Mann scheiden zu lassen. Wenn Jane über kein eigenes Geld verfügt, das irgendwie gesetzlich vor dem Zugriff ihres Mannes geschützt ist, dann ist sie jetzt mittellos. Und wenn ihre einzige Angehörige diese alte Großtante in Southampton ist, dann kann sie nirgendwohin. Die Tante wäre entsetzt, würde sie vor ihrer Tür auftauchen. Was immer die Wahrheit hinter alledem sein mag, von nun an ist sie für alle Zeiten von diesem Skandal befleckt, und ihr Ruf ist ruiniert. Du weißt genauso gut wie ich, dass in den Augen der Öffentlichkeit die Schuld ohnehin immer bei der Frau liegt, ganz gleich, wie ein Gericht urteilen mag. Abgesehen davon ist da noch ihre kleine Tochter. Superintendent Dunn hat recht. Unter den gegebenen Umständen würde kein Richter erlauben, dass das Kind bei ihr bleibt, bis es sieben Jahre alt ist. So etwas muss sehr hart sein für eine Frau wie die arme Jane.«

»Sei vorsichtig, wen du heiratest«, sagte ich mit einem Lächeln in einem Versuch, die düstere Unterhaltung ein wenig aufzuhellen.

»Ich hatte Glück, dir wieder zu begegnen, nach all den Jahren, Ben. Jane Stephens – falls das ihr Mädchenname ist – begegnete Mr. Hubert Canning. Er erschien ihr zweifellos wie ein ganz ausgezeichneter Kandidat, und die ältliche Großtante war sicher begierig, ihre Großnichte gut verheiratet zu sehen. Ich frage mich, wo sie jetzt stecken mag, sie mit ihrer kleinen Tochter. Es ist furchtbar, darüber nachzudenken, in welchem Zustand sie jetzt sein mag.« Lizzie sah auf die Uhr. Es wurde schon wieder sehr spät.

Ich erhob mich ebenfalls müde aus meinem bequemen Stuhl. »Ich wünschte, ich hätte auch nur den Hauch einer Idee, Lizzie. Das Einzige, was ich bisher sagen kann, ist, dass ihre Leichen noch nicht aus der Themse gezogen wurden. Ich habe am Abend eine Bitte um Mithilfe an meinen Gegenpart in Southampton telegrafiert. Er soll einen seiner Beamten zu Janes ältlicher Großtante schicken. Es könnte hilfreich sein, mehr über den Hintergrund ihrer Ehe in Erfahrung zu bringen. Ich werde mein Bestes tun, sie zu finden, Lizzie.«

Meine Frau lächelte. »Ja, Ben, ich weiß, dass du das tun wirst. Wenn jemand sie aufspüren kann, dann du, Ben.«

»Was ich nicht kann, ist, den Mord in Putney zu untersuchen, den Mills beobachtet haben will.« Ich nahm den Schürhaken und rüttelte am Gitter.

»War Dunn sehr ärgerlich deswegen?«

»Er war nicht so schlimm. Halbwegs verständnisvoll. Aber er hat entschieden, dass ich die Angelegenheit auf sich beruhen lassen soll. Also kann ich nichts unternehmen.«

»Hmmm«, war die einzige Antwort. Plötzlich stand ein nachdenklicher Ausdruck auf dem Gesicht meiner Frau, den ich nur allzu gut kannte.

»Nein!«, sagte ich bestimmt.

»Nein was?«

»Das ist nichts, was dich interessiert.«

»Mir scheint eher, dass es Leute wie den Gefängnisdirektor oder den Innenminister, die etwas unternehmen könnten, nicht interessiert. Und weil es sie nicht interessiert, darfst du nicht ermitteln. Und wenn du nicht darfst und ich nichts tue, wer dann?«, fragte sie ernst.

Womit sie recht hatte. Aber das machte diesen Vorschlag trotzdem kein bisschen durchführbarer – oder wünschenswerter. Ich gab mein Bestes, es ihr zu erklären, obwohl ich spürte, dass meine Argumente an ihr abprallten wie von einer Ziegelmauer. »Wie kannst du nur hoffen, etwas herauszufinden?«, flehte ich zu guter Letzt. »Die ganze Sache hat sich, wenn sie überhaupt passiert ist, mitten auf Putney Heath zugetragen, vor mehr als sechzehn Jahren! Ich habe keine Adresse. Er sagte, es sei nicht weit von der Portsmouth Road entfernt, aber das ist eine vage Beschreibung, denn die Straße verläuft geradewegs mitten über die Heide nach Süden. Auf dem Schornstein war eine Wetterfahne, die aussah wie ein Fuchs mit gerade nach hinten gestreckter Rute. Die Wetterfahne könnte natürlich längst von einem Sturm heruntergeweht worden sein. Oder es gibt mehrere Häuser mit solchen Wetterfahnen. Wer weiß!

Vielleicht könnte ich, wenn ich ein paar weitere Hinweise finde, die Mills' Aussage untermauern, die Behörden dazu bringen, Interesse an der Sache zu entwickeln. Doch die Wahrscheinlichkeit, solche Hinweise zu finden, ist höchst, nun ja … es ist völlig unmöglich.«

Sie hatte meinen Argumenten geduldig zugehört, und wie immer hatte sie eine Antwort parat. »Ich könnte Wally Slater aufsuchen und ihn überreden, mich mit seiner Droschke nach Putney zu fahren. Mit Wally habe ich Bewegungsfreiheit, wenn ich erst dort bin. Das Haus steht abseits von anderen, hat Mills erzählt.«

»Es ist sechzehn Jahre her«, erinnerte ich sie. »Die Gegend hat sich mit ziemlicher Sicherheit verändert. Nicht nur hier hat es eine Baumanie gegeben, auch sonst überall in London und Umgebung. In Putney sind in den letzten zwanzig Jahren ebenfalls jede Menge neuer Häuser erbaut worden. Wer weiß, ob dieses spezielle Haus noch so einsam steht wie damals, als Mills es fand. Abgesehen davon …« Ich griff nach dem letzten Glied in meiner Argumentationskette. »Es ist außerdem viel zu weit, ja? Die Kosten mal beiseitegelassen, wird es diese alte Mähre von Slater nie bis dorthin und wieder zurück schaffen, ohne in der Deichsel zusammenzubrechen.«

»Er hat Nelson nicht mehr. Er hat ein neues Pferd, ein jüngeres. Es heißt Victor.«

Ich ließ mich ablenken. »Victor?«

»Er hätte es gerne Victory genannt, um die Erinnerung an Nelson aufrechtzuerhalten, verstehst du? Aber Victor ist einfacher auszusprechen.«

»Du kannst trotzdem nicht den ganzen Weg nach Putney fahren in der Hoffnung, ein Haus zu finden, das vielleicht gar nicht mehr existiert!« Damit hatte ich, wie ich hoffte, ein unüberwindbares Hindernis errichtet.

Doch meine Frau lächelte nur. »Oh, ich werde schon herausfinden, ob es noch existiert. Wann war dieser verdächtige Todesfall? Am fünfzehnten Juni achtzehnhundertzweiundfünfzig, hast du gesagt, wenn ich mich recht erinnere?«

»Das ist richtig. Mills hat gesagt, es sei ein Dienstag gewesen. Das ist eines der Details, die mich denken lassen, dass er tatsächlich etwas gesehen hat. Er könnte natürlich einem Irrtum aufgesessen sein in dem, was er gesehen zu haben glaubte.« Noch während ich sprach, fügte ich mich resignierend in das Unvermeidliche.

»Dann muss mein erster Besuch Somerset House gelten. Dort gibt es Aufzeichnungen aller Todesfälle, ist das richtig?«

»Nun, pass wenigstens auf, dass Dunn nichts davon mitkriegt«, bettelte ich eindringlich.

»Oh, Superintendent Dunn«, sagte Lizzie. »Er ist ein netter Mann, aber er regt sich immer so auf.«

Das Bild von Dunn, schäumend vor Wut, war kaum treffend beschrieben mit »regt sich auf«. Doch es gab eine andere, dringlichere Überlegung als Dunns Wut, sollte er herausfinden, dass Lizzie sich wieder einmal in polizeiliche Angelegenheiten eingemischt hatte.

»Hör mir zu«, flehte ich sie an, »hör mir doch wenigstens einmal zu! Nehmen wir an, du jagst keinen Gespenstern hinterher. Nehmen wir an, es gab einen Mord, und Mills hat ihn durchs Fenster beobachtet. Er sagt, der Killer war eine junge – sehr junge Frau. Das bedeutet, dass sie heute nicht älter als vielleicht vierzig Jahre ist. Nehmen wir an, sie lebt immer noch in diesem Haus mit dem Wetterfahnenfuchs, und du findest es tatsächlich irgendwie. Dann hast du plötzlich auch *sie* gefunden, Lizzie, und sie ist eine Mörderin.«

»Ben, hab doch mal ein bisschen Vertrauen zu mir! Ich vergesse das schon nicht«, sagte sie. Sie war unübersehbar verärgert.

»Bitte, Lizzie, sei bloß vorsichtig«, ermahnte ich sie. »Und lass Bessie nicht aus den Augen. Oder Slater, was das angeht! Ihr drei könnt nicht einfach durch die Gegend rennen und von Mord reden!«

»Als würden wir so etwas tun!«, entgegnete meine Frau entrüstet.

»Als würde Bessie so etwas nicht tun!«

KAPITEL FÜNF

Elizabeth Martin Ross

Ich verstand Bens Dilemma. Er hatte mir einmal erzählt, dass jeder Polizeibeamte sich bemühen sollte, persönliche Distanz zu dem Fall zu halten, in dem er ermittelte. Dass er sich auf die Fakten konzentrieren sollte. Dass er nicht zulassen durfte, dass seine Emotionen ihn ablenkten. Doch Ben war das Leiden anderer Menschen nicht egal. Er hatte als Kind zu viel davon gesehen. Wenn er helfen konnte, half er. Nur wenn er überzeugt war, nichts ausrichten zu können, akzeptierte er zögernd, dass er die Sache auf sich beruhen lassen musste.

Jetzt hatte er – zusätzlich zum Fall von Mills – den einer verschwundenen Frau und ihrer kleinen Tochter auf dem Schreibtisch. Er glaubte, versagt zu haben, da er sie unter den Bögen entdeckt und einfach dort gelassen hatte. Das machte seinem Gewissen zu schaffen.

Es war Zeit, dass ich ihm half. Im Fall von Jane Canning konnte ich nichts tun, doch ich konnte vielleicht ein paar Fakten und Hintergrundinformationen zu der Geschichte finden, die Mills, der verurteilte Mörder, gesponnen hatte. Wenn es mir gelang, etwas herauszubringen – irgendetwas, auch wenn es darauf hindeutete, dass Mills seine Geschichte nur erfunden hatte, würde das Bens Gewissen beruhigen. Offen gestanden, in Erfahrung zu bringen, dass Mills gelogen hatte, wäre das hilfreichste Resultat meiner Bemühungen. Denn dann würde Ben seinen Seelenfrieden zurückgewinnen. Herauszufinden, dass Mills die Wahrheit gesagt hatte, konnte hingegen unerträglich werden. Ich würde mein Bestes geben. Dabei hast du noch gar nicht richtig angefangen, Lizzie!, sagte ich mir optimistisch.

Als Ben am nächsten Morgen zur Arbeit gegangen war, suchte ich Bessie in der Küche auf, wo sie mit der üblichen Inbrunst den Abwasch erledigte. Ich fragte mich, ob wir noch einen einzigen unbeschädigten Teller im Haus hatten.

»Ich werde dir jetzt etwas im Vertrauen erzählen, Bessie«, begann ich.

Bessie ließ das Geschirr Geschirr sein, wischte sich die Hände an der Schürze trocken und stellte sich mit glänzenden Augen vor mich. »Ja, Missis?«

Ich erzählte ihr, was ich ihr bis zu diesem Zeitpunkt vorenthalten hatte: Mills' Bericht über die Ereignisse vor sechzehn Jahren in Putney.

»Meine Güte!«, sagte Bessie mit einem tiefen Seufzer.

»Du redest mit niemandem darüber, Bessie!«, erinnerte ich sie.

»Sie wissen doch, dass ich das nicht tun würde, Missis!« Sie klang beleidigt.

Ich wusste, dass ich ihr vertrauen konnte. »Der Inspector kann diesen Fall nicht untersuchen, obwohl er es gerne täte«, sagte ich.

»Dann machen wir das!«, sagte Bessie prompt.

»Aber es ist vielleicht nicht nötig«, warnte ich sie. »Die Polizei könnte den Fall immer noch aufgreifen, und wir müssten uns nicht einmischen.«

»Würde aber nicht schaden, nach Putney zu fahren und sich umzusehen«, erwiderte Bessie.

»Zugegeben. Aber es wäre inoffiziell, und wir müssen sehr, sehr vorsichtig sein.« Ich gab ihr den Auftrag, Wally Slater aufzusuchen, den Droschkenkutscher, und seinen vierrädrigen Growler für den nächsten Tag zu reservieren. Sie sollte ihn informieren, dass es nach Putney gehen würde (und sich nach den Kosten erkundigen). Ich hatte durchaus vor, Wally einen fairen Preis für die Fahrt hin und zurück zu zahlen. Wenn Ben herausfand, dass ich wirklich vorhatte, die Reise zu unternehmen, war das Erste, was er wissen wollte – oder fast das Erste –, wie viel es kosten sollte, also musste ich eine Antwort parat haben. Mit dem Zug oder dem Omnibus zu fahren und zu Fuß auf der Heide herumzulaufen würde unsere Ermittlungen beträchtlich einschränken.

»Ich werde ihn finden«, versprach Bessie. »Er steht normalerweise am Taxistand am Bahnhof. Ich warte dort, falls er nicht da ist, und wenn er nicht auftaucht, sage ich den anderen Kutschern, dass ich mit ihm reden möchte. Die Nachricht macht schnell die Runde. Natürlich werde ich ihnen nicht verraten, wozu ich Wally brauche.«

»Heute werde ich erst einmal nach Somerset House gehen und versuchen, die Identität des alten Gentlemans herauszufinden, der in dem fraglichen Haus mit der Fuchswetterfahne an diesem Tag des Jahres achtzehnhundertzweiundfünfzig starb.«

Unglücklicherweise nahmen meine eigenen Ermittlungen keinen sonderlich guten Anfang. Schon bald nach meinem Gespräch mit Bessie traf ich vor den imposanten Säulen von Somerset House ein, wo die Aufzeichnungen über Geburten, Tode und Eheschließungen aufbewahrt wurden. Als ich das Gebäude betrat, stand ich für einen Moment befremdet da und glotzte. Hier hatten einst einige der Größten dieses Landes gelebt, doch heute erinnerte der ganze großartige Palast an einen geschäftigen Ameisenhaufen, bis zum letzten Winkel ausgefüllt mit Schreibern und Bediensteten der verschiedensten Regierungsabteilungen.

Während ich so dastand, näherte sich mir ein freundlicher uniformierter Portier. »Guten Morgen, Ma'am! Kann ich Ihnen behilflich sein? Wonach suchen Sie?«

Dankbar für sein Angebot erklärte ich ihm, dass ich hoffte, einen bestimmten Todesschein aufzuspüren. Er schien dies als die natürlichste Sache der Welt zu betrachten, denn er dirigierte mich ohne weitere Fragen durch einen Korridor und eine Treppe hinauf, wo ich mich in einem weiteren Korridor wiederfand. Schließlich landete ich in einem Saal mit einem Schreibtisch, hinter dem ein Sachbearbeiter thronte.

Dieser Offizielle war ein blasser, dicklicher junger Mann in einer zugeknöpften engen blauen Jacke. Sein Haar lag in kunstvollen Locken, vermutlich durch Zuhilfenahme von Lockenstäben, und in glänzender Reglosigkeit vermittels üppiger Applikation von Makassar-Öl. Sein gesamtes Verhalten war das eines Mannes, der meinte, man sollte ihn mit wichtigeren Dingen betrauen als mit der Beantwortung von Anfragen durch die Öffentlichkeit. Ich fürchtete gleich vom ersten Moment an, dass die Dinge nicht so gut weiterlaufen würden, wie sie angefangen hatten. Ich sollte recht behalten.

Ich erklärte ihm in freundlichem Ton, dass ich nach einem Todesfall in Putney suche, Todesjahr 1852, am fünfzehnten Juni, und dass der Verstorbene männlich sei.

»Wie die Hälfte der restlichen Bevölkerung übrigens auch«, entgegnete er und stieß einen schweren Seufzer aus. »Name?«

»Ich weiß den Namen nicht.«

Er erhob sich hinter seinem Schreibtisch und beugte sich vor, sodass sich seine plumpen Backen und seine glänzenden Locken unangenehm nah vor meinem Gesicht befanden. »Und wie, Ma'am, soll ich dann nach ihm suchen?« Sein Atem roch nach Veilchen-Cachous.

»In dem Band, der die Aufzeichnungen für das Todesjahr enthält?«

Er stieß ein protestierendes Krächzen aus und dann ein lautes Lachen, dass andere Personen im Saal ihre eigenen Angelegenheiten vergaßen und sich zu uns umdrehten. Missbilligung schlug uns entgegen.

»Die Anzahl der Todesfälle dieser Nation im Verlauf eines Jahres füllt eine Menge mehr als nur einen einzelnen Band! Es gibt eine ganze Reihe davon. Sie müssen den Namen wissen, dann kann ich

Ihnen die entsprechenden Bände zeigen, damit Sie selbst nachschlagen können.«

»Aber es ist ja gerade der Name, den ich herausfinden will!«, protestierte ich.

»Warum denn das?«, fragte er unvermittelt.

»Weil er von Interesse ist für mich.«

Er schürzte die Lippen, was ihm das Aussehen einer erwachsenen Putte verlieh. »Sie können keine Verwandte sein, sonst wüssten Sie den Namen«, stellte er fest und blickte noch selbstzufriedener drein angesichts seiner messerscharfen Schlussfolgerung.

»Das ist richtig. Ich bin meines Wissens nicht mit dem fraglichen Gentleman verwandt.«

Sein herablassender Gesichtsausdruck wich offenem Misstrauen. »Keine Verwandte also? Dachte ich's mir doch. Was geht Sie dann sein Tod an, eh?«

»Das ist allein meine Sache«, erwiderte ich streng.

»Ist es? Nun, die Aufbewahrung und der Schutz der Aufzeichnungen sind *meine* Sache. Wir haben dafür zu sorgen, dass kein Missbrauch damit getrieben wird. Ich bin nicht überzeugt, dass Sie hier irgendetwas anderes tun, als meine Zeit zu verschwenden – das heißt, falls Sie nicht etwas Schändliches vorhaben?« Seine Gesichtszüge legten sich in die pantomimischen Falten von jemandem, der soeben eine heimtückische Verschwörung aufgedeckt hatte.

»*Schändliches?* Was sollte ich denn Schändliches vorhaben?«, ächzte ich erschrocken.

Er beugte sich erneut vor. »Hochstapelei! Vorspiegelung einer falschen Identität!«, zischte er.

»Was denn, Sie glauben, dass ich die Identität eines älteren Gentlemans annehmen könnte, der vor sechzehn Jahren gestorben ist? Ist das Ihr Ernst?«

»Sie könnten für jemand anders handeln. Oder es könnte mit einem Testament zu tun haben. Ich kann Ihnen nicht weiterhelfen – es sei denn, Sie bringen mir den Namen der verstorbenen Person und ihre Anschrift in Putney. Und nun, Ma'am, Sie stören den Betrieb hier, und ich muss Sie bitten zu gehen.«

Unter den Augen aller im Saal erhob ich mich und marschierte hocherhobenen Kopfes nach draußen.

»Hallo«, sagte mein freundlicher Portier. »Das hat aber nicht lange gedauert. Haben Sie gefunden, wonach Sie suchten?«

»Nein«, sagte ich kurz angebunden. Dann, um nicht unhöflich gegenüber jemandem zu sein, der nichts als freundlich zu mir gewesen war, fügte ich hinzu: »Der Sachbearbeiter war nicht besonders entgegenkommend.«

Er musterte mich nachdenklich. »Und was genau war das Problem?«

»Ich kenne den Namen des Verstorbenen nicht«, erklärte ich. »Ich weiß, wann er gestorben ist und wo: in Putney. Aber ich kenne die exakte Anschrift nicht.«

»Putney, eh?«, fragte der Portier mit einem Stirnrunzeln. »Sie sagen, Sie wissen, *wann* der Gentleman verschieden ist?« Er deutete mit dem Finger himmelwärts.

Ich spürte einen Anflug von Hoffnung und nannte ihm das Datum, obwohl er wahrscheinlich nur gelangweilt und neugierig war. »Am fünfzehnten Juni achtzehnhundertzweiundfünfzig. Ich glaube, an jenem Tag gab es ein schweres Sommergewitter auf der Heide.«

Er nickte langsam. »Die besten Aussichten hat man bei den Gemeindeaufzeichnungen«, erklärte er dann. »Putney … das müsste die St. Mary's Church sein.«

Als er meine Überraschung bemerkte angesichts seiner Allwissenheit, fügte er rasch hinzu: »Ich kenne Putney. Meine Frau hat dort gearbeitet, als sie ein junges Mädchen war. Viele feine Leute haben Häuser in Putney, wissen Sie? Viele bedeutende Menschen sind in Putney gestorben. Einige von ihnen bei Duellen auf Putney Heath, in den Zeiten meines alten Vaters. Heute ist das nicht mehr erlaubt, aber damals … Die Gentlemen, die sich gegenseitig mit Duellpistolen die Köpfe von den Schultern geblasen haben … sie sind für diese Gelegenheit auf die Heide hinausgefahren, und ihre Leichen wurden in die Kutschen gesetzt und in der Stadt beerdigt.

Aber die Leute, die in Putney leben und sterben, die werden in Putney begraben. Im Kirchenregister von St. Mary's, da finden Sie den Gentleman. Nicht das Datum seines Todes, sondern das seiner Beerdigung, und das wird nicht mehr als eine Woche später gewesen sein, nicht, wenn er im Juni gestorben ist. Im Juni werden die Tage heiß, und Sie sagen, es hätte ein Gewitter gegeben? Man kann einen Leichnam nicht im Haus herumliegen lassen, wenn es heiß und schwül ist. Er verdirbt in null Komma nichts. Ja, die Gemeindeaufzeichnungen, dort finden Sie alles aufgeschrieben. Und wenn Sie wissen, wo er liegt, können Sie sein Grab und den Grabstein finden, insbesondere, wenn er erst vor sechzehn Jahren gestorben ist. Grabsteine, das sage ich den Leuten immer, wenn sie herkommen, um ihre Vorfahren zu suchen. Wenn Sie das Datum kennen, finden Sie den Grabstein. Er erzählt Ihnen alles, was Sie wissen müssen, den Namen seiner Frau und seiner Kinder. Ein wundersames Ding, so ein Grabstein, sage ich immer.«

Seine Schlussfolgerungen machten mich für einen Moment sprachlos. Selbst Ben wäre beeindruckt gewesen. Sie hätten den Portier oben in der Nachforschungsabteilung beschäftigen sollen und den dicken, pomadigen Sachbearbeiter hier unten als Türsteher.

»Ihre Frau kennt nicht zufällig ein Haus in Putney, auf der Heide, ein altes Haus, mit einer Wetterfahne, die aussieht wie ein rennender Fuchs?«, fragte ich in einem Anflug von Optimismus. »Möglicherweise nicht weit von der Straße entfernt, die die Kutschen runter nach Portsmouth nehmen?«

»Ich kann sie fragen«, sagte er. »Kommen Sie doch morgen wieder vorbei, dann weiß ich es.«

Ich hatte Bessie losgeschickt, um mit Wally Slater ein Arrangement für morgen auszuhandeln, doch wir konnten möglicherweise Zeit sparen, wenn ich dem Portier vorher einen zweiten Besuch abstattete. Wally konnte mich schnell herbringen. Ich dankte meinem neuen Freund und kehrte nicht völlig unzufrieden nach Hause zurück.

Inspector Ben Ross

Ich hätte mir wirklich mehr Gedanken darüber machen sollen, was Lizzie bei ihrem Besuch in Somerset House finden würde, doch ich hatte eine Menge andere Dinge im Kopf und wenig Zeit, und außerdem – was immer Lizzie in Erfahrung brachte, würde ich am Abend ohnehin erfahren.

Ich leitete die Information bezüglich der vermissten Jane Canning an sämtliche Londoner Polizeistationen weiter. Bisher war nichts Relevantes zurückgekommen. Ich hatte meinen Kollegen in Southampton angeschrieben, und er sollte meinen Brief heute erhalten haben, möglicherweise in der Nachmittagspost. Mit ein wenig Glück würde ich in einem oder zwei Tagen von ihm hören. Wir hatten außerdem sämtliche Londoner Armenhäuser kontaktiert, doch keines hatte eine weibliche Bittstellerin mit Namen Canning oder Stephens gemeldet. Canning hatte uns mitgeteilt, dass er in den Krankenhäusern nachgefragt hatte. Wir fragten dennoch erneut nach. Kein erwachsenes Unfallopfer, auf das die Beschreibung gepasst hätte, war in den vergangenen Tagen eingeliefert worden und kein unidentifiziertes Kleinkind. Das einzige Kind überhaupt war ein Junge, ein Straßenkehrer, der unter die Räder eines Karrens gekommen war. Es schien mehr als möglich, dass Jane, falls sie irgendwo aufgenommen worden war, keinen der beiden Namen genannt hatte, die wir von ihr kannten. Doch auch die Fotografie brachte uns nicht weiter. Man hatte sie einfach nirgendwo gesehen.

Kurz vor zwölf erreichte uns eine Nachricht aus Wapping, dass der Leichnam einer Frau aus der Themse geborgen worden war. Ich eilte sofort los, denn ich befürchtete das Schlimmste.

Ein Constable der Flusspolizei nahm mich in Empfang und brachte mich zur Leichenhalle, die eigens für Wasserleichen eingerichtet worden war. Ein Bediensteter zog das Laken zurück, und zum Vorschein kam eine Frau, nicht mehr in der vollen Blüte ihrer Jugend, mit einem verschwollenen Gesicht und weiteren blauen Flecken überall am Leib. Ihre Haut war grobporig, ihr Haar sah aus wie mit Henna getönt, und als ich eine ihrer Hände aufhob und umdrehte, bemerkte ich Schwielen. Diese Tote war nicht Jane Stephens.

Meine erste Reaktion war Dankbarkeit dafür, dass es nicht die Frau war, die ich am Abend zuvor unter den Brückenbögen von Waterloo getroffen hatte. Es ist zwar wichtig, wenn man in einem Fall ermittelt, kein persönliches Interesse zu entwickeln, doch ich empfand eine Art Verantwortung für die arme Jane Canning. Es war, wie Dunn gesagt hatte. Ich hätte sie sogleich wegen Landstreicherei verhaften lassen sollen. Dann wäre die ganze Angelegenheit untersucht und Jane zu ihrem Mann zurückgebracht worden, zusammen mit ihrem Kind. Andererseits – wäre das wirklich zum Besten der Beteiligten gewesen? Ich wusste es einfach nicht. Ich wusste nur, dass ich, wenn mein Verstand nicht so voll von Mills und seiner Geschichte gewesen wäre, mehr Aufmerksamkeit auf eine offensichtlich wohlsituierte Frau verwendet hätte, die aus unerfindlichen Gründen mit einem Kleinkind in den Armen draußen im Freien schlief wie eine Obdachlose.

Mein anfängliches Gefühl von Erleichterung wich alsbald einer gewissen Neugier wegen der Hämatome auf dem vor mir liegenden Leichnam. Ich fragte den Constable, der mich hergebracht hatte, ob ein Polizeichirurg verfügbar wäre, und nach einigem Warten tauchte ein kleines derangiertes Individuum in einem schmuddeligen Kittel auf.

»Was wünschen Sie?«, wollte er von mir wissen. »Ich bin ein viel beschäftigter Mann mit einem ganzen Raum voller Patienten.«

»Bitte entschuldigen Sie, wenn ich Ihnen Umstände mache, Doktor«, sagte ich. »Ich danke Ihnen, dass Sie gekommen sind.

Würden Sie bitte einen Blick auf den Leichnam dieser Frau werfen und mir verraten, was Ihrer Meinung nach der Grund für ihre Verletzungen ist?«

Er knurrte verärgert, beugte sich über die Tote und verkündete Augenblicke später: »Verursacht durch den Aufprall auf das Wasser. Ist sie von einer Brücke gesprungen?«

»Niemand hat gesehen, wie sie ins Wasser kam, Sir«, sagte der Constable. »Ein Fährmann hat Frauenkleidung gemeldet, die sich am Geländer einer ins Wasser führenden Treppe verfangen hatte. Er meinte, dass eine Person in der Kleidung steckte, und das war diese hier.«

»Sie war noch nicht lange im Wasser«, sagte der Chirurg. »Die Leichenstarre wurde möglicherweise verzögert durch die Wassertemperatur, doch ich könnte mir denken, ohne weitere Untersuchung, dass sie irgendwann im Lauf der vergangenen Nacht ins Wasser gelangt ist, vor der einsetzenden Ebbe. Vor Mitternacht vielleicht. Wenn sich ihre Kleidung im Geländer verfing, wie festgestellt wurde, so hat das verhindert, dass sie zu Boden sank. Was die Frage angeht, ob sie noch gelebt hat oder bereits tot war, das kann ich nicht sagen, bevor ich sie nicht geöffnet und die Lungen untersucht habe. Falls sie noch am Leben war, findet sich Wasser in der Lunge und in den Atemwegen.«

»Ich verstehe, dass die Hämatome in ihrem Gesicht vom Aufprall auf das Wasser herrühren, Doktor«, sagte ich. »Aber wie steht es mit denen auf ihrer Brust und dem Unterleib? Unter der Kleidung?«

Der Chirurg blickte mit einem überraschend eifrigen Gesichtsausdruck zu mir hoch. »Ah, Sie glauben, es könnte sich um das Opfer eines Gewaltverbrechens handeln, richtig? Die Hämatome auf dem Leib sehen meiner Meinung nach älter aus als die im Gesicht. Zweifellos war sie das Opfer eines gewalttätigen Angriffs irgendwann im Lauf der vergangenen Woche. Mehr kann ich Ihnen ohne eingehendere Untersuchung leider nicht sagen, Inspector. Ich weiß nur, dass diese Hämatome nicht die Todesursache waren.« Er ging zum Kopfende des Untersuchungstisches, auf dem das arme Opfer lag, teilte sorgfältig das Haar der Toten und hob den Kopf an, um die Rückseite des Schädels zu untersuchen. »Keine sichtbaren Kopfverletzungen«, sagte er. »Sie müssen sich gedulden, Inspector. Warten Sie auf das Resultat der Obduktion. Danach kann ich – oder wer auch immer sie durchführt – Ihnen sagen, ob sie noch gelebt hat oder bereits tot war, als sie ins Wasser ging.«

Ich kehrte zum Scotland Yard zurück und informierte Morris, dass die Tote nicht Jane Stephens war. Was die Post-mortem-Untersuchung der Leiche ans Licht bringen würde, landete vielleicht nicht auf meinem Schreibtisch. Ich würde warten, bis es so weit war – falls es dazu kam.

Ich fand außerdem einen Besucher vor – Mr. Canning wartete bereits auf mich. Er sprang von dem Stuhl auf, den Morris ihm hingestellt hatte, und rückte mit rotem Gesicht gegen mich vor. Die Spitze seines Van-Dyke-Barts zielte wie ein Dolch auf meine Brust.

»Ich warte seit fast einer Stunde, Inspector Ross!«, herrschte er mich an.

»Ich musste eine Wasserleiche begutachten, die die Flusspolizei aus der Themse gezogen hat«, entgegnete ich brüsk. Ich hatte mehr als genug von Hubert Canning, dem respektablen Steuerzahler.

Bei meinen Worten erblasste er und ächzte: »Meine Frau?«

»Nein, Mr. Canning«, entgegnete ich. »Nicht Ihre Frau. Aber ich musste den Leichnam in Augenschein nehmen, um sicher zu sein.«

Der Besucher setzte sich unvermittelt auf den frei gewordenen Stuhl, zog ein Taschentuch hervor, nahm den runden Hut ab und wischte sich die schwitzende Stirn. Während er um seine Fassung rang, nutzte ich die Gelegenheit, ihm sämtliche Schritte aufzuzählen, die wir unternommen hatten, um seine Frau zu finden. Er nickte, doch es schien, als hätte es ihm die Sprache verschlagen. »Mr. Canning, sind Sie ganz sicher, dass Sie nicht wissen, was

Mrs. Canning dazu veranlasst haben könnte, Ihr Heim auf so eine Weise zu verlassen? Es hat den Anschein, dass sie aus völlig freien Stücken weggegangen ist. Wir haben keinerlei Hinweise auf ein Gewaltverbrechen wie beispielsweise die von Ihnen behauptete Entführung finden können.«

Das brachte ihn zur Besinnung. Er richtete sich auf, steckte das Taschentuch weg und sagte entschieden: »Sie hatte nicht den geringsten Grund, sich so undankbar zu verhalten. Sie muss völlig von Sinnen sein. Haben Sie in den Irrenanstalten nachgefragt?« Er wartete, doch ich tat ihm nicht den Gefallen zu antworten. In aufsässigem Tonfall fuhr er fort: »Ich will meine Tochter zurückhaben! Was meine Frau angeht … Hören Sie, Sie müssen meine Tochter finden!«

Mit diesen Worten erhob er sich und stolzierte hinaus. Ich war mehr als je zuvor davon überzeugt, dass er wusste, dass seine Frau geflüchtet war. Auch weil er gar nicht sonderlich darauf erpicht schien, dass sie zu ihm zurückgebracht wurde. Seine Tochter hingegen wollte er unbedingt, und um die kleine Charlotte Canning zu finden, musste ich zuerst ihre Mutter aufspüren. Ich fragte mich, ob Canning sein Geschäft aufgesucht hatte oder heimgekehrt war. Ich nahm an, dass er mit größerer Wahrscheinlichkeit zu seinem Weinhandel gegangen war, wo er das Gefühl hatte, Herr der Lage zu sein. Die Kontrolle zu haben schien Hubert Canning eine ganze Menge zu bedeuten.

»Ich begebe mich nach St. John's Wood«, informierte ich meinen Sergeant. »Ich will dieses Kindermädchen noch einmal befragen.«

Das Mädchen namens Purvis, wie ich mich erinnerte, öffnete mir die Tür von Cannings Haus.

»Der gnädige Herr ist nicht hier, Sir«, sagte sie, sobald sie sah, wer auf den Stufen stand.

»Ich bin nicht hier, um Mr. Canning zu sehen«, entgegnete ich.

»Ich möchte mit Ellen Brady sprechen, dem Kindermädchen. Ist sie da?«

Purvis blinzelte überrascht, und ein Ausdruck von Panik huschte über ihr Gesicht. »Wenn Sie hier warten wollen, Sir, in der Halle ...« Sie flüchtete in den hinteren Teil des Hauses.

Wie ich mir schon gedacht hatte, erschien als Nächstes Mrs. Bell, die Haushälterin. Sie rückte wie ein Racheengel gegen mich vor. »Was wollen Sie von Ellen?«, verlangte sie, ohne zu grüßen, von mir zu erfahren.

»Ist sie hier?«, fragte ich erneut.

»Ja.« Mrs. Bell atmete tief durch. »Ich muss Sie erneut fragen, Inspector Ross – warum wünschen Sie Ellen zu sehen?«

»Warum müssen Sie das wissen?«, entgegnete ich so freundlich, wie es mir unter den gegebenen Umständen möglich war.

»Warum? Warum?« Ihre Gesichtsfarbe, die zuvor sehr blass gewesen war, wechselte nun zu Dunkelrot. »Ich bin in Abwesenheit von Mr. Canning verantwortlich für das Dienstpersonal in diesem Haus, Inspector Ross.«

Ich lächelte sie an. »Aber nicht für die polizeilichen Ermittlungen betreffend dem Verschwinden von Mrs. Canning und ihrer Tochter Charlotte, nicht wahr, Mrs. Bell? Wenn Sie jetzt die Güte hätten, Miss Ellen Brady zu rufen? Oh, und bitten Sie sie, Haube und Schal mitzubringen.«

Ihr blieb keine andere Wahl, als meiner Bitte nachzukommen, doch nicht, ohne ihrem Missvergnügen Ausdruck zu verleihen.

»Also schön, Inspector Ross. Wenn Sie darauf bestehen. Allerdings wäre es mir lieb, wenn Sie sich das nächste Mal, wenn Sie Veranlassung haben, in Abwesenheit des gnädigen Herrn herzukommen, an die Hintertür des Hauses begeben könnten.«

Sie wandte sich auf dem Absatz um und marschierte davon. Ich hörte, wie sie Purvis instruierte, nach oben in die Kinderstube zu gehen und Ellen zu informieren, dass sie in Straßengarderobe herunterkommen möge.

Kurze Zeit später erschien Ellen an der Hintertreppe. Sie trug einen grauen Umhang und eine winzige Haube, die auf der Vorderseite ihres Kopfes mit einer großen perlenverzierten Nadel und mit einem Band unter dem Kinn befestigt war.

»Ja, Sir?« Sie sah mich nervös an, als wäre ich gekommen, um ihr eine Straftat zur Last zu legen und sie in Handschellen wegzuschleifen.

»Keine Angst, Miss Brady«, sagte ich. Ein leises Rascheln im hinteren Teil der Halle verriet mir, dass dort entweder Mrs. Bell oder Purvis lauerten und lauschten. »Am Tag ihres Fortgehens hat Mrs. Canning die kleine Miss Charlotte auf einen Spaziergang ausgeführt. Ich halte es für sehr wahrscheinlich, dass sie die gleiche Route gewählt hat wie jedes Mal bei diesen Gelegenheiten. Sie haben die beiden normalerweise begleitet, ist das richtig?«

Ellen nickte wortlos.

»Dann können Sie mir diesen Weg zeigen?«

Wir verließen das Haus, und Ellen bedeutete mir mit einem Wink, dass wir uns nach rechts wenden sollten. Wir gingen gemäßigten Schrittes los. Als wir außer Sichtweite des Hauses waren, wandte ich mich an Ellen. »Erschrecken Sie bitte nicht, Ellen, aber ich möchte mich mit Ihnen unterhalten, ohne dass irgendjemand sonst unserer Unterhaltung lauscht.«

»Jawohl, Sir«, sagte sie, immer noch nervös. »Ich dachte mir schon, dass das Ihr Plan ist. Gehen wir trotzdem den Weg, den Mrs. Canning immer genommen hat?«

»Ja, wenn Sie möchten.«

»Nun, dann gehen wir zum Regent's Park. Miss Charlotte war immer gerne am Bootssee. Nicht, dass wir je mit einem der Boote gefahren wären. Wir haben den See nur umrundet. Bei gutem Wetter, heißt das. Bei schlechtem Wetter haben wir den Weg abgekürzt, aber wir sind jeden Tag nach draußen gegangen, außer es hat Bindfäden geregnet.«

»War das Wetter gut an dem Tag, als sie das Haus verließ und verschwand?«

»Ja, Sir. Es war ein sehr schöner Tag. Es hat mich nicht überrascht, als Mrs. Canning mit ihrer Tochter nach draußen wollte. Nur, dass sie mich nicht dabeihaben wollte.«

Also eine Änderung der üblichen Routine, dachte ich. Irgendetwas war geschehen, das diese Änderung bewirkt hatte.

»Dann lassen Sie uns zu diesem See gehen«, sagte ich laut. »Ellen, Sie müssen mir glauben, dass ich alles, was Sie mir erzählen, lediglich dazu benutze, Mrs. Canning zu finden. Ich werde nichts von dem, was Sie mir anvertrauen, an Mr. Canning weitergeben oder Mrs. Bell oder sonst irgendjemanden außer einem anderen Polizeibeamten. Sie können vollkommen frei mit mir sprechen.«

Sie antwortete nicht. »Es kostet Sie mit Sicherheit nicht Ihre Anstellung«, fügte ich hinzu.

»Aber ich habe keine Anstellung mehr, wenn Mrs. Canning und Charlotte nicht wieder zurückkommen, oder?«, platzte es aus ihr heraus. »Ich wage zu behaupten, dass ich so oder so keinen Platz mehr in diesem Haushalt haben werde, selbst wenn … selbst wenn sie zurückkommen. Mrs. Bell ist so wütend auf mich – und der gnädige Herr auch –, dass sie mich für zwei Wäscheklammern weggeben würden, noch am heutigen Tag! Sie behalten mich nur deswegen im Haus, weil sie ein Auge auf mich haben wollen.«

»Oh? Wieso das?«

»Damit sie wissen, was ich tue und mit wem ich rede – beispielsweise heute mit Ihnen.«

»Ellen«, sagte ich freundlich. »Was ist es, wovor sie Angst haben, dass Sie es erzählen könnten?«

Sie schwieg minutenlang. »Ich bin sicher, dass ich es nicht weiß, Sir«, sagte sie dann leise.

»Und ich bin sicher – oder wenigstens einigermaßen sicher –, dass Sie es wissen oder dass Sie es sich zumindest denken können«, erwiderte ich.

»Ich schwatze nicht, Sir.«

Es war an der Zeit, genauso hartnäckig zu sein wie sie. »Hören Sie, Ellen«, begann ich. »Mrs. Canning ist möglicherweise – oder beinahe sicher – in Gefahr, ganz zu schweigen von der vielleicht noch größeren Gefahr für das kleine Mädchen. Wollen Sie denn nicht, dass die beiden gefunden und sicher nach Hause zurückgebracht werden?«

»Doch«, sagte Ellen einfach. »Ich habe kaum eine Minute geschlafen, seit sie verschwunden sind, vor lauter Sorge und Gedanken an die beiden, und das ist die Wahrheit!«

Wir gingen schweigend weiter, bis wir den Park erreichten. Von dort aus war es nicht mehr weit bis zum Bootssee, wo ich auf eine Holzbank deutete. Ellen nahm Platz, und ich setzte mich neben sie.

»Wir hätten trockenes Brot für die Enten mitbringen sollen«, sagte ich.

»Das haben wir auch immer gemacht«, sagte Ellen. »Miss Charlotte hat gerne …« Sie verstummte, und ich wartete geduldig. Ich spürte, dass sie beschlossen hatte, mir etwas anzuvertrauen, doch sie war nicht sicher, wie sie anfangen sollte. Ein Kindermädchen mit einem Kinderwagen kam an uns vorbei. Ein kleiner Junge mit einem Reif trottete neben ihr her.

»Mr. Canning ist ein merkwürdiger Mensch, wissen Sie?«, begann Ellen unvermittelt, und ihr irischer Akzent war plötzlich stärker ausgeprägt. »Er wollte niemanden ins Haus lassen. Es hat nie Besucher gegeben. Sie sind niemals ausgegangen, außer am Sonntagmorgen zur Kirche. Von dort aus geradewegs wieder nach Hause. Keine Familie, die zu Besuch kam. Ich weiß nicht, ob Mr. Canning überhaupt Familie hat. Ich weiß, dass Mrs. Canning eine ältere Tante hat, irgendwo unten in Southampton. Sie hat dort gelebt, bevor sie Mr. Canning geheiratet hat. Das hat sie mir erzählt. Sie hat mir auch erzählt, dass sie die Aussicht auf das Meer vermisst und dass die Luft in der großen Stadt anders ist. Sie hätte Miss Charlotte gerne mit ans Meer genommen, irgendwohin, für einen kurzen Urlaub, aber Mr. Canning hat immer gesagt, er könne sein Geschäft nicht schließen. Irgendwann hat Mrs. Canning gemeint, sie habe das Gefühl, sie könne überhaupt nicht mehr atmen hier in London. Ich verstand genau, was sie meinte, weil ich das gleiche Gefühl habe. Ich bin auf dem Land aufgewachsen.«

»Als ich ein Junge war, daheim in Derbyshire, wurde ich bereits mit zehn Jahren zum Arbeiten in die Grube geschickt. Dort gab es denkbar wenig frische Luft«, sagte ich.

»In der Dunkelheit?«, fragte Ellen und blickte mich angstvoll an.

»In völliger Dunkelheit, ja.«

»Gab es dort Ratten, Sir?«

»So groß wie kleine Hunde.«

»Hatten Sie denn keine Angst?«

»Ich hatte Todesangst. Es machte keinen Unterschied. Ich musste hinunter. Es gab noch jüngere Knaben als mich dort in der Grube.«

»Dann macht es Ihnen bestimmt nichts aus, in der Stadt zu leben«, sagte Ellen. »Trotz all dem Qualm und dem Gestank. Es muss viel besser sein, als tief unten mit der Kohle begraben zu sein.« Sie verschränkte die Hände im Schoß. »Mrs. Canning war eine sehr unglückliche Frau, Sir. Mr. Canning – ich sage nicht, dass er der einzige Mann auf der Welt ist, der so denkt, aber alles muss genau so gemacht werden, wie er es wünscht. Mrs. Bell führt den Haushalt bis in das kleinste Detail, ohne jede Rücksprache mit Mrs. Canning, weil Mr. Canning es so haben will. Mr. Canning geht seinen Geschäften nach und verkauft Wein an die Oberschicht. Die arme Mrs. Canning hat nirgendwo ein Wort mitzureden und darf nirgendwo hingehen. Sie darf sich nicht mit anderen verheirateten Ladys treffen oder irgendwas in der Art, keine Teepartys und keine Wohltätigkeitszirkel, wie es viele andere Ladys in ihrer freien Zeit machen.«

»Und doch war es Mrs. Canning, die Sie als Kindermädchen ausgewählt hat, wenn ich richtig informiert bin?«

»Das hat sie, Sir. Mrs. Bell ist für die Dienstmädchen zuständig – sie kommen und gehen in schöner Regelmäßigkeit, das können Sie mir glauben. Keine arbeitet gerne hier. Purvis macht es nicht so viel aus. Sie ist eine wandelnde Pechsträhne wie die alte Mutter Bell persönlich, nur dass Mrs. Bell nie Mutter war. Doch als es darum ging, ein Kindermädchen zu engagieren, stellte Mrs. Canning – das einzige Mal, soweit ich weiß – sich quer und sagte, dass sie entscheiden will, wen sie nimmt. Die Agentur hat mehrere Mädchen vorbeigeschickt, und Mrs. Canning hat mich gewählt. Mrs. Bell gefiel das nicht. Sie mag mich nicht. Aber weil Mr. Canning stolz war, Vater geworden zu sein und all das, ließ er Mrs. Canning dieses eine Mal ihren Willen. Mrs. Canning und ich sind immer wunderbar miteinander ausgekommen.«

»Und was glauben Sie, hat Mrs. Canning veranlasst, das Kind zu nehmen und wegzulaufen?«

Ich fragte mich, ob Ellen abstreiten würde, dass dies der Fall war.

Stattdessen sah sie mich an und sagte: »Der gnädige Herr und die Herrin hatten einen furchtbaren Streit, Sir.«

»Wann war das?«

»Nun ja, sie hatten einige in den letzten ein oder zwei Monaten. Aber dieser Streit am Abend vorher – bevor Mrs. Canning weggegangen ist … sie hat ihm erzählt, wie unglücklich sie ist und wie einsam und dass sie das alles ändern wolle, dass er ihr erlauben solle, Freundinnen zu haben. Es gab Ladys in der Kirche, die vorbeigekommen sind und ihre Karten dagelassen haben. Doch sie durfte die Besuche nicht erwidern und ihre Karte ebenfalls dalassen. Das wollte sie aber. Mr. Canning meinte, das wäre alles Unsinn, und er würde nicht dulden, dass sie in seiner Abwesenheit durch die Stadt rennt, wie er es nannte. Mrs. Canning war in Tränen aufgelöst, und er brüllte sie nur an.«

»Wie kommt es, dass Sie das alles gehört haben, Ellen?«

»Miss Charlotte war unruhig. Sie wachte oft auf und rief laut nach ihrer Mutter. Ich glaube, sie hat gemerkt, dass ihre Mama unglücklich und verängstigt war, und es nicht verstanden, sehen Sie? Also stand ich auf, um zu ihr zu gehen, und weil es im Haus so ruhig war mitten in der Nacht, konnte ich hören, wie Mr. und Mrs. Canning stritten. Ich schlafe in der Kinderstube, verstehen Sie, und sie ist auf der gleichen Etage wie das Schlafzimmer von Mr. und Mrs. Canning. Mrs. Bell und die Mägde schlafen auf der Etage darüber und hören wahrscheinlich nichts von alledem. Aber in dieser Nacht, mein Gott, da hatten sie einen solchen Krach, dass vielleicht auch das Personal obendrüber etwas gehört hat. Aber glauben Sie nicht, dass Sie eine von ihnen dazu bringen, das zuzugeben.«

»Dann ging das also bereits seit ein paar Monaten so?«

»Jawohl, Sir. Es fing an, glaube ich, nachdem Mrs. Canning das Unglück hatte, ihr Baby zu verlieren.«

»Welches Baby?«, fragte ich verblüfft.

»Sie erwartete noch einmal ein Kind, doch sie hatte eine Fehlgeburt im dritten oder vierten Monat und war hinterher einige Wochen lang krank. Das war letztes Jahr, gegen Weihnachten.«

»Also war Mrs. Canning seit fast einem Jahr niedergeschlagen«, sinnierte ich. »Seit sie ihr zweites Baby verloren hatte.«

»Das ist richtig, Sir. Frauen kommen sogar nach einer gesunden Geburt in diese Stimmung, wissen Sie? Jede Hebamme kann Ihnen das bestätigen. Und wenn sie ein Kind verlieren, was erwarten Sie dann? Doch Mr. Canning wollte das nicht einsehen. Er verlor die Beherrschung und brüllte sie an, wie gewöhnlich. Sie fing an zu schluchzen, und er stürmte nach draußen. Ich ging ins Zimmer und versuchte sie zu trösten. Dieser Narr von einem Doktor, den Mr. Canning hinzurief, machte alles nur noch schlimmer. Er sagte zu Mr. Canning, dass Mrs. Canning an Hysterie leide. Er erklärte, es sei eine Frauenkrankheit und weitverbreitet. Mr. Canning verlangte von ihr, dass sie sich ›zusammenreißen‹ solle, das war das Wort, das er benutzte. Wenn nicht, so sagte er, würde er sie in eine Klinik schicken, die dieser Doktor empfohlen hätte, und dort würde man sie ›behandeln‹.«

»Was für eine Klinik?«, rief ich aus.

»Der gnädige Herr und der Doktor nannten sie eine ›Spezialklinik für die Behandlung weiblicher Hysterie‹. Ich habe von solchen Kliniken gehört, Sir. Dort machen sie alle möglichen unanständigen Dinge mit Frauen und nehmen sich Freiheiten heraus … keine freundliche, sanfte Lady wie Mrs. Canning sollte in solch ein Haus müssen. Fragen Sie mich bitte nicht nach weiteren Einzelheiten, Sir, weil ich nichts mehr darüber sagen möchte. Es steht mir nicht zu. Ich bin eine anständige Frau, und die schmutzigen Worte kommen mir nicht über die Lippen. Aber die arme Mrs. Canning ist nicht krank, Sir! Sie ist nur unglücklich.«

Also hatte Canning seine arme Frau in eine Nervenkrise getrieben und beabsichtigt, sie in ein privates Sanatorium zu stecken, um sie wegsperren zu lassen. Dort würde sie dann Gott weiß welchen Behandlungen ausgesetzt werden. Jane war in Panik geraten und geflüchtet und hatte das Kind mitgenommen. Canning kannte den Grund dafür. Er würde es niemals zugeben. Ihr Verhalten bestätigte in seinen Augen wahrscheinlich die Diagnose der Hysterie, die der Arzt gestellt hatte. Nun, ich mag kein Arzt sein, aber wenn ein Mann sich mehr wie ein Gefängniswärter verhält als wie ein Ehemann, dann sollte er nicht erwarten, dass es seiner Frau gefällt. Canning hatte seine Frau schikaniert, an allen Ecken und Kanten – das war das einzige Wort, das mir für sein Verhalten einfiel.

»Wir sollten jetzt wieder zurückgehen, Sir«, sagte Ellen entschlossen und erhob sich. »Es wird schlimm genug, wenn ich zurück bin. Mrs. Bell und dann Mr. Canning, wenn er nach Hause kommt, werden mich ins Verhör nehmen. Sie werden jedes einzelne Wort erfahren wollen, was ich zu Ihnen gesagt habe. Aber machen Sie sich keine Gedanken, Sir, ich werde ihnen nicht verraten, was ich Ihnen erzählt habe. Ich fürchte die beiden nicht. Sie können mich wegschicken, aber sie können mir keine schlechten Referenzen geben wegen dem, was ich vielleicht anderen Leuten erzählen könnte.« Ellen bedachte mich mit einem spitzbübischen Blick.

»Ehrlich gesagt, Sir, ich glaube, dass Mr. Canning sogar ein wenig Angst vor mir hat.«

Nein, ich musste mir keine Gedanken machen wegen Ellen. Sie war mehr als fähig, auf sich selbst aufzupassen.

Als ich an jenem Abend nach Hause kam, überfiel mich Lizzie förmlich mit ihren Erlebnissen in Somerset House und ihrer Hoffnung, dass der Portier am nächsten Morgen Informationen für sie haben könnte.

»Nun, es kann nicht schaden, wenn du morgen zu ihm gehst und in Erfahrung bringst, ob seine Frau Erinnerungen an ihre Zeit in Putney hat, die uns weiterhelfen könnten«, sagte ich bedächtig. »Aber bitte, Lizzie, sei vorsichtig, ja? Fragen zu stellen kann eine sehr gefährliche Angelegenheit sein.«

KAPITEL SECHS

Elizabeth Martin Ross

»Dieses Tier«, erklärte Wally Slater, der Droschkenkutscher, voller Stolz, »dieses Tier ist ein echter Hackney. Gezüchtet, um Droschken zu ziehen, ein prächtiges Arbeitstier. Es läuft und läuft den ganzen Tag, ohne zu lahmen oder zu schnaufen oder sonstwie zusammenzubrechen. Es ist außerdem noch jung, wissen Sie, erst sechs Jahre alt. Ich musste ganz schön viel Geld dafür hinblättern«, fügte er vertraulich hinzu. »Aber es vergütet mir das mit vielen Jahren harter Arbeit, zuverlässig wie Big Ben beim Anzeigen der Zeit.«

Ein stolzes Lächeln huschte über die zerschlagenen Gesichtszüge des ehemaligen Preisboxers, was ihn, wenn das überhaupt möglich war, noch erschreckender aussehen ließ.

Wir starrten alle drei auf Victor, während das Pferd mit einem auf die Spitze gestützten Hinterhuf abwartend im Geschirr der Kutsche stand, gleich vor unserem bescheidenen Haus. Victor musterte uns im Gegenzug aus einem großen braunen Auge, als versuchte er einzuschätzen, was Bessie und ich ohne Gepäck wogen. Was er gesehen hatte, schien ihn zu beruhigen, denn er schnaubte und senkte den Kopf, als wollte er ein Nickerchen halten.

»Er sieht jedenfalls sehr ruhig aus«, stellte Bessie fest. »Er schläft ja fast.«

»Er ist ausgesprochen gutmütig. Ein Droschkenpferd muss gutmütig sein. Es gibt immer wieder Kutscher, die versuchen, ein billiges Pferd zu kaufen«, erklärte Wally. »Sie wissen schon, ein Kutschpferd, das nicht länger zum Gespann eines vornehmen Mannes passt. So ein Tier mag mehr hermachen, aber es ist keine harte Arbeit gewohnt, es kann schwierig zu lenken sein, erkältet sich leicht und hält im Allgemeinen nicht länger als zwei, drei Jahre durch. Ich habe solche Pferde tot im Geschirr zusammenbrechen sehen. Nein, so Gott will, werden Victor und ich so lange zusammenbleiben wie der alte Nelson und ich.«

»Wo wir gerade von Jugend sprechen, Mr. Slater …«, sagte ich. »Ist der junge Joey noch in Ihren Diensten?«

»Dieser Straßenlümmel, den Sie mir vorbeigeschickt haben?« Wally kicherte. »Er macht sich gut. Natürlich hatten wir ein paar Probleme. Beispielsweise mag meine Frau es nicht, wenn man flucht. Es gehört sich nicht, sagt sie. Also musste ich ihm mehrmals einschärfen, dass er seine Zunge hüten soll. Das Problem dabei war, ihm überhaupt klarzumachen, was Fluchen ist. Er schien zu glauben, dass jede Sprache für jede Gelegenheit passt, ganz egal, ob Frauen dabei sind oder nicht. Aber wir haben das hingekriegt. Er hat meinen alten Nelson von Anfang an gemocht, und Nelson ihn auch. Und als Nelsons Zeit vorbei war und er zum Abdecker musste, da war der junge Joey in Tränen aufgelöst, genau wie meine Frau. Ich hatte auch eine Träne im Auge, wenn Sie's wissen wollen«, fügte Wally hinzu. »Sie würden den Jungen kaum wiedererkennen, wenn Sie ihn jetzt sähen. Meine Frau hat ihn aufgepäppelt, und er ist gewachsen und groß und kräftig geworden, auch wenn er nie ein Preisboxer werden wird.«

Wally wurde geschäftlich. »So. Sie wollen also zuerst nach Somerset House und dann raus nach Putney. Dann sollten wir besser schauen, dass wir loskommen.«

Victor erkannte am Ton seines Besitzers, dass die Abfahrt bevorstand. Er warf den Kopf hoch und blickte aufmerksam in die Runde. Bessie nahm den kleinen Korb mit den Äpfeln, die uns als Wegzehrung dienten, und wir stiegen in die Kutsche.

Ich hatte mir Sorgen gemacht, dass der freundliche Portier vielleicht heute nicht im Dienst sein könnte. Doch er war an seinem Platz und begrüßte mich wie eine alte Bekannte.

»Schön, Sie wiederzusehen, Ma'am! Ich wusste, dass Sie zurückkommen würden, und ich werde Sie nicht enttäuschen. Ich habe meiner Frau gestern Abend alles erzählt. Sie war sehr glücklich damals in Putney, als sie noch ein junges Mädchen war, und sie schwelgte sofort in Erinnerungen! Ich erzählte ihr von dem Haus mit der Wetterfahne, das Sie mir beschrieben haben.«

»Und kannte sie es?«, fragte ich eifrig.

»Nun, sie erinnert sich an ein Haus mit einer Fuchswetterfahne«, antwortete der Portier vorsichtig. »Das soll nicht heißen, dass es dasselbe Haus sein muss, verstehen Sie mich nicht falsch. Aber es war in der Nähe der Portsmouth Road, genau wie Sie sagen. Es gehörte einem Gentleman namens Spelton oder Shelton, sie erinnert sich nicht mehr so genau, wie er hieß, und mehr weiß sie auch nicht. Es war kein Haushalt, der mit den Leuten befreundet war, für die meine Frau damals arbeitete. Womit ich sagen will, dass sie sich gegenseitig keine Besuche abgestattet haben, weswegen meine Frau nie die Leute gesehen hat, die dort wohnten. Das Einzige, woran sie sich erinnert, ist, dass Mr. Spelton oder Shelton ein älterer Herr war und ein Invalide. Das weiß sie, weil der Arzt regelmäßig zu einem Familienmitglied ihres Haushalts gerufen wurde, und er sagte wohl ziemlich oft, während er Hut und Mantel ablegte, dass er gerade von Mr. Spelton oder Shelton komme. Oder wenn er ging, sagte er, dass er nun zu Mr. Spelton-Shelton müsse.«

»Ich bin Ihnen sehr zu Dank verpflichtet, Mr. … ich fürchte, ich kenne Ihren Namen gar nicht«, sagte ich.

»Hogget, Ma'am.«

»Ich bin Ihnen sehr zu Dank verpflichtet, Mr. Hogget, Ihnen und Ihrer Frau. Ich frage mich, ob ich Sie bitten dürfte, noch eine weitere Sache zu erfragen. Kann sie sich vielleicht an den Namen des Arztes erinnern?«

»Ich werde sie fragen«, versprach er. »Lassen Sie mich wissen, wie Sie vorankommen.«

Ich ging nach draußen und berichtete Bessie, was ich in Erfahrung gebracht hatte. Sie wurde sehr nachdenklich. »Wissen Sie, Missis, Sie haben da vielleicht etwas losgetreten. Hogget geht nach Hause und erzählt seiner Frau, dass Sie sich wirklich für die Sache interessieren und dass Sie jetzt auch noch den Namen des Arztes wissen wollen! Wenn Mrs. Hogget noch mit jemandem aus Putney befreundet ist, dann wird sie es bestimmt erwähnen! Sie haben ein Gerücht in Gang gesetzt, Missis!«

Eingedenk der Tatsache, dass Ben genau das befürchtet hatte, entgegnete ich nachdrücklich: »Ich ziehe doch nur allgemeine Erkundigungen ein«.

»Jemand, der sich solche Mühe macht, wie Sie das tun, Missis, der zieht keine allgemeinen Erkundigungen ein. Der hat ein ganz spezielles Interesse, das ist klar. Bitte um Verzeihung, wenn ich das so direkt sage, Missis«, fügte sie ein wenig verspätet hinzu.

Sie hatte wahrscheinlich recht, aber was geschehen war, war geschehen. Ich machte es mir bequem und überließ es Victor, uns alle nach Putney zu bringen.

Ich hätte mich nicht sorgen müssen, die St. Mary's Church zu finden, denn sie lag direkt hinter der Putney Bridge am Flussufer, und wir sahen den alten, gedrungenen Turm schon von Weitem. Die Kutsche klapperte über die Holzbrücke, und die Bohlen hallten hohl unter uns, dann waren wir auch schon auf der High Street. Bessie und ich stiegen aus, und Wally kletterte von seinem Bock herunter.

»Wo es schon nach zwölf ist – Victor wird seinen Hafer wollen und eine Pause«, sagte unser Kutscher. »Ich schlage vor, dass Sie ebenfalls eine Rast machen. Ich bringe Victor zu einem geeigneten Platz, einem Stall mit einem Wassertrog, wo ich ihn versorgen und mich selbst etwas erfrischen kann.«

»Sie meinen eine Taverne«, sagte Bessie.

»Jepp, Missis Messerscharfer-Verstand. Ganz genau das meine ich.« Wally wandte sich mir zu. »Eine Taverne ist außerdem ein sehr guter Ort, um ins Gespräch zu kommen. Man kann eine ganze Menge erfahren bei einem Schwätzchen über einem Pint Bier.«

»Bitte seien Sie vorsichtig, Mr. Slater«, flehte ich ihn an.

»Machen Sie sich keine Sorgen«, versicherte er mir. »Wer mich anschaut, kann sofort sehen, was ich bin. Außerdem habe ich Victor draußen stehen mit seinem Hafersack, quasi als Beweis. Ich bin nicht das Gesetz, nicht wie Ihr Mann. Ich bin nur ein Kutscher. Ich komme hierher zurück, um Sie und sie einzusammeln …« Wally nickte in Richtung von Bessie. »Gegen halb zwei? Wäre das in Ordnung?«

Wir sahen ihm hinterher, als er langsam davonfuhr.

»Nun, Missis, was machen wir jetzt?«, fragte Bessie, als wir uns zur Kirche umwandten.

»Wir besuchen die Kirche«, sagte ich. »Wie es jeder Neuankömmling in Putney tun würde. Das zieht kein Gerede nach sich. Anschließend suchen wir nach einem möglichen Grab.«

Es herrschte Ebbe, und der Fluss hatte Tiefstand. Eine Gruppe barfüßiger Straßenjungen war auf den Schlammbänken unterhalb der Kirche unterwegs und suchte nach Beute. Das frei liegende Flussbett glitzerte und glänzte grau und braun, hier und da durchsetzt von einem widerlichen Grün, und war mit allen Arten von Müll übersät. Der angeschwollene Kadaver eines ertrunkenen Hundes war vom zurückweichenden Wasser freigegeben worden. Möwen kreisten darüber, und der vertraute Gestank von menschlichen Exkrementen überfiel unsere Nasen, als wir den Pfad zur Tür beschritten. Trotz Mr. Bazalgettes neuem Abwassersystem war die Themse immer noch voller Dreck.

Wir eilten zur Kirche und blieben unterwegs einigermaßen bestürzt beim Friedhof stehen. Auf den ersten Blick sah er aus wie ein brechend volles Durcheinander aus eingesunkenen Gräbern und moosbewachsenen Grabsteinen. Kein einziges schien jüngeren Datums zu sein. Es gab weder frische Blumen noch Vasen. Die Anschlagtafel vor der Kirche informierte uns, dass das Gotteshaus selbst zwar noch benutzt wurde, der Friedhof hingegen nicht mehr.

»Es sieht nicht aus, als wäre der alte Mann hier begraben worden«, meinte Bessie niedergeschlagen. »Trotz allem, was der Portier Ihnen erzählt hat, Missis.«

»Aber sie müssen ihn irgendwo beerdigt haben«, beharrte ich und unterdrückte meine eigenen Zweifel. »Wir müssen nur suchen. Finden wir erst mal heraus, ob jemand in der Kirche ist, der uns helfen kann.«

Wir standen gerade im Begriff, das Gotteshaus zu betreten, als ein älterer Mann in der Tür erschien. Wir wären beinahe mit ihm zusammengeprallt, und er begann sich wortreich zu entschuldigen.

»Ich bitte aufrichtig um Verzeihung, die Damen! Ich war auf dem Weg nach Hause zu meinem Mittagessen und hatte nicht erwartet, dass ausgerechnet jetzt jemand in die Kirche möchte. Ich hoffe doch, Sie haben sich nicht verletzt? Ich bin der Küster dieser Kirche, Ma'am«, fügte er an mich gewandt hinzu. »Wollten Sie hinein? Es gibt aber keinen Gottesdienst, erst heute Abend wieder, um sechs Uhr. Allerdings ohne Orgel, weil nicht Sonntag ist. Unser Organist spielt nur an Sonntagen oder auf Hochzeiten oder Beerdigungen.«

»Wir wollten uns nur das Gotteshaus ansehen«, erzählte ich ihm. »Ist es sehr alt?«

Aus der Nähe betrachtet sahen zumindest Teile der Kirche nicht ganz so alt aus, doch der Turm schien wirklich aus einer anderen Zeit zu stammen.

Er nickte eifrig. »Ein Teil ist in der Tat schon sehr alt, Ma'am«, bestätigte er meine Vermutungen. »Beispielsweise dieser Turm über uns. In dieser Kirche fand sechzehnhundertsiebenundvierzig nach Cromwells Sieg über König Charles die große Debatte statt, was im Anschluss daran folgen sollte. Wenn Sie nach drinnen gehen, werden Sie große Umbau- und Renovierungsarbeiten erkennen, die vor etwa dreißig Jahren durchgeführt wurden. Damals gab es einen Brand, Ma'am, und ein Großteil des Gebäudes wurde zerstört.«

»Ich habe den Kirchhof bemerkt«, fuhr ich fort, da er geneigt schien, ein wenig zu plaudern. »Er ist sehr voll, und die Gräber sehen sehr alt aus. Ich nehme an, manche davon sind von historischem Interesse?«

»Der Kirchhof ist tatsächlich voll, Ma'am, so voll, dass zeit meines Lebens niemand mehr dort begraben wurde, und ich bin vierundsechzig! Die letzte Beerdigung fand gegen Ende des letzten Jahrhunderts statt. Hatten Sie an ein bestimmtes Grab gedacht, Ma'am?«, fragte er plötzlich mit einem Scharfsinn, den ich nicht erwartet hätte.

Es war Zeit für eine Beichte. »Allerdings, doch es ist nur sechzehn Jahre alt – von achtzehnhundertzweiundfünfzig – und kann demzufolge nicht auf diesem Kirchhof sein.«

»Ah«, sagte der Kirchendiener. »Dann wird es auf dem Friedhof liegen, der der Kirche von einem sehr großzügigen Gentleman namens Reverend Dr. Pettiwand zum Zwecke der Durchführung weiterer Begräbnisse zur Verfügung gestellt wurde. Doch mittlerweile, hundert Jahre nach der Schenkung, ist er ebenfalls längst voll, und wir müssen unsere geliebten Verstorbenen leider seit einiger Zeit andernorts beisetzen. Wenn die Person, die Sie suchen, freilich zweiundfünfzig verstorben ist, so stehen die Chancen gut, dass sie eines der letzten Gräber auf Pettiwands Boden erhielt.« Er schüttelte den Kopf. »Putney ist gewaltig gewachsen, seit ich ein Junge war. Wer hätte das gedacht? Heutzutage benötigen wir einen großen öffentlichen Friedhof wie anderswo auch. Wie lautet denn der Name des Verstorbenen, Ma'am?«

»Spelton oder möglicherweise auch Shelton«, informierte ich ihn.

Es wäre keine Überraschung gewesen, hätte dieser liebenswürdige Küster genauso ungewöhnlich reagiert wie der Sachbearbeiter in Somerset House. Ich fühlte mich zu einer Erklärung veranlasst.

»Ich erkundige mich im Auftrag von jemandem, der die Gegend vor vielen Jahren kannte, einem Mr. Mills. Er lebte nicht hier, doch er war häufig zu Besuch. Unglücklicherweise ist er nicht länger imstande, selbst herzukommen ...« So weit, so wahr. Auch wenn der letzte Satz zwei Möglichkeiten der Interpretation ließ.

Der Küster schüttelte den Kopf. »Spelton, sagen Sie? Ich kenne niemanden diesen Namens, und ich bin ein Einheimischer, wie ich bereits sagte, und seit einer ganzen Reihe von Jahren Kirchendiener. Wir können gerne im Begräbnisregister nachsehen, Ma'am, allerdings habe ich den Schlüssel zu dem Schrank nicht bei mir, in dem es aufbewahrt wird.«

Bedeutete das meine Niederlage? »Mr. Mills konnte sich nicht an den genauen Namen des Hauses dieses Gentlemans erinnern«, fuhr ich verzweifelt fort. »Nur daran, dass es eine Wetterfahne auf dem Schornstein hatte, geformt wie ein rennender Fuchs mit ausgestreckter Rute.«

Zu meiner Erleichterung erinnerte sich der Kirchendiener nun sofort. »Das ist richtig, Ma'am! Ihr Mr. Mills hat völlig recht! Fox House, so heißt das Gebäude. Ein ehemaliges Wirtshaus. Es ist sicherlich so alt wie die Kirche hier. Aber es war schon lange kein Wirtshaus mehr, schon als ich noch ein Knabe war. Ich kannte es mein ganzes Leben lang nur als Privathaus, und die meiste Zeit über hat es dem seligen Mr. Sheldon gehört. Mr. Mills hat, wenn Sie mir verzeihen, den Namen offensichtlich nicht richtig behalten, und das hat mich in die Irre geführt.« Er winkte triumphierend mit dem Zeigefinger. »Nicht Shelton, Ma'am, sondern *Sheldon*.«

»Das muss er sein!«, rief Bessie ungestüm dazwischen. Dann verstummte sie, errötete, sah mich verlegen an und schlug den Blick nieder.

Der Küster brannte darauf, mir mehr zu erzählen. »Oh ja, ich erinnere mich an den alten Mr. Sheldon. Er war ein netter alter Herr und sehr großzügig. Ich glaube, er hat viel Geld im Kaffeehandel verdient. Mr. und Mrs. Lamont wohnen noch immer in Fox House. Mrs. Lamont war vor ihrer Hochzeit Miss Sheldon, müssen Sie wissen, eine Verwandte des alten Mr. Sheldon. Sie hat mit ihm zusammen in Fox House gelebt.«

»Das klingt in der Tat, als wäre er der Richtige«, sagte ich.

»Nun, dann kann ich Ihnen verraten, dass Sie ihn auf dem Friedhof finden können, von dem ich gesprochen habe. Ich kann Ihnen den Weg beschreiben, doch es sind sicher zwanzig Minuten für Sie, Ladys, und es geht ständig bergauf.«

Ich versicherte ihm, dass wir gut zu Fuß seien, er beschrieb uns den Weg und fügte hinzu, dass wir gerne am Nachmittag zurückkommen dürften, sollten wir das Grab nicht finden, allerdings nicht vor vier. Er wünschte uns einen guten Tag und ging zu seinem wartenden Mittagessen.

Er war ein zuverlässiger Informant, und obwohl es warm war und der Weg bergauf führte, fanden wir schließlich den Friedhof, den er uns beschrieben hatte. Wir teilten uns auf; Bessie fing auf der gegenüberliegenden Seite zu suchen an und ich auf der Seite beim Eingang, und wir arbeiteten uns methodisch in Richtung des Mittelwegs vor. Der Küster hatte ganz richtig festgestellt, dass auch dieser Friedhof schon voll war. Ich fragte mich, wie lange unsere Suche in Anspruch nehmen würde. Wally würde sich sicher fragen, was aus uns geworden war. Doch dann hörte ich einen triumphierenden Ausruf von Bessie und blickte in ihre Richtung. Sie winkte aufgeregt mit einer Hand und deutete mit der anderen nach unten. Ich eilte zu ihr und stellte fest, dass sie auf einen Grabstein im gotischen Stil zeigte.

»Ich hab ihn!«, krähte sie. »Hier liegt der gute Mr. Sheldon, genau wie es der alte Kirchendiener gesagt hat.«

Ich las eifrig die Inschrift.

ISAIAH MATTHEW SHELDON
Geboren am 17. April 1769 in Fulham
Von uns gegangen am 15. Juni 1852 in Putney
Ein gottesfürchtiger und wohltätiger Gentleman,
an den sich viele voll Dankbarkeit erinnern

Hinter mir stieß Bessie immer noch leise triumphierende Laute aus. Beinahe hätte ich eingestimmt, denn das war ohne jeden Zweifel der alte Gentleman, von dem Mills gesprochen hatte.

»Soll man es für möglich halten?«, fragte Bessie schließlich, und in ihre Selbstzufriedenheit mischte sich Ehrfurcht. »Wir haben ihn gefunden! Wir haben den alten Gentleman gefunden, der ermordet wurde!«

»Still, Bessie!«, ermahnte ich sie hastig. »Sprich nicht davon, nicht hier draußen! Du weißt nicht, wer uns hören kann!«

Meine Warnung kam gerade zur rechten Zeit. Andere Personen näherten sich, und ich vernahm Frauenstimmen. Ich wandte mich um.

Zwei Frauen kamen über den Weg in unsere Richtung, eine noch relativ jung, vielleicht in meinem Alter und sehr modisch gekleidet. Die andere war ein wenig älter und einfach angezogen, eine Gesellschafterin vielleicht oder wahrscheinlicher eine Zofe. Ich sah flüchtig in ihr blasses Gesicht. Sie ging hinter der modischen Person. Beide Frauen sahen uns auf eine Weise an, die ich nur als unfreundlich zu beschreiben vermag.

»Guten Tag«, begrüßte ich die Ladys dennoch fröhlich.

Es verleitete sie nicht dazu, freundlicher dreinzublicken. »Sie besuchen das Grab meines Onkels?«, fragte die elegantere der beiden in eisigem Ton.

Ich sandte ein rasches Dankgebet zum Himmel, dass der Kirchendiener uns nicht hierherbegleitet hatte und deshalb nicht verraten konnte, wie stark mein Interesse daran war. Er konnte es später natürlich immer noch ausplaudern, falls er die ehemalige

Mrs. Sheldon, die sie sicherlich war, und heutige Mrs. Lamont auf der Straße traf. Sie war, was man eine attraktive Frau nennt, mit starken, regelmäßigen Gesichtszügen und schönen dunklen Augen. Ein paar Jahre früher, im Glanz der Jugend, war sie möglicherweise eine ausgesprochene Schönheit gewesen. Ben hatte mir erzählt, dass Mills wohl ein Auge für schöne Frauen gehabt hatte. War es das gewesen, überlegte ich, was ihn am Fenster festgehalten hatte in jener stürmischen, verregneten Nacht? Der Anblick dieser Frau, die in den Raum gekommen war, in dem der alte Gentleman in seinem Sessel am Kamin gedöst hatte? Hatte er nicht die Hand gehoben, um an die Scheibe zu klopfen – und vielleicht ein Leben zu retten –, weil er von ihrer Schönheit gefesselt gewesen war?

Ich antwortete mit so viel Selbstvertrauen, wie ich aufbringen konnte. »Wir gehen aus Interesse herum und betrachten die alten Gräber. Ich bin zu Besuch in Putney, und von den Grabsteinen auf dem Friedhof kann man viel über einen Ort erfahren.« Auch das war nicht gelogen. »Ich habe gerade gelesen«, fuhr ich fort, »dass Ihr verstorbener Onkel ein frommer und wohltätiger Gentleman war? Sicher wird er in der Gemeinde sehr vermisst?«

»Ja«, pflichtete Mrs. Lamont mir bei, ohne im Tonfall freundlicher zu werden. »Ich bin sicher, Sie finden noch andere Dinge in Putney, die Sie interessieren könnten.«

Das war eine klare Aufforderung zu verschwinden. Ich konnte nichts weiter tun, als zu lächeln und mich zurückzuziehen, mit Bessie dicht auf meinen Fersen.

»Meine Güte!«, sagte Bessie, als wir den Friedhof hinter uns gelassen hatten und wieder auf der Straße waren. »Das war knapp.«

»Das war es in der Tat, Bessie«, pflichtete ich ihr mit Nachdruck bei. »Gott sei Dank ist der Kirchendiener zu seinem Mittagessen gelaufen und nicht mit uns gekommen.«

»Ich nehme an, sie war diejenige, die den alten Mann …« Gerade rechtzeitig fiel ihr ein, dass sie das Wort »Mord« nicht in den Mund nehmen durfte. »Sie war diejenige, die Mills gesehen hat?«

»Das könnte durchaus sein. Komm weiter, wir sollten nicht stehen bleiben. Ich bin sicher, Mrs. Lamont beobachtet uns. Tun wir so, als würden wir uns für das eine oder andere der restlichen Gebäude von Putney interessieren.«

Wir kehrten in die High Street zurück und schlenderten über den Bürgersteig. Gelegentlich begutachteten wir die Auslage in einem Schaufenster oder bewunderten eine Fassade.

»Diese andere Frau …«, sagte Bessie unvermittelt. »Die bei Mrs. Lamont war. Sie hat mir noch weniger gefallen.«

Ich muss gestehen, ich hatte der anderen Frau, von der ich angenommen hatte, dass es sich um eine Zofe handelte, sehr wenig Aufmerksamkeit geschenkt.

»Mrs. Lamont wollte wissen, warum Sie sich für das Grab ihres Onkels interessieren«, fuhr Bessie fort. »Das ist eine ganz normale Frage. Aber die andere, meine Güte! Wenn Blicke töten könnten, Missis, dann lägen wir jetzt alle beide flach im Gras neben dem Toten!«

Unser Spaziergang hatte uns zu einer alten Taverne mit einer überwölbten Einfahrt für Kutschen geführt. Hinter der Einfahrt lag ein gepflasterter Innenhof.

»Dort steht Victor!«, rief ich aus. »Mr. Slater ist bestimmt drinnen. Komm mit, Bessie!«

Wir wagten uns in den schmalen, holzvertäfelten Eingang. Sogleich näherte sich uns eine korpulente Frauensperson und wollte wissen, ob sie uns helfen könne.

Ich erklärte der Wirtin – denn ich nahm an, dass es sich um niemand anderen handelte –, dass ich auf der Suche nach einem Wirtshaus sei, wo eine Lady ein Mittagessen erhalten könne.

Bessie und ich wurden umständlich in einen sehr kleinen leeren Raum geführt, der anscheinend seit einiger Zeit nicht mehr in Gebrauch gewesen war, nach der Menge an Staub zu urteilen, die auf allem lag. Wir drückten uns auf schmale Bänke an einem runden Tisch in einer Fensternische. Die Wirtin informierte uns, dass der

Kalbshackbraten des Lokals über Putney hinaus berühmt war und dass die Gäste sogar aus Fulham auf der anderen Seite der Brücke herkämen, um ihn zu kosten. Ob wir nicht auch den Hackbraten mit gekochten Kartoffeln und einer Kanne Tee nehmen wollten? Ich war einverstanden.

»Nun, Bessie«, sagte ich, als die Wirtin gegangen war, um unsere Bestellung aufzugeben. »Würdest du bitte rasch in den Schankraum schlüpfen und sehen, ob du Wally Slater finden kannst? Du musst ihn nicht ansprechen oder irgendetwas tun, um seine Aufmerksamkeit zu erregen. Zeig dich nur kurz, und er wird wissen, dass wir hier sind.«

Bessie tat wie geheißen und kehrte zurück, um mir zu berichten, dass Wally mit mehreren Begleitern an einem großen Tisch saß, fleißig aus einem Krug trank und schwatzte. »Und da heißt es immer, wir Frauen wären redselig!«, schimpfte Bessie finster. Sie war sicher, dass Wally sie gesehen hatte, denn er hatte das Gesicht in so wilde Falten gelegt, dass eine Katze Reißaus genommen hätte.

Bessie war auch der Wirtin erneut begegnet, und um zu erklären, warum sie nicht bei mir im Nebenzimmer wartete, hatte sie nach einem »privaten Örtchen« gefragt, wohin eine Dame sich für »notwendige Geschäfte« zurückziehen könnte. Die Wirtin hatte sie informiert, dass es zwar auf dem Hof einen Abort gebe, doch der sei wohl kaum geeignet für die Benutzung durch eine Dame. Wenn zwei respektable Personen wie wir in Not seien, sollten wir es sie wissen lassen, und wir könnten nach oben in ihren Wohnbereich, wo es zum großen Stolz der Wirtin ein Trockenklosett gab.

Entweder der Hackbraten war genauso köstlich wie versprochen, oder die Anstrengungen des Morgens hatten uns unendlich hungrig gemacht – wir machten kurzen Prozess mit dem Essen und dem Tee. Nachdem wir bezahlt hatten, begaben wir uns nach oben auf die Toilette. Die Wirtin schickte eine junge Bedienung mit, die uns führte. Das Mädchen brachte uns zu einem, wie es aussah, großen Schrank, doch als sie die Türen öffnete, erblickten wir den neumodischen Apparat selbst. Das Mädchen bestand darauf, uns zu zeigen, wie wir den Hebel an der Seite des Trichters über dem Holzsitz zu betätigen hatten, um die Asche darin in den Eimer darunter rieseln zu lassen. Schließlich ließ sie uns alleine, jedoch nicht, ohne uns vorher mit ehrfürchtiger Stimme in gedämpftem Ton zu informieren, dass die Queen persönlich, Gott segne sie, genau so einen Apparat besitze.

»Also wirklich!«, explodierte Bessie, als das Mädchen gegangen war. »Als hätten wir beide noch nie so was gesehen!«

Nach unserem Abenteuer mit dem Trockenklosett kehrten wir zurück zum Stall, wo wir Wally Slater fanden, der neben dem bereits wieder eingespannten Victor auf uns wartete.

»Wenn die Damen einen Blick auf Fox House werfen möchten«, sagte er, »ich habe herausgefunden, wo es liegt. Schon gut, Mrs. Ross, keine Angst. Niemand hat etwas bemerkt. Ich habe mich einfach nur mit den Einheimischen unterhalten und dabei eine ganze Menge interessanter Dinge herausgefunden, die Sie bestimmt interessieren werden. Aber das alles kann ich Ihnen nicht hier erzählen.«

»Wir könnten langsam vorbeifahren, Mr. Slater, aber wir dürfen auf keinen Fall anhalten oder interessiert wirken!«, warnte ich ihn. »Bessie und ich sind nämlich bereits der Lady begegnet, die dort lebt.«

»Und sie war höchst verdächtig, wenn Sie mich fragen!«, erklärte Bessie.

»Schätze, ob wir dich nun fragen oder nicht«, sagte Wally zu ihr, »wir kriegen deine Meinung zu hören, frei und gratis und alles.«

Bessie und ich stiegen ein, und Wally kletterte auf den Bock. Wir hörten, wie er Victor mit einem Pfiff antrieb, und dann setzte sich die Kutsche in Bewegung.

Bessie war inzwischen so aufgeregt wegen unseres Abenteuers, dass sie neben mir zappelte und zuckte und kaum still sitzen konnte, trotz meiner zweimaligen Bitte, sich doch endlich zu beruhigen. Wir hatten die Hauptwohngegend unterdessen verlassen und kamen nun an immer weiter auseinanderstehenden vereinzelten Häusern vorbei. Wally bog auf eine andere Straße ein, die über die offene Heide führte. Nur vereinzelt standen hier noch Büsche oder gelegentlich ein Baum. Wir rumpelten und hüpften über einen unbefestigten Feldweg, bis wir wieder eine befestigte Straße unter uns hatten. Wally hatte Victor zu einem Trott verlangsamt, und in diesem gemächlichen Tempo ging es weiter, bis die kleine Klappe über unseren Köpfen plötzlich aufflog und Wally zu uns herunterrief: »Gleich voraus, Mrs. Ross, auf der linken Seite.«

»Vergessen Sie nicht, Wally – auf keinen Fall anhalten!«, rief ich warnend zurück, doch die Klappe war bereits wieder zu.

Zur Linken kam das Haus in Sicht. Es war genau so, wie Mills es Ben beschrieben hatte. Ein lang gestrecktes Gebäude, mit tief herabgezogenem Dach und sehr alt. Es fiel nicht schwer, sich vorzustellen, dass es früher ein Wirtshaus gewesen war. Mich verlangte danach, den Kopf aus dem Fenster zu stecken und nachzusehen, ob sich auf dem Dach, das ich so nicht erkennen konnte, tatsächlich eine Wetterfahne in Gestalt eines rennenden Fuchses befand, doch ich wagte nicht, so viel Interesse zu offenbaren, für den Fall, dass man uns aus dem Innern des Hauses beobachtete.

»Ein einsamer alter Kasten, nicht wahr, Missis?«, stellte Bessie fest. »Man könnte allerhand Dummheiten anstellen, und niemand würde einen dabei sehen.«

»Mir scheint, wir folgen einer mittelalterlichen Straße, die von Süden her nach London führt. Eine alte Viehtrift«, sagte ich zu ihr. Ein schneller Blick zur Rechten zeigte mir eine kleine Gruppe von Bäumen gegenüber dem Haus. Das musste die Stelle sein, wo Mills vor sechzehn Jahren in der Nacht des Sturms sein Pferd angebunden hatte. Ich spürte ein Kribbeln, als wäre ich selbst inmitten eines Sturms. Alles war genau so, wie Mills es Ben berichtet hatte – nichts hatte sich verändert. Die Aussage des Hingerichteten war vertrauenswürdig. Ich zweifelte nicht länger daran, dass Mills an jenem furchtbaren Tag einen Mord beobachtet hatte.

Genau in diesem Augenblick vernahm ich ein lautes Pfeifen über meinem Kopf und ein Klopfen an der Klappe, doch sie wurde nicht geöffnet. Victor fiel in einen Trab. Irgendetwas ging dort draußen vor, und Wally hatte uns eine Warnung geschickt.

Wir überholten einen Fußgänger, der in Richtung des Hauses unterwegs war. Wir sahen ihn flüchtig, als wir ihn passierten, einen großen dunkelhaarigen Mann mit Schnurrbart in einem Tweedanzug und mit einem Filzhut, wie er auf dem Land üblich war. Er marschierte forschen Schrittes, einen Gehstock in der Hand. Wir wurden seines scharfen Blickes gewahr sowie des Ausdrucks von Misstrauen und Überraschung in seinem Gesicht, bevor wir vorbei waren und mit unverminderter Geschwindigkeit weiterfuhren. Hatten wir etwa, sinnierte ich, Mr. Lamont gesehen, auf dem Rückweg nach Hause? Falls ja, dann war es gut möglich, dass er die Begegnung seiner Frau gegenüber erwähnte – und sie würde im Gegenzug die Fremden erwähnen, die sich für das Grab ihres Onkels interessiert hatten.

»Ich kann es nicht ändern, Bessie«, sagte ich zu ihr, »aber ich glaube, wir haben wirklich einige Dinge aufgewirbelt.«

»Nur wenn man den Suppenkessel aufrührt, findet man heraus, was am Boden ist«, sagte Bessie in einem überraschenden Anflug von Weisheit. »Das hat Mrs. Simms immer gesagt. Die Köchin und Haushälterin von Mrs. Parry, Sie erinnern sich?«

»Oh, selbstverständlich erinnere ich mich an Mrs. Simms!«, sagte ich. Ich erinnerte mich sehr deutlich an alles in meiner Zeit als Gesellschafterin von Tante Parry. Sie war voller Überraschungen gewesen. Nicht die kleinste davon war, dass ich, zum ersten Mal seit unserer Kindheit in Derbyshire, Ben wiedergetroffen hatte.

»Ich für meinen Teil werde sie niemals vergessen«, sagte Bessie nachdrücklich. »Sie hat mich tagaus, tagein von früh bis spät in dieser Küche schuften lassen, ohne dass ich mich je hätte hinsetzen dürfen!«

Die Fahrtgeschwindigkeit war langsamer geworden. Wir erreichten die offene Heide und hielten an. Die Kutsche schaukelte, als Wallys nicht unbeträchtliche Masse vom Bock sprang. Er erschien an der Tür.

»Der Boden ist trocken, Ladys«, sagte er. »Ich habe einen Teppich dabei, den ich ausbreiten kann, sodass Sie es bequem haben. Und dann könnten wir …«, er sah uns verschwörerisch an, »… dann könnten wir das abhalten, was man gewöhnlich einen Kriegsrat nennt.«

Er half mir feierlich aus der Kutsche, während Bessie hinter mir ohne Hilfe ausstieg und nur kurz innehielt, um in die Kutsche zu greifen und den Korb mit Äpfeln zu bergen. Wally nahm unterdessen eine alte, jedoch makellos saubere Reisedecke aus der Kutschkiste und breitete sie auf dem Boden aus. Wir machten es uns bequem, und Bessie verteilte Äpfel. Victor graste ein paar Meter abseits. Bessie legte einen Apfel zurück in den Korb.

»Der ist für das Pferd«, sagte sie, und Wally strahlte sie auf seine einzigartig furchteinflößende Weise an.

Ein weiterer Passant hätte uns drei als zwar ungewöhnliche, doch ansonsten vollkommen harmlose Picknick-Gesellschaft betrachtet. Doch niemand kam vorbei. Ich war darüber sehr erfreut, denn in Putney schienen die Menschen die beunruhigende Gabe zu besitzen, immer dann aufzutauchen, wenn man sie am wenigsten erwartete.

»Schön, das ist also das Haus«, sagte Bessie zu guter Letzt. »Ich konnte allerdings nicht sehen, ob es eine Wetterfahne gibt und ob sie aussieht wie ein Fuchs.«

»Sie ist da«, sagte Wally. »Ich hab sie gesehen. Ein rennender Fuchs, die Rute nach hinten ausgestreckt, genau wie Sie gesagt haben, Mrs. Ross.«

Bessie stieß einen leisen Triumphschrei aus und klatschte in die Hände. Ich konnte mich gerade noch beherrschen, um nicht ihrem Beispiel zu folgen. Wir hatten in der Tat Fox House gefunden, und es entsprach der Beschreibung bis ins kleinste Detail. »Was haben

Sie eigentlich im Schankraum des Wirtshauses in Erfahrung gebracht, Mr. Slater?«, wollte ich von Wally wissen.

Wally stieß einen behaglichen Seufzer aus und machte es sich für eine längere Erzählung bequem. »Hier kennt jeder jeden«, begann er. »Und jeder weiß, was der andere macht. Was unseren Belangen sehr entgegenkommt, wie man sagen könnte.«

»Aber was haben sie erzählt?«, unterbrach ihn Bessie, die genauso wie ich vermutete, dass uns ein längerer Vortrag erwartete.

Wally musterte sie mit tadelndem Blick. »Ich habe Zeit und Ärger auf mich genommen, um alles in Erfahrung zu bringen«, sagte er zu ihr. »Also halten Sie die Luft an, junge Frau, und hören Sie einfach zu.«

Bessies Haare richteten sich auf, und sie öffnete den Mund zu einer geharnischten Erwiderung, doch ich bedeutete ihr mit einem Wink zu schweigen.

»Wie ich bereits sagte«, begann unser Kutscher erneut. »Wenn man irgendetwas über die großen Häuser hier in der Gegend erfahren will, muss man nur im Schankraum fragen – beiläufig natürlich. Fox House ist wohlbekannt, weil es eines der ältesten Häuser in Putney ist. Alle beschweren sich hier darüber, wie viele neue Häuser in den vergangenen Jahren gebaut wurden, aber ich hab ihnen gesagt, wenn sie auf der anderen Seite des Flusses leben würden, in London, dann wären sie wahrscheinlich auch froh, rauszukommen aus dem Gedränge und dem Dreck und dem Gestank. Es ist ja fast wie auf dem Land hier. Fox House hat früher einem Mr. Sheldon gehört, und er ist mit Kaffeehandel zu Wohlstand gekommen. Die Einheimischen nannten ihn den ›Kaffeebaron‹. Im Alter hatte er sich von seinem Geschäft zurückgezogen und mit einem hübschen finanziellen Polster seine alten Tage hier auf dem Land verbracht, zusammen mit einer verwaisten Nichte, die sich um ihn gekümmert hat. Miss Amelia Sheldon, so war ihr Name, und heute heißt sie Mrs. Lamont.«

»Wir sind ihr begegnet!«, platzte Bessie heraus. Sie errötete und presste die Lippen aufeinander, während sie mir einen schuldbewussten Blick zuwarf.

»Der alte Mr. Sheldon war ein … ein«, fuhr Wally fort und legte die Stirn angestrengt in Falten, während er nach dem Wort suchte. »Er war ein *Philatrepist.*«

»Philanthrop?«, schlug ich vor.

»Genau!« Wally nickte. »Er spendete Geld für gute Zwecke. Er hatte ein großes Vermögen, und viele kamen zu ihm und baten um Geld. Er war über achtzig und ein wenig eingebildet, aber er hat gut auf sich geachtet, und die Leute waren überrascht, als sie erfuhren, dass er gestorben war. Ganz plötzlich, sagten alle im Schankraum. Obwohl, er war ja schon so alt und das Wetter in jenem Jahr sehr launisch.«

Wally hielt inne, um von seinem Apfel abzubeißen, mehr um der Dramaturgie willen, wie ich vermutete, als weil er hungrig gewesen wäre.

»Wie dem auch sei …«, fuhr er fort, nachdem er geschluckt hatte. »Nach seinem Tod war alles anders in Fox House. Die Wohltätigkeitsvereine kamen schon bald nicht mehr zu dieser Tür und baten um Hilfe. Miss Amelia, die alles geerbt hatte, Haus und Vermögen und alles, sie hatte seine großzügige Art nicht geerbt! Als Erstes entließ sie sämtliche Dienstboten einschließlich des alten Knaben, der Mr. Sheldons Kammerdiener gewesen war. Er war genauso alt wie sein Herr, das kam also nicht unerwartet, und eine junge Frau braucht bestimmt keinen Kammerdiener. Doch Mr. Sheldon hatte seinem Kammerdiener eine Rente vermacht, schließlich waren die beiden, Herr und Diener, mehr als vierzig Jahre zusammen gewesen. Mrs. Sheldon versuchte diesen Teil von Mr. Sheldons Testament durch ihre Anwälte anfechten zu lassen. Doch die Anwälte sagten, es sei gültig, weil Mr. Sheldon zum Zeitpunkt der Niederschrift bei klarem Verstand war. Also bekam der alte Kammerdiener seine Rente und lebte noch hübsche zehn Jahre lang. Doch es war nicht nett von Miss Amelia, zu versuchen, ihm das zu verwehren. Sie hätte ihn glatt ins Armenhaus gehen lassen, wenn sie ihren Willen bekommen hätte. Aber Gott sei Dank ist es damals nicht so weit gekommen, und er konnte einen Teil seiner Pension in diesem Schankraum lassen, wo ich gesessen und mit den anderen über das alles geredet habe …«

»Warum nur hat sie alle Dienstboten entlassen?«, sinnierte ich laut.

»Alle bis auf eine!« Wally hob einen Zeigefinger. »Eine Magd, eine gewisse Rachel Sawyer, blieb bei Miss Amelia. Ich schätze, sie brauchte jemanden, der ihr zur Hand ging. Sie machte Rachel zu ihrer Haushälterin und Gesellschafterin. Miss Sawyer stellte neues Personal ein, einen Koch, Mägde, einen Gärtner, einen Stallburschen und so weiter.«

»Amelia Sheldon wollte, dass es ihr eigener Haushalt wurde«, sinnierte ich – immer noch laut – vor mich hin. »Vielleicht fiel es ihr auf diese Weise leichter? Aber es war nicht schön für das treue alte Personal, auf diese Weise ohne triftigen Grund entlassen zu werden.«

Ich war mit einem Polizeiinspektor verheiratet, und ich dachte bei mir: Ben würde sagen, es muss ein Grund existiert haben. Wir wissen nur nicht, welcher Grund es war.

Indem er sich vorbeugte und verschwörerisch die Stimme senkte, obwohl niemand in der Nähe war, fügte Wally hinzu: »Sie sagen im Schankraum, dass Miss Sawyer sechzig Pfund im Jahr erhält!«

Das war zu viel für Bessie, um es schweigend zu ertragen. »Was?«, platzte es aus ihr heraus. »Sechzig Pfund? Für eine Bedienstete?«

»Natürlich ist das nur ein Gerücht«, warnte Wally. »Könnte eine Übertreibung sein. Andererseits …«, fuhr er fort in der Art eines Zauberers, der ein weißes Kaninchen aus dem Hut zog, »… kaum ein Jahr später und noch während der Trauerzeit heiratet Miss Sheldon plötzlich einen gewissen Mr. Lamont. Niemand mag ihn, von

Anfang an nicht. Jeder hält ihn für einen Mitgiftjäger. Er ist kein Einheimischer, sondern kommt von einer dieser Inseln draußen im Kanal, die ganz dicht vor Frankreich liegen, heißt es.«

»Die Kanalinseln?«, fragte ich. »Haben Sie gehört, von welcher? Jersey oder Guernsey? Alderney? Sark?«

»Das hat keiner gesagt, Ma'am.« Wally schüttelte den Kopf. »Aber alle stimmen darin überein, dass er schlimmer ist als seine Frau, was die Knauserigkeit angeht. Es war ihr Geld, als sie geheiratet haben, aber danach war es auch sein Geld, weil der alte Mann es seiner Nichte nicht in Form einer Stiftung hinterlassen hat, sondern ganz und gar.«

»Es heißt, das Gesetz soll demnächst geändert werden, um verheiratete Frauen zu schützen und ihnen die Kontrolle über ihr eigenes Vermögen und ihren Besitz zu garantieren«, sagte ich zu ihm. »Wenn Sie mich fragen, sie können es nicht schnell genug ändern.«

»Mrs. Slater hatte keinen Besitz, als wir geheiratet haben, und ich hab auch heute noch keinen, bis auf die Kutsche und Victor. Für uns macht es keinen Unterschied, dieses Gesetz. Ich hab vor, den jungen Joey zum Kutscher auszubilden, wie ich einer bin, sodass Mrs. Slater, wenn ich dieses irdische Jammertal hinter mir lasse und sie das Pferd und die Kutsche erbt, ihn anstellen kann, damit er sie fährt. Das ist mein Plan.«

»Ein sehr guter Plan, Mr. Slater. Aber solange es kein neues Gesetz gibt, das die Rechte der Frauen in dieser Angelegenheit besser schützt, sollte Mrs. Slater aufpassen, dass sie nicht wieder heiratet. Nicht, dass sie das jemals tun würde!«, fügte ich hastig hinzu.

»Keine Angst, ich denke noch nicht ans Abtreten«, entgegnete Wally ein wenig gereizt. »Aber ich dank Ihnen recht schön für Ihren Rat, Missis, er war sicher gut gemeint.«

Bessie hatte kein Interesse an Mrs. Slaters Zukunft, ob als Ehefrau oder Witwe. »Miss Sheldon, wie sie hieß, als ihr Onkel starb, hätte früher oder später irgendjemanden geheiratet, bestimmt. Ich meine, sie hätte nicht ganz allein hier leben können, so jung und gut aussehend und reich. Sie haben wahrscheinlich an der Tür Schlange gestanden und sich die Klinke in die Hand gegeben, um sie zu fragen. Es hätte sehr merkwürdig ausgesehen, wenn sie keinen von ihnen akzeptiert hätte.«

Also war Mr. Lamont zu dieser Tür von Fox House marschiert mit seinem Schnurrbart und seinem Gehstock und hatte seine Sache so gut präsentiert, dass er der Hausherr geworden war.

Bessie hatte den Nagel auf den Kopf getroffen. Die Situation der früheren Miss Sheldon als reiche junge Frau ohne Familie, die sie beschützen konnte, musste sie gesellschaftlich sehr verwundbar gemacht haben. Nicht lange, und es hätte Gerede gegeben, wenn sie unverheiratet geblieben wäre. Einladungen in andere Häuser oder zu Bällen wären immer seltener geworden – oder sie hätte sie nicht annehmen dürfen. Schließlich konnte sie kaum allein dort auftauchen ohne wenigstens eine ältere Tante als Anstandsdame. Selbst Jane Stephens, die spätere Mrs. Canning, hatte ihre Tante Alice. Obwohl Tante Alice wenig zum Schutz der armen Jane beigetragen hatte.

Alles in allem waren unsere Ermittlungen an diesem Tag ein voller Erfolg gewesen. Ich konnte es kaum abwarten, Ben am Abend von all unseren Entdeckungen zu berichten.

KAPITEL SIEBEN

Inspector Ben Ross

Lizzie war bereits wieder zu Hause, als ich am Abend heimkam. Bessie öffnete mir die Tür, und ihr Gesicht war gerötet vor Anstrengung, nicht auf der Stelle mit all den Neuigkeiten herauszuplatzen. Ich wusste nicht, ob es etwas Gutes bedeutete oder Ärger.

Während des Abendessens erfuhr ich, was sie alles gemacht hatten. Schließlich verstummte Lizzie und wartete gespannt auf meine Kommentare. Bessie, die demonstrativ hereingekommen war, um das Geschirr abzuräumen, lauerte mit der Gemüseschüssel in den Händen neben dem Tisch, das Gesicht so rot, dass es beinahe purpurn aussah.

Ich begann ganz vorsichtig mit meiner Antwort. Auf glühenden Kohlen zu balancieren wäre weniger gefährlich gewesen. »Nun, du – und Bessie und Wally Slater, ihr hattet eine Menge zu tun, so viel steht fest. Ich hätte nicht erwartet, dass du Mrs. Lamont auch persönlich begegnen würdest.«

»Der Mörderin!«, rief Bessie dramatisch aus, außerstande, sich länger im Zaum zu halten. »Und sie hat so völlig normal ausgesehen!«

»Im Allgemeinen sehen Mörder ganz genauso aus wie jeder andere auch, Bessie«, informierte ich sie. »Das ist es, was meine Arbeit so schwierig macht. Der unglückselige Mills, dessen Aussage diese Hetzjagd in Gang gesetzt hat, sah aus wie ein ganz normaler Geschäftsmann in mittlerem Alter, ein harter Partner für Lieferanten und Kunden und Konkurrenten – aber imstande zu so furchtbarer physischer Gewalt?« Ich schüttelte den Kopf. »Nein. Genauso wenig solltest du, Bessie, Mrs. Lamont voreilig als Mörderin bezeichnen. Wenn du so etwas im Beisein der falschen Person von dir gibst und es die Runde macht, kriegen wir alle eine ganze Menge Ärger.«

»Jawohl, gnädiger Herr, bitte um Verzeihung«, sagte sie schuldbewusst.

Ich wandte mich an Lizzie. »Außerdem wissen wir nicht mit Sicherheit, ob sie tatsächlich für den Tod des verstorbenen Mr. Sheldon verantwortlich ist. Aber eine Sache weiß ich mit Bestimmtheit, Lizzie. Du darfst nicht noch einmal nach Putney fahren.«

Wie erwartet brachten mir meine Worte Bestürzung und Entrüstung vonseiten meiner Frau ein. Bessie stieß eine Reihe von unterdrückten Protestlauten aus. Als ich beide endlich halbwegs beruhigt hatte, erklärte ich es ihnen. »Sie werden dir gegenüber von jetzt an misstrauisch sein, gleichgültig, ob sie etwas zu verbergen haben oder nicht. Du hast dich auf dem Friedhof herumgetrieben und dich für den Grabstein interessiert. Du hast vorher mit dem Kirchendiener gesprochen, der Mrs. Lamont mit ziemlicher Sicherheit davon erzählen wird. Es besteht nur wenig Zweifel, dass sie in diese Kirche geht. Lamont selbst – falls es Lamont war, den du auf dem Weg zu Fox House gesehen hast – wird sich an die Kutsche erinnern, die ihn überholt hat. Es ist eine einsame, kaum noch genutzte Landstraße – warum also sollte eine Mietkutsche dort entlangfahren? Woher kam sie, wohin wollte sie? Erkundigungen von ihrer Seite werden ans Licht bringen, dass diese Kutsche in der Gegend nichts zu suchen hatte. Die Nachricht wird die Runde machen. Jemand aus dem Schankraum dieses Wirtshauses wird sich an den Kutscher erinnern, der dort seine Mittagspause verbracht hat, während Pferd und Kutsche draußen im Hof gestanden haben. Man wird sich darüber wundern, mit welchem Interesse Wally ihrem Gerede über Fox House gelauscht hat, und man wird es Lamont erzählen. Unschuldig oder schuldig, die Lamonts werden von jetzt an misstrauisch sein, und sie haben allen Grund dazu. Möglicherweise befürchten sie, dass ihr Haus ausgeraubt werden soll.«

»Was?«, platzte Lizzie heraus. »Von *uns?*«

»Aus allen diesen Gründen ist es sehr wichtig«, fuhr ich fort, indem ich ihre Bestürzung und die Tatsache ignorierte, dass Bessie aussah, als könnte sie jeden Moment platzen, »aus allen diesen Gründen ist es sehr wichtig, dass ihr nicht wieder dorthin zurückkehrt – jedenfalls nicht in nächster Zeit.«

»Ich schätze, ich könnte zu Somerset House gehen und herauszufinden versuchen, ob die Frau des Portiers sich an den Namen des Arztes erinnert«, schlug Lizzie mit einem Glitzern in den Augen vor.

»Nun ja, da du ihn ohnehin schon gefragt hast … Aber bitte ihn nicht, noch irgendetwas anderes zu unternehmen. Er soll seine Frau nicht noch weiter ausfragen, hörst du?«

»Und was wirst du tun?«, deklarierte Lizzie kampflustig. Bessie, noch immer mit der Gemüseschüssel in den Händen, war um den Tisch herumgegangen und stand nun neben meiner Frau. »Ich habe eine Reihe von Fakten zusammengetragen, die darauf hindeuten, dass die Geschichte von Mills der Wahrheit entspricht«, fuhr Lizzie fort. »Willst du das alles einfach ignorieren?«

Ich wollte ihr sagen, dass sie bemerkenswert attraktiv aussah, mit der Haarsträhne, die sich aus ihrer Frisur gelöst hatte und sehr apart über ihre gerötete Wange hing. Ihre Augen glitzerten …

In diesem Moment wurde mir Bessies stechender Blick bewusst.

»Nein«, sagte ich. »Ich gehe gleich morgen früh zu Superintendent Dunn und erzähle ihm, was ihr herausgefunden habt. Ich schlage ihm vor, Morris nach Somerset House zu schicken für den Totenschein.«

»Vielleicht hat er ja mehr Glück als ich«, sagte Lizzie grimmig.

»Er weiß den Namen des Verstorbenen und das Datum. Dürfte also kein Problem werden. Meine Sorge ist vielmehr, was Dunn sagen wird, wenn er erfährt, dass ihr auf eigene Faust herumschnüffelt.« Obwohl er nicht überrascht wäre, dachte ich.

»Was glauben Sie, Sir, warum Miss Sheldon, wie sie damals hieß, sämtliches Dienstpersonal entlassen hat?«, fragte Bessie. »Nachdem sie ihr Erbe angetreten hatte? Sie hat nur eine einzige Angestellte behalten. Wenn das die Frau war, die wir bei ihr gesehen haben, Sir, dann lassen Sie sich von mir gesagt sein, es gefiel ihr nicht, uns auf diesem Friedhof vorzufinden!«

»Ja. Rachel Sawyer. Das ist eine merkwürdige Geschichte.«

»Es muss viele Störungen verursacht und eine Menge Zeit gekostet haben …«, sinnierte Lizzie. »Die ganzen Gespräche mit den Bewerbern … die Einarbeitung … Es erscheint so merkwürdig, dass sie alle auf einmal entlassen und nur Rachel Sawyer behalten hat, als Haushälterin.«

»Das ist in der Tat sehr merkwürdig«, pflichtete ich ihr bei. »Aber da wir ihre Gründe nicht kennen, können wir nur spekulieren. Und das nicht einmal laut – jedenfalls nicht außerhalb dieses Hauses.«

Das führte dazu, dass beide Frauen wie versteinert aussahen.

»Ach, was soll's!«, sagte Lizzie zu guter Letzt und stieß einen frustrierten Seufzer aus. Sie hob die Hand, um die verirrte Strähne aus dem Gesicht zu schieben, doch sie fiel sofort wieder nach vorn und erhielt Gesellschaft von einer zweiten.

»Bessie!«, sagte ich in festem Ton zu unserem einen und einzigen Dienstmädchen. »Hast du nicht etwas zu tun? Abwasch?«

Als ich am nächsten Morgen zur Arbeit kam, fand ich eine Nachricht auf meinem Schreibtisch. Sie stammte von den Kollegen in Wapping. Die Frau, deren Leichnam aus der Themse gezogen worden war und nach der ich mich erkundigt hatte, war identifiziert worden. Ihr Name war Maria Tompkins, und sie war eine bekannte Prostituierte, Alter vierzig. Wasser in den Lungen und Luftwegen deutete darauf hin, dass sie lebendig in den Fluss gelangt war. Die Hämatome im Gesicht stammten vermutlich vom harten Aufprall auf die Wasseroberfläche. Die Spuren auf dem Rumpf waren ungefähr eine Woche älter. Der Mann, mit dem sie zusammengelebt hatte, der sie kontrolliert und ihr schwer verdientes Geld genommen hatte, war ein bekannter Schläger. Gegenwärtig jedoch saß er im Gefängnis und sah einer Anklage wegen Zuhälterei bei einem Mädchen von unter zwölf Jahren, dem Mündigkeitsalter, entgegen.

Das Urteil des Coroners lautete daher Selbstmord. In Abwesenheit eines nahen Angehörigen oder gesetzlichen Ehemannes, der den Leichnam hätte beanspruchen können, wurde die Tote der anatomischen Abteilung einer medizinischen Fakultät übereignet.

Es war eine traurige, wenngleich nicht unvertraute Geschichte. Die Tote war nicht länger in der Blüte ihrer Jahre gewesen und ihr Aussehen verblüht. Ihr Zuhälter hatte nach jüngerem Fleisch Ausschau gehalten, das auf den Straßen Londons für ihn anschaffen ging. Sobald er etwas Passendes gefunden hätte, hätte er Maria rausgeworfen. Sie hatte keine Zukunft mehr gehabt, außer dem immer schnelleren und vollständigeren Niedergang. Wie es aussah, war sie in Southwark von der Brücke gesprungen, der Gegend, in der sie auch gearbeitet hatte. Inzwischen hatte sich eine Zeugin gemeldet. Sie hatte Maria in Southwark gesehen, in der Nacht, bevor ihr Leichnam gefunden worden war. Die Zeugin, ebenfalls eine Lady der Nacht, gab zu Protokoll, Maria hätte sich über das schlecht laufende Geschäft beschwert. Sie hätte davon gesprochen, sehr, sehr müde zu sein.

Wir hatten nicht so viel Glück, Zeugen für den Verbleib von Jane Canning oder ihrer Tochter zu finden. Von beiden gab es keine Neuigkeiten. Kurz nach neun erschien Canning in meinem Büro, mit aggressiv gesträubtem Van-Dyke-Bart wie gewöhnlich.

»Was, immer noch keine Neuigkeiten? Ich bin nicht überrascht, denn Sie scheinen eine sehr eigenartige Weise zu haben, nach meiner Frau zu suchen, Inspector Ross. Ich glaube, Sie waren gestern bei mir zu Hause, wo meine Frau eindeutig nicht zu finden ist. Ich verstehe nicht, was Sie dort wollten. Sie können unmöglich etwas erreicht haben, indem Sie mein Hauspersonal beunruhigt und das

Kindermädchen mit nach draußen auf einen Spaziergang genommen haben! Aus welchem Grund, wenn ich fragen darf, mussten Sie mit Ellen aus dem Haus?«

»Um die Route zu ergründen, die sie normalerweise mit Ihrer Frau und Ihrer Tochter genommen hat«, erwiderte ich so freundlich, wie es mir möglich war.

Ich habe oft mit unangenehmen Kunden zu tun, dazu gehören auch nach außen hin respektable Bürger wie Canning, doch ich war noch nie jemandem begegnet, dem ich so liebend gerne einen Boxhieb auf die Nase versetzt hätte. Aber das durfte ich nicht, leider. Ich hatte auch das würdelose und schändliche Bedürfnis, hinüberzulangen und an seinem lächerlichen Bart zu ziehen.

»Wenn das so weitergeht und Sie mir keine Beweise für Fortschritte liefern können, dann sehe ich mich gezwungen, einen Privatdetektiv zu engagieren!«, deklarierte Canning, indem er sich zu seiner vollen Größe aufrichtete – und damit nur erfolgreich meine Aufmerksamkeit darauf lenkte, wie bescheiden seine Statur im Grunde genommen war.

»Tun Sie, was Sie nicht lassen können, Sir«, erwiderte ich kurz angebunden. »Wir werden weiterhin unser Bestes tun, die Lady und Ihre verschwundene Tochter zu finden.«

Er stürmte nach draußen.

»Was machen wir jetzt, Sir?«, wollte Morris wissen und warf unserem Besucher einen besorgten Blick hinterher. »Wegen der verschwundenen Lady, meine ich? Er wird uns das Leben zur Hölle machen, wenn Sie mich fragen. Nicht, dass man dem Gentleman einen Vorwurf machen könnte, schließlich haben sich seine Frau und seine Tochter in Luft aufgelöst. Aber er ist trotzdem ein kratzbürstiger Geselle, oder nicht?«

»Ich bin ganz Ihrer Meinung, Morris. Doch was können wir noch tun, das wir nicht schon in Angriff genommen haben? Bitten Sie Wapping, uns auf dem Laufenden zu halten, sollten weitere weibliche Wasserleichen auftauchen. Schicken Sie Biddle noch einmal durch die Armenhäuser und Hospitäler. Vielleicht hat sie sich in den letzten vierundzwanzig Stunden irgendwo um Aufnahme bemüht. Wie dem auch sei und was Mr. Canning auch denken mag, er ist nicht das einzige Problem, mit dem wir uns befassen müssen. Ich muss zu Superintendent Dunn wegen der Aussage des verstorbenen Mr. Mills. Ich denke, wir haben letztendlich doch noch Veranlassung, die Geschichte genauer zu untersuchen.«

»Das wird nicht einfach«, sagte Morris.

Dunn lauschte mit bemerkenswerter, um nicht zu sagen erstaunlicher Gelassenheit, während ich ihm von Lizzies Abenteuern in Putney berichtete. Gegen Ende meiner Geschichte jedoch fing er an, sorgenvoll dreinzublicken.

»Mrs. Ross wird nicht noch einmal dorthin fahren, oder?«, fragte er. »Ich kann mich doch darauf verlassen?«

»Ich habe ihr unmissverständlich klargemacht, dass es nicht ratsam wäre«, sagte ich.

»Und glauben Sie, dass Mrs. Ross auf Sie hört?«

»Ich bin zuversichtlich, Sir, dass sie in diesem Fall auf mich hört, ja. Lizzie ist eine sehr vernünftige Person. Sie wird nicht noch einmal nach Putney fahren.« Ich erwähnte nicht, dass sie beabsichtigte, den Portier von Somerset House noch ein weiteres Mal aufzusuchen.

Dunn erhob sich hinter seinem Schreibtisch und marschierte ein oder zwei Minuten in seinem Büro auf und ab, während er sich durch das kurz geschorene Haar strich und die Stirn in Falten legte. Schließlich blieb er am anderen Ende des Raums stehen, drehte sich zu mir um und verkündete: »Ich werde die Verantwortung für Mrs. Ross' Aktionen übernehmen, sollte die Notwendigkeit entstehen.«

Für einem Moment verschlug es mir die Sprache, so erstaunlich war diese Feststellung. Ich stand da, wahrscheinlich mit offenem Mund, und glotzte Dunn nur an. Endlich riss ich mich zusammen. »Aber … warum, Sir?«

»Ach, kommen Sie, Ross! Seien wir nicht naiv, ja? Als Sie wegen dieser Sache zu mir gekommen sind und ich Ihnen eröffnete, dass wir nicht ermitteln können, hatte ich mehr oder weniger angedeutet, dass ich keine Einwände hätte, wenn Ihre Gemahlin ihre zweifelsohne nicht unbeträchtlichen Fähigkeiten zur Entfaltung bringt.«

Tatsächlich hatte er sich, beinahe zusammenhanglos, nach Lizzies Befinden erkundigt. »Mr. Dunn, Sir«, sagte ich entschieden. »Wenn jemand die Verantwortung übernimmt, dann bin ich das. Sie ist meine Frau, und ich wusste Bescheid über ihre Reise nach Putney, bevor sie losfuhr. Die Sache ist die, jetzt, nachdem wir wissen, was sie herausgefunden hat – wäre es nicht möglich, dass wir die angesprochenen Punkte in aller Stille untersuchen? Lizzie kann nicht nach Putney zurück, falls es dort ein Verbrechen gegeben hat. In dieser Hinsicht sind wir uns einig, und Lizzie versteht das. Aber irgendjemand, das heißt, wir, die Polizei, sollte der Sache weiter nachgehen. Könnte ich nicht beispielsweise Sergeant Morris nach Somerset House schicken, um einen Totenschein für den verstorbenen Isaiah Sheldon zu holen? Es wäre hilfreich, die darauf vermerkte Todesursache zu erfahren.«

»Ja«, stimmte Dunn zu. »Es gibt keinen Grund, warum wir keinen Blick darauf werfen sollten. Aber die ganze Sache muss sehr diskret gehandhabt werden.«

»Jawohl, Sir. Ich verstehe.«

Ich ging sofort zu Morris und schickte ihn nach Somerset House. Er war noch nicht lange weg, als Constable Biddle in meinem Büro erschien, mit einem merkwürdig verstohlenen Ausdruck in den jungen Gesichtszügen.

»Ich habe eine Nachricht für Sie, Sir«, sagte er mit einem heiseren Flüstern, das irgendwie klarer und deutlicher in der Luft schwang als seine normale Stimme.

»Von wem?«, wollte ich wissen.

»Von Mrs. Ross, Sir.«

Biddle ist ein wohlmeinender junger Mann und ein vielversprechender Constable – doch seine Jugend verleiht ihm auch den Hang, Ereignisse zu dramatisieren. Seine Lieblingslektüre in seiner Freizeit sind die sogenannten Groschenromane, Geschichten von Räubern, Piraten, Vampiren, Forschern, die über verlorene Zivilisationen stolpern und dergleichen. Ich weiß das, weil er einige der weniger schaurigen Romane an Bessie ausleiht, mit der er eine Art inoffizielles Arrangement hat. Was so viel heißt wie, sie gehen nicht gemeinsam aus, da sowohl Lizzie als auch Mrs. Biddle, seine Mutter, darin übereinstimmen, dass die beiden noch zu jung sind. Doch sonntagnachmittags geschieht es nicht selten, dass Biddle in unserer Küche sitzt, unseren Tee trinkt und unseren Kuchen isst. Das Abliefern des wöchentlichen Lesestoffs ist eine häufige Ausrede für seine Anwesenheit. Ich habe Lizzie gefragt, ob sie es billigt, dass Bessie Geschichten wie diese liest, und ihre Antwort war, dass es ihr lieber ist, Bessie liest romantische Romane von Freibeutern auf den sieben Meeren als solche von in Ohnmacht fallenden Frauenzimmern und ihren Bewunderern.

»Sie könnte«, warf ich ein, »einen romantischen Freibeuter in Biddle sehen, und von da an ist es nur noch ein kleiner Schritt zu Ohnmacht und galanter Bewunderung.«

»Also wirklich, Ben!«, entgegnete Lizzie. »Bessie hat den Kopf richtig herum auf den Schultern sitzen! Abgesehen davon ist Biddle nun wirklich kein Räuber und auch kein Pirat! Was den galanten Bewunderer angeht …«

Sie hatte recht. Bessie war durch und durch praktisch veranlagt. Abgesehen davon, Biddle sah kaum aus wie ein romantischer Held. Er war außerdem ungeschickt und linkisch und neigte dazu, über die eigenen Füße zu stolpern.

»Wartet Mrs. Ross etwa unten?«, rief ich aus und sprang auf.

»Nein, Sir, sie ist schon wieder gegangen. Sie sagte, sie wolle Sie nicht stören, aber ich sollte Ihnen das hier so schnell wie möglich geben, Ihnen persönlich, direkt in die Hand.«

Er stand da, hoffnungsvoll, in Erwartung von Teil zwei, ohne Zweifel.

»Danke sehr, Constable. Und ab mit Ihnen!«, sagte ich zu ihm.

Biddle zog sich zurück, immer noch verschwörerisch und ein wenig enttäuscht.

»Der Schatten schlägt wieder zu …«, murmelte ich, während ich das Blatt entfaltete, das der Constable mir gegeben hatte.

Die Nachricht war kurz und prägnant.

Der Name des Arztes war Croft.

Keine Unterschrift, doch ich kannte die Handschrift meiner Frau. Es schien, als wäre der Constable nicht der Einzige mit einem Hang zum Drama. Also war Dr. Croft der Arzt gewesen, der Isaiah Sheldon behandelt hatte. Die Frau des Portiers hat ein gutes Gedächtnis, dachte ich bei mir, als ich die Notiz wieder faltete und in meine Westentasche steckte. Die Frage ist, praktiziert Dr. Croft noch, und wird Dunn mir einen Besuch bei ihm genehmigen?

Als Nächstes kam die Post ins Haus, und ich erhielt die an mich gerichteten Briefe, darunter einen großen Umschlag mit Poststempel von Southampton. »Aha!«, rief ich zu mir selbst. »Das ist die Antwort auf meine Bitte, ein Kollege möge Miss Alice Stephens aufsuchen. Mir scheint, sie haben zu viel gefunden für eine telegrafische Rückantwort.« Ich riss den Umschlag ungeduldig auf.

Bericht von Inspector Reuben Hughes

Ich habe Miss Alice Stephens auf Ihre Bitte hin in ihrem Heim in Southampton aufgesucht. Sie erschrak sehr, als sie erfuhr, dass ihre Großnichte Jane Canning zusammen mit ihrer kleinen Tochter vermisst wird. Sie erklärte, dass sie nichts von Miss Canning gesehen oder gehört habe. Miss Stephens erschien mir als eine aufrichtige, fromme Person mit festen Prinzipien. Sie ist von der Sorte, die die Wahrheit sagt, ganz egal, wie schmerzhaft sie ist. Ich denke, wir können ihr glauben, wenn sie beteuert, sie wisse nichts über den Verbleib von Mrs. Canning.

Ich habe außerdem Erkundigungen über den Ehemann eingezogen, Hubert Canning, und wollte wissen, ob sie etwas von ihm gehört habe. Bisher nichts. Das erschien mir eigenartig. Ich fragte sie nach den Umständen, die zu der Hochzeit geführt hätten. Miss Stephens informierte mich, dass Jane Stephens (wie sie vor ihrer Hochzeit hieß) Hubert Canning in Southampton kennengelernt habe. Er war in geschäftlichen Dingen dort, hatte sich mit einem Weinimporteur getroffen. Während seines Besuchs erwähnte er diesem Importeur gegenüber, dass er (Canning) eine Frau suche. Der Importeur – mit Namen Graham – erzählte es seiner Gattin. Mrs. Graham war mit Miss Stephens bekannt und auch mit Jane, aufgrund gemeinsamer Messebesuche in der St. Michael's Church. Die älteren Damen engagierten sich in Wohltätigkeitsveranstaltungen und saßen in mehreren Komitees. Miss Stephens ist Ende siebzig und hatte angefangen, sich Gedanken zu machen, was aus Jane werden würde, sollte sie selbst gebrechlich werden oder sterben. Man arrangierte eine Dinnerparty im Haus der Grahams, und die beiden Stephens-Frauen waren eingeladen. Mr. Canning fand Gefallen an Jane. Miss Alice fand Gefallen an Mr. Canning. Es stimmt, dass er ein ganzes Stück älter war, als ideal gewesen wäre, doch er war gut situiert, und ihre Nichte würde ein großes Haus samt Dienstpersonal zur Verfügung haben.

Es ist nicht ganz klar, ob Miss Jane ebenfalls Gefallen an Mr. Canning fand, doch ihre Großtante sagte ihr, dass sie sich keine Hoffnung auf eine noch bessere Partie machen könne. Ich nehme an, Miss Jane verfügte über kein eigenes Geld und war völlig abhängig von ihrer älteren Verwandten, die ihr ein Dach über dem Kopf bot und sie mit allen Notwendigkeiten versorgte. Miss Alice deutete mir gegenüber an, dass ihre Ressourcen nicht endlos seien, und sie räumte ein, dass es ihr persönlich eine große Hilfe war, dass ihr Jane nicht mehr auf der Tasche lag. Sie errötete zutiefst, nachdem sie mir dieses Geständnis gemacht hatte, und beeilte sich, mir zu versichern, dass es ihr stets ein Vergnügen gewesen war, Jane unter ihrem Dach zu haben. Dann wurde Alice nervös und fragte mich, ob Mr. Canning ihr gegenüber nicht ehrlich gewesen sei in Bezug auf seine finanzielle Situation. Ich erwiderte, dass dies meines Wissens nicht der Fall sei. Nun verlieh Miss Alice ihrem Erstaunen Ausdruck, dass Jane ein solch komfortables Haus verlassen und ihre kleine Tochter mitgenommen haben sollte.

Mein persönlicher Eindruck ist, dass Miss Alice Stephens eine Spur von Schuld enthüllte, als sie ihrer Bestürzung Ausdruck verlieh. Sie war es schließlich gewesen, die ihrer jungen Nichte diesen Partner empfohlen hatte. Miss Stephens ist normalerweise keine Person, die sich dem Zweifel hingibt. Doch ich habe ihr möglicherweise eine Spur davon in den Kopf gepflanzt. Sie wird sich augenblicklich mit mir in Verbindung setzen, wenn sie Neuigkeiten erfährt oder wenn Canning mit ihr in Verbindung tritt. Ich werde sie aber erneut kontaktieren, falls ich nichts mehr von ihr höre. Das heißt, für den Fall, dass Canning sich mit ihr in Verbindung setzt und sie davon abbringt, der Polizei davon Mitteilung zu machen.

Inspector Benjamin Ross

Jetzt verstand ich den Hintergrund der canningschen Ehe. Lizzie hatte recht gehabt mit ihrer Interpretation der Gründe für diese Paarung. Jane war nicht in der Position gewesen, Hubert Canning abzulehnen, als er ihr den Antrag gemacht hatte.

Mein Kollege, Inspector Hughes, hatte exzellente Arbeit geleistet, und ich war ihm zu Dank verpflichtet. Er musste Miss Stephens sogleich nach Eintreffen meiner Nachricht besucht haben, und er hatte sich die größte Mühe gegeben, so viel an Hintergrundinformationen auszugraben, wie ihm möglich gewesen war. Hughes fand es eigenartig, dass Canning sich nicht bei Miss Stephens gemeldet hatte, um in Erfahrung zu bringen, ob sie von Jane gehört hatte. Ich hingegen hatte Canning kennengelernt und fand es völlig konform mit seiner Persönlichkeit und seinem Wunsch, den Skandal unbedingt zu vermeiden, koste es, was es wolle. Hätte er Miss Stephens aufgeklärt, hätte sie es ihren Freundinnen erzählt, den Grahams, weil Canning auf ihren Vorschlag hin in ihrem Haus seine zukünftige Frau kennengelernt hatte. Graham war Weinimporteur und hätte es gegenüber anderen in diesem Geschäft erwähnen können, und schon bald hätte es jeder gewusst, wirklich jeder in Cannings beschränkter kleiner Welt, heißt das. Canning wäre sehr ungehalten gewesen, hätte er herausgefunden, dass die Nachricht bereits Southampton erreicht hatte. Also schön, sollte er schwitzen.

Jetzt konnte ich nichts mehr tun außer warten. Ich brachte den Brief zu Superintendent Dunn, der ihn überflog und sodann schnaubte.

»Behalten Sie diesen Burschen im Auge, diesen Canning!«, ordnete er an. »Ich bin immer noch nicht sicher, ob er seine beiden Frauen nicht einfach umgebracht hat.«

»Sowohl Mrs. Canning als auch das Kind waren wohlauf, als sie das Haus verlassen haben«, erinnerte ich ihn. »Die Haushälterin und das Kindermädchen sind Zeugen. Ich habe Mutter und Kind zwei Abende später unter den Gewölbebögen von Waterloo gesehen – zumindest die Füße des Kindes –, und ich habe es weinen gehört.«

»Aber seither hat sie niemand mehr gesehen!«, brauste Dunn auf. »Wenn Sie die beiden unter den Bögen gefunden haben, dann hat er sie vielleicht ebenfalls entdeckt. Sie haben ihm schließlich verraten, wo er suchen muss!«

Offensichtlich konnte ich nichts richtigmachen.

Ein wenig später an diesem Morgen kehrte Morris von Somerset House zurück.

»Ich hab ihn, Sir!«, rief er und wedelte mit einem Papier in der Luft herum.

Das war er also. Der Totenschein von Isaiah Matthew Sheldon, Kaffeehändler im Ruhestand. Er war in seinem Heim gestorben, in Fox House, im Alter von dreiundachtzig Jahren. Als Todesursache wurde Herzversagen genannt, bestätigt durch Unterschrift und

Stempel eines gewissen Dr. W. Croft, Hausarzt. Der Tod war dem zuständigen Standesbeamten gemeldet worden.

»Charles Lamont!«, rief ich laut. »Der Name des Standesbeamten war Charles Lamont! Also war er bereits mit der Familie bekannt!«

»Er hat sich in der Nähe der jungen Lady herumgetrieben«, sagte Morris in düsterem Ton. »Hat ein Vermögen gewittert, als der alte Bursche starb.«

»Ich frage mich, wie Mr. Sheldons Meinung über Lamont war? Er hatte viele Jahre als Geschäftsmann hinter sich, und zweifellos hätte er einen Mitgiftjäger – wie Sie vermuten, Morris – sofort erkannt. Ich schätze, wir können durchaus annehmen, dass Mr. Sheldon ein Hindernis für die Heiratspläne seiner Nichte darstellte.«

»Aber es war nicht Lamont, der beobachtet wurde, wie er das Kissen auf das Gesicht des alten Mannes gedrückt hat«, erinnerte mich Morris. »Es war die junge Lady.«

»Männer und Frauen haben alle möglichen unfassbaren Dinge getan um ihrer Liebe willen.«

»Das ist mir bekannt«, erwiderte Morris missbilligend.

Ich wandte mich wieder dem Totenschein zu. »Also wurde Dr. Croft hinzugerufen, um den Tod festzustellen, und er nennt als Ursache Herzversagen. Er scheint keinen Verdacht gehabt zu haben, es könnte etwas anderes gewesen sein.«

»Der alte Gentleman war immerhin schon dreiundachtzig, Sir«, sagte Morris.

»Ich frage mich, ob Dr. Croft noch lebt und ob wir ihn finden können?«, sinnierte ich.

»Ich habe mir erlaubt, eine Bibliothek aufzusuchen und die Ärzteregister zu konsultieren«, sagte Morris. »Dr. Croft hat bis achtzehnhundertvierundsechzig in Putney praktiziert. Danach wird er nicht mehr aufgeführt. Ich konnte ihn jedenfalls nicht finden. Er mag gestorben sein, Sir, oder er hat sich zur Ruhe gesetzt.«

Manchmal machen Leute den Fehler, Morris zu unterschätzen.

Er ist ein schlauer Mitarbeiter und äußerst zuverlässig. Mehr noch, er ist imstande, auf eigene Initiative hin zu handeln, eine unschätzbare Eigenschaft.

»Mit ein wenig Glück hat er sich nur zur Ruhe gesetzt. Möglicherweise lebt er noch unter der gleichen Anschrift, unter der er bis vor vier Jahren seine Praxis betrieben hat …« Ich musterte erneut den Totenschein. »Ich muss mit diesem Gentleman reden.«

»Ärzte sprechen nicht gerne über ihre Patienten«, erinnerte mich Morris.

»Aber dieser Patient hier starb vor sechzehn Jahren. Abgesehen davon bin ich Polizeibeamter.«

»Mr. Dunn wird es vielleicht nicht gefallen, Sir.«

»Das gefällt mir nicht, Ross«, sagte Dunn und bestätigte damit die Prophezeiung meines Sergeants. »Selbst wenn der Arzt noch lebt und Sie ihn finden können, hatte er zum damaligen Zeitpunkt scheinbar keinerlei Zweifel an der Todesursache, sonst hätte er den Totenschein nicht ohne Weiteres unterschrieben. Es wird ihm nicht gefallen, wenn Sie vor seiner Tür auftauchen und den Verdacht äußern, er könnte sich geirrt haben. Abgesehen davon wird er den Grund wissen wollen, warum Sie sich plötzlich für eine Angelegenheit interessieren, die sechzehn Jahre zurückliegt und in der ganzen Zeit nicht einen einzigen misstrauischen Kommentar hervorgerufen hat.«

Dunn hielt inne, um Luft zu holen und mich mit bohrenden Blicken zu mustern.

»Ich werde sehr taktvoll sein, Sir«, versicherte ich ihm.

»Sie müssen mit dem Fingerspitzengefühl eines Diplomaten zu Werke gehen, und Sie brauchen eine verdammte Menge Glück, Ross. Er hat jedes Recht, Sie vor die Tür zu setzen, Polizeibeamter hin oder her. Was wollen Sie sagen, wenn er nach dem Grund für Ihre Ermittlungen fragt?«

Für einige Sekunden suchte ich nach einer Antwort. »Ich werde sagen … ich werde sagen, dass uns ein Gerücht zu Ohren gekommen ist und dass wir die Angelegenheit rasch abschließen und zu den Akten legen möchten.«

Dunn schwieg. »Sie haben sich in diese Geschichte verbissen, Ross, stimmt's?«, erwiderte er schließlich. »Haben Sie die Möglichkeit bedacht, dass Croft Ihren Besuch Mr. und Mrs. Lamont melden könnte?«

»Ich werde ihn bitten, die Sache vertraulich zu behandeln, Sir. Abgesehen davon wird er kaum selbst das Gerücht in die Welt setzen wollen, er könnte einen Fehler gemacht und ungerechtfertigt einen Totenschein ausgestellt haben.«

Als Dunn immer noch unglücklich dreinblickte, fügte ich hinzu: »Ich erledige das heute Abend, Sir. Nach Feierabend, in meiner Freizeit.«

Dunn seufzte. »Die Angelegenheit wurde bereits auf höchster Ebene diskutiert, Ross, und es wurde die Entscheidung gefällt, die Sache nicht weiter zu verfolgen.«

»Das war, als wir nichts außer der unbestätigten Aussage von Mills hatten, Sir. Jetzt wissen wir, dass das Haus tatsächlich existiert, dass es aussieht, wie von Mills beschrieben, und dass zum angegebenen Zeitpunkt wirklich ein Bewohner gestorben ist, ein älterer Mann. Alles, was wir in Erfahrung gebracht haben, bestätigt die Aussage von Mills.« Ich zögerte, bevor ich fortfuhr. »Lizzie und ihr Kutscher haben außerdem herausgefunden, dass es damals Gerede über Miss Sheldon gegeben hat, wie sie da noch hieß, und über ihre schnelle Heirat mit Mr. Lamont … und dass dieser Mann unter den Einheimischen verdächtigt wurde, ein Mitgiftjäger zu sein.«

»Ich kann Sie nicht autorisieren, Ross«, sagte Dunn unvermittelt. »Ich muss den Fall an höherer Stelle vortragen. Ich werde mich mit dem Assistant Commissioner beraten, und seine Entscheidung wird endgültig sein, hören Sie? Haben Sie das verstanden?«

»Jawohl, Sir«, sagte ich niedergeschlagen.

Ich kehrte in mein Büro zurück und informierte Morris, dass

seine Bemühungen an diesem Vormittag wohl vergeblich gewesen waren. Doch in dieser Hinsicht sollte ich mich gründlich irren. Eine Stunde später tauchte Dunn in meinem Büro auf, was er sonst so gut wie nie tat.

»Ah, Ross«, sagte er. Er wirkte einigermaßen verlegen, und seine Gesichtsfarbe war noch rötlicher als sonst.

»Ja, Sir? Haben Sie bereits mit dem Assistant Commissioner gesprochen?«

»Das habe ich. Er war so gütig, mich anzuhören, doch er zeigte wenig Interesse an dem, was ich ihm zu sagen hatte. Und zwar bis zu dem Moment, als ich den Namen Charles Lamont erwähnte. Offensichtlich ist der Assistant Commissioner Lamont schon einmal begegnet. Mr. Lamont ist ein Glücksspieler. Der Assistant Commissioner selbstverständlich nicht, wie ich betonen möchte! Allerdings hat er vor nicht allzu langer Zeit ein privates Fest in der Residenz eines Gentlemans auf dem Land besucht. Dort ist er unter anderem Charles Lamont begegnet. Wir wissen, dass es der gleiche Mann ist, weil Lamont erwähnte, dass er ursprünglich von Guernsey kommt. Später am Abend, nach dem Dinner, wurden die Tische für das Kartenspiel vorbereitet. Der Assistant Commissioner hat nicht mitgespielt. Doch er beobachtete die anderen Spieler und war verblüfft, als er sah, welche Beträge eingesetzt wurden, wie hoch die Gewinne und Verluste waren. Mr. Lamont verlor eine ganze Menge, wie es scheint. Nach Meinung des Assistant Commissioner hat er sehr riskant gespielt. Lamont war außerdem stark angetrunken und reagierte anfänglich mit beträchtlichem Zorn auf seine Verluste. Er erklärte, die Karten seien den ganzen Abend gegen ihn gewesen, doch beim nächsten Mal würde er seine Verluste gewiss wieder wettmachen. Im Hinblick auf diese Begebenheit hat der Assistant Commissioner, wie man sagen könnte, ein persönliches Interesse an der Geschichte entwickelt. Er erklärte mir gegenüber, dass er einen Burschen wie Lamont nicht in seiner Familie würde haben wollen. Er stimmt zu, dass Sie den Doktor aufsuchen sollen. Aber Sie werden ihm so wenig wie nur irgend möglich verraten, und Sie halten Ihren Besuch kurz.«

Ich erzählte Morris von meinem Gespräch, außerstande, meine Begeisterung im Zaum zu halten. Selbst Morris zeigte moderaten Enthusiasmus. Als Nächstes suchte ich Biddle auf und fragte ihn, ob er so gut sein könnte, auf dem Heimweg bei meiner Frau vorbeizusehen und sie zu informieren, dass ich später komme und gewiss nicht zum Essen zu Hause sein könne. Biddle erklärte, dass er meine Bitte mit Freuden erfüllen würde. Auf diese Weise endete dieser Arbeitstag für uns alle mit einem gewissen Optimismus.

KAPITEL ACHT

Nachdem ich beim Scotland Yard Feierabend hatte, winkte ich einen Einspänner herbei, der mich nach Putney bringen sollte. Ich vertraute darauf, dass ich – da mein Besuch jetzt offiziellen Charakter hatte – meine Auslagen als Spesen ersetzt bekam. Wie dem auch sei, ich kam in guter Zeit nach Putney und traf noch bei Tageslicht vor dem Haus ein, das im Ärzteregister von 1864 als die Adresse des Doktors genannt wurde. Es war ein milder, freundlicher Septemberabend. Das Haus war ein mächtiges Backsteingebäude, das sich auf einem großen Stück Land erhob. Ich vermutete, dass es zu Anfang des Jahrhunderts erbaut worden war.

Ich bat meinen Fahrer zu warten und begab mich zur Tür, um dort anzuklopfen. Ein makellos gekleidetes Hausmädchen von vielleicht achtzehn oder neunzehn Jahren öffnete mir blinzelnd. Auf meine Frage, ob Dr. Croft noch in diesem Haus wohne, antwortete sie sogleich:

»Der gnädige Herr behandelt keine Patienten mehr. Er hat sich zur Ruhe gesetzt.«

Was zumindest bedeutete, dass er noch am Leben war. »Ich möchte ihn nicht als Patient besuchen. Es geht um eine andere Angelegenheit.«

Das Mädchen sah mich fragend an. »Wen darf ich melden, der ihn sehen möchte?«

»Inspector Ross vom Scotland Yard.« Ich reichte ihr meine Karte.

Sie blickte bestürzt darauf. »Wir haben nicht nach der Polizei geschickt!«

Ich fing an mich zu fragen, ob der alte Arzt das Mädchen in einem Akt der Mildtätigkeit eingestellt hatte.

»Ich weiß, dass Sie nicht nach der Polizei geschickt haben. Ich möchte mit dem gnädigen Herrn sprechen. Wenn Sie so gut wären, ihm meine Karte zu geben? Bitte sagen Sie ihm, dass es nicht lange dauern wird.«

Das Hausmädchen holte ein silbernes Tablett von einem kleinen Tisch in der Halle, legte meine Karte sorgfältig in die Mitte und trug sie davon. Sie ließ mich wartend auf der Schwelle vor einer weit offenen Haustür zurück.

Sie blieb für beinahe zehn Minuten verschwunden. Schließlich kehrte sie zurück und verkündete, dass ihr Herr mich empfangen würde. »Der gnädige Herr möchte Sie im Garten sehen. Er geht nach dem Abendessen immer nach draußen. Sie können durch das Haus kommen oder an der Seite herumgehen, ganz wie es Ihnen beliebt.«

»Dann gehe ich an der Seite herum«, sagte ich. »Einfach geradeaus in den Garten hinein?«

»Ich führe Sie«, erbot sie sich in einem plötzlichen Anflug von Effizienz.

Ich folgte ihr außen um das Haus herum, und wir bewegten uns über einen schmalen Gartenweg bis zu einem kleinen Wald aus Rosensträuchern. In den Duft der Rosen mischte sich das Aroma von Tabak.

Meine Führerin deutete auf ein Rauchwölkchen, das in die stille Abendluft stieg. »Dort ist er«, sagte sie vergnügt, dann ließ sie mich zurück und begab sich wieder ins Haus.

Ich umrundete die Büsche und traf auf einen alten Gentleman auf einer Holzbank, der friedlich seine Pfeife schmauchte.

»Dr. Croft?«, fragte ich, indem ich meinen Hut absetzte.

Er erhob sich, um mich zu begrüßen. So sah ich, dass er von großer schlanker Gestalt war, kraftvoll und sehnig gebaut. Er besaß einen dichten silbernen Haarschopf und trug eine abgewetzte Samtjacke, die aussah wie ein altes Lieblingsstück.

»Dieser Titel ist zwar nett, junger Mann, aber ich bin nur ein einfacher Bakkalaureus der Medizin, und ich praktiziere nicht mehr. Bitte setzen Sie sich doch zu mir …« Er deutete auf einen Platz neben sich auf der Bank.

Ich tat wie geheißen. »Sie haben einen schönen Garten«, bemerkte ich.

»Ja, ja. Die Rosen haben sich prächtig entwickelt dieses Jahr. Letztes Jahr hatten wir eine Blattlausplage. Seifenwasser ist das beste Gegenmittel, wussten Sie das?« Er hatte sich wieder gesetzt.

»Tatsächlich, Sir?«

»Ja. Dieses Jahr gab es unglaublich viele Marienkäfer, und der Marienkäfer lebt vom Verzehr von Blattläusen. Also hatten wir bisher kaum Probleme. Das natürliche Gleichgewicht, eh?« Ohne Überleitung fragte er: »Gab es Probleme mit Mary?«

»Dem Dienstmädchen?«, vermutete ich. »Sie schien ein wenig erschrocken, als sie erfuhr, dass ich von der Polizei bin.«

»Sie ist ein gutes Mädchen. Sehr fleißig, absolut zuverlässig, jedoch nicht besonders hell. Ich habe sie zur Welt gebracht. Es war eine schwierige Geburt, und ich vermute, sie hatte für einige Minuten nicht genügend Sauerstoff.«

Also war Mary tatsächlich aus Wohltätigkeit von ihm eingestellt worden oder weil er sich für ihre Begriffsstutzigkeit verantwortlich fühlte.

»Was kann ich für Sie tun, Inspector Ross? Sie sind doch bestimmt nicht hergekommen, um mit mir über meine Rosen zu sprechen?«

Der Tonfall des Arztes war freundlich, doch darunter lag ein Hauch von Stahl. Ich hatte lange überlegt, wie ich die Unterhaltung anfangen sollte, doch jetzt beschlich mich das eigenartige Gefühl, dass nicht ich derjenige war, der das Thema vorgab.

»Nun, Sir, es handelt sich um eine delikate Angelegenheit. Es geht um einen früheren Patienten von Ihnen, der vor sechzehn Jahren verstarb. Einen gewissen Mr. Isaiah Sheldon, aus Fox House.«

»Vor sechzehn Jahren, sagen Sie?« Croft paffte an seiner Pfeife und sah zu, wie der Rauch in die Luft stieg.

»Erinnern Sie sich an Mr. Sheldon, Sir?«

»Das tue ich, in der Tat. Ich gestehe, ich bin überrascht, dass Sie den ganzen Weg hierhergekommen sind, um nach ihm zu fragen.« Er nahm die Pfeife aus dem Mund und betrachtete sie. »Als Arzt ist man, wie Sie bestimmt wissen, wenig geneigt, mit anderen Personen außer den Familienmitgliedern über einen Patienten zu sprechen. Es gibt eine Verschwiegenheitspflicht, wie bei Priestern oder Anwälten auch. Oder sogar bei einem Inspector vom Scotland Yard, könnte ich mir denken?«

»Das hängt davon ab, Sir, ob es um laufende Ermittlungen geht oder nicht. Was ich Sie fragen möchte, unterliegt jedoch nicht der Verschwiegenheitspflicht. Es geht um den Totenschein, der im Staatsarchiv abgelegt ist.«

Croft drehte mir den Kopf zu und sah mich an. Ich war überrascht von dem scharfen Blick aus den dunklen Augen unter den buschigen silbernen Brauen. »Ein wenig spät, jetzt noch danach zu fragen, meinen Sie nicht?«

»Wir haben einen Bericht erhalten – ich würde sagen, es handelt sich um nichts weiter als ein Gerücht –, demzufolge wir uns den Tod von Mr. Sheldon genauer ansehen sollten. Es ist uns durchaus bewusst, dass er bereits vor sechzehn Jahren verstorben ist. Wir haben viel zu tun im Scotland Yard und würden die Akte gerne so schnell wie möglich schließen. Aus diesem Grund habe ich mir erlaubt, hier heraus nach Putney zu kommen und Sie aufzusuchen. Ich bitte um Entschuldigung.«

Croft wedelte mit der Pfeife vor meinem Gesicht herum, um zu verdeutlichen, dass meine Entschuldigung unnötig war. »Frischen Sie meine Erinnerung auf«, sagte er. »Was stand auf dem Totenschein?«

»Ich habe ihn hier, Sir.« Ich nahm die Kopie, die Morris am Morgen in Somerset House erhalten hatte, und reichte sie dem ehemaligen Arzt.

Er las ihn sorgfältig durch und gab ihn mir zurück. »Ja, Herzversagen, ganz recht. Er war in fortgeschrittenem Alter, wissen Sie? Obwohl …« Croft gestattete sich ein Lächeln. »Je älter man wird, desto weniger ist man geneigt, sein Alter als fortgeschritten zu bezeichnen. Ich selbst bin neunundsiebzig.«

»Sie überraschen mich, Dr. Croft. Sie scheinen sich bester Gesundheit zu erfreuen.«

»Oh, das tue ich, in der Tat. Abgesehen von den üblichen Wehwehchen, heißt das.«

»Erinnern Sie sich, ob Sie auch nur den geringsten Zweifel hatten, was die Todesursache im Fall von Mr. Sheldon angeht?«

Croft ließ sich Zeit, bevor er antwortete. »Ich war überzeugt, dass es sich um genau die Ursache handelte, die ich auf der Urkunde angegeben habe.«

Ich fing an zu vermuten, dass Croft von sich aus keine Informationen preisgeben würde, doch er würde meine Fragen beantworten. Wenn ich einen Weg finden konnte, die Unterhaltung zu lenken, würde er sicher freimütig Auskunft geben. Während ich noch überlegte, wie ich dies bewerkstelligen könnte, ohne meine Karten zu überreizen, beschloss Croft, mir auf die Sprünge zu helfen.

»Sagen Sie, Inspector Ross, kennen Sie zufällig die Komödie dieses französischen Schreibers, Molière, mit dem schönen Titel *Der eingebildete Kranke?*«

»Ich habe nicht viel Zeit zum Lesen, Doktor, leider. Aber meine Frau kennt das Stück vielleicht. Sie hatte als Mädchen für kurze Zeit eine französische Gouvernante.«

Der eingebildete Kranke? Plötzlich glaubte ich den Grund zu erkennen, warum Croft mir diese Frage gestellt hatte. »War Mr. Sheldon so eine Person?«, fragte ich. »Ein Hypochonder?«

»Ich würde nicht so weit gehen, das zu sagen. Doch genau wie der Charakter in dem französischen Stück war er sehr besorgt um seine Gesundheit. Ich musste ihn regelmäßig zu Hause aufsuchen. Bei einer Gelegenheit bildete er sich ein, sein Puls würde immer schwächer, bei einer anderen, sein Herzschlag ginge unregelmäßig. Er wurde von Kopfschmerzen geplagt. Seine Gelenke schmerzten. Sein Appetit erlosch. Seine Verdauung war schlecht. Entweder konnte er nicht schlafen, oder er schlief zu viel. Er fühlte sich schwach, ohne jede Energie. All diese Dinge beschrieb er mit großer Freude als seine ›Symptome‹. Es nutzte nichts, ihn auf sein fortgeschrittenes Alter hinzuweisen und darauf, dass derartige Beschwerden eben mit dem Alter auftreten, wie ich es soeben im Hinblick auf meine eigene Person erwähnt habe. Oder die Tatsache, dass er wenig bis gar keine Bewegung hatte, kaum je das Haus verließ und ungeeignetes, zu reichhaltiges Essen zu sich nahm. Was ich ihm auch riet, er bestand darauf, dass ich ihm Medikamente verschrieb. Üblicherweise verordnete ich Rhabarberpillen oder Wismut, und es ging ihm besser.«

»Waren Sie überrascht, als sie erfuhren, dass er gestorben war? Hatten Sie ihn an diesem Tag besucht?«

»Nicht an diesem Tag, nein. Ich war ein paar Tage vorher bei ihm gewesen. Er hatte sich über Kurzatmigkeit beklagt. Ich schlug eine leichte Diät vor, damit er ein wenig Gewicht verlor, und eine Reduktion seines Wein- und Branntweinkonsums. Um fair zu sein, ich hätte ihn nicht als ausgesprochen übergewichtig bezeichnet. Ich hielt ihm einen Vortrag über allgemeine körperliche Fitness und schlug einen gemütlichen Spaziergang am Morgen vor, der ihm zu einer Steigerung des allgemeinen Wohlbefindens verhelfen sollte. Er war geradezu entsetzt über diese Idee. Ich hörte seinen Herzschlag ab. Es war nicht der Herzschlag eines Zwanzigjährigen, beileibe nicht, doch ich konnte keine ernste Unregelmäßigkeit erkennen. Ich erinnere mich nicht, was ich ihm verschrieb. Sicher irgendeine harmlose Panazee.«

Ich deutete auf den Totenschein. »Aber Sie haben Herzversagen als Todesursache eingetragen, Sir.«

»Es ist so, Inspector, dass wir alle irgendwann an Herzversagen sterben. Natürlich variieren die Gründe beträchtlich, *warum* es aufhört zu schlagen. Als ich an all die Dinge dachte, über die er sich im Lauf der Jahre bei mir beklagt hatte, kam ich zu dem Schluss, dass wohl sein Herz versagt haben musste und dass dies zu seinem Tod geführt hatte – dies und sein Alter. Ich hätte auch schreiben können, dass er sich zu Tode gesorgt hatte. Aber das wäre aus medizinischer Sicht nicht akzeptabel gewesen.«

»Erinnern Sie sich an den Tag, als er starb? Mir ist durchaus bewusst, dass ich Sie bitte, sich einen Tag ins Gedächtnis zu rufen, der sechzehn Jahre zurückliegt.«

Crofts Pfeife war erloschen. Er klopfte den Kopf gegen die hölzerne Armlehne der Bank, um die Tabakreste zu lösen. »Rein zufällig erinnere ich mich ganz genau, ja. Es war im Juni, doch es war ein ungewöhnlich warmer Monat gewesen, und an diesem Tag kam es zu einem schweren Gewitter und heftigen Regenfällen.«

Beinahe hätte ich triumphierend aufgeschrien. Alles, was wir herausfanden, untermauerte Mills' Geschichte. Das ging weit über bloßen Zufall hinaus. Jetzt konnte der Assistant Commissioner kaum noch Einwände gegen weitere Ermittlungen erheben. »Ja, Sir?«, fragte ich.

»Das Gewitter war kaum vorbei, und der Regen hatte noch nicht aufgehört – ich erinnere mich noch, wie das Wasser von den Bäumen tropfte –, als ein Dienstbote aus Fox House eintraf und mich bat, ich möge sofort kommen.«

»Eine Frau oder ein Mann?«, fragte ich rasch.

Croft sah mich mit erhobenen Augenbrauen an. »Ein Mann. Ich nehme an, es war der Gärtner. Er war ganz aufgeregt und verlangte, dass ich so schnell kommen sollte, wie ich nur konnte. Mr. Sheldon sei zusammengebrochen. Ich eilte zu Fox House, wo ich den gesamten Haushalt in einem Zustand der Panik antraf.«

»Wo war Mr. Sheldon?«

»Oben in seinem Schlafzimmer.«

»Sind Sie sicher?«, fragte ich überrascht. Das war nicht, was ich erwartet hatte. Es passte nicht zu Mills' Bericht, dass Sheldon im

Salon gestorben war. Mein Hochgefühl schwand und wich Unsicherheit.

»Oh ja, ganz sicher. Ich wurde nach oben geführt, um nach ihm zu sehen.« Croft paffte an seiner Pfeife.

»Es ist nicht möglich, dass er woanders im Haus gestorben ist?« Ich hielt den Atem an.

Croft beäugte mich aufmerksam. »Ich vermute, Sie haben mehr Informationen, als sie preiszugeben bereit sind, Inspector. Ich weiß nicht, woher Sie sie haben. Aber Sie haben recht. Man gab mir zu verstehen, dass er unten im Salon aufgefunden worden war, wo er bewusstlos vor dem Kaminfeuer gelegen hatte.«

Wieder musste ich gegen den Drang ankämpfen, laut zu frohlocken.

»Zuerst hatten sie angenommen, dass er nur schlief«, fuhr Croft fort. »Doch ein Mädchen brachte ihm Tee zur gewohnten Zeit und vermochte ihn nicht zu wecken. Der Gärtner und der Stallbursche trugen ihn nach oben. Sie legten ihn auf sein Bett und zogen ihn teilweise aus.«

Croft hielt kurz inne. »Sheldon kleidete sich immer noch so, wie es in seiner Jugend üblich gewesen war. Er besaß eine bemerkenswerte Ähnlichkeit mit Ihrer verstorbenen Majestät König William dem Vierten, und ich nehme an, es war Eitelkeit, die ihn dazu trieb, damit zu spielen.

Er trug stets einen hohen Stehkragen und eine seidene Halsbinde sowie eine Brokatweste. All das hatte man ihm ausgezogen und sein Hemd aufgeknöpft. Ich sah sogleich, dass er tot war. Groteskerweise hatten sie versucht, ihn wiederzubeleben, indem sie ihm ein Senfpflaster auf die Brust gelegt hatten. Ich führte die üblichen Untersuchungen durch, doch er war seit einer Stunde tot, wenn nicht länger. Er war bereits kalt, trotz des heißen Umschlags, und in den Extremitäten fand ich Hinweise auf die einsetzende Leichenstarre.«

»Waren Sie nicht überrascht, dass sie einen Toten nach oben getragen hatten?«, fragte ich.

»Menschen verhalten sich nicht immer logisch, Inspector. Sie haben bei Ihrer Arbeit sicher ähnliche Erfahrungen gemacht. Wenn jemand überraschend stirbt, so ist es nicht ungewöhnlich, dass im betreffenden Haushalt große Verwirrung herrscht. Alle zögern, sich der Tatsache zu stellen, dass das Unausweichliche geschehen ist. Sie wollten nicht akzeptieren, dass er tot war, deswegen das Senfpflaster. Lassen Sie mich hinzufügen, dass es im Verlauf meiner langen Praxis mehr als einmal vorkam, dass ich zu einem Toten gerufen wurde, wobei der Leichnam sich plötzlich aufsetzte und zu wissen verlangte, was ich dort zu suchen hätte. Also sind Fehleinschätzungen rings um Todesfälle nichts Ungewöhnliches. Die Sheldons klammerten sich an ihre Hoffnung – vergeblich.«

»Sie haben den Toten auf Lebenszeichen untersucht, Doktor. Haben Sie zufällig auch nach anderen Hinweisen geschaut?«, fragte ich.

»Welchen anderen Hinweisen?«, fragte Croft und musterte mich erneut mit seinem wachen Blick. »Wollen Sie andeuten, dass ich etwas übersehen habe, Inspector?«

»Ich deute überhaupt nichts an, Doktor. Ich frage lediglich, um meine eigene Wissbegier zu stillen.«

»Es gab keine Notwendigkeit für weitergehende Untersuchungen. Ich hatte ihn erst drei oder vier Tage zuvor unter die Lupe genommen. Er war dreiundachtzig und hatte sich seit einer Weile über zunehmende Gebrechlichkeit und allgemeines Unwohlsein beschwert. Sein Lebensstil war maßlos. Sein Herz hatte aufgegeben. Ich war ziemlich sicher, dass dies die unmittelbare Ursache seines Todes war. Ich war froh, dass er ein so friedliches Ende gefunden hatte – vor dem eigenen Kamin entschlafen –, denn er war ein freundlicher alter Gentleman, bekannt für seine Mildtätigkeit. Seine Eigenart, seine Obsession, wenn Sie so wollen, war die Sorge um seine Gesundheit.«

»Danke sehr, Dr. Croft, für Ihre Zeit. Ich werde Sie nicht länger belästigen.« Ich steckte den Totenschein wieder ein. »Ich bitte lediglich um Diskretion in der Angelegenheit meines Besuchs. Ich möchte nicht, dass die Familie beunruhigt wird.«

Die scharfen Augen unter den buschigen Brauen musterten mich ein letztes Mal. »Ich wüsste keinen Grund, warum ich die Familie beunruhigen sollte.«

Ich ließ ihn bei seinen Rosen und seiner Pfeife. Der Abend war angebrochen, während wir geredet hatten. Der Himmel war überzogen mit einem düsteren Purpur. Die Rosen schienen in diesem Licht wie große Juwelen zu leuchten. (Ich wurde geradezu poetisch!) Der Duft war berauschend. Ich beneidete Croft für seinen Ruhesitz und hoffte, dass er, wenn seine Zeit kam, friedlich in seinem Garten sitzend zwischen seinen Rosen dahinschied, während er seine Pfeife genoss.

Als ich schließlich nach Hause kam, spät am Abend, wartete Lizzie aufgeregt auf mich und wollte sogleich hören, was ich in Putney in Erfahrung gebracht hatte. Biddle hatte sie informiert, dass ich spät kommen würde und wohin ich gefahren war.

Doch das war nicht alles, was er getan hatte.

»Ich fürchte, Constable Biddle hat außerdem deine Schweinekoteletts aufgegessen«, sagte Lizzie.

»Was?« Auf dem gesamten Weg nach Hause hatte mich der Gedanke an die gebratenen Koteletts mit Vorfreude erfüllt. Ich hatte mich daran gelabt, um den Gedanken zu verdrängen, dass Croft keine unnatürliche Todesursache erkannt haben wollte.

»Er sah hungrig aus …«, erklärte meine Frau. »Und wir wussten nicht, wann du zurückkommen würdest. Es gibt noch eine Portion kalte Rindfleischpastete und reichlich Käse. Oder ich könnte dir Schinken und Eier machen, wenn du etwas Warmes möchtest.«

»Die Pastete genügt, danke sehr«, sagte ich und ließ mich auf einen Stuhl sinken. »Aber Biddle wird mir allmählich ein zu vertrauter Gast in diesem Haus!«

»Du hast ihn mit einer Nachricht hergeschickt!«, erinnerte mich Lizzie.

»Das nächste Mal schicke ich jemand anders.«

Sie wartete ungeduldig, während ich aß. »Was hast du herausgefunden?«, fragte sie, sobald ich Messer und Gabel zur Seite gelegt hatte.

Ich berichtete von meiner Unterhaltung mit Croft. »Er war hilfreicher, als ich gedacht hätte«, schloss ich. »Und ich muss gestehen, er besitzt ein exzellentes Gedächtnis. Er konnte sich sogar an den Gewittersturm erinnern. Oder vielleicht ist es wegen des Gewitters, dass er sich so gut an den Tag erinnern kann. Wie dem auch sei, bis jetzt unterstützt jedes Indiz die Geschichte von Mills in ganz bemerkenswertem Maß. Ich habe ihm von Anfang an geglaubt, und wenn das überhaupt möglich ist, so glaube ich ihm jetzt noch mehr.« Ich hielt inne, stieß einen Seufzer aus und schüttelte den Kopf.

»Ich muss allerdings auch gestehen«, fuhr ich schließlich fort, »dass der Optimismus, der mich bei meiner Unterhaltung mit Croft befallen hatte, auf dem Heimweg wieder schwand. Der gute Doktor war zufrieden mit der festgestellten Todesursache. Nach sechzehn Jahren wird er seine Meinung auch nicht mehr ändern, und es würde auch nichts nützen, wenn er es täte. Hätte er hingegen damals Zweifel gehabt, wären die Dinge vielleicht anders gekommen.«

»Aber warum haben sie den Toten nach oben gebracht?«, fragte Lizzie störrisch. »Warum das Theater mit einem Senfpflaster? Es ist geradezu grotesk und kann eigentlich nur den Zweck gehabt haben, die wahren Umstände seines Todes zu verschleiern.«

»Croft fand es nicht grotesk. Er glaubt, sie waren nur nicht willens zu akzeptieren, dass Sheldon gestorben war. Er hat erlebt, wie sich vermeintliche ›Tote‹ wieder aufgesetzt haben. Ich auch. Von Dr. Carmichael, der für die Polizei eine ganze Menge Autopsien durchgeführt hat, weiß ich, dass er zweimal in seiner langen Laufbahn einen Schnitt angesetzt und der ›Leichnam‹ in diesem Moment aufgestöhnt hat. Sheldons Haushalt hat versucht, Sheldon wiederzubeleben. Nein, nein, es reicht nicht aus, Lizzie. Ich fürchte, wir sind am Ende unserer Ermittlungen angelangt. Selbst wenn der Assistant Commissioner genehmigt, dass ich der Sache weiter auf den Grund gehe, wüsste ich nicht, wie ich von hier aus weitermachen sollte. Ich glaube, nicht einmal deine Informantin Mrs. Hogget könnte uns weiterhelfen. Mills wäre zufrieden mit unseren Anstrengungen.«

»Nun, vielleicht findet sich ja noch etwas«, sagte Lizzie. Sie weigerte sich, die Niederlage zu akzeptieren. »Eine Tür schließt sich, und eine andere geht auf, heißt es nicht so?«

»Nicht bei polizeilichen Ermittlungen, Lizzie. Nicht oft jedenfalls.«

»Pah!«, entgegnete meine Frau störrisch. »Du bist müde, das ist alles. Sieh dir nur an, wie viele Türen dir vor der Nase zugeschlagen wurden – bildlich gesprochen –, seit du Mills' Geschichte zum ersten Mal gehört hast! Du hast trotzdem nicht aufgegeben, und ich weiß, dass du es auch jetzt nicht tun wirst. Irgendetwas wird ans Licht kommen, wart's nur ab. Und bis dahin, drück die Daumen!«

Es gibt ein altes Sprichwort, demzufolge man vorsichtig sein sollte mit dem, was man sich wünscht.

KAPITEL NEUN

Die nächsten beiden Tage war ich beschäftigt mit Fällen von Betrug, Raub und Diebstahl einschließlich Überfällen mit Androhung von Gewalt. Außerdem lagen auf meinem Schreibtisch Berichte von Vergewaltigungen, Bigamie und Aussetzung von Kindern – kurz: all die Dinge, die in großen und kleinen Städten landauf, landab in größerem oder kleinerem Ausmaß geschehen und das Vertrauen eines jeden Polizeibeamten in seine Mitmenschen langsam, aber sicher erodieren lassen. Ich war gezwungen, mir Fox House fürs Erste aus dem Kopf zu schlagen. Aber nicht das Verschwinden von Jane Canning und ihrer Tochter Charlotte.

Mr. Hubert Canning konnte zwar ganz und gar nicht als Routineangelegenheit betrachtet werden, doch sein Auftauchen in meinem Büro war beinahe so regelmäßig wie jede andere Routine in meinem Leben.

Ich erwartete, ihn zu sehen, nachdem ich den Brief meines Kollegen aus Southampton gelesen hatte. Ich nahm an, dass sich Miss Stephens in der Folge von Hughes' Besuch mit Canning in Verbindung gesetzt hatte und von ihm hatte wissen wollen, was es mit dem Verschwinden ihrer Großnichte auf sich hatte und was aus Jane geworden war.

Und wie erwartet stürmte Canning auf seine übliche Weise in mein Büro, mit dieser Mischung aus Empörung und Hochnäsigkeit, die ich inzwischen untrennbar mit ihm assoziierte.

»Das ist beschämend!«, schäumte er und funkelte mich an.

»Nehmen Sie doch bitte Platz, Mr. Canning«, bat ich ihn. »Und verraten Sie mir, was ist beschämend?«

Canning ließ sich auf einen Stuhl plumpsen, den der zuvorkommende Constable Biddle ihm hingeschoben hatte. Er schüttelte einen Zeigefinger in meine Richtung. »Tun Sie bloß nicht so, als wüssten Sie nicht, was ich meine!«

»Mr. Canning«, sagte ich ihm so ruhig, wie ich konnte. »Ich bin ein sehr beschäftigter Mann. Ganz Scotland Yard ist ein geschäftiger Ort, und die Polizei wird mehr oder weniger ständig zu der einen oder anderen dringenden Angelegenheit gerufen. Ich darf Ihnen versichern, wir suchen weiterhin nach Ihrer Frau und Ihrer Tochter. Ich hoffe, dass wir bald neue Informationen über ihren Verbleib haben. Sobald dies der Fall ist, gebe ich Ihnen unverzüglich Nachricht.«

Canning öffnete den Mund zu einer Entgegnung, doch bevor er etwas sagen konnte, fuhr ich fort: »Sie werden verstehen, dass Ihr ständiges Auftauchen in meinem Büro nichts zur Lösung Ihrer Angelegenheit beiträgt, sondern im Gegenteil eine gewisse Behinderung darstellt.«

Cannings Mund klappte mehrere Male auf und wieder zu. Seine Gesichtsfarbe änderte sich zu einem ungesunden Dunkelrot, und ich wollte Biddle bereits losschicken, ein Glas Wasser zu holen, als der Besucher sprach.

»Wie können Sie es wagen, Inspector Ross? Wie können Sie es wagen?«, fragte er krächzend. »Ich werde mich über Ihr Benehmen beschweren! Ich werde eine schriftliche Beschwerde an höchster Stelle einreichen! Darf ich Sie daran erinnern, dass ich ein Steuerzahler bin, ein durch und durch respektabler Bürger von makellosem Ruf sowohl in persönlicher als auch in geschäftlicher Hinsicht? Sie hingegen sind ein öffentlicher Bediensteter. Ich stehe unter beträchtlicher Anspannung seit dem Verschwinden meiner Frau und meiner Tochter. Man sollte wirklich glauben, dass Sie inzwischen wenigstens *eine Spur* von ihnen gefunden haben! Aber gehen Sie überhaupt nach draußen und suchen nach ihnen? Nein. Stattdessen sitzen Sie in Ihrem Büro, kontaktieren einen Kollegen in

Southampton, und dieser … dieser …« Canning verschluckte sich vor Empörung. »Dieser Mensch war so dreist, eine alte Dame von zerbrechlicher Gesundheit aufzusuchen, die Großtante meiner Frau, sich ohne Vorwarnung auf sie zu stürzen und ihr die verstörenden Neuigkeiten zu überbringen – die ich ihr zu ersparen hoffte! –, um sie in einem Zustand der Angst und der Verzweiflung zurückzulassen! Es ist ein wahres Wunder, dass sie angesichts dieses Schocks nicht zusammengebrochen ist!«

»Inspector Hughes war überrascht, dass Sie sich noch nicht mit Miss Stephens in Verbindung gesetzt hatten, um ihr zu berichten, was geschehen ist«, erwiderte ich.

»Rede ich hier eigentlich gegen eine Wand?«, brüllte Canning. »Ich wollte nicht, dass die alte Lady erschreckt wird oder sich Sorgen macht wegen dieser Sache! Ich habe Ihnen klargemacht, dass meine Frau nicht nach Southampton gegangen sein kann! Sie hätte überhaupt keine Mittel gehabt, um die Reise zu machen!«

»Was ist mit der Eisenbahn?«, schlug ich vor.

Er sah mich entsetzt an und schüttelte den Kopf. »Nein, nein. Sie hatte nicht genügend Geld bei sich.«

Aha!, dachte ich. »Was ist mit der Haushaltskasse?«, fragte ich vorsichtig.

»Die Haushaltskasse wird von Mrs. Bell verwaltet«, schnappte er.

»Und Mrs. Cannings persönliches Geld?«

»Mrs. Cannings notwendige persönliche Ausgaben – Kleidung und so weiter – werden von mir beglichen. Sämtliche Rechnungen gehen an meine Adresse. Ich begleiche sie.«

»Nun denn, was ist mit ihrem Taschengeld?«, fragte ich. »Dem Geld für die kleinen Dinge ihres täglichen Bedarfs? Was ist damit?«

»Oh ja«, erwiderte Canning und begann unbehaglich dreinzublicken. »Sicher, sie hatte ein wenig Kleingeld für diese Dinge. Süßigkeiten für meine Tochter und dergleichen. Aber Sie behaupten, Sie hätten Jane zwei Tage nach ihrem Verschwinden gesehen! Sie erzählen mir, sie hätte unter einem Brückenbogen gehaust! Wenn dem so ist, dann ist doch wohl auch klar, dass sie kein Geld hat oder dass sie alles ausgegeben hat, was sie an Geld bei sich hatte!«

Also schien Canning zu akzeptieren, dass es seine Frau und seine Tochter gewesen waren, die ich in jener Nacht gesehen hatte. Doch ich hatte eine wichtige Information erhalten. Jane Canning hatte nur die geringstmögliche Summe Bargeld zur Verfügung gehabt. Warum? Sicher nicht, weil Canning geizig war, nicht im üblichen Sinn. Sondern wohl eher, weil er etwas in der Art befürchtet hatte – dass sie weggehen könnte. Er hatte sicherstellen wollen, dass es nicht so weit kam.

»Ich denke, Sie waren nicht ganz offen zu uns, Mr. Canning«, sagte ich. »Ich denke, Ihre Frau ist aus freiem Willen von Ihnen weggegangen, und Sie wussten das von Anfang an. Es ist nicht unsere Aufgabe hier beim Scotland Yard, häusliche Meinungsverschiedenheiten zu schlichten. Allerdings ist es unsere Aufgabe, Ihre Tochter zu finden. Um das zu tun, müssen wir die Mutter aufspüren. Ich werde zu diesem Zweck weiterhin alles Erdenkliche tun, aber ich erwarte, Mr. Canning, dass Sie nicht ständig in mein Büro stürmen und mich beschimpfen und zugleich nicht mit uns kooperieren, indem Sie uns einen Teil der Fakten einfach verschweigen! Ich möchte Sie daran erinnern, dass es sehr wahrscheinlich ist, dass wir Mrs. Canning längst gefunden hätten, wenn sie gleich zu uns gekommen wären und nicht erst zwei Tage gewartet hätten. Ganz gewiss hätte ich sofort vermutet, dass es sich um Ihre Frau handelt, als ich einer wohlsituierten jungen Frau mit einem kleinen Kind begegnet bin, die unter den Bögen schlief. Verstehen Sie? Es ist nicht die Schuld vom Scotland Yard, dass die Spur erkaltet ist.«

Canning stand auf. »Ich verbitte mir diesen Ton, Inspector Ross! Seien Sie versichert, ich werde mich formell über Sie beschweren.«

»Das steht Ihnen jederzeit frei, Mr. Canning.«

Canning schnaufte wütend, doch er fand keine Worte mehr. Schließlich fuhr er herum und stolzierte nach draußen.

»Ich dachte schon, den Gentleman würde der Schlag treffen, Sir«, sagte Biddle.

»Nicht, wenn es nicht zweckdienlich für ihn ist«, entgegnete ich schroff. »Mr. Canning ist ein ausgezeichneter Schauspieler, Constable. Seine Position ist schwach, und er weiß dies. Und nun fort mit Ihnen. Die Arbeit wartet auf Sie.«

»Jawohl, Sir«, sagte Biddle und eilte nach draußen.

Drei Tage nach meinem Besuch in Putney, einen Tag nach Cannings jüngstem Besuch in meinem Büro, wurde ich am späten Vormittag in das Büro von Superintendent Dunn zitiert. Canning hat die angekündigte Beschwerde eingereicht, dachte ich auf dem Weg dorthin. Wahrscheinlich hat er direkt an den Commissioner geschrieben. Ich wappnete mich innerlich und legte mir meine Verteidigung zurecht.

Doch Dunn war nicht allein, als ich in seinem Büro eintraf. Er hatte einen Police Sergeant bei sich, der mir völlig unbekannt war. Es war ein stämmiger Bursche mit einem roten Schnurrbart, der steif vor Dunns Schreibtisch stand, den Helm unter den Arm geklemmt.

»Gut«, sagte Dunn, als ich den Raum betrat. »Sie sind da. Das hier ist Sergeant Hepple von der Wandsworth Division. Er wurde von Inspector Morgan hergeschickt, um unsere Hilfe zu erbitten. Sie haben in einem Mordfall zu ermitteln, wie es scheint.« Dunn bedeutete Hepple, seinen Bericht abzuliefern.

Hepple wandte sich zu mir um und salutierte. »Sir! Eine Frauenleiche wurde am Flussufer im Schlamm gefunden …«, begann er.

»Jane Canning?«, unterbrach ich ihn bestürzt und sah zu Dunn.

»Was? Nein. Nein, nicht sie.« Dunn winkte irritiert ab. »So viel steht bereits fest. Der Sergeant wird Ihnen erklären, wie und warum.«

»Der Leichnam wurde heute Morgen gegen halb neun gefunden, bei Niedrigwasser, direkt unterhalb der Putney Bridge«, setzte Hepple seinen Bericht fort. »Er wurde nur durch einen glücklichen Zufall entdeckt. Die Flut hatte bereits eingesetzt, und das Wasser kam zurück. Niedrigwasser war vergangene Nacht kurz vor drei. Das heißt, Hochwasser wäre heute Morgen kurz vor neun gewesen. Sie werden verstehen, Sir, dass wir den Leichnam vom Fundort entfernen mussten, weil das Wasser ihn sonst bedeckt hätte. Wir haben ihn vorübergehend in einem Schuppen abgelegt. Kein ordentliches Leichenhaus, so etwas haben wir nicht in Putney.«

»Es war kein Unfall oder Selbstmord?«, fragte ich. »Keine arme Seele, die von der Brücke gesprungen ist? Der Leichnam könnte dort gestrandet sein, als die Flut abgelaufen ist. Sind wir sicher, dass es sich um Mord handelt?« Ich sah Hepple an.

»Die Oberkleidung ist nass und schmutzig, aber der Petticoat und ihre, äh, Unterwäsche, das alles ist trocken und sauber, Sir«, sagte Hepple überzeugt. »Sie war nicht im Wasser. Ein Arzt wurde hinzugezogen, und im Vorgriff auf eine ordnungsgemäße Obduktion hat er die Vermutung geäußert, dass sie erwürgt wurde.«

Also Mord, mit ziemlicher Sicherheit Mord. »Gibt es Hinweise auf ihre Identität?«

»Jawohl, Sir«, sagte Hepple. »Sie ist bekannt in der Gegend. Sie hat seit vielen Jahren dort gelebt. Ihr Name ist Rachel Sawyer, und sie war die Haushälterin von Mr. und Mrs. Lamont von Fox House in Putney.«

Ich konnte ein überraschtes Ächzen nicht unterdrücken und glotzte Dunn an.

Er beobachtete mich mit einem gewissen Glänzen in den Augen. »Ich dachte mir schon, dass Sie sich dafür interessieren würden, und ich dachte mir weiter, dass Sie der am besten geeignete Beamte wären, um in diesem Fall zu ermitteln. Schließlich wissen Sie schon Bescheid über diesen Haushalt. Also nehmen Sie Morris und fahren Sie rüber. Sergeant Hepple hier wird Sie führen.«

Ich wandte mich an Hepple. »Der Leichnam liegt in einem Schuppen, sagen Sie? Wer bewacht ihn?«

»Einer unserer Constables, Sir. Er lässt niemanden in die Nähe, außer dem Doktor natürlich. Er ist ein Einheimischer, Dr. Croft.«

»Dr. Croft!«, rief ich aus. »Ich dachte, Dr. Croft hätte sich längst zur Ruhe gesetzt!« Aus den Augenwinkeln sah ich, wie Dunns Augenbraue warnend in meine Richtung zuckte.

»Oh«, sagte Hepple überrascht. »Sie kennen den Doktor also? Ja, er ist in fortgeschrittenem Alter, und er hat nicht mehr regelmäßig Patienten. Aber er war uns einige Male behilflich, als Polizeiarzt, wenn wir ihn gebraucht haben.«

»Ich genehmige die Ausgaben für ein Taxi als notwendige Spesen«, sagte Dunn.

So kam es, dass ich kurze Zeit später mit Morris und Sergeant Hepple zusammengezwängt in einer vierrädrigen Kutsche saß. Ich wünschte, es wäre Wally Slaters Growler gewesen – der wäre wenigstens sauber gewesen. So jedoch stank es nach Wein, was den Gedanken nahelegte, dass in der vorangegangenen Nacht in dieser Kutsche einige Gentlemen nach Hause transportiert worden waren, die zuvor heftig dem Trunk zugesprochen hatten. Frauen aus der Stadt hatten sie begleitet – es war nicht schwierig, auch das zu erkennen. Der überwältigende Duft nach billigem Parfüm unter dem Weinaroma verriet es mir. Unser Unbehagen wurde noch verstärkt durch die drangvolle Enge in der Kabine. Keiner von uns dreien konnte als von kleiner Statur beschrieben werden. Hepple saß Morris und mir gegenüber, den Helm auf den Knien und Schweißperlen im Gesicht, die über seine Wangen rannen und sich in seinem roten Bart verfingen, der sie wie ein Schwamm aufsaugte. Von Zeit zu Zeit wischte er sich die Flüssigkeit mit einem großen rot karierten Taschentuch ab.

»Verschwenden wir keine Zeit«, sagte ich zu ihm. »Erzählen Sie uns alles, von Anfang an. Lassen Sie nichts aus.«

»Nun, Sir«, begann Hepple. »Es gibt nicht viel, was ich Ihnen nicht schon erzählt hätte im Büro des Superintendent, beim Yard, Sir.« Hepple sprach das Wort »Yard« mit andächtiger Verehrung aus. »Gegen halb neun fanden ein paar Jungen unten auf den Schlammbänken den Leichnam einer Frau. Es waren Schlammsucher, Sir, auf der Suche nach irgendwas, das der Fluss zurückgelassen hatte, als das Wasser wieder wich … Sie kamen vom Fluss rauf zur High Street gerannt, um Hilfe zu rufen, und stießen sogleich auf den Küster der Kirche, der auf dem Weg war, das Gotteshaus für den Tag aufzusperren. Er ging mit ihnen zu der Stelle, wo sie die Tote gefunden hatten. Die Gezeitenwende hatte inzwischen eingesetzt, wie ich bereits sagte, und er wusste, dass es nicht lange dauern konnte, bevor dieser Abschnitt des Flusses vollständig überflutet sein würde. Also sagte er den drei Jungen – es waren nämlich drei, Sir –, dass sie aufpassen sollten, und versprach jedem einen Schilling, wenn sie niemanden in die Nähe ließen. Der Kirchendiener machte ihnen klar, dass sie den Leichnam nicht anfassen und weder die Kleidung noch sonst irgendetwas wegnehmen durften. Er war besorgt, sie könnten die Taschen der Toten durchwühlen, verstehen Sie, Sir? Dann ging er los, um die Behörden zu informieren.«

Die Kutsche kam schwankend zum Halten. Wir hörten, wie unser Fahrer lautstark den Kutscher einer privaten Karosse verwünschte, der ihm offensichtlich den Weg abgeschnitten hatte – wie es im Übrigen sein Recht war gegenüber einer Mietdroschke. Nach ein paar Augenblicken rumpelten wir weiter.

»Wegen der Dringlichkeit – des steigenden Wassers, das den Leichnam bald überdeckt hätte – ging er zum Haus eines Friedensrichters, des nächsten erreichbaren Vertreters der Behörden also.« Hepple hustete in die Hand. »Das war Mr. Harrington, Sir. Mr. Harrington schickte einen seiner Diener zur Wandsworth Police Station, um uns zu alarmieren. Dann ging er mit dem Kirchendiener zum Ufer und organisierte die Entfernung der Toten. Es war allerhöchste Zeit; das Wasser war nur noch wenige Dutzend Zentimeter von der Leiche entfernt. Man brachte sie in einen Schuppen auf dem Grundstück eines nahen Hauses. Es handelt sich um einen Gartenschuppen, Sir. Die Werkbank wurde freigeräumt und die Frau daraufgelegt. Der Küster hatte die Tote unterdessen erkannt und erklärt, dass es sich um Miss Rachel Sawyer handelt. Sie war die Haushälterin von Fox House.« Hepple verstummte für einen Moment, bevor er weiterberichtete. »Soweit ich weiß, war sie eine Person von griesgrämiger Veranlagung, Sir.«

»Und woher wissen Sie das?«, fragte ich überrascht.

»Ich war nicht persönlich mit ihr bekannt«, beeilte sich Hepple zu sagen. »Aber ich habe gehört, wie der Küster etwas in dieser Richtung zu Inspector Morgan sagte, als wir schließlich vor Ort eintrafen.«

Es schien sich eine beträchtliche Menschenmenge vor der provisorischen Leichenhalle eingefunden zu haben. »War Mr. Harrington, der Friedensrichter, immer noch dort, als Sie dazukamen, Sergeant?«

»Nein, Sir. Er war gegangen. Er hatte anderswo zu tun. Als wir in Wandsworth die Nachricht erhielten, machte sich Inspector Morgan unverzüglich auf den Weg und befahl mir und Constable Beck, ihn zu begleiten. Als wir das Ufer erreichten, wartete der Kirchendiener sehr nervös. Er hatte den Jungen die versprochenen Schillinge gegeben und sie ihrer Wege geschickt und war ganz allein mit der Toten.«

»Es ist wirklich zu dumm, dass er die Jungen weggeschickt hat«, sagte ich. »Immerhin waren sie es, die den Leichnam fanden. Sie sind wichtige Zeugen. Wir müssen versuchen, sie zu finden.«

»Jawohl, Sir«, sagte Hepple und blickte verlegen drein. »Ich schätze, Mr. Morgan war sehr aufgebracht, dass sie bereits weg waren. Doch der Kirchendiener war erschüttert und aufgeregt und hatte kein sehr scharfes Urteilsvermögen mehr. Keine Sorge, Sir, wir finden die Jungen wieder. Sie werden ihre Geschichte jedem erzählen, den sie kennen, und wir werden davon erfahren. Vielleicht veranstalten sie regelrechte Führungen, lassen sich von den Leuten einen Penny geben, um ihnen die Stelle zu zeigen und ihre Geschichte zu erzählen.« Hepple räusperte sich. »Wie dem auch sei, Mr. Ross, Sir – wir haben uns die Verstorbene angesehen, und der Kirchendiener erbot sich, Dr. Croft holen zu gehen. Er sah immer noch sehr mitgenommen aus, als er ging. Schließlich erschien Dr. Croft. Er war allein; der Diener hatte sich entschuldigt – er hätte in seinem Gemeindesaal zu tun. Sie können persönlich mit dem Doktor reden, Sir; ich glaube, er wartet vor Ort, bis Sie eintreffen. Constable Beck bewacht derweil den Schuppen, ich wurde beauftragt, zum Yard zu fahren, und der Gärtner wurde nach Hause geschickt.«

»Gärtner? Wo kommt denn der Gärtner plötzlich her?«, rief Morris aus.

»Er hat geholfen, die Tote in den Schuppen zu bringen. Er hat sich seither missmutig in der Nähe herumgetrieben. Er hat gegen die Beschlagnahme seines Schuppens protestiert, weil er dadurch in seiner Arbeit behindert würde. Man informierte ihn, dass er nicht mehr in den Schuppen darf, solange die Tote darin liegt. Doch er wollte nicht weggehen und schimpfte vor sich hin, bis wir ihm sagten, dass es noch ein paar Stunden dauern könne, bis er wieder in seinen Schuppen dürfe, und dass wir ihn nicht ständig vor den Füßen haben wollten.

Mr. Morgan schickte mich zum Yard, um einen erfahrenen Detective anzufordern – das wären Sie, Mr. Ross, Sir, und Ihr Sergeant –, weil Mr. und Mrs. Lamont in der Gemeinde bekannt und außerdem sehr wohlhabend sind. Sie werden darauf bestehen, dass eine ordnungsgemäße Untersuchung durchgeführt wird. Es sieht nicht so aus, als hätte sich die Tote selbst ins Wasser begeben. Wir haben keinerlei Hinweise in dieser Hinsicht. Abgesehen davon war sie eine respektable Frau. Mr. Morgan erklärte, dass der Tod durch Fremdeinwirkung zustande gekommen sein müsse, und Dr. Croft vermutet, es könne sich um Strangulation handeln. Wie dem auch sei, Sir, wir haben nicht viele Mordfälle in unserer Gegend, deswegen hielt Inspector Morgan es für angebracht, den Yard hinzuzuziehen.«

Morris stöhnte leise auf. »Hat niemand irgendwelche Aussagen zu Protokoll genommen?«

Hepple blickte gekränkt drein. »Mr. Morgan war der Meinung, dass Sie selbst mit den Zeugen zu sprechen wünschen, Mr. Ross, Sir. Das heißt, mit dem Kirchendiener und dem Doktor. Mr. Harrington konnte nicht auf Ihr Eintreffen warten. Er hat Dinge in der Stadt zu erledigen, wie ich, glaube ich, bereits erwähnt habe.«

Der Lärm von den Rädern der Droschke nahm unvermittelt zu. Wir rollten über die Holzbrücke, die Fulham auf unserer Seite des Flusses mit Putney verband.

»Wir sind da, Sirs«, sagte Hepple. Er sah erleichtert aus und klang auch so.

Wir waren vor der Kirche angekommen und kletterten aus der Kutsche. Die Nachricht hatte sich – was wenig überraschend war – bereits herumgesprochen. Eine neugierige Menschenmenge hatte sich in der Straße versammelt, und verschiedene Personen machten ihre jeweiligen Nachbarn auf unser Eintreffen aufmerksam. »Das sind die Detectives von Scotland Yard!«, hörten wir, und: »Der Yard ist eingetroffen!« Ein paar junge Burschen begannen geringschätzig zu johlen. Ich bezahlte den Kutscher und folgte zusammen mit Morris unserem Führer Sergeant Hepple von der Wandsworth Police Station.

»Ich weiß nicht, was ich sagen soll, Sir«, murmelte Morris. »Die Jungen, die die Tote gefunden haben, wurden weggeschickt. Der Leichnam wurde bewegt, und was weiß ich, wie viele Menschen waren inzwischen hier, um einen Blick auf die Sache werfen zu können, bevor wir eintreffen. Halb Putney scheint auf den Beinen zu sein! Das Einzige, was uns jetzt noch fehlt, ist eine Blaskapelle.«

Wir folgten einem Pfad entlang des Flusses. Das Wasser war noch hoch und schwappte an die Ufer, obwohl hier und da bereits wieder die ersten nass glänzenden Schlammbänke sichtbar wurden und verrieten, dass die Ebbe eingesetzt hatte. Ich fragte Hepple, wann Niedrigwasser zu erwarten war. »Gegen halb vier heute Nachmittag, Sir, vielleicht ein paar Minuten früher.«

Das half uns nicht weiter. Die Stelle, an der der Leichnam gefunden worden war, lag mehrere Fuß unter der Wasseroberfläche. Wenn das Wasser erst zurückgegangen war, würde jede Spur für immer ausgelöscht worden sein.

Zu unserer Rechten erhob sich eine Backsteinmauer. An der Mauer lehnte ein bärtiger Mann in einer Moleskin-Jacke mit einem roten Halstuch und vor der Brust verschränkten Armen. Als wir uns näherten, fragte er in missmutigem Ton: »Wie lange dauert das alles noch?«

»Wie lange dauert *was* alles noch?«, bellte Morris.

»Bis Sie diese Frau wegschaffen.«

»Was geht Sie das an?«, verlangte Morris in aufgebrachtem Ton zu erfahren.

»Meine Sense. Sie befindet sich im Schuppen.«

»Sense?« Morris klang verblüfft. »Was wollen Sie mit der Sense? Wer sind Sie? Der Sensenmann?«

»Nein. Ich bin Coggins, der Gärtner, und ich wollte heute das Gras schneiden. Mr. und Mrs. Williams kommen morgen nach Hause. Sie waren im Ausland auf Reisen. Sie werden erwarten, dass der Garten ordentlich gemacht ist, und es ist meine Aufgabe, genau dafür zu sorgen. Aber ohne meine Sense kann ich das nicht, und dieser Constable lässt mich nicht in den Schuppen!«

»Mr. Williams ist der Besitzer des Grundstücks, auf dem der Schuppen steht«, informierte Hepple uns. »Der Schuppen mit der Toten darin. Aber er ist weg, wie Mr. Coggins bereits sagte, und er kommt erst morgen wieder.«

»Er will sicher keine Leiche in seinem Schuppen sehen und schon gar nicht ungeschnittenes Gras!«, rief uns der Gärtner übellaunig hinterher, als wir ihn stehen ließen.

Nicht lange danach baumelten vor unseren Nasen die Beine und Stiefel mehrerer kleiner Jungen. Sie waren, so weit sie konnten, auf eine Mauer geklettert und hingen nun über die Krone gebeugt mit den Köpfen auf der anderen Seite, begierig auf eine schaurige Unterhaltung.

»So, da wären wir«, sagte Hepple erleichtert. »Hey!«, brüllte er die Jungen an. »Macht, dass ihr da runterkommt!«

Sie ließen sich erschrocken von der Mauer fallen. Einige landeten auf den Füßen, andere auf dem Hintern und rollten wild durcheinander.

»War jemand von euch dabei, als die Leiche gefunden wurde?«, fragte ich die Jungen, während sie sich wieder voneinander lösten und ihre Blessuren untersuchten.

Sie verneinten untröstlich. Also jagten wir sie davon und öffneten eine Tür in der Mauer.

Der Schuppen lag am unteren Ende des Gartens im Schutz einiger Büsche. Als wir näher kamen, sog ich schnüffelnd die Luft ein und meinte, den Duft von Pfeifentabak zu bemerken. Wir umrundeten die grüne Barriere und stießen auf einen wachsamen stämmigen Mann in Uniform, vermutlich Constable Beck, der die Hände hinter dem Rücken verschränkt hatte. Ein Stück weiter standen zwei Männer in angeregter Unterhaltung. Einer von ihnen, in Aussehen und Haltung einer Bulldogge ähnlich, musste Inspector Morgan sein. Der andere – der Duft nach Tabak hatte ihn bereits verraten – war Dr. Croft. Vom Kirchendiener war keine Spur zu sehen. Beck wirkte erleichtert, als er seinen Sergeant erblickte.

»Gehen Sie und postieren Sie sich draußen vor dem Gartentor«, ordnete Hepple an. »Verhindern Sie, dass diese jungen Burschen zurückkommen.«

Ich streckte Morgan die Hand hin und stellte mich vor. Er wollte seinerseits Croft vorstellen, doch er wurde von diesem unterbrochen. »Inspector Ross und ich sind bereits miteinander bekannt«, sagte Croft, bevor Morgan ein Wort herausbringen konnte.

»Nun, Ross«, wandte sich Croft sogleich an mich. »Damit hätte wohl keiner von uns beiden gerechnet, dass wir einander so schnell wiedersehen!«

Morgan runzelte die Stirn angesichts der unerwarteten Wendung, daher erklärte ich ihm in hastigen Worten, dass ich einige Tage zuvor aus beruflichen Gründen beim Doktor gewesen sei. »Ja, Dr. Croft, auch ich hätte nicht gedacht, dass wir uns wiedersehen würden – und ganz gewiss nicht unter diesen Umständen.«

»Die Tote liegt dort drin«, sagte Morgan und deutete mit einiger Ungeduld auf den Schuppen.

Wir quetschten uns zu viert in den engen Raum, Morgan, Dr. Croft, Morris und ich. Der größte Teil des Platzes wurde von einer Werkbank eingenommen. Die Tontöpfe, die offenbar bis vor Kurzem darauf gestanden hatten, waren zur Seite gefegt worden und lagen nun kreuz und quer auf dem Boden verstreut, zum Teil zerbrochen, zusammen mit Erdreich und Stecklingen und anderen jungen Pflanzen. Ich konnte mir die Reaktion des Gärtners gut vorstellen, wenn er endlich wieder in seinen Schuppen durfte und konfrontiert wurde mit dem, was aus seiner sorgfältigen Arbeit geworden war.

Abgesehen von der Werkbank enthielt der Schuppen Gartenwerkzeuge, inklusive bereits erwähnter Sense, dazu Spaten, Gabeln und dergleichen. Vom Dach hingen dichte Spinnweben, und eine fette schwarze Spinne beobachtete uns aus einer Ecke, wo sie reglos auf Beute lauerte.

Doch ein anderer Killer hatte vorher zugeschlagen. Auf der Werkbank lag lang ausgestreckt der Leichnam einer Frau in dunkler Kleidung. Licht fiel durch ein kleines Fenster oben unter der Decke. Der Tod kann einem Gesicht manchmal eine tiefe Würde und Ernsthaftigkeit verleihen, doch das ist selten der Fall bei jenen, die auf gewaltsame Weise zu Tode gekommen sind. Rachel Sawyer war selbst als junge Frau vermutlich nie eine Schönheit gewesen – oder auch nur halbwegs attraktiv. Das Gesicht, auf das ich nun hinunterblickte, war nichtssagend bis hin zur Hässlichkeit, mit dichten Augenbrauen, einer dicken Nase und derber Haut. Die Umgebung hätte sich für eine andere Leiche nicht gerade geziemt, doch zu Rachel Sawyer passte es, in einer Werktagsatmosphäre gestorben zu sein, wie sie in einer geboren war. Ihr Mund stand offen und gab den Blick auf die Zunge frei, die gegen die oberen Schneidezähne gepresst war. Ihre glasigen Augen standen offen und quollen hervor, ihre Gesichtsfarbe war rötlich und das graue Haar durcheinander. Behutsam strich ich einige Strähnen zur Seite, um ihr Ohr in Augenschein zu nehmen. Das Ohrläppchen war gelocht für einen Ring, doch es war kein Ring zu sehen. Dafür, dass ihr jemand den Schmuck hastig abgenommen oder gar abgerissen hätte, gab es keinerlei Anzeichen, weder von ihrem Mörder noch von jemand anders. Hatte sie sich nicht die Mühe gemacht, ihn anzulegen, bevor sie das Haus verlassen hatte, weil sie in Eile gewesen war? Oder glaubte sie, dass ein früher Morgen nicht die richtige Tageszeit war, um sich zurechtzumachen?

»Nun, Doktor?«, fragte ich Croft.

Es war Crofts Fachgebiet, und er drängte sich nach vorn, um sich zu mir und der Toten zu gesellen. »Ich bin nicht derjenige, der die Obduktion vornehmen wird«, sagte er entschieden. »Allerdings habe ich die Tote einer schnellen Untersuchung unterzogen, und es gibt Spuren am Hals, die Druckstellen nahelegen. Deshalb würde ich davon ausgehen, dass sie erwürgt wurde, und zwar mit den Händen. Doch das kann an diesem Punkt nur eine Vermutung sein, gestützt durch Indizien, mehr nicht. Wenn wer auch immer die Obduktion durchführt, feststellt, dass das Zungenbein gebrochen ist, würde das meine Vermutung bestätigen. Hier, sehen Sie selbst, wenn Sie mögen.« Er zog den Kragen der Toten ein wenig herunter.

Ich beugte mich über die Leiche, um die Stelle genauer in Augenschein zu nehmen, auf die er deutete. Dicht über dem Kragen, direkt unterhalb des Kiefers, erschien der Hals für mein ungeübtes Auge angeschwollen, und es gab ein paar gerötete Stellen.

»Hat sie gekämpft? Sich gewehrt?«, murmelte ich mehr zu mir selbst als zu Croft.

Der ehemalige Arzt antwortete trotzdem. »Nicht unbedingt.

Wenn der Angriff plötzlich erfolgte, der Angreifer starke Hände hatte und ihre Kehle fest umschlossen hielt, dann könnte sie recht schnell gestorben sein, außerstande, irgendetwas zu tun. Ich sage nicht mehr, Inspector. Ich überlasse das lieber Ihrem Pathologen.«

Ich sah über die Schulter zu Morgan. »Nichts wurde entfernt?«

»Nicht, dass ich wüsste«, antwortete Morgan. »Der Küster hat ebenfalls nichts in dieser Hinsicht erwähnt. Er ist zur Kirche gegangen, wo er zu tun hat, falls Sie ihn brauchen.«

»Sie unterhalten sich später mit ihm«, murmelte ich zu Morris. Der Sergeant nickte. An Morgan gewandt fragte ich: »Sind wir sicher, dass es sich bei der Toten um Rachel Sawyer handelt?«

»Der Kirchendiener kannte sie aus dem Gottesdienst, und ich kenne sie ebenfalls vom Sehen«, meldete sich Croft zu Wort. »Es handelt sich um Miss Sawyer, die Haushälterin von Fox House. Daran besteht keinerlei Zweifel.«

»Was würden Sie sagen, wie lange sie tot ist?«

»Noch nicht lange«, antwortete Croft mit Bestimmtheit. »Die Totenstarre hat schon eingesetzt, doch sie ist noch längst nicht vollständig. Ich würde schätzen, vier bis fünf Stunden, vielleicht ein wenig kürzer. Ganz genau kann man so etwas nie sagen.«

»Die Kleidung war nicht in Unordnung?« Ich warf einen Blick zu Morgan.

»Sie lag genauso da, wie Sie sie jetzt sehen«, antwortete er. »Der Küster hat es mir zumindest versichert.« Er zögerte. »Aber vergessen Sie nicht, dass die Leiche von ein paar jungen Gaunern gefunden wurde, die entlang des Flussufers auf Beute aus waren. Der Kirchendiener hat keine Börse und keinen Pompadour im Schlamm gefunden, und Schmuck trug die Tote ebenfalls nicht.« (Morgan hatte diesen Punkt überprüft, genau wie ich, und sich über die möglichen Ursachen Gedanken gemacht.) »Möglicherweise haben die Jungen den Schmuck an sich genommen, bevor sie Hilfe geholt haben. Es ist wirklich zu dumm, dass der Küster sie weggeschickt hat. Wir geben unser Bestes, sie zu finden. Aber wenn sie etwas von

Wert entfernt haben, so werden sie es bestimmt nicht zugeben. Wir würden frühestens davon erfahren, wenn sie versuchen, es zu verkaufen.«

Wir drängten wieder nach draußen. Croft ging taktvoll einige Schritte zur Seite und beschäftigte sich damit, seine Pfeife neu zu stopfen.

»Nun«, begann Morgan leise. »Ich stehe ganz zu Ihrer Verfügung, zusammen mit Constable Beck hier. Ich überlasse den Fall Ihren kompetenten Händen, Herr Kollege.«

»Ich danke Ihnen sehr, Herr Kollege. Wurde der Coroner bereits informiert?«

»Ich habe zu seinem Büro telegrafiert. Es könnte sein, dass er Anweisungen gibt in Bezug auf den Verbleib der Leiche. Wir können sie jedenfalls nicht dortlassen.« Morgan deutete auf den Gartenschuppen.

»Am liebsten wäre mir, wenn Dr. Carmichael drüben in St. Thomas die Leiche obduzieren könnte«, sagte ich. »Er hat im Verlauf der Jahre eine ganze Reihe von Mordopfern untersucht. Ich will die Einschätzung von Dr. Croft nicht infrage stellen, und ich denke, wir stimmen darin überein, dass Strangulation die Todesursache ist. Doch wir sind Laien in medizinischen Dingen, und Croft hat erklärt, dass er nicht willens ist, eine Post-mortem-Untersuchung durchzuführen. Abgesehen davon war es nicht seine Fachrichtung. Ich würde mir gerne anhören, was Carmichael zu sagen hat. Im Augenblick habe ich nur noch eine weitere Frage. Hat schon jemand die Arbeitgeber der Frau benachrichtigt?«

Morgan grinste schief. »Nun ja, Mr. Ross, Putney mag in den vergangenen zwanzig oder dreißig Jahren gewaltig gewachsen sein, doch im Herzen ist es immer noch eine kleine und verschlossene Gemeinde. Ich wäre sehr überrascht, wenn noch niemand in Fox House die Nachricht zu Ohren gekommen ist, dass eine Leiche gefunden wurde. Ob sie wissen, dass es sich um die Leiche von Miss Sawyer handelt, das ist eine andere Sache. Eigentlich dürften sie es nicht wissen.« Er senkte die Stimme. »Andererseits könnte der Kirchendiener die Neuigkeit bereits herumgetragen haben.«

»Nun, in diesem Fall sieht es so aus, als würde mich mein erster Besuch nach Fox House führen«, sagte ich. »Ich hoffe sehr, dass der Kirchendiener nicht vor mir dort war.«

Wir verließen den Garten, mit Ausnahme von Constable Beck, der verdrießlich vor dem Schuppen auf Posten stand.

KAPITEL ZEHN

Ich schickte Morris los, den Kirchendiener aufzuspüren und zu befragen. Anschließend sollte er möglichst Mr. Harrington finden, den Friedensrichter. Er sollte von diesen beiden Gentlemen Aussagen besorgen sowie nach Möglichkeit von jedem anderen, der Rachel Sawyer an diesem Morgen lebendig gesehen hatte. Danach machte ich mich allein auf den Weg nach Fox House. Ich hatte befürchtet, dass mich die ganze Zeit ein Gefolge aus Neugierigen begleiten könnte, doch die Menge hatte sich bereits wieder zerstreut. Ich vermutete, dass Sergeant Hepple dafür Sorge getragen hatte. Er hatte mir den Weg genau beschrieben, und nicht lange danach befand ich mich dort, wo der unglückselige Mills vor sechzehn Jahren gestanden haben musste, im Schutz der Bäume gegenüber dem Haus.

Lizzie hatte Mills' Beschreibung ihre eigene folgen lassen, sodass ich nun fast das Gefühl hatte, schon einmal hier gewesen zu sein. Dort stand es vor mir, ein lang gestrecktes, niedriges Gebäude von beträchtlichem Alter, dem man ansehen konnte, dass es früher einmal ein Wirtshaus gewesen war. Doch die einstmals viel genutzte Straße, an der es lag, war heute nur noch ein stiller, kaum befahrener Weg. Selbst wenn Lizzie und ihre Helfer keinem Fußgänger begegnet wären (der durchaus Lamont selbst gewesen sein konnte), so hätte Wallys Kutsche Aufmerksamkeit erweckt, als sie vorbeigerumpelt war. Ich blickte hinauf zum Dach. Es ging wenig Wind, und der rennende Fuchs bewegte sich nur langsam hin und her, als die Brise mit ihm spielte. Ich bildete mir ein, ein leises Quietschen hören zu können. Die alte Wetterfahne stand seit vielen Jahren dort oben; wäre ich der Besitzer des Hauses gewesen, hätte ich regelmäßig einen Mann aufs Dach geschickt, um die Sicherheit zu prüfen. Das Fenster zur Rechten des Haupteingangs musste der Salon sein, überlegte ich. Dort hatte Mills im Gewittersturm gestanden und den Mord beobachtet. Und nun war ein weiterer Mord geschehen, der irgendwie mit diesem Haus in Zusammenhang stand, und hatte mich auf den Plan gerufen.

Ich überquerte die Straße und ging das kurze Stück bis zur Tür. Die geisterhafte Gestalt von Mills, durchnässt von Regen, schien neben mir herzugehen, und ich musste mich zusammenreißen, um die beunruhigende Vorstellung zu vertreiben. Der Messingklopfer hallte dumpf durch das Haus.

Ein Butler öffnete die Tür. Ah, dachte ich. Die Lamonts beschäftigen offensichtlich mehr Personal als die Cannings. Ein Butler, eine Haushälterin (Rachel Sawyer), zugleich Gesellschafterin der Dame des Hauses, sowie vermutlich eine Köchin, da niemand angedeutet hatte, dass Rachel auch das erledigt hatte. Außerdem musste es ein Hausmädchen geben und wahrscheinlich eine Küchenhilfe, wie Bessie eine gewesen war, bevor sie angefangen hatte, für Lizzie und mich zu arbeiten.

Ich zückte meine Karte. »Ich bin Inspector Ross von der Metropolitan Police am Scotland Yard. Ich wünsche mit den Hausbesitzern zu sprechen.«

Der Butler war wenig beeindruckt, als er mich musterte, meine Karte studierte und mich erneut musterte. »Mr. und Mrs. Lamont sind bei Tisch, Sir. Es ist Essenszeit.«

Weil ich es gewohnt war, den ganzen Tag hindurch ohne Pause zu arbeiten, wenn ich mich mit einem Fall beschäftigte, hatte ich vergessen, dass andere einen regelmäßigeren Tagesablauf einhielten. Es musste inzwischen ein ganzes Stück nach zwölf sein.

»Es tut mir sehr leid, sie stören zu müssen. Bitten Sie sie in meinem Namen um Entschuldigung, aber ich muss darauf bestehen, mit ihnen zu sprechen, und zwar jetzt, ohne jede Verzögerung.«

»In welcher Angelegenheit, wenn ich fragen darf, Inspector?«

»In offizieller Angelegenheit.«

Missbilligend entfernte sich der Butler mit meiner Karte, um seinen Arbeitgebern die Nachricht von meinem Erscheinen zu überbringen. Er kehrte innerhalb weniger Minuten zurück und bat mich, einzutreten und zu warten. Dann verließ er mich erneut. Mein Auftauchen war eindeutig das Thema einiger Diskussionen. Ich nutzte die Gelegenheit, mich ein wenig umzusehen. Das Innere des Hauses passte zum Alter und seiner früheren Nutzung als Wirtshaus. Die zentrale Halle war groß genug, um Reisende mit Gepäck aufzunehmen, und die Wände waren mit dunkler alter Eiche getäfelt. Es roch nach gekochtem Essen. Eines der kleinen Zimmer zur Linken musste der Speiseraum sein. Wie zur Bestätigung meiner Vermutung hörte ich das Gemurmel von Stimmen und leises Geklapper, als hätte jemand ein Messer auf einen Teller fallen lassen.

Der Butler kehrte zurück und informierte mich, dass Mr. Lamont jeden Moment erscheinen würde, dann wollte er wieder gehen. Ich hielt ihn auf.

»Ich würde gerne sowohl Mr. als auch Mrs. Lamont sprechen, wenn sich das einrichten ließe.«

Ich wollte sehen, welchen Eindruck meine Neuigkeit auf beide machte. Immer vorausgesetzt natürlich, dass sie es nicht bereits wussten und Zeit gefunden hatten, sich zu fassen und auf eine Reaktion zu einigen.

Der Butler musterte mich von oben bis unten, als wäre mein gesellschaftlicher Fauxpas im Leben nicht wiedergutzumachen, doch er sagte, dass er es den Herrschaften melden würde. Aber zunächst führte er mich in einen niedrigen Raum zur Rechten der Eingangshalle – zu genau dem Salon, durch dessen Fenster Mills sechzehn Jahre zuvor voller Entsetzen zugesehen hatte, wie Isaiah Sheldon ermordet worden war.

Ich hatte auf eine Gelegenheit wie diese gehofft, und während ich wartete, studierte ich den Raum eingehend. Er sah auf unheimliche Weise noch genauso aus wie in Mills' Beschreibung, was seiner

Geschichte weitere Substanz verlieh. Auf einem kleinen Tisch am Fenster stand eine Öllampe, und tatsächlich, dort war auch eine Standuhr an der Wand. Der Kamin mit den Sesseln rechts und links war ebenfalls da, auch wenn heute kein Feuer darin brannte. Doch die Kohlenschütte war bis zum Rand gefüllt und bereit. Die Sessel sahen neu aus. Der, in dem Isaiah Sheldon gestorben war, war freilich entfernt worden. Es wäre eine traurige Assoziation gewesen, doch nach sechzehn Jahren mit neuen, jüngeren Besitzern fand ich es nicht überraschend, dass zumindest ein Teil des Mobiliars ausgetauscht worden war. An den Wänden hingen ein paar kleine Ölgemälde, Familienporträts, wie ich annahm, Allerweltsbilder von unbekannten Malern. Eines war jedoch von besonderem Interesse: Es zeigte einen Mann mittleren Alters mit rotem Gesicht in einem schwarzen Gehrock mit weißem Stehkragenhemd und Seidenschal. Seine Weste war aus reich besticktem Brokat, und er stand neben seinem Schreibtisch mit der Hand auf einem dicken Geschäftsbuch. Er sah aus wie der Prototyp des erfolgreichen englischen Geschäftsmanns. Das musste der verstorbene Isaiah Sheldon sein, als er noch mit Kaffee gehandelt hatte.

Die Tür öffnete sich zu einem lauten Rascheln von Petticoats, und eine Frau kam herein, dicht gefolgt von einem Mann. Er war kaum durch die Tür, da trat er vor sie und blickte mich an. »Ich bin Charles Lamont«, sagte er herrisch. »Das hier ist meine Frau. Dürften wir erfahren, was Sie von uns wollen, Inspector? Und warum es notwendig ist, uns alle beide zu stören?«

Er war ein attraktiver Bursche, vielleicht fünfundvierzig Jahre alt, mit dunklem Haar und Schnurrbart. Er hatte sich – vielleicht unbewusst – in Positur geworfen. Ein Arm hing schlaff an der Seite herab, der andere war angewinkelt, und ein Finger steckte in der kleinen Uhrentasche einer seidenen Brokatweste, die der von Sheldon auf dem Ölporträt in nichts nachstand. Vor seinem Leib hing eine massive goldene Uhrenkette. Wenn er einen Künstler anstellt, um sich malen zu lassen, dachte ich, dann wahrscheinlich in genau dieser Pose. Er sprach in forschem Ton und wirkte wenig freundlich – andererseits hatte ich ihn beim Essen gestört und konnte ihm kaum verdenken, dass er ungehalten war.

Die Frau, die nun ein klein wenig seitlich hinter ihm stand, beobachtete mich misstrauisch. Der Detektiv in mir – der als Stimme in meinem Kopf ein Eigenleben führt – flüsterte mir zu: Das ist eine Frau, die etwas weiß. Aber was es ist und ob es die Ereignisse des heutigen Tages betrifft, bleibt erst einmal abzuwarten.

Oder ist es ihre Nervosität, flüsterte ich ebenso lautlos zurück, basierend auf der Sorge, dass die Aggressivität ihres Mannes (die gegenwärtig nur unter der Oberfläche schwelte) durchbrechen und ihn verleiten könnte, etwas Unkluges zu sagen oder gar zu tun? Nach allem, was Dunn mir über den Mann berichtet hatte (und was er aus dem Mund des Assistant Commissioner erfahren hatte), war Lamont ein Mann von äußerst sprunghaftem Temperament.

»Es tut mir sehr leid, Sie beide zu stören, und in einem so unpassenden Augenblick obendrein«, begann ich. »Ich fürchte, ich muss mich gleich in zweifacher Hinsicht entschuldigen, denn ich habe nicht nur gestört, sondern ich überbringe auch schlechte Nachrichten.«

»Was für schlechte Nachrichten?«, fragte Mrs. Lamont rasch.

Lamont drehte den Kopf leicht in ihre Richtung und bedachte sie mit einem tadelnden Blick, bevor er sich wieder zu mir umwandte und mich unter erhobenen buschigen schwarzen Augenbrauen hervor anstarrte. »Ja, Inspector. Was für schlechte Nachrichten?«, verlangte er zu erfahren.

»Sie haben noch nicht gehört, dass heute Vormittag unten am Fluss eine Leiche gefunden wurde?«

»Nein«, sagte Lamont einfach.

»Ah. Ich hatte mich gefragt, ob der eine oder andere Ihrer Diener die Neuigkeit vielleicht bereits gehört hat. Derartige Dinge machen im Allgemeinen schnell die Runde.«

»Ich mag es nicht, wenn unser Personal schwatzt«, sagte

Mrs. Lamont und presste die Lippen zusammen. Sie war eine hübsche Frau – früher vielleicht tatsächlich die Schönheit, die der für diese Dinge empfängliche Mills beschrieben hatte –, doch heute wirkte ihr Auftreten eher streng.

»Warum ist diese Entdeckung – eine traurige Geschichte selbstverständlich – für uns von Interesse, Ross?«, fragte Lamont unwirsch.

»Weil die Tote als zu Ihrem Haushalt gehörig identifiziert wurde. Es handelt sich um Ihre Haushälterin Miss Rachel Sawyer.«

Ich hatte kaum geendet, als Mrs. Lamont einen leisen Seufzer ausstieß und ohnmächtig zu Boden sank, wo sie reglos liegen blieb.

Damit war die Befragung für eine ganze Weile unterbrochen. Lamont rannte zur Tür und brüllte nach Hilfe. Dann beugte er sich besorgt über seine Frau und ergriff eine ihrer schlaffen Hände.

»Amelia? Amelia, meine Liebe?« Er blickte zu mir hoch, und seine Gesichtszüge zeigten eine kaum gezügelte Wut. »Sind Sie noch zu retten, Inspector?«

Um der Wahrheit die Ehre zu geben, er hatte allen Grund, empört zu sein. Doch ich bin ein praktisch veranlagter Mensch. In einer Ecke des Salons stand ein Nähtischchen mit vielen kleinen Unterteilungen für Nadeln, Faden und dergleichen. Lizzie hat auch so eines. Ich ging hin und kramte darin herum, bis ich gefunden hatte, was ich suchte.

Ich drehte mich zu Lamont um und hielt eine Schere in die Höhe. »Am besten, Sie schneiden der Lady die Schnüre auf«, sagte ich.

»*Was?*« Er lief dunkelrot an.

»Kommen Sie, Mann, spielen Sie nicht den Dummkopf!«, schnauzte ich ihn an. »Wenn sie nicht ordentlich atmen kann, wird es schwierig, sie aus ihrer Ohnmacht aufzuwecken.«

Lamont blinzelte, dann streckte er die Hand nach der Schere aus. Ich reichte ihm das Instrument und wandte ihm taktvoll den Rücken zu.

Nach einigen Sekunden hörte ich, wie die Lady leise stöhnte, und ich gestehe freimütig, dass mich dieses Geräusch befriedigte.

»Es tut mir leid«, sagte ich, indem ich mich wieder zu ihm umdrehte. »Ich hatte Sie gewarnt, dass ich schlimme Nachrichten habe.«

»Schlimme Nachrichten?« Lamont hatte Mühe, sich unter Kontrolle zu halten. Er kniete immer noch neben seiner Frau. Er hatte sie auf die Seite gerollt, und der Rücken ihres Korsetts stand offen. Die Schere lag auf dem Teppich, und ich nahm an, dass er die Schnüre durchtrennt hatte, ganz nach meiner Empfehlung. Lamont funkelte mich von unten herauf an. »Ihre Behauptung ist nackter Unsinn, Ross. Wenn eine Leiche gefunden wurde, dann ganz bestimmt nicht die von Sawyer. Sie hat Verpflichtungen hier im Haus. Sie kann – konnte – unmöglich unten am Fluss gewesen sein heute Morgen.«

Amelia Lamont rührte sich und schien allmählich wieder zu sich zu kommen. In diesem Moment traf Hilfe in Gestalt des Butlers und zweier Mädchen ein. Die Mädchen tätschelten ihrer Herrin die Hände und drängten sie zu reden. Der Butler, der in kluger Voraussicht einen Krug voll Wasser mitgebracht hatte, unternahm es nun, mit großer Vorsicht ein wenig davon in das Gesicht der Lady zu spritzen. Ich fühlte mich unwiderstehlich an einen Geistlichen bei einer Kindstaufe erinnert. Die Mägde halfen Mrs. Lamont zunächst in eine sitzende Position und dann auf die Beine. Halb getragen, halb gestützt von den Mädchen zu beiden Seiten wankte sie unsicher aus dem Zimmer. Der Butler wollte den drei Frauen folgen, doch Lamont rief ihn zurück.

»Bitten Sie Miss Sawyer, sofort in den Salon zu kommen!«, ordnete er an. An mich gewandt fuhr er fort: »Wir werden diesen Unsinn ein für alle Mal beenden, jetzt auf der Stelle. Es muss sich um eine Verwechslung handeln. Der Leichnam, von dem Sie sprechen, kann nicht der von Sawyer sein.«

»Miss Sawyer scheint nicht im Haus zu sein, Sir«, antwortete der

Butler im Tonfall tiefsten Bedauerns. »Ich habe sie den ganzen Morgen noch nicht gesehen.«

Lamont stieß eine leise Verwünschung aus und bedeutete dem Butler mit einem Wink, dass er gehen konnte. Der Mann verschwand mit seinem Wasserkrug.

Nun, da wir allein waren, richtete Lamont seine ganze Wut auf mich. »Ich hatte Sie vorhin gefragt, warum Sie uns beide sehen mussten. Jetzt frage ich Sie erneut. Wenn diese elende Tote wirklich Sawyer ist, warum konnten Sie die Nachricht dann nicht mir allein überbringen und es mir überlassen, mit meiner Frau darüber zu reden? Konnten Sie sich nicht denken, welch ein Schock es für sie sein muss? Diese ganze Szene war von vorn bis hinten schändlich! Ungehörig, peinlich und vollkommen unnötig! Ich werde mich mit Nachdruck bei Ihren Vorgesetzten über Sie beschweren!«

Ich durfte nicht antworten, dass ich ihre Reaktion selbst sehen musste. Sie hatte mir eine wichtige Tatsache verraten: Miss Lamont hatte nichts von der Toten gewusst, oder falls doch, dann hatte sie nicht gewusst, dass es Rachel Sawyers Leiche war, die unten am Fluss gelegen hatte. Was seine Drohung anging, sich über mich beim Yard zu beschweren, so würde er früh genug herausfinden, dass er sich hinten in der langen Schlange gekränkter Personen anstellen musste, hinter dem Gefängnisdirektor von Newgate, dem Innenminister, dem Commissioner der Metropolitan Police und Mr. Hubert Canning, dem bedeutenden Steuerzahler.

»Ich verstehe Ihre Bestürzung«, sagte ich zu Lamont. »Unglücklicherweise kann die Polizei bei Ermittlungen dieser Art die üblichen Konventionen nicht beachten.«

»Ermittlungen?«, fragte er in scharfem Ton. »Sie haben uns die Nachricht überbracht. Sie behaupten, die Identität dieser armen Frau zu kennen. Selbst wenn es sich um Sawyer handelt, wovon ich immer noch nicht überzeugt bin, dann wussten weder meine Frau noch ich, dass sie das Haus verlassen hatte. Wie können wir Ihnen weiterhelfen? Wo ist überhaupt – wo ist die Leiche?«

»Gegenwärtig liegt sie aufgebahrt in einem Schuppen im Garten eines Hauses in der Nähe der Stelle, wo sie gefunden wurde.«

»In einem Schuppen?«, empörte sich Lamont.

»Der Leichnam musste vom Fundort entfernt werden, weil die Flut ihn sonst bedeckt hätte. Er lag auf einer Schlammbank.«

»Sawyer ist ins Wasser gegangen? Gütiger Himmel, warum um alles in der Welt hätte sie so etwas tun sollen? Sie war eine sehr vernünftige Person, frei von jeglicher Fantasie. Sie hat nie den Anschein erweckt, suizidal zu sein! Sie hat komfortabel gelebt in diesem Haus. Was um alles in der Welt hätte solch einen Akt der Verzweiflung hervorrufen können?«

»Sie missverstehen mich, Mr. Lamont. Sie werden anerkennen, dass noch keine Zeit war für eine ordnungsgemäße Leichenschau oder ein abschließendes Urteil des Coroners, doch wir haben allen Grund zu der Annahme, dass wir es mit Mord zu tun haben.«

»Mord?«, brüllte Lamont. »Das ist ja noch lächerlicher! Wer sollte sie umbringen und warum? Sie war … sie war eine völlig unbedeutende Person, eine Haushälterin, die seit vielen Jahren bei uns gearbeitet hat! Nein, Inspector, hier in Putney gibt es keine Morde, ganz gewiss jedenfalls nicht in respektablen Häusern wie dem unseren!«

»Leider, Mr. Lamont, muss ich Sie darüber in Kenntnis setzen, dass Morde in respektablen Häusern der Polizei nicht unbekannt sind, sondern im Gegenteil überraschend häufig vorkommen.«

Lamont wirbelte auf dem Absatz herum und marschierte zum Fenster, wo er stehen blieb, die Hände hinter dem Rücken verschränkt, und hinausstarrte zu den Bäumen auf der anderen Straßenseite. »Es besteht kein Zweifel?« Er fragte, ohne sich umzudrehen, und sein Tonfall war plötzlich gedämpft.

»Es scheint so, Sir. Die Frau ist tot. Zwei Mitbürger haben sie identifiziert.«

»Sie könnten sich beide irren. Ein Botengang könnte Sawyer früher als gewohnt aus dem Haus gerufen haben. Sie kommt vielleicht noch zurück.« Seine Stimme klang tonlos und wenig überzeugt.

Ich antwortete nicht darauf, und mein Schweigen brach seinen Widerstand gegen die Nachricht von Sawyers Tod endgültig.

»Wer hat sie gefunden?«

»Ein paar Straßenjungen. Ich fürchte, es bedeutet eine beträchtliche Störung Ihres Haushaltes, Sir. Wir müssen Miss Sawyers Bewegungen in größtem Detail rekonstruieren. Wir müssen bestimmen, um welche Zeit sie das Haus verließ, ob sie allein war, ob sie direkt zum Flussufer ging, ob sie mit jemandem aus der Gegend gesprochen hat und so weiter. Es muss früh am heutigen Morgen gewesen sein. Fällt Ihnen ein Grund ein, warum sie um diese Zeit unten am Fluss gewesen sein könnte?«

»Selbstverständlich nicht!«, belferte er. »Es gibt keinen Grund, warum sie dort hätte sein sollen!«

»Aber sie ist nicht hier im Haus, wie man es eigentlich erwarten sollte«, erinnerte ich ihn behutsam.

Lamont blinzelte. »Wer sind die beiden Personen, die sie identifiziert haben?«

»Der Küster der St. Mary's Church sowie Dr. Croft.«

»Croft? Hat er sich nicht zur Ruhe gesetzt? Er muss inzwischen so alt sein wie Methusalem!«

»Er war der nächste greifbare Arzt, also wurde er hinzugerufen. Wenn ich richtig informiert bin, ist Dr. Croft Ende siebzig und in der Tat im Ruhestand, jedoch längst nicht so alt wie die biblische Gestalt des Methusalem.«

»Nun ja …«, murmelte Lamont finsteren Blickes.

»Ich fürchte, ich muss Sie als ihren Arbeitgeber bitten, uns behilflich zu sein, indem Sie mit mir kommen, um die Tote zusätzlich zu den beiden anderen von mir erwähnten Gentlemen zu identifizieren. Üblicherweise ist es eine Verwandte oder eine nahestehende Person, die die endgültige Identifikation vornimmt, und wir wollen uns in einem Fall wie diesem an die Vorschriften halten, Sir.« Ich zögerte. »Außerdem können Sie sich auf diese Weise mit eigenen Augen überzeugen, dass es keine Verwechslung gegeben hat.«

»Sie verlangen, dass ich mit Ihnen in diesen Gartenschuppen gehe?« Er klang ablehnend. Ich konnte nicht erkennen, was ihn am meisten störte – die Aussicht auf den Anblick von Rachel Sawyers Leichnam oder die Tatsache, dass er sie in der bescheidenen Umgebung eines Schuppens identifizieren sollte.

»Ja, Sir. Doch zuerst muss ich mit dem restlichen Personal sprechen und feststellen, ob Miss Sawyer heute schon von jemandem gesehen wurde. Es ist von größter Bedeutung, dass wir feststellen, wann genau sie das Haus verlassen hat.«

»Warten Sie hier!«, befahl Lamont und marschierte aus dem Raum.

Ich fühlte mich an Canning erinnert, der ähnlich begierig darauf gewesen war, seine Angestellten zu impfen, bevor ich sie befragen durfte.

Lamont blieb ein paar Minuten weg. Als er zurückkehrte, geschah dies in Begleitung des allgegenwärtigen Butlers und eines verwahrlost aussehenden Kindes von vielleicht zwölf oder dreizehn Jahren in einem zu großen grauen Mantel und einer Schürze.

»Johnson wird Ihnen alles erklären«, sagte Lamont mit einem kurzen Nicken in Richtung des Butlers.

»Miss Sawyer nahm ihr Frühstück für gewöhnlich allein in ihrem Zimmer ein«, erklärte der Butler. »Sie wollte nur Toast und Tee, und beides wurde ihr von Harriet hier auf einem Tablett nach oben gebracht.«

Das Straßenkind bedachte mich mit einem nahezu panischen Blick.

»Hab keine Angst, Harriet«, sagte ich zu ihr. »Welche Position bekleidest du in diesem Haushalt?«

»Ich wasche ab, Sir«, flüsterte Harriet.

»Harriet ist unsere Dienstmagd«, erklärte der Butler.

Interessant, dachte ich. Also brachte kein Hausmädchen das

Frühstück zur Haushälterin, wie man es eigentlich erwarten sollte, sondern die niedere Dienstmagd.

»Hast du Miss Sawyer heute Morgen das Frühstück gebracht, wie üblich?«

»Jawohl, Sir.«

»Um welche Zeit war das?«

»Sieben Uhr, Sir, wie immer.« Harriets Stimme war nahezu unhörbar. »Heißes Wasser geht um halb sieben nach oben. Frühstück um sieben.«

Ich hätte sie gerne aufgefordert, frei zu reden, doch damit hätte ich sie möglicherweise noch mehr verängstigt. »Hat sie mit dir gesprochen?«, fragte ich aufmunternd.

»Ja, Sir«, antwortete sie. »Sie sagte: ›Stell es auf den Tisch.‹ Sie meinte das Tablett, Sir. Also stellte ich es auf den Tisch, und dann – dann ging ich wieder.«

»Hat sie Andeutungen gemacht, dass sie das Haus verlassen wollte? Wie war sie gekleidet?«

»Wie üblich, Sir.« Harriet blickte verunsichert drein.

»Trug sie ein Cape oder einen Umhang oder einen Hut? Irgendetwas, das vermuten ließ, dass sie im Begriff stand, das Haus zu verlassen?«

»Nein, Sir.« Dann hellte sich Harriets Gesicht unversehens auf. »Sie trug ihre Balmorals, Sir!«

Das Mädchen war eine aufmerksamere Beobachterin, als es der Anfang meiner Befragung hatte vermuten lassen. Rachel hatte nicht ihre üblichen Hausschuhe angehabt, sondern die derben Damenstiefel, die so populär geworden sind, weil Ihre Majestät sie während ihrer Ferien in Schottland auf Wanderungen zu tragen pflegt. Ich ließ meine Gedanken zurückwandern zu der Leiche auf der Werkbank im Schuppen. Ich hatte das Schuhwerk nicht beachtet. Ein lässlicher Fehler.

»Hast du gesehen, wie Miss Sawyer das Haus verlassen hat, Harriet?«

Das Dienstmädchen schüttelte den Kopf. »Es gibt furchtbar viel zu tun in der Küche morgens um diese Uhrzeit, Sir.«

»Niemand hat gesehen, wie sie gegangen ist«, intonierte Johnson, der Butler. »Ich habe die Köchin und die Mägde gefragt. Ich selbst habe sie heute Morgen auch noch nicht gesehen.«

»Sie war des Morgens nicht üblicherweise in der Küche?«, wollte ich wissen.

»Nicht vor elf, Sir. Um elf kam sie immer nach unten, um mit der Köchin über das Mittagessen zu reden.«

»Dann waren in der Küche alle überrascht, als sie nicht wie üblich um elf Uhr erschien?«

Der Butler blickte gekränkt drein angesichts der Andeutung, irgendetwas könnte ihn überraschen. »Die Köchin hat alles im Griff, Sir. Mrs. Lamont benötigte Miss Sawyer manchmal für andere Verpflichtungen. Das war demzufolge nie eine Überraschung.«

Ich fühlte mich an Admiral Nelsons berühmte Worte erinnert, als er das Fernrohr an sein erblindetes Auge hielt: »Ich sehe keine Schiffe!« In diesem wohlorganisierten Haushalt stellte das Auftauchen der Polizei ein inakzeptables Eindringen dar. Keiner der Bediensteten würde an diesem Morgen irgendetwas gesehen haben. Sämtliche Ermittlungswege waren längst blockiert.

»Eine Sache noch, Harriet«, sagte ich zu dem Küchenmädchen. »Als du wieder nach oben gegangen bist, um das Tablett zu holen – hatte Miss Sawyer da ihren Toast gegessen und den Tee getrunken?«

»Ja, Sir. Aber nur ein Stück Toast. Sie hat das Tablett vor ihrer Tür stehen lassen wie üblich. Ich habe es aufgehoben und nach unten in die Küche gebracht.«

Es gab nichts mehr von Harriet zu erfahren. Ich nickte dem Butler zu. »Danke sehr«, sagte ich.

Johnson blickte erleichtert drein und versetzte Harriet einen leichten Schubs, um sie zu ihrem schmutzigen Geschirr zurückzubefördern.

»Bringen Sie mir meinen Hut und meinen Gehstock, Johnson«,

verlangte Lamont von ihm. »Ich gehe mit dem Inspector nach draußen. Sagen Sie Mrs. Lamont, ich werde gegen vier Uhr zurück sein?« Der Frageton in seiner Stimme war an mich gerichtet.

»Das möchte ich doch hoffen, Sir«, erwiderte ich. Ich hätte die Vorstellung gehasst, nicht nur sein Mittagessen, sondern auch seinen Tee gestört zu haben.

»Gibt es einen wenig benutzten Weg von hier zum Fluss?«, fragte ich Lamont, als wir draußen auf der Straße waren. »Ich bin über die High Street und Putney Hill hergekommen, vorbei an einem Wirtshaus mit Namen Green Man. Das letzte Stück bin ich quer über die Heide gewandert. Gibt es keinen anderen Weg? Einen Weg, der die High Street und die meisten Häuser vermeidet?«

Lamont starrte mich nachdenklich an, während er sich mit dem silbernen Griff seines Gehstocks ans Kinn tippte. »Es gibt einen Fußweg, der hinter den Grundstücken am Fluss vorbeiführt. Man kommt auf dem freien Land am Ufer heraus. Glauben Sie, das ist der Weg, den Sawyer genommen haben könnte?«

»Das weiß ich nicht. Ich bin an sämtlichen Wegen interessiert, die von hier aus zum Fluss führen. Wie gesagt, ich kam auf dem offensichtlichsten Weg her. Ich würde gerne die anderen sehen. Mein Sergeant zieht Erkundigungen auf der High Street ein, um herauszufinden, ob heute früh irgendjemand Miss Sawyer gesehen hat. Ich möchte nicht das gleiche Feld beackern, wenn Sie verstehen.«

Lamont musterte mich gedankenvoll, bevor er sich umwandte und mich über die Straße und durch den kleinen Wald führte.

»Fällt Ihnen irgendein Grund ein, warum Miss Sawyer das Haus verlassen haben könnte, ohne irgendjemanden davon in Kenntnis zu setzen?«, fragte ich ihn, während wir einem schmalen Pfad zwischen den Bäumen hindurch folgten.

»Keiner«, antwortete er knapp. Er schlug mit dem Gehstock nach einem Büschel Brennnesseln. »Das habe ich Ihnen doch bereits gesagt. Sawyers Privatleben, falls sie eins hatte, war ihre eigene

Sache. Ich bezweifle allerdings, dass eine so langweilige Person überhaupt ein Privatleben hatte.«

Es war wichtig, dass ich ihm nicht zu erkennen gab, dass ich bereits ein paar Dinge über seinen Haushalt wusste. Also fragte ich ihn jetzt: »War Miss Sawyer schon lange in Ihren Diensten?«

»Allerdings.« Er verstummte, bis ihm bewusst wurde, dass ich auf eine eingehendere Erläuterung wartete. »Fox House ist das Elternhaus meiner Frau. Sie hat hier mit ihrem verstorbenen Onkel gelebt und nach seinem Tod alles geerbt. Sawyer hat zu diesem Zeitpunkt bereits in Fox House gearbeitet. Sie ist geblieben.«

»Sie war die Haushälterin von Mrs. Lamonts Onkel?«

»Nein, damals war sie Hausmädchen.« Lamont gefiel die Richtung nicht, die unsere Unterhaltung nahm, und ich gewann allmählich den Eindruck, dass er Rachel Sawyer nicht gemocht hatte.

»Wie lautet Mrs. Lamonts Mädchenname?«, wollte ich als Nächstes wissen.

»Sheldon«, antwortete Lamont knapp. »Was hat das mit Sawyers Leiche zu tun, die heute Morgen gefunden wurde?«

»Fox House war auch Miss Sawyers Zuhause«, entgegnete ich ihm. »Ich interessiere mich für alles, was sie betrifft. Wie lange sie hier schon gearbeitet hat und so weiter.«

»Siebzehn Jahre!«, blaffte Lamont. »Und bevor Sie fragen – weil Sie ja so begierig darauf sind, jedes Detail zu erfahren –, meine Frau und ich sind seit fünfzehn Jahren verheiratet.«

Also war Rachel Sawyer früher nur ein einfaches Hausmädchen gewesen und hatte sich erst seit einem Jahr in Fox House befunden, als Isaiah Sheldon starb. Es erschien mir höchst eigenartig, dass Amelia Sheldon sie bereits nach so kurzer Zeit zur Haushälterin gemacht hatte. Rachel konnte keine Erfahrung gehabt haben, die sie für diesen Beruf qualifiziert hätte, abgesehen von Putzen, Abstauben und Bettenmachen. Von diesen einfachen Tätigkeiten aus war sie in einem einzigen Schritt zur Herrin über alle anderen Dienstboten geworden, hatte mit Händlern zu tun gehabt, sämtliche häuslichen Arrangements getroffen und war außerdem Gesellschafterin von Amelia Sheldon gewesen.

»Hat Miss Sheldon – wie sie hieß, als sie das Haus erbte – sämtliches Personal ihres verstorbenen Onkels behalten?«

»Nein, nur Sawyer.« Lamont wurde eindeutig unruhig. »Meine Frau mochte Sawyer sehr. Deswegen wurde sie auch ohnmächtig, als Sie uns vorhin auf derart brutale Art und Weise eröffneten, dass man ihre Leiche gefunden hat.«

All das bestätigte mir, was Wally Slater und Lizzie bereits vermutet hatten. »Es muss sehr nützlich gewesen sein, dass Miss Sheldon jemanden wie Miss Sawyer gehabt hat, auf den sie sich stützen konnte«, stichelte ich weiter und verstummte, während ich auf eine Antwort wartete.

Er blieb stehen und drehte sich zu mir um. »Sie können ruhig wissen, Ross, dass ich Sawyer als äußerst ermüdende Person empfand. Ich habe stets darauf geachtet, so wenig wie möglich mit ihr zu tun zu haben. Ich hätte sie zu gerne entlassen, doch meine Frau wollte nichts davon hören. Sie war sehr abhängig von Sawyer, und weil sie weibliche Gesellschaft benötigte, war es sicher gut für sie, diese Frau im Haus zu haben. Es war mir jedoch alles andere als recht, aber ich sollte auch nicht verschweigen, dass Sawyer sich als Haushälterin bewährt hat. Sie war meiner Frau zutiefst ergeben. Meine Frau und ich, wir haben keine Kinder. Hätten wir eine Familie gründen können, wären ihre Interessen vielleicht in eine andere Richtung gegangen, und Sawyer wäre nicht geblieben. So jedoch ...« Er zuckte die Schultern und marschierte forschen Schrittes weiter, während er seinen Gehstock schwang.

Wir hatten die Heide überquert und bewegten uns hangabwärts, der Ortschaft entgegen. Wir schwiegen beide und hingen unseren Gedanken nach. Vor uns tauchten die ersten Gebäude auf. Dann berührte Lamont meinen Ellbogen.

»Hier entlang!« Er deutete mit dem Stock in die angegebene Richtung und führte mich über einen schmalen Fußweg an die

Rückseite einiger Gärten. Ich mutmaßte, dass wir meistens von Büschen, Bäumen und Zäunen vor neugierigen Blicken abgeschirmt waren und man uns nur hin und wieder von den oberen Fenstern der Häuser aus zu sehen vermochte.

Der Pfad führte nun steiler nach unten. Über uns kreischte eine Möwe. Wir waren nicht mehr weit vom Wasser entfernt. Ohne Vorwarnung traten wir plötzlich hinaus auf eine offene, grasbewachsene Fläche mit ein paar vereinzelten Bäumen, und ich starrte auf einen braunen Fluss mit einer Prozession von Kähnen auf ihrem Weg flussaufwärts. Ich blickte auf meine Uhr. Wir hatten eine gute halbe Stunde benötigt, bei flottem Tempo und nur gelegentlichen kurzen Pausen, ohne Behinderung durch Verkehr. Der Weg hatte die meiste Zeit über abwärts geführt.

Ich war inzwischen überzeugt, dass dies der Weg gewesen sein musste, den Rachel Sawyer kurz nach sieben Uhr an diesem Morgen genommen hatte. (Harriet hatte den Toast gegen sieben Uhr nach oben gebracht. Rachel hatte bereits Stiefel angehabt. Sie hatte sich noch ein paar Minuten Zeit genommen, um ihren Tee zu trinken und eine Scheibe Toast zu essen. Den Rest hatte sie stehen lassen.) Mit ihren Stiefeln und ihren kürzeren Frauenschritten würde sie ein wenig länger als wir für die Strecke gebraucht haben. Wenn sie sich in der Nähe des Flusses mit jemandem getroffen hatte, dann musste dieses Rendezvous gegen Viertel vor acht stattgefunden haben. Die frühe Stunde und die verstohlene Art und Weise, in der Rachel Sawyer das Haus verlassen hatte, deuteten auf eine sehr private Natur des Treffens hin. Rachel und die andere Person wollten nicht gesehen werden, und diese Stelle am Fluss war bestens geeignet für ein geheimes Stelldichein. Ich blickte nach hinten. Keines der Häuser, die wir passiert hatten, besaß einen ungehinderten Blick auf diesen Platz. Rachels Mörder hatte eine gute Wahl für seine Tat getroffen.

Kurze Zeit später standen wir im Schuppen des Gartens, der noch immer von dem zuverlässigen Constable Beck bewacht wurde, und blickten hinunter auf das tote Gesicht von Rachel Sawyer.

Schließlich sah sich Lamont voll Abscheu in dem kleinen Schuppen um. »Sie kann doch wohl nicht hierbleiben?«, fragte er. »Was ist mit den Besitzern dieses Gartens?«

»Wir haben alles arrangiert, den Leichnam wegzuschaffen. Ich würde die Tote gerne zur Leichenschau über den Fluss transportieren lassen. Es könnte allerdings auch sein, dass sie in eine Aussegnungshalle hier in Putney gebracht wird und dass der Pathologe hierherkommen muss, um sie zu untersuchen. Aber das ist noch nicht sicher und hängt von der Entscheidung des Coroners ab.«

»Sie ist bald steif wie ein Brett, wenn Sie sich nicht beeilen«, stellte Lamont gefühlskalt fest.

Sein Tonfall entsetzte mich, und ich bin nicht leicht zu schockieren. Ich erwiderte nichts.

»Ihre Kleidung ist verdreckt«, sagte Lamont als Nächstes. »Sind Sie sicher, dass sie nicht versucht hat, sich selbst das Leben zu nehmen?«

»Verdreckt ist nicht nass«, entgegnete ich. Was mich daran erinnerte, ihre Stiefel zu untersuchen. Ich machte mich an das Unterfangen, während Lamont mein Tun interessiert beobachtete. Die Stiefel waren schmutzig, und an der Sohle klebte Dreck, doch es gab keine Spur von Flussschlamm. Die Jungen hatten die Tote auf den Schlammbänken gefunden, und an ihrer Kleidung klebte Schlamm. Also hatte der Mörder, nachdem er sie umgebracht hatte, ihren Leichnam bewegt, entweder war sie zum Fluss hinuntergetragen oder -geschleift worden, um auf einem Schlammstück zu enden, das noch nicht von der einsetzenden Flut bedeckt gewesen war.

Genau!, überlegte ich. Der Mörder hat seine Tat gut abgepasst. Deutete das bereits auf einen vorsätzlichen Mord hin? Hatte er darauf abgezielt, dass das steigende Wasser die Leiche bedecken und sämtliche Beweise vernichten würde? Sie konnte davongeschwemmt werden, und wäre sie später wieder angespült oder halb untergetaucht entdeckt worden, würde es aussehen wie Tod durch Ertrinken, ähnlich wie bei Maria Thompson. Wenn die Polizei doch nur dort hätte sein können, bevor die Flut eingesetzt hatte. Sicher hatte es Fußabdrücke gegeben, und vielleicht eine lange Furche im Schlamm, die zeigte, wo die Leiche entlanggeschleift worden war bis zu ihrem letzten Ruheplatz. Ich musste diese Fragen stellen. Es war von größter Bedeutung, dass wir die Jungen fanden, die die Leiche entdeckt hatten. Sie hatten vielleicht etwas beobachtet. Der Kirchendiener hatte vielleicht eine Spur im Schlamm gesehen, auch wenn er dicht vor einer Panik gestanden hatte. Harrington, der Friedensrichter, hatte möglicherweise einen kühleren Kopf bewahrt.

»Müssen wir noch länger hierbleiben?«, riss Lamont mich aus meinen Gedanken. Er deutete irritiert auf unsere Umgebung. »Ich möchte gerne zu meiner Frau zurück. Ich sollte jetzt an ihrer Seite sein.«

»Selbstverständlich. Danke sehr für Ihr Kommen, Sir. Eine letzte Frage – wissen Sie, ob Miss Sawyer Angehörige hat, die wir informieren müssen?«

»Ich habe keine Ahnung. Ich habe nie gehört, dass sie von Verwandten geredet hätte. Meine Frau weiß vielleicht mehr darüber. Jedenfalls hat Sawyer nie um Urlaub gebeten, um jemanden zu besuchen. Meines Wissens ist auch nie jemand zu ihr gekommen.«

Wir waren wieder draußen im Garten, vor dem Schuppen, und ich sah, wie Morris herankam.

»Ah«, sagte ich zu Lamont. »Da ist mein Sergeant.«

Lamont musterte Morris von oben bis unten. »Er steckt in normaler Kleidung, genau wie Sie.«

»Das ist richtig. Wir gehören zum CID, Sir. Der Kriminalpolizei.«

»Ich schätze, das ist besser, als würde es hier vor Uniformierten wimmeln«, murmelte er.

Morris hob eine Augenbraue angesichts dieser Unhöflichkeit, und Constable Beck murmelte etwas im Gegenzug, das wir Gott sei Dank nicht verstehen konnten.

»Ich muss immer noch mit Mrs. Lamont reden«, sagte ich zu Charles Lamont. »Insbesondere, da sie eine so lange und enge Bekanntschaft mit der Toten gepflegt hat.«

»Dann müssen Sie morgen kommen«, entgegnete Lamont. »Sie hat sich noch nicht wieder genügend erholt, um mit Ihnen zu reden. Kommen Sie morgen früh, gegen elf – vor dem Mittagessen!«, fügte er in einer letzten Spitze zum Abschied hinzu.

»Wer war dieser Gentleman, Sir?«, fragte Morris, als Lamont in der Ferne verschwunden war.

»Der Arbeitgeber der toten Frau.«

»Konnte er uns etwas erzählen, Sir?«

»Nicht viel, Morris. Noch nicht. Ob er mehr weiß, als er einräumt, ist freilich eine andere Geschichte.«

KAPITEL ELF

Ich beschloss, Superintendent Dunns Angebot, die Kosten für eine Droschke nach Putney als Spesen anzuerkennen, als Fahrerlaubnis in beide Richtungen zu deuten. Also marschierten Morris und ich über die Brücke nach Fulham und suchten uns dort eine freie Mietdroschke, die uns zum Yard zurückbringen sollte.

Während wir heimwärts rumpelten, erzählte ich ihm, was ich in Erfahrung gebracht hatte. »Sie wurde irgendwo in der Nähe des Flussufers ermordet, nahe der Stelle, wo sie gefunden worden ist. Ihre Kleidung war äußerlich verschmutzt, doch die Stiefel waren überraschend sauber, und ihre Unterwäsche war trocken. Also hat sie zwar auf dem Schlamm gelegen, aber sie ist nicht über die Schlammbänke gelaufen. Sie wurde zu der Stelle, an der man sie gefunden hat, geschleift oder getragen. Sobald wir zurück sind, müssen wir unsere Spezialisten hierherschicken. Darum kümmern Sie sich, Morris. Lassen Sie sie das gesamte Ufer und dessen nähere Umgebung genau absuchen. Vielleicht finden sich Spuren, die auf einen Kampf hindeuten, zertrampelte oder beschädigte Pflanzen, oder womöglich hat der Mörder etwas verloren. Ich rechne zwar nicht damit, aber es ist nicht auszuschließen. Ideal wäre natürlich, wenn jemand die Tote gesehen hätte. Am besten noch in Begleitung einer zweiten Person.«

»Bisher hat niemand, mit dem ich geredet habe, etwas gesehen«, antwortete Morris. »Ich habe den Kirchendiener aufgesucht, und er hat mir mehr oder weniger genau das Gleiche erzählt wie Sergeant Hepple. Er hat sich wortreich entschuldigt, dass er die Jungen weggeschickt hat, die die Tote gefunden haben. Er dachte, sie wären uns im Weg, und wollte uns damit einen Gefallen tun. Er hat noch nie mit einer Morduntersuchung zu tun gehabt und offenbar nicht bedacht, dass wir die Aussagen der Jungen benötigen. Ich konnte auch kurz mit Mrs. Harrington sprechen – der Frau des Friedensrichters, der angeordnet hat, dass die Leiche in den Gartenschuppen gebracht wird. Ihr Mann hat ihr aufgetragen, uns auszurichten, dass er zum Yard kommen wird, vielleicht noch heute, später am Tage. Bis dahin hat er zu tun. Ich habe umfangreiche Erkundigungen bei den Anwohnern der High Street und entlang des Flussufers durchgeführt, aber niemand kann sich daran erinnern, so früh am Tag eine Person wahrgenommen zu haben, die Miss Sawyer hätte sein können. Sie war bei den Händlern und in den Geschäften auf der High Street wohlbekannt. Wäre sie zur fraglichen Zeit durch diese Straße gelaufen, hätten die Ladeninhaber sie meiner Ansicht nach bemerkt.«

»Ich bin ziemlich sicher, dass sie nicht über die High Street gekommen ist, sondern im Gegenteil besonders darauf geachtet hat, dass man sie nicht sieht«, sagte ich und erzählte ihm von dem Weg zum Fluss, den Lamont und ich genommen hatten.

»Ah«, sagte Morris. »Ich frage mich, was sie vorhatte?«

»Und ich frage mich, warum dieser offensichtlich geplante mörderische Angriff ausgerechnet *jetzt* stattfand«, sinnierte ich mehr zu mir selbst.

»Jetzt, Sir?«, fragte Morris.

Ich sah mich gezwungen, es ihm zu erklären. »Sehen Sie, Morris, Rachel Sawyer war seit dem Tod von Isaiah Sheldon vor sechzehn Jahren als Haushälterin und Gesellschafterin von Mrs. Lamont in Fox House beschäftigt. Sie war nicht neu, wie ich inzwischen erfahren habe, sondern arbeitete damals bereits seit einem Jahr in Fox House – allerdings als Hausmädchen. In all der Zeit scheint es nicht viel gegeben zu haben, das gegen sie sprach – außer dass das übrige Hauspersonal sie nicht sonderlich mochte, genauso wenig wie der Hausherr, Mr. Lamont, nach seinen eigenen Worten, wenngleich sogar er sie als kompetent bezeichnete. Sergeant Hepple hat gehört, wie der Kirchendiener die Verstorbene gegenüber Inspector Morgan als eine Person von griesgrämiger Veranlagung beschrieb. Das ist kaum ein Grund, jemanden zu ermorden.«

»Eifersucht vonseiten eines anderen Bediensteten?«, schlug Morris vor. »Wenn sie von Mrs. Lamont vor ihrer Ehe nicht nur zur Haushälterin, sondern auch zu einer Art Gesellschafterin gemacht wurde?«

»Das wurde sie in der Tat, Morris, und nach dem, was ich von Mr. Lamont erfahren habe, wollte Mrs. Lamont nichts davon hören, Miss Sawyer zu entlassen. Aber ein eifersüchtiger Diener, der sechzehn Jahre lang wartet, um Rache zu nehmen? Nein, nein. Daraus ergeben sich für mich zwei Fragen, Morris. Erstens, warum wurde Miss Sawyer nach so vielen ereignislosen Jahren in eine Sache verwickelt, die zu ihrer Ermordung führte?«

»Eine neue Entwicklung?«, schlug Morris vor. »Vielleicht hat sie sich mit jemandem von außerhalb des Haushalts eingelassen?«

»Dann müssen wir herausfinden, wer dieser Jemand ist«, sagte ich. »Und zweitens, warum hat Mrs. Lamont sie als eine Art Vertraute und als Haushälterin behalten angesichts der Tatsache, dass sie so wenig gesellig war? Lamont sagt, seine Frau brauchte weibliche Gesellschaft. Schön und gut, aber sie hätte doch gewiss eine Person finden können, die angenehmer im Umgang ist und als Gesellschafterin geeigneter als ein ehemaliges Dienstmädchen von vermutlich ungenügender Bildung und wenig weltlichen Interessen? Worüber haben die beiden Frauen geredet? Mode? Wohl kaum. Mrs. Lamont ist eine gut gekleidete Frau, doch Rachel Sawyers Garderobe war offen gestanden – und wie wir mit eigenen Augen gesehen haben – ohne jede Eleganz. Haben die beiden Frauen über Bücher geredet? Ich nehme nicht an, dass Rachel je im Leben eins gelesen hat. Reisen? Selbst wenn die Lamonts gereist sind, sehe ich nicht, dass sie Rachel mitgenommen hätten. Und trotzdem beschreibt Lamont seine Frau als Miss Sawyer sehr zugeneigt und sehr von ihr abhängig. Was hatten diese beiden Frauen gemeinsam, Morris?«

Morris runzelte die Stirn. Dann klärte sich sein Gesichtsausdruck. »Den toten Mr. Sheldon, Sir!« Er sah, dass ich überrascht dreinblickte, und fügte hinzu: »Nun ja, Miss Sawyer hat für ihn gearbeitet und danach für seine Nichte, die heutige Mrs. Lamont. Mr. Sheldon ist die Verbindung, will mir scheinen, Sir.«

»Sie enttäuschen mich nie, Morris«, sagte ich. »Sie haben völlig recht!«

»Danke sehr, Sir. Aber es erklärt die Sache immer noch nicht wirklich. Ich begreife nicht, wie ein gewöhnliches Hausmädchen den Sprung zur Haushälterin und Gesellschafterin machen kann, einfach so. So etwas geschieht nicht, Mr. Ross, Sir. Man muss sich den Weg nach oben erarbeiten, eine Stufe nach der anderen. Das restliche Personal ist sehr eigen in diesen Dingen!«

»Sie haben abermals recht, Morris, es hätte nicht geschehen dürfen, und jetzt, wo wir es wissen, erklärt es auch das Verhalten des gegenwärtigen Personals gegenüber Rachel Sawyer. Sie waren in Mr. Sheldons Tagen noch nicht in Fox House, doch sie wussten, dass Rachel Sawyer diesen Sprung gemacht hatte, und es kränkte sie, sich von einem Hausmädchen, das Miss Sawyer in ihren Augen immer noch war, herumkommandieren zu lassen.«

Wir hatten inzwischen den Yard erreicht. Während unsere Droschke über das Pflaster davonratterte, blickte ich Morris an. »Aber da ist noch etwas«, sagte ich.

»Ja, Sir?«

»Ich will verdammt sein, wenn ich es weiß!«, gab ich gezwungenermaßen zu. »Etwas in diesem Haus hat meine Aufmerksamkeit erregt, aber es kommt mir nicht in den Sinn, worum es sich handelte. Ich habe vergessen, was es war und warum es mir aufgefallen ist. Es muss daran gelegen haben, dass diese elende Hausherrin ohnmächtig wurde. Das hat mich in meiner Konzentration gestört.«

»Gut möglich, dass sie genau deswegen in Ohnmacht gefallen ist, Sir«, bemerkte Morris. Die Jahre bei der Polizei hatten ihn skeptisch gemacht.

Ich ging, um Superintendent Dunn über meine Fortschritte Bericht zu erstatten. Anschließend schickte ich eine Nachricht an Dr. Carmichael im St. Thomas Hospital, in der ich ihn informierte, dass der Coroner sich bald mit ihm in Verbindung setzen und ihn bitten würde, eine Obduktion durchzuführen an einem noch genauer zu bestimmenden Ort, wahrscheinlich in Putney. Wenigstens diese Angelegenheit war rasch erledigt. Der Friedensrichter Mr. Harrington traf unterdessen im Yard ein und entschuldigte sich wortreich, dass er nicht imstande gewesen war, auf unser Eintreffen in Putney zu warten.

»Wir sind Ihnen zu Dank verpflichtet, Sir, dass Sie hergekommen sind«, versicherte ich ihm.

Er war ein großer, schlanker Mann von vielleicht sechzig Jahren, in förmliches Schwarz gekleidet. Er setzte sich und legte den Hut auf die Knie und die Handschuhe auf den Hut. Seine Bewegungen waren knapp und präzise. Als alles zu seiner Zufriedenheit abgelegt war, blickte er auf.

»Das ist eine schockierende Geschichte, und ich wünschte, ich könnte Ihnen etwas sagen, das Ihnen hilft, den Schuldigen zu fassen, Inspector Ross. Doch ich fürchte, das ist unwahrscheinlich. Mir ist vollkommen klar, dass Ihre Ermittlungen durch die Tatsache behindert werden, dass der Leichnam bewegt wurde. Doch ich hoffe, Sie verstehen auch, dass es keine andere Wahl gab. Ich bin kein Polizeibeamter, sondern ein einfacher Friedensrichter. Trotzdem schien es mir klar, dass die tote Frau sofort von dieser Schlammbank weggeschafft werden musste, um zu verhindern, dass sie von der Flut erfasst wird. Also habe ich es auf mich genommen, die Anweisung zu erteilen.«

»Und das war vollkommen richtig so, Sir. Ich bin Ihnen durchaus dankbar, dass Sie den Leichnam zu einem sicheren Ort ganz in der Nähe haben bringen lassen.«

»Die Tote wird von dort wegmüssen, heute noch«, erwiderte Harrington. »Ich schlage die Örtlichkeiten des einheimischen Bestattungsunternehmers in Putney vor. Wenn Sie einverstanden sind, könnte ich das gleich nach meiner Rückkehr arrangieren. Wenn ich richtig informiert bin, stehen Mr. und Mrs. Williams im Begriff, von einer Reise zurückzukehren, und sie werden nicht erfreut sein, wenn sie von einer Leiche in ihrem Gartenschuppen begrüßt werden.«

Der Magistrat zögerte einen Moment. »Ich werde mich bei ihnen entschuldigen, weil ich ihre Örtlichkeiten auf solche Weise missbraucht habe. Williams ist ein vernünftiger Kerl. Ich bin jedoch nicht sicher, wie seine werte Gemahlin die Sache aufnehmen wird.«

»Ich danke Ihnen, Sir. Bitte richten Sie auch mein Bedauern aus und sagen Sie ihnen, dass ich mich mit ihnen in Verbindung setze, sobald ich eine freie Minute habe, um mich persönlich zu entschuldigen. Einstweilen werde ich den Coroner und den Pathologen informieren, was den neuen Aufbewahrungsort der Toten angeht. Wäre es Ihnen möglich, die Szene zu beschreiben, als Sie zur Fundstelle der Leichen gerufen wurden? Jedes noch so kleine Detail, ganz gleich, wie trivial es Ihnen erscheinen mag, könnte uns weiterhelfen.«

Harrington nickte. »Selbstverständlich. Ich habe viel darüber nachgedacht. Der Kirchendiener der St. Mary's Church kam mit der schrecklichen Nachricht zu mir. Er war sehr aufgeregt, wie nicht anders zu erwarten. Es ist nicht das erste Mal, dass in Putney eine Leiche angeschwemmt wurde, allerdings war das nicht in den letzten Monaten. Als wir am Schauplatz eintrafen, fanden wir drei Jungen, die bei der Toten standen. Sie hatten sie als Erste entdeckt, und einer von ihnen hatte den Kirchendiener alarmiert. Glücklicherweise war dieser zur fraglichen Zeit in der Kirche gleich nebenan. Er bat die Jungen, den Leichnam zu bewachen, und das hatten sie gewissenhaft getan.«

»Ist Ihnen etwas im Schlamm aufgefallen? Ungewöhnliche Spuren, irgendetwas in der Art?«

»Er war sehr aufgewühlt. Die Jungen waren auf der Schlammbank herumgetrampelt und hatten auch darin gewühlt auf der Suche nach irgendwelchen Dingen von Wert. Der Kirchendiener hatte ebenfalls seine Fußabdrücke hinterlassen. Mir ist allerdings eine lange Furche aufgefallen, die sich quer über den Schlamm zog, vom Ufer bis zur Leiche.«

Gott segne Sie, Mr. Harrington!, dachte ich. »Würden Sie sagen, dass diese Furche daher rühren könnte, dass die Tote über den Schlamm zu der Fundstelle geschleift wurde?«

»Das könnte ich. Allerdings zögere ich, dies mit Bestimmtheit zu sagen.« Harrington war kein Mann der Spekulation. »Ich erklärte dem Kirchendiener, dass die Tote augenblicklich dort weggeschafft werden müsse, um sie vor der herannahenden Flut in Sicherheit zu bringen. Wir riefen einen Arbeiter hinzu, den wir am Flussufer entlanggehen sahen. Wie sich herausstellte, war es der Gärtner in Diensten von Mr. Williams, der auf dem Weg zur Arbeit war. Er kam herunter und half uns, die arme Seele in den Schuppen zu tragen. Das Grundstück besitzt ein Tor zum Leinpfad hin, und so schien der Schuppen der ideale Ort, um die Tote vorerst aufzubewahren, nicht zuletzt auch wegen seines leichten Zugangs. Zudem mussten wir sie nicht weit tragen, und die Familie war zurzeit nicht zu Hause.« Ernst fügte er hinzu: »Wir mussten sie auch aus der Sicht bringen, bevor zu viele Menschen in der Gegend unterwegs waren. Wir hätten sonst in kürzester Zeit einen regelrechten Mob um uns gehabt.«

»Ich schätze, dem Gärtner gefiel Ihr Plan nicht besonders?«, fragte ich.

Harrington grinste schief. »Er protestierte lautstark. Er sei verantwortlich für den Besitz seines Arbeitgebers, und es würde ihn seine Stelle kosten, ohne Zweifel! Ich wies seine Einwände zurück und versprach, mit Mr. Williams zu reden und ihn zu besänftigen. Die Wahrheit ist, so wage ich zu behaupten, dass wie bei vielen Gärtnern der Schuppen genauso sehr sein Zufluchtsort ist wie der

Platz, wo Gartenwerkzeuge aufbewahrt und Setzlinge gezogen werden. Er war tödlich beleidigt, als ich seinen Schuppen beschlagnahmen musste.«

Harrington grinste erneut, dann wurde er wieder ernst. »Erst als wir sie hochhoben, fassten wir sie eingehender ins Auge – und in diesem Moment erkannten wir sie. Der Kirchendiener war bereits höchst aufgeregt, und als ihm klar wurde, dass es sich bei der Toten um jemanden handelte, den er kannte, verlor er, wie ich fürchte, vollends die Fassung. Es gelang mir nur mit Mühen, ihn wieder zu beruhigen.«

»Haben Sie etwas auf dem Schlamm liegen sehen, das der Toten gehört haben könnte?«

»Nein.« Harrington schüttelte den Kopf. »Andererseits hatte das Wasser die Tote fast schon erreicht, und alles in dieser Art konnte bereits überspült worden sein. Ich hatte mich nicht wenig beschmutzt, als wir sie in die Hütte trugen. Ich hatte Dinge in der Stadt zu erledigen, und so musste ich auf der Stelle nach Hause, um mich umzuziehen. Ich habe erst hinterher erfahren, dass der Kirchendiener die Jungen weggeschickt hat. Ich hätte ihn daran erinnern sollen, dass er sie dabehalten muss, bis die Polizei erscheint, weil sie die Tote schließlich entdeckt hatten.«

»Inspector Morgan von Wandsworth hofft, dass er sie wiederfinden kann«, tröstete ich ihn. »Sie sagten, Sie hätten Rachel Sawyer gekannt …?«

Er unterbrach mich, indem er die Hand hob. »Nicht besonders gut, nur insofern, dass ich seit vielen Jahren Kirchenvorsteher bin und sie als Mitglied der Gemeinde kannte. Doch außer ihrem Namen und dem ihrer Arbeitgeber kann ich Ihnen nichts über sie sagen. Sie schien keine Freunde in der Gemeinde zu haben. Ich habe nie gesehen, dass Leute nach dem Gottesdienst stehen geblieben wären, um mit ihr zu plaudern.«

»Wie steht es mit ihren Arbeitgebern, Mr. und Mrs. Lamont? Sind Sie mit ihnen bekannt?«

»Auch hier nur in meiner Rolle als Kirchenvorstand. Allerdings kannte ich Mrs. Lamonts verstorbenen Onkel Isaiah Sheldon sehr gut.«

»Oh … Ich habe seinen Namen gehört«, brachte ich, wie ich hoffte, ganz beiläufig hervor.

»Wie nicht anders zu erwarten, wenn Sie mit irgendjemandem aus der Gegend gesprochen haben, Inspector. Isaiah war ein bekannter einheimischer Philanthrop und wurde lange Zeit sehr vermisst. Ein sehr freundlicher alter Gentleman, der durch den Handel mit Kaffee ein Vermögen gemacht hatte.«

»Ja, ich habe von seiner Großzügigkeit gehört. Doch er ist schon seit einer ganzen Weile tot, ist das richtig?«

»Mindestens fünfzehn Jahre, Sir, wenn nicht länger.« Harrington nickte. »Er starb ganz plötzlich, und es war für alle ein Schock. Andererseits war er bereits in sehr fortgeschrittenem Alter.«

»War denn seine Gesundheit angegriffen?« Ich befürchtete, mein beiläufiger Tonfall könnte gezwungen klingen. Mr. Harrington war kein Dummkopf.

»Wenn ich richtig informiert bin, war er bei Dr. Croft in Behandlung. Es ist keine Seltenheit, dass ein Mann in seinem Alter plötzlich stirbt, wage ich zu behaupten. Wenn ich sage, es war ein Schock, dann meine ich nicht, dass es eine so große Überraschung war – schließlich war Isaiah bereits über achtzig. Ich meinte vielmehr die ganzen wohltätigen Einrichtungen, die von seiner Unterstützung abhängig waren. Sie hatten ihren wichtigsten Geldgeber verloren.«

»Mrs. Lamont hat sicher da weitergemacht, wo ihr Onkel aufgehört hat?«

Harrington bedachte mich mit einem scharfsinnigen Blick. Er hatte gemerkt, dass meine Fragen in eine bestimmte Richtung führten. »Ich denke nicht, Inspector. Allerdings habe ich keine genaue Kenntnis darüber.«

Er erhob sich und setzte sich den Hut sorgfältig auf den Kopf.

»Ich kann Ihnen nicht mehr sagen, Inspector. Aber falls mir noch irgendetwas einfällt, werde ich mich selbstverständlich sofort mit Ihnen in Verbindung setzen.«

Elizabeth Martin Ross

Es war frustrierend, dass ich nicht nach Putney zurückkehren konnte. Ich verstand den Grund, so weit, so gut. Doch zu Hause zu bleiben und Däumchen zu drehen erschien mir unerträglich. Ich musste irgendetwas anderes finden, womit ich mich beschäftigen konnte.

»Ich beabsichtige heute Nachmittag zum Dorset Square zu gehen und Mrs. Parry zu besuchen«, erzählte ich Bessie. »Hast du nicht Lust mitzukommen? Du könntest deine alten Freundinnen unten in der Küche sehen, schätze ich.«

»Ich kann nicht sagen, dass sie besonders freundlich zu mir gewesen wären, Missis«, erwiderte Bessie. »Aber ich hab nichts gegen das eine oder andere Schwätzchen.«

Meine »Tante« Parry zu besuchen, wie sie sich gerne von mir nennen ließ, war nichts, was ich besonders genoss, doch es war eine Verpflichtung. Sie war so freundlich gewesen, mich als Gesellschafterin aufzunehmen, als ich ganz allein auf der Welt gewesen war, ohne Dach über dem Kopf und ohne Geld. Gesellschafterinnen kamen und gingen in einem steten Strom in Tante Parrys Haus, und ich bezweifle, dass ich mich länger hätte halten können. Gott sei Dank tauchte Ben auf der Bildfläche auf wie der Ritter in den alten Märchen und errettete mich. Doch Tante Parry von nun an zu ignorieren wäre unverzeihlich gewesen. Also machten Bessie und ich uns mittels einer Abfolge von Omnibussen auf den Weg zum Dorset Square. Es ist keine komfortable Art zu reisen, und das Risiko, sich den einen oder anderen Floh einzufangen, ist ziemlich hoch, doch ich bildete mir ein, dass ich nicht schon wieder eine Droschke nehmen konnte. Die Fahrt hin und zurück nach Putney mit Wally Slater hatte ein ziemliches Loch in meine Haushaltskasse gerissen.

Bessie huschte sogleich nach unten in das Souterrain, wo sich die Küche befand. Simms, der Butler, führte mich in Tante Parrys Salon – wo mich eine Überraschung erwartete.

Tante Parry war nicht allein, und ihr Besucher war männlich. Bei meinem Eintreten sprang er auf und begrüßte mich mit einem breiten Grinsen.

»Frank!«, rief ich. »Ich dachte, du bist immer noch im Ausland!«

Als ich noch als Tante Parrys Gesellschafterin am Dorset Square gelebt hatte, hatte auch ihr Neffe Frank Carterton unter ihrem Dach gewohnt. Er hatte sich darauf vorbereitet, in den diplomatischen Dienst zu treten und an unsere Botschaft in Russland zu gehen. Dieser Plan war eine Quelle großer Besorgnis vonseiten Tante Parrys gewesen – bis hin zu der Überzeugung, dass ihr Neffe von Bären gefressen werden könnte. Seit damals war Frank weiter nach China gezogen, wo Tante Parry ihn in noch schlimmeren Gefahren wähnte. Doch wie es schien, hatte er alle Widrigkeiten unbeschadet überstanden.

»Ich bin vor zehn Tagen nach England zurückgekehrt«, erklärte er mir nun. »Es tut gut, wieder hier zu sein – und Tante Julia zu sehen …«

Er drehte sich zu seiner Tante um und bedachte sie mit einem Lächeln, in dem sie sich geradezu sonnte. Ich kannte diesen Ausdruck aus Büchern, doch ich hatte noch nie gesehen, wie jemand es wirklich machte. Es war wie ein Sonnenstrahl, der unvermittelt auf ihr Gesicht gefallen war.

»Mein lieber Frank«, gurrte sie. »Oh, Elizabeth, du hast ja keine Ahnung, welch eine Erleichterung es ist, meinen Neffen wieder hier in London zu sehen, gesund und munter! Du kannst dir nicht vorstellen, wie sehr ich gelitten und mir Sorgen gemacht habe seit seinem Aufbruch in den Osten. Es war schlimm genug, als er in Russland war, aber China! So weit weg, so … so *fremd!*«

»Ich habe sehr komfortabel gelebt in China, Tante Julia. Wie ich dir im Übrigen mehrfach geschrieben habe«, protestierte Frank.

»Natürlich, mein lieber Junge, natürlich! Du wolltest meine Ängste zerstreuen. Aber du kannst mich nicht täuschen. Du hast furchtbare Entbehrungen ertragen müssen, ich weiß es!«

Frank bemerkte meinen Blick und blinzelte mir zu. Eine Karriere im diplomatischen Dienst hat dich nicht kuriert, Frank Carterton!, dachte ich. Du bist immer noch unverbesserlich.

»Reis!«, rief Tante Parry unvermittelt aus. »Nichts als Reis! Es muss unerträglich gewesen sein!«

»Ehrlich, Tante Julia, ich habe reichhaltig gegessen, und nicht nur Reis.«

Sie war nicht bereit zuzuhören. »Die Chinesen tun Menschen ganz furchtbare Dinge an! Ich habe davon gelesen. Tod durch tausend Schnitte!«

»Das ist eine Fehlinterpretation, die man hier im Westen oft zu hören bekommt!«, protestierte Frank. »Sie haben ein paar unangenehme Methoden, ihre Verbrecher hinzurichten. Doch der ›Tod durch tausend Schnitte‹ bezieht sich auf die Art und Weise, wie ein Leichnam – nach dem Tod! – in kleine Stücke zerlegt wird. Es soll die Strafe untermauern. Es behindert den Geist des Toten und macht es ihm sehr schwer, sich im Jenseits wieder zusammenzusetzen.«

»Wie auch immer«, sagte Tante Parry entschieden. »Es klingt nicht nach etwas, das sich jemals hier in Britannien ereignen könnte. Nun denn, Elizabeth ist hier, wir nehmen Tee. Sei doch bitte so lieb und läute die Glocke, Frank.«

»Hast du keine Gesellschafterin, Tante Parry?«, fragte ich. Ich konnte keine Spur von einer der üblichen deprimierten weiblichen Personen entdecken, die Tante Parry im Dutzend verschliss.

Sie warf denn auch die Hände hoch. »Erinnerst du dich an Laetitia Bunn?«

»Ich erinnere mich an Miss Bunn, Tante Parry. Ich empfand sie eigentlich als sehr angenehm.«

»Sie hat einen Vikar geheiratet!«, schnaubte Tante Parry. »Soll man es für möglich halten? Kein Gedanke an mich! Ihr Mädchen seid alle gleich! Ständig lauft ihr davon und geht heiraten! Aber es wird ihr nichts nützen. Ihr Ehemann hat nicht den nötigen Einfluss, um seinen Lebensunterhalt selbst zu verdienen, und sie werden hungern! Ja, Simms, wir möchten jetzt den Tee nehmen«, sagte sie an den Butler gewandt. »Haben wir noch Scones im Haus? Ich hatte heute Morgen eigens um Scones gebeten.«

»Crumpets, Scones, Mohnkuchen und Eclairs, Ma'am«, sagte Simms gesalbt.

»Oh, wunderbar!« Tante Parry klatschte in die pummeligen Hände. »Das sollte wohl genügen.«

Frank warf einen Blick zur Decke.

Unsere Teeparty erwies sich als ausgesprochen kurzweilig. Frank hatte sich entschlossen, uns zu unterhalten, worin er im Übrigen sehr gut war, und Tante Parry verschlang eine außergewöhnliche Menge der guten Dinge, die Mrs. Simms, die Köchin, nach oben schicken ließ. Sie unterbrach ihr Schlingen immer wieder mit kleinen Freudenrufen und vergnügten Lachern, auch wenn mir nicht immer klar war, ob es wegen Franks Erzählungen oder wegen des Süßgebäcks war.

Kurz nachdem Simms die verbliebenen Krumen weggetragen hatte, verstummte Tante Parry und nickte nur noch ein- oder zweimal.

Schließlich riss sie sich zusammen und erhob sich unter einigen Mühen. »Meine Lieben, würdet ihr mich jetzt bitte entschuldigen? Ich fühle mich unerklärlicherweise plötzlich müde. Ich denke, ich werde mich ein wenig hinlegen. Es war ausgesprochen schön, dich wieder einmal zu sehen, liebste Elizabeth. Meine herzlichsten Grüße an den werten Police Inspector.«

Als wir allein waren, blickte Frank mich fragend an. »Nun, Lizzie? Wie geht es dir wirklich? Und Ross? Beschützt er uns immer noch vor den bösen Kriminellen in der Stadt?«

»Uns geht es beiden sehr gut, Frank, danke deiner Nachfrage. Und Ben gibt sein Bestes. Abgesehen davon scheint Tante Parry zu glauben, dass wir hier in Britannien keine Leichen aufschneiden – dabei gehen die Toten ohne Angehörige routinemäßig für den Anatomieunterricht an die Universitäten des Landes. Sie werden oft nicht abgeholt, weil es keinen rechtmäßigen Anspruchsteller gibt, und nicht, weil sich keiner meldet. Das kann zu großem Leid führen, beispielsweise, wenn unehelichen Kindern das Recht verwehrt wird, den Leichnam eines Elternteils zu bestatten. Viele Menschen unter den Armen glauben auch heute noch, dass ein sezierter Leichnam nicht am Jüngsten Tag in den Himmel aufsteigen kann.«

»Meine liebe Lizzie«, sagte Frank. »Du bist die einzige Lady, die ich jemals kennengelernt habe, die es schafft, dieses Thema zum Inhalt einer Kaffeestunde zu machen. Ich bin so froh, dass du dich nicht verändert hast!«

Er lehnte sich in seinem Sessel zurück und blickte mich gedankenvoll an. »Andere Dinge hingegen *haben* sich verändert. Ich war so lange weg, dass ich glaube, ich habe völlig vergessen, welche Mengen an Essen Tante Julia in sich hineinstopft. Nun ja, sie hat immer einen gut gedeckten Tisch genossen. Aber sag mir, Lizzie, ist es ein Streich, den meine Erinnerung mir spielt, oder isst sie tatsächlich noch mehr als früher?«

»Es fällt dir wahrscheinlich nur deswegen auf, weil du fort warst«, sagte ich zu ihm. »Ich denke, sie hat auch ein wenig an Gewicht zugelegt.«

Frank blickte besorgt drein. »Eine ganze Reihe von Ärzten haben sie im Verlauf der Jahre gewarnt, dass sie sich mäßigen soll. Dass sie sich nachmittags nach dem Tee hinlegen muss, ist etwas Neues. Das hat sie nie getan, als ich noch hier gelebt habe.«

»Ich habe es auch noch nie bei ihr gesehen«, gestand ich.

»Ich mag sie, weißt du?«, sagte er unvermittelt.

»Ich weiß«, versicherte ich ihm. »Sie mag dich ebenfalls. Sie hat sich wirklich sehr um dich gesorgt, die ganze Zeit, als du im Ausland warst.«

»Nun, das wird sie möglicherweise nicht mehr länger müssen«, lautete seine kryptische Erwiderung.

»Kehrst du denn nicht nach China zurück, Frank? Geht es schon wieder an einen neuen exotischen Ort dieser Welt?«

»Ich kann dir so viel verraten, dass meine Karriere im diplomatischen Dienst vielleicht bald vorbei ist. Tante Julia möchte, dass ich in die Politik gehe. Ich bewerbe mich um einen Sitz im Parlament.«

»Was?«, keuchte ich. »Oh, entschuldige, Frank – das klang unhöflich. Ich bin sicher, du würdest ein sehr gutes Mitglied des Parlaments abgeben … aber ist es wirklich wahr?«

»Tante Julia zieht seit Monaten die Strippen, schon lange vor meiner Rückkehr aus Peking, um einen sicheren freien Platz für mich zu ergattern. Sie kennt eine gewaltige Menge furchtbar einflussreicher Leute, und sie fordert schon seit einer ganzen Weile alte Gefälligkeiten ein. Es ist allgemein bekannt, dass wir vor Jahresende eine Wahl haben. Rein zufällig wird ein geeigneter Sitz frei. Der derzeitige Abgeordnete hat verkündet, dass er bei der nächsten Wahl nicht wieder antreten, sondern aufgrund von Alter und gesundheitlichen Problemen in den Ruhestand gehen wird. Es scheint, als müsste ich meinen Abschied beim Foreign Office einreichen und mich als Kandidat der Liberalen auf den frei werdenden Sitz bewerben – mit einer guten Chance, ihn zu bekommen.«

»Ich wünsche dir alles Glück dazu, Frank«, sagte ich, weil ich nicht so recht wusste, was ich sonst hätte sagen sollen.

»Ich musste ganz schön viel Lobbyarbeit in eigener Sache betreiben«, gestand er. »In der kurzen Zeit seit meiner Rückkehr habe ich ohne Ende Leute getroffen, die ich für mich gewinnen muss. Die Zeit ist wie im Flug vergangen. Ich habe an so vielen Dinners teilgenommen, dass ich mich nicht an die Namen all meiner Gastgeber erinnern kann! Ich wurde sogar Mr. Gladstone vorgestellt, sodass er mich unter die Lupe nehmen konnte.«

»Ich bin sprachlos, Frank«, sagte ich aufrichtig.

»Das wäre ich bei dieser Gelegenheit auch beinahe gewesen. Wie dem auch sei, es ist alles vereinbart, und ich werde kandidieren.« Frank zögerte. »Einige Unterhaltungen bei den erwähnten Dinners waren höchst interessant, Lizzie. Alle möglichen Anekdoten wurden erzählt. Einmal fiel sogar der Name deines Ehemannes.«

»Bens Name?« Ich hätte vor Überraschung und vor Schrecken beinahe aufgeschrien. »Oh, Frank, war es wegen Mills, dem Mörder?«

»Die Details dieser Geschichte wurden nicht besprochen«, grinste Frank. »Aber wenn ich richtig gehört habe, wurde der Innenminister im Nachthemd aus dem Bett geholt. Was hätte ich darum gegeben, das zu sehen! Ach, komm schon, Lizzie, sieh nicht so niedergeschlagen drein! Ross hat seine Karriere nicht zerstört, im Gegenteil. Seine Beharrlichkeit und seine Pflichterfüllung wurden bewundert! Man hat die Geschichte nur als Illustration erzählt, wie die Wirklichkeit in einem öffentlichen Amt aussieht. Jeder gute Bürger und Wähler, der eine Beschwerde hat, fühlt sich berechtigt, mit seinem zuständigen Abgeordneten zu reden. Man wird zu jeder Tages- und Nachtzeit belästigt, und das Privatleben ist auf Gedeih und Verderb dem öffentlichen Amt ausgeliefert. Selbst jemand in einer so hohen Position wie der Innenminister ist keine Ausnahme. Wenn ich ins Parlament gehe, dann muss ich damit rechnen und es akzeptieren. Das war der einzige Grund, aus dem Ross' Name erwähnt wurde.«

Ein Gedanke kam mir, und mein Mut sank. »Frank? Du hast doch wohl nicht versucht, Ben zu helfen, oder? Mir ist klar, dass du es gut gemeint hast, aber Ben …«

»Meine liebste Lizzie«, entgegnete Frank. »Ich bin ganz und gar nicht in der Position, deinem Mann zu helfen, wie du es nennst. Ich habe dir davon erzählt für den Fall, dass du dich sorgst. Ich weiß nicht mal, um was es genau ging. Es ist allein deine Sache, wenn du Ross davon erzählen willst.«

»Nein …«, sagte ich nachdenklich. »Noch nicht jedenfalls.«

»Oh, ich weiß, dass dein Mann mich nicht besonders mag. Aber ehrlich, Lizzie, ich habe mich nicht eingemischt.«

»Das freut mich, weil ich es nicht mag, Ben Dinge vorzuenthalten«, erwiderte ich. »Nicht auf Dauer, heißt das.«

»Abgesehen davon, wenn ich ins Parlament kommen will, schätze ich, muss ich mir eine Frau suchen.« Frank seufzte. »Die Wähler ziehen verheiratete Männer vor, wie es heißt.«

»Ich hoffe doch sehr, dass du nicht nur aus diesem Grund heiratest!«

»Welche Gründe bleiben mir denn, nachdem die Lady, die ich heiraten wollte, meinen Antrag abgelehnt hat?«

»Frank!«, warnte ich ihn. »Fang nicht wieder davon an! Du wolltest mich nicht wirklich heiraten. Es war eine verrückte Idee, die du dir in den Kopf gesetzt hattest, als ich hier bei Tante Parry gelebt habe.«

»Liebste Lizzie.« Franks Tonfall war sanft, doch ich bemerkte eine ungewohnte stählerne Note darunter. »Erlaube mir doch bitte, selbst zu wissen, was ich wollte.«

»Bitte entschuldige«, sagte ich rasch. »Ich wollte dich nicht enttäuschen. Aber Tante Parry hätte es niemals erlaubt, und deine Karriere – ob im diplomatischen Dienst oder im Parlament – wäre von Beginn an zum Scheitern verurteilt gewesen.«

Ich erwähnte nicht, dass sie ihn außerdem mit an Sicherheit grenzender Wahrscheinlichkeit enterbt hätte.

»Ich glaube, ich sollte jetzt lieber gehen«, sagte ich. »Ich muss unten in der Küche Bescheid geben, dass Bessie sich fertig macht.«

»Dieser lustige kleine Satansbraten, der früher hier gearbeitet hat?«, fragte Frank, indem er nach dem Glockenzug griff. »Sie ist immer noch in euren Diensten?«

»Bessie ist unentbehrlich«, antwortete ich entschieden.

»Du kommst doch wieder vorbei, oder? Bevor ich in einem Meer von Politik versinke? Ich würde dich zu gerne wiedersehen, Lizzie.«

Er stellte die Frage in einem vollkommen ruhigen und freundlichen Ton, doch sie brachte mich dennoch in eine Zwickmühle. Ich bin die Erste, die freimütig gesteht, dass ich Tante Parry nicht so häufig besuche, wie ich es vielleicht sollte. Falls ich plötzlich anfing, häufiger vorbeizukommen, nachdem Frank wieder bei ihr wohnte, würde Ben das gewiss nicht gefallen. Womit ich nicht sagen will, dass Ben mir nicht vertraut. Aber ich weiß, dass er Frank nicht vertraut.

Inspector Ben Ross

Ich hatte geglaubt, dass ich nach meiner Rückkehr am Abend genügend faszinierende Neuigkeiten hatte, um die Zeit bis zum Schlafengehen zu füllen. Lizzie lauschte geduldig meinem Bericht und sah mich alarmiert an.

»Ben, das hat doch sicher nichts damit zu tun, dass ich mit Wally Slater und Bessie in Putney war, oder?«

»Im Augenblick sieht es so aus, als wäre es ein trauriger Zufall, weiter nichts. Ich glaube nicht, dass euer Besuch die heutigen Ereignisse in irgendeiner Weise beeinflusst hat oder dass irgendjemand in Fox House überhaupt davon weiß, dass ihr da wart. Es scheint offensichtlich, dass Rachel Sawyer ihre Geheimnisse hatte, und bevor wir sie nicht aufgedeckt haben, werden wir nicht wissen, warum sie starb. Ich war sehr überrascht, als ich Dr. Croft am Tatort antraf. Ich habe ihn gebeten, Diskretion zu bewahren in Bezug auf meinen vorhergehenden Besuch, und ich bin ziemlich sicher, dass er geschwiegen hat. Es gibt so viel, das wir nicht wissen, und …«

Wieder überkam mich plötzlich dieses irritierende Gefühl, dass ich mich nicht an etwas erinnern konnte, das ich irgendwann im Verlauf des Tages gesehen hatte. Ich muss die Stirn gerunzelt haben, denn Lizzie fragte mich nach dem Grund dafür. Ich erklärte es ihr. »Es ist eine dumme Sache, wirklich. Wenn es wichtig wäre, würde ich mich doch bestimmt daran erinnern?«

»Wenn du nicht so angestrengt daran denkst, kommt die Erinnerung von alleine«, prophezeite Lizzie.

»Hoffen wir, dass du recht hast. Wie dem auch sei, ich werde morgen früh Mrs. Lamont einen Besuch abstatten. Vielleicht bringt das mein Gedächtnis auf Trab. Lamont schlug vor, dass ich um elf erscheine. Ich werde um halb elf auf ihrer Türschwelle stehen! Er entscheidet nicht, wann ich meine Ermittlungen zu führen habe!«

»Ich habe auch die eine oder andere Neuigkeit, Ben«, sagte meine Frau. »Ich habe heute Tante Parry einen Besuch abgestattet.«

»Oh. Wie geht es der Dame?«

»Einigermaßen. Allerdings hat sie uns verlassen, sobald die Teetafel abgeräumt war, um ein Nickerchen zu machen. Das habe ich bei ihr noch nie gesehen. Sie hat nachmittags nie geschlafen, als ich am Dorset Square unter ihrem Dach gewohnt habe. Zugegeben, sie ist immer erst gegen Mittag aufgestanden, deswegen war es wohl nicht nötig. Frank glaubt …«

»Frank?«, japste ich. »Du meinst, Frank Carterton ist wieder im Land?«

»Ja, Ben. Ich war genauso überrascht, ihn zu sehen. Er quittiert den diplomatischen Dienst, weißt du?«

Ich antwortete nicht, dass ich mich immer gefragt hatte, wie Carterton seinem Land in diesem Dienst behilflich sein wollte. Er war mir stets als ein Faulpelz und Taugenichts erschienen. Schön, ich gestehe, dass ich stets eine gewisse Eifersucht ihm gegenüber empfunden habe. Ich weiß, dass er von Anfang an ein Auge auf Lizzie geworfen hatte, gleich als sie zum ersten Mal Tante Parrys Haus betrat, auch wenn Lizzie das nicht glauben will. »Und hat er Pläne, was er als Nächstes machen will?«, fragte ich laut.

»Er kandidiert für einen Sitz im Parlament«, sagte Lizzie.

Ich muss sie angeglotzt haben wie ein nach Luft schnappender

Fisch auf dem Trocknen. »Carterton?«, brachte ich schließlich krächzend hervor. »Carterton will ins Parlament? Hat er denn eine Chance, gewählt zu werden?«

»Sehr gute Chancen sogar, sagt er. Es wird ein Sitz frei, und Frank wird für die Liberalen darum kämpfen. Der gegenwärtige Abgeordnete geht in den Ruhestand. Der Sitz gilt als sicher. Frank wurde sogar schon Mr. Gladstone vorgestellt … und allen möglichen anderen wichtigen Leuten.«

Ich hätte in dieser Nacht ohnehin nur unruhig geschlafen. Mein Verstand war mit dem Mord an Rachel Sawyer beschäftigt. Diese Neuigkeit sorgte jedoch endgültig dafür, dass ich kaum ein Auge zutat. Meine Träume waren erfüllt von einer albtraumhaften Vision, in der die Geschicke dieses Landes von einem Unterhaus gelenkt wurden, das vollgepackt war mit Dutzenden von Frank Cartertons.

KAPITEL ZWÖLF

Am nächsten Morgen war ich früh aus dem Haus und überquerte den Fluss bereits kurz nach neun Uhr. Ich wollte zuerst auf der Wandsworth Police Station vorbeischauen und Inspector Morgan konsultieren. Falls Constable Beck Zeit hatte, wollte ich ihn mitnehmen nach Fox House. Ein Uniformierter, der draußen vor der Haustür stand, während ich die Dame des Hauses befragte, würde den Lamonts vielleicht eher klarmachen, was für eine ernste Angelegenheit so eine Mordermittlung darstellte. Im Moment schienen sie Rachel Sawyers Tod eher als unbequemes Ärgernis zu betrachten. Für eine Sekunde empfand ich so etwas wie Mitleid für die tote Frau. Niemand schien um sie zu trauern. Vielleicht irrte ich mich auch. Vielleicht fand ich noch heraus, wenn ich mit Mrs. Lamont redete, dass sie den plötzlichen Verlust ihrer Gesellschafterin schmerzhafter empfand, als es bisher den Anschein hatte. Bei meinem ersten Besuch war sie in Ohnmacht gefallen. Das konnte durchaus den schockierenden Neuigkeiten geschuldet sein … oder einem zu eng geschnürten Korsett. Andererseits war eine vorgetäuschte Ohnmacht ein durchaus probates Mittel, einen unerwünschten Besucher zu vertreiben. Ich war noch immer unentschlossen, welcher Theorie ich den Vorzug geben sollte, als ich Inspector Morgans Büro betrat.

»Ah, Ross!«, begrüßte mich Morgan kollegial, indem er sich hinter seinem Schreibtisch erhob und mir die Hand entgegenstreckte. »Auf einer heißen Spur? Ausgezeichnet! Wir kommen also voran, eh?«

Er erschien mir sehr aufgekratzt, und ich fragte mich, aus welchem Grund. Ich erklärte ihm, dass ich auf dem Weg nach Fox House sei, um Mrs. Lamont zu befragen.

»Wir haben hier auch nicht geschlafen«, informierte mich Morgan. »Wir haben Ihre Straßenjungen aufgespürt.«

Also das war der Grund für seinen Frohsinn. Ich war ebenfalls erfreut. »Ich würde gerne mit ihnen reden«, sagte ich.

»In der Tat, Ross, in der Tat! Ich schicke Beck los, er soll sie zusammentreiben und herbringen. Es wird eine Stunde oder so dauern, aber wir wissen, wo wir sie finden, alle drei. Sie kommen aus einer Familie. Der Vater ist uns nicht unbekannt. Er ist ein Raufbold, wenn er getrunken hat, und im nüchternen Zustand ein kleiner Dieb.«

Das durchkreuzte meinen Plan, Constable Beck mit nach Fox House zu nehmen. Doch mit den Jungen zu reden war wichtiger. Das sagte ich Morgan auch.

»Ich weiß nicht, was sie Ihnen erzählen werden, Ross«, erwiderte Morgan nachdenklich. »Ich habe sie bereits vernommen und mich erkundigt, ob sie irgendetwas an sich genommen hätten, das am Fundort lag. Ich habe nicht gefragt, ob sie die Leiche ausgeplündert haben, weil sie das wohl kaum gestehen würden. Ich fragte lediglich, ob sie rein zufällig irgendetwas von Wert bemerkt hätten, da sie ja schließlich auf der Suche nach solchen Dingen gewesen seien. Sie sagten alle drei, sie hätten nichts gesehen. Wie nicht anders zu erwarten – sie sind daran gewöhnt, dass die Polizei vor ihrer Haustür erscheint, um ihren Vater wegen Diebstahls zu verhaften oder gelegentlich auch ihre Mutter. Sie hat sich darauf spezialisiert, den Nachbarn die gewaschene Wäsche von der Leine zu klauen. Nun ja. Vielleicht haben Sie ja mehr Glück bei den dreien.«

Dass wir die Jungen gefunden hatten, war ein guter Anfang. Ich war ziemlich optimistisch, als ich nach Fox House aufbrach. Der griesgrämige Butler Johnson schien nicht überrascht, mich bereits vor elf Uhr an der Tür zu sehen. Er hatte offensichtlich vor meinem Mangel an jeglichen gesellschaftlichen Umgangsformen resigniert.

Er ging, um mein Eintreffen zu melden, und kehrte zurück, um mich in einen kleinen Salon im hinteren Teil des Hauses zu führen.

Ich hatte gehofft, die Unterhaltung würde vorne im gleichen Salon wie zuvor stattfinden, dem Schauplatz von Isaiah Sheldons Tod sechzehn Jahre zuvor, doch das sollte nicht sein. Der kleine Salon war schmucklos und bescheiden möbliert. Ich hatte das Gefühl, degradiert worden zu sein. Ich war kein Gast von Bedeutung. Ich stand lediglich einen Hauch über jenen, die den Lieferanteneingang zu benutzen hatten.

Wenige Minuten nachdem mich Johnson dort zurückgelassen hatte, verkündete ein Klicken des Türschlosses das Eintreffen von Amelia Lamont.

Sie war allein, wie ich überrascht zur Kenntnis nahm. Ich hatte angenommen, dass Lamont sie begleiten würde, um aufzupassen – falls ich etwas sagte, das eine erneute Ohnmacht seiner Ehefrau nach sich zog. Doch sie wirkte gefasst und lud mich ein, Platz zu nehmen.

Als wir einander gegenübersaßen und sie ihre Röcke geordnet hatte, ergriff sie das Wort. »Sie möchten wegen der armen Rachel mit mir sprechen?«

Nachdem ihr Mann meinen Blick auf die Dame des Hauses nicht mehr versperrte, sah ich mich in meinem ersten Eindruck bestätigt, dass Amelia Lamont eine sehr attraktive Person war. Sie hatte große dunkle Augen und eine glatte, faltenfreie Haut. Ihr dichtes kastanienbraunes Haar war im Nacken zu einem dicken Knoten zusammengebunden. Ich fragte mich, ob sie tatsächlich eine Mörderin war.

Sie trug keine schwarze Trauergarderobe an diesem Morgen, und ich hatte es auch nicht erwartet. Ganz gleich, wie nah sie und Rachel Sawyer sich gestanden hatten, die tote Frau war nur eine Angestellte gewesen. Mrs. Lamont hatte ein Kleid aus glänzendem Material in einem diskreten rot-braunen Schottenkaro mit dezenten Besätzen an. Ihr Mieder zierte eine jener schottischen Broschen, welche mit Cairngorms besetzt sind, Rauchquarzsteinen, die nach dem Gebirge benannt sind, wo man sie finden kann. Es traf genau den richtigen Ton.

Ihre im Schoß verschränkten Hände zierte lediglich der Ehering am linken Ringfinger und eine kleine Kamee am rechten. Sie hatte sich gut unter Kontrolle, und es sah nicht so aus, als würde sie diesmal wieder ohnmächtig werden. Doch mein Bestreben war es, sie in ihrer Zuversicht zu erschüttern, weil ich ansonsten nichts von ihr erfahren würde. Es war zu schade, dass ich Beck nicht bei mir hatte. Es hätte sicherlich geholfen, wenn er in seiner Uniform und den schweren Stiefeln draußen auf und ab marschiert wäre.

»Es waren schlimme Nachrichten, die ich Ihnen gestern überbracht habe«, begann ich. »Es tut mir leid wegen des Schocks, den es bei Ihnen ausgelöst hat. Ich hoffe, Sie haben sich gut erholt?«

Sie neigte gnädig den Kopf als Anerkennung meiner Entschuldigung. »Ich bin wieder einigermaßen gefasst, danke sehr, Inspector. Es ist schwer, die Nachricht von Rachels Tod zu akzeptieren, aber mir bleibt keine andere Wahl.«

»Ich muss wegen Miss Sawyer mit Ihnen reden, Ma'am. Mir ist bewusst, dass es anstrengend wird. Aber ein Mensch wurde ermordet, und ich bin der ermittelnde Beamte.«

Sie zuckte zusammen, als hätte ich sie mit einer Nadel gestochen, doch sie sagte nichts.

»Miss Sawyer stand lange Jahre in Ihren Diensten, wenn ich richtig informiert bin? Schon vor Ihrer Heirat mit Mr. Lamont?«

»Das ist richtig.« Amelia Lamonts Stimme war sehr leise. »Sie war lange bei mir.«

»Darf ich Ihnen eine sehr persönliche Frage stellen, Ma'am?«

Ihre Lippen bewegten sich zu einer Andeutung von einem Lächeln, doch es war keine Spur von Humor darin zu erkennen. Wie das vorherige Zusammenzucken war es eine Grimasse des Schmerzes. Vielleicht hatte ich mich geirrt in meiner Annahme, dass ihre Ohnmacht am Tag meines letzten Besuchs gespielt gewesen war.

Mrs. Lamont war in tiefem Aufruhr, auch wenn sie es verbarg, wie es sich für eine Frau ihres Standes und ihrer Herkunft ziemte. Doch was war die Ursache für diesen Aufruhr?

»Würden Sie das nicht ohnehin tun, Inspector? Ist das nicht der Grund für Ihr Herkommen?«

Ich machte eine abwehrende Handbewegung. »Es ist mein Schicksal, Mrs. Lamont, in die Trauer von Mitbürgern einzudringen und sie mit meinen Fragen zu belästigen. Rachel Sawyer war, glaube ich, Hausmädchen in diesem Haushalt, als Ihr Onkel noch lebte. Das hat Ihr Mann mir erzählt.«

Sie nickte.

»Ich glaube auch, dass Sie nach dem Tod Ihres Onkels alles Hauspersonal entlassen haben mit Ausnahme von Miss Sawyer. Ich frage mich, warum Sie sie behalten haben?«

»Sie haben mit anderen gesprochen, nicht nur mit meinem Mann«, sagte sie. »Das Personal hatte mit Ausnahme von Miss Sawyer seit Jahren für meinen Onkel gearbeitet. Die Abläufe in diesem Haus waren wie in Stein gemeißelt. Es schien klar, dass es so gut wie unmöglich für mich sein würde, ein paar Dinge zu verändern. Also beschloss ich, mein eigenes Personal einzustellen und es so auszubilden, wie ich es wollte. Rachel war erst seit kurzer Zeit bei mir, weniger als ein Jahr. Sie war formbar. Außerdem mochte ich sie.«

»Und doch muss sie eine junge Frau von unbedeutender Herkunft und mit geringer Bildung gewesen sein, wenn Sie mir diese Bemerkung gestatten. Sie machten sie zur Haushälterin und mehr noch, zu Ihrer persönlichen Gesellschafterin.«

Mrs. Lamont hakte meine verfängliche Frage mit spielerischer Leichtigkeit ab. »Rachels Eltern hatten ein kleines Gasthaus. Sie war nicht ungebildet, wie Sie zu glauben scheinen. Sie las sehr gut, hatte eine schöne Handschrift und konnte in beträchtlicher Geschwindigkeit rechnen. Sie hatte die Konten des elterlichen Betriebs geführt. Ich dachte, sie hätte etwas Besseres verdient als eine Anstellung als Hausmädchen.«

»Warum ist sie von ihren Eltern fortgegangen, wo sie offensichtlich von großem Nutzen für sie war?«

»Ihre Eltern waren im Abstand von weniger als einem Monat voneinander gestorben. Das Gasthaus hatte Schulden. Sie war gezwungen, alles zu verkaufen, und sie war allein auf der Welt, ohne weitere Familie«, berichtete Mrs. Lamont. »Ich hatte großes Mitgefühl für ihre Situation, nachdem ich selbst einmal in den gleichen Umständen gewesen war.

Rachel bewarb sich bei einer Agentur für Hauspersonal. Von dieser Agentur hat mein Onkel sie übernommen.« Amelia Lamont schwieg für einen Moment. »Mein verstorbener Onkel hatte viele wohltätige Interessen. Er war bekannt für seine Großzügigkeit. Er war als Quäker erzogen worden, auch wenn er dieser Religionsgemeinschaft nicht länger angehörte und inzwischen ein ergebenes Mitglied der Kirche von England war. Doch er hatte viele seiner Quäkerprinzipien behalten, einschließlich einem Interesse an praktischen Projekten, die das Leben der Armen verbessern konnten. Die Agentur, die ich eben erwähnte, hatte es sich zur Aufgabe gemacht, respektable junge Frauen zu vermitteln, die ohne Verschulden in Not geraten waren. Mein Onkel hatte schon früher von ihr Personal übernommen.«

»Ich verstehe«, sagte ich. »Aber es erscheint mir trotzdem unfair, dass das alte Personal einfach entlassen wurde, obwohl es Ihrem Onkel über Jahre hinweg treue Dienste geleistet hatte.«

»Sie sind alle anderswo untergekommen. Die Anstellung in Fox House war eine gute Referenz.«

»Es gab einen älteren Butler Ihres Onkels …«, begann ich.

Sie errötete und unterbrach mich. »Inspector Ross, Sie scheinen weitgehende Auskünfte über mich eingeholt zu haben, und ich befürchte, sie haben auch auf das Geschwätz der Leute gehört. Ich wüsste nicht, was das alles mit dem furchtbaren Tod von Rachel zu tun hätte.«

Mrs. Lamont hatte seit dem Vortag Zeit gehabt, über die Fragen nachzudenken, die ich ihr stellen konnte, und sich entsprechende Antworten zurechtzulegen. So viel hatte ich erwartet. Womit sie offensichtlich nicht gerechnet hatte, war, dass ich über ihren schäbigen Versuch informiert war, dem Kammerdiener seine jährliche Rente zu nehmen.

Ich hob abwehrend die Hand und beschloss, die Frage fürs Erste nicht weiterzuverfolgen. Es stimmte, dass sie nichts mit dem Mord zu tun hatte, und sie hatte recht – jemand hatte auf das Geschwätz der Leute gehört. Es war Wally Slater gewesen, nicht ich, doch das musste sie nicht erfahren. Schon die Tatsache, dass ich den Kammerdiener erwähnt hatte, genügte vollends für meine Zwecke. Ich hatte ihre Contenance erschüttert.

Ich hätte nach dem Namen der Agentur fragen können, die Rachel geschickt hatte. Doch ihre Aufzeichnungen – falls sie überhaupt existierten – reichten sicherlich keine sechzehn Jahre zurück.

»Ist Miss Sawyer oft so früh am Morgen aus dem Haus gegangen?«

»Möglich wäre es. Ich habe sie meist erst am späten Vormittag gesehen, wenn sie kam, um mit mir das Mittagessen zu besprechen. Aber nicht immer. Manchmal hatten wir das Essen bereits am Vortag mit der Köchin arrangiert. Wenn ich sie früher sehen wollte, ließ ich sie das am Abend vorher wissen. Aber meistens stehe ich selbst nicht so früh auf. Erst gegen neun, und um zehn gehe ich nach unten zum Frühstück. Wenn ich nachmittags keinen Besuch bekam und auch keine Bekannten besuchte, saß Rachel bei mir. Wenn mein Mann abends außer Haus war, leistete sie mir in diesem Salon hier Gesellschaft. In dieser Hinsicht war sie eine Gesellschafterin, wie man es nennen könnte. Aber sie saß nie bei uns mit am Tisch.«

Es hatte also Regeln gegeben, an die sich Rachel Sawyer als Gesellschafterin ihrer Arbeitgeberin hatte halten müssen. Sie waren je nach Bedürfnis aufgestellt worden. Ansonsten hatte sie ihr Gesicht nicht zeigen dürfen. Was für eine elende Existenz, dachte ich. Auch wenn andere sagen würden, dass Rachel es gut gehabt hatte, dass sie in einem komfortablen Haus gelebt hatte, mit einiger Autorität über das übrige Personal.

Meine Gedanken gingen zu Charles Lamont. Ich hatte ihn Lizzie en détail beschrieben, und sie war sicher, dass es sich um den gleichen Mann handelte, den sie aus der Kutsche heraus auf dem Rückweg nach Fox House gesehen hatte. »Unternimmt denn Mr. Lamont morgens einen Spaziergang?«, fragte ich.

»Allerdings. Häufig sogar, nach dem Frühstück.«

»Und ist er gestern vielleicht vor dem Frühstück nach draußen gegangen? Ich frage, weil es möglich ist, dass er vielleicht Miss Sawyer gesehen hat, als sie das Haus verließ.«

»Hätte er sie gesehen, hätte er Ihnen das gestern gesagt!«, erwiderte Mrs. Lamont in scharfem Tonfall. »Doch er hat nichts erwähnt. Abgesehen davon geht er immer auf der Heide spazieren und so gut wie nie bis hinunter zum Fluss. Er hat Rachel also bestimmt nicht gesehen.«

»Ich verstehe. Haben Sie vielleicht eine Vermutung, warum Miss Sawyer das Haus so früh verlassen hat und den ganzen Weg bis hinunter zum Fluss gelaufen ist?«

»Überhaupt keine, Inspector. Aber es sieht so aus, als hätte sie genau das getan. Es ist mir ein völliges Rätsel, warum.«

»Sie müssen jetzt eine andere Haushälterin einstellen«, bemerkte ich. »Werden Sie wieder jemanden nehmen, der zugleich als Gesellschafterin fungieren kann? Um Miss Sawyer zu ersetzen?«

»Eine andere Haushälterin sicherlich, obwohl ich glaube, dass die Köchin für den Moment der Aufgabe gewachsen ist. Ich könnte sie zur Köchin und Haushälterin befördern und keine andere einstellen. Was die Gesellschafterin angeht, so muss ich eingehend darüber nachdenken. Ich bin sicher, unsere häuslichen Arrangements sind von wenig Interesse für Sie, Inspector Ross, und Sie betreiben hier nur Konversation.«

Jetzt hatte sie ihrerseits eine Nadel in mein Fleisch gestochen, metaphorisch gesehen!

Ich würde mit weiteren Fragen nichts mehr erreichen, so viel war klar. Doch ich hatte eine ganze Menge gelernt. Der Grund, den Miss Lamont genannt hatte, warum sie nach dem Tod ihres Onkels von allen Hausangestellten allein Rachel Sawyer behalten hatte, klang einigermaßen plausibel. Es war logisch, dass sie sie zur Haushälterin gemacht hatte angesichts ihrer Erfahrungen mit dem Gasthaus der Eltern. Doch ich war noch nicht ganz zufrieden. Ich dachte an die tote Frau in dem Gartenschuppen, an ihre gewöhnlichen Gesichtszüge und ihre derbe Kleidung. Was um alles in der Welt hatte eine reiche, willensstarke, gebildete Frau wie die vor mir nur Liebenswertes an dem einstigen Dienstmädchen gefunden? War sie wirklich liebenswert genug gewesen, um mit ihr die Nachmittage zu verbringen und manchmal auch die Abende? Über was um alles in der Welt hatten sich die Frauen unterhalten? Oder war Amelia Lamont einfach nur einsam und verzweifelt gewesen? Hatte sie keine Freundinnen? War die Ehe mit Charles Lamont ein Fehler gewesen? Wohin ging Lamont, wenn er abends das Haus verließ? Ich glaubte, die Antwort darauf zu kennen: Er ging an die Spieltische. Er hatte eine reiche Erbin geheiratet. Wie viel von diesem Vermögen war noch übrig?

Ich dankte Mrs. Lamont, dass sie mir ihre Zeit geschenkt hatte, und brach auf. Als Johnson hinter mir die Tür schließen wollte, wandte ich mich um. »Ist Mr. Lamont heute Morgen eigentlich nicht zu Hause?«, fragte ich ihn.

»Der gnädige Herr hat Geschäfte in der Stadt zu erledigen, Sir«, wurde ich informiert, bevor mir die Tür beinahe vor der Nase zugeschlagen wurde.

Ich entfernte mich forschen Schrittes von Fox House, doch als ich eine gewisse Strecke zurückgelegt hatte und außer Sicht war, hielt ich an. Ich wartete fünfzehn Minuten, dann kehrte ich so unauffällig wie möglich zurück. Diesmal ging ich jedoch nicht zur Vordertür, sondern schlüpfte an der Seite des Hauses entlang zur Rückseite. Ich sah, dass die Küchentür offen stand. Aus dem Innern ertönte das Klappern von Töpfen und Geschirr. Einige Minuten später kam Harriet, das Spülmädchen, mit einer Schale schmutzigen Wassers nach draußen. Sie schüttete es in einem Schwung in Richtung der Büsche.

»Harriet!«, rief ich mit gedämpfter Stimme, weil ich nicht von irgendjemand sonst in der Küche gehört werden wollte. Sie blickte überrascht auf. Hastig legte ich einen Finger an die Lippen, dann winkte ich sie zu mir.

Sie kam herbeigetrottet, die Schale immer noch in den dünnen Armen. »Ja, Sir?«

»Ich würde dir gerne eine Frage stellen, Harriet. Du hast jeden Morgen um halb sieben das heiße Wasser zu Miss Sawyer nach oben gebracht, ist das richtig?«

»Ja, Sir.«

»Bringst du sonst noch jemandem heißes Wasser nach oben? Mr. oder Mrs. Lamont?«

»Ja, Sir, aber nicht so früh. Ich bringe dem gnädigen Herrn das Wasser um acht und der Herrin um Viertel vor neun.«

»Zu unterschiedlichen Zeiten? Teilen Mr. und Mrs. Lamont denn nicht das Schlafzimmer?«

»Nein, Sir. Sie schlafen in nebeneinanderliegenden Zimmern.«

»Und wenn du ihnen das Wasser nach oben bringst, trägst du es dann ins Zimmer – wie bei Miss Sawyer?«

»Ich bringe Mrs. Lamont den Krug hinein, Sir. Mr. Lamonts Zimmer betrete ich nicht. Ich lasse seinen Krug draußen auf dem kleinen Schränkchen stehen. Dann klopfe ich an seine Tür und rufe, dass das Wasser da ist.«

»Und antwortet er?«, fragte ich.

»Nein«, sagte Harriet arglos. »Er weiß, dass es da ist, das genügt ihm. Er antwortet nie.«

»Danke sehr, Harriet. Hier …« Ich drückte ihr einen Florin in die Hand.

»Mensch, Sir!«, sagte sie erfreut. »Danke! Danke sehr!«

»Es ist nicht nötig, dass du Mr. Johnson oder jemand anders vom Personal von unserer Unterhaltung erzählst, Harriet.«

»Meine Lippen sind versiegelt, Sir!«, verkündete sie mit Nachdruck.

KAPITEL DREIZEHN

Bis ich wieder in Wandsworth zurück war, hatte der äußerst fähige Constable Beck die drei Jungen zusammengetrieben. Nun standen sie in einer Reihe vor mir. Man sah auf den ersten Blick, dass sie Brüder waren. Sie hießen Albert, Edward und Arthur Smith. Die Smith-Familie mochte durch Fledderei, Lumpensammeln und Gelegenheitsdiebstahl überleben, doch sie waren zweifellos Patrioten und Royalisten bis ins Mark. Ich fragte mich, ob Ihre geneigte Majestät zu schätzen wusste, dass Mr. und Mrs. Smith ihren Nachwuchs nach ihrem Mann und ihren Söhnen benannt hatten.

Trotz ihrer noblen Vornamen waren alle drei Gassenjungen ungewaschen, schmuddelig und abgerissen. Ansonsten sahen sie sich so ähnlich wie Erbsen in einer Schote. Der einzige äußerliche Unterschied war die Größe. Die Kleidung des Ältesten, Albert, wurde offensichtlich zum Nächstjüngeren weitergegeben, geflickt und abgewetzt, wie sie war. Edward trug die Sachen seines älteren Bruders weiter ab, bis er aus ihnen herausgewachsen war. Wenn sie schließlich den kleinsten erreichten, den unglückseligen Arthur, waren sie kaum mehr als Fetzen. Keiner der drei trug Schuhe. Ihre Gesichter waren verkniffen, mit großen grauen Augen, spitzem Kinn und strähnigem Haar, das in sauberem Zustand vielleicht blond sein mochte, jetzt hingegen schmutzig braun wirkte.

Albert Smith, zehn Jahre alt und aus diesem Grund und wegen seiner Größe der Anführer der kleinen Bande, ergriff als Erster das Wort.

»Wir ham garnix getan, Officer!«, sagte er. Seine beiden Brüder nickten eifrig.

»Das freut mich zu hören, die Herren«, antwortete ich ihm. »Ich wollte euch hier sehen, weil ich mit euch über den Morgen reden muss, an dem ihr die Tote unten am Fluss gefunden habt.«

»Wir ham se gefunden, mehr nich. Wir ham nix von ihr wechgenomm.«

Es war die erste Lektion, die sie über dem Knie der Mutter oder durch den Gürtel des Vaters eingebläut bekommen hatten – rede niemals mit der Polizei. Sie dazu zu bringen, sich zu entspannen und zu reden, würde keine leichte Aufgabe werden, wie Inspector Morgan bereits herausgefunden hatte.

»Habt ihr heute Morgen schon gefrühstückt?«, fragte ich sie.

Diese Frage hatte Albert nicht erwartet. Er zögerte kurz. »Jepp«, sagte er schließlich. Seine Brüder starrten ihn in offensichtlichem, wenngleich nicht artikuliertem Protest an.

»Aber es ist nach Mittag, also seid ihr doch inzwischen bestimmt wieder hungrig«, schlug ich vor.

»Könnt schon sein«, sagte Albert misstrauisch, nachdem er mich abschätzend gemustert hatte. Er erkannte das Geschäft, das ich ihm anbieten wollte.

»Wir gehen raus, und ich kaufe heiße Fleischpasteten für alle«, sagte ich. »Auf dem Weg hierher habe ich einen Stand gesehen, nur ein Stück weit die Straße runter.«

»Teufel noch mal …!«, hauchte Arthur, der jüngste von ihnen mit seinen sechs Jahren, und starrte mich ehrfurchtsvoll an.

»Jeder kriegt eine eigene!«, verlangte Albert. Er schien das Zeug zum Geschäftsmann zu haben und würde sicher bald einen eigenen Weg finden, sich seinen Lebensunterhalt zu verdienen.

Unter den verwirrten Blicken von Sergeant Hepple führte ich meinen kleinen Trupp Gassenjungen aus der Station und die Straße hinunter zum Imbissstand, wo ich vier Pasteten bestellte. Sie rochen appetitlich, und ich sah keinen Grund, warum ich hungrig danebensitzen und den Smith-Jungen beim Essen zusehen sollte.

»Keine von denen da mit der verbrannten Kruste!«, befahl Albert dem Verkäufer.

Wir verbrannten uns die Finger, als wir unsere Pasteten mit zum nächsten Flecken Wiese nahmen, wo wir uns in den Schatten eines Baumes setzten. Dunn hätte es sicher missbilligt, dass ich mich mit den Straßenjungen zum Essen hinsetzte und mir Fleischsaft vom Kinn tropfte. Ich tröstete mich damit, dass mich in diesem Distrikt bestimmt kein Passant kannte, der mein würdeloses Verhalten melden konnte.

Für ein paar Minuten sagte keiner ein Wort, während wir aßen. Als der letzte Bissen verschlungen war und die drei Smiths vor Zufriedenheit seufzten, hatte sich die Stimmung geändert. Albert war offensichtlich klar, dass sie für das Essen bezahlen mussten. In gewichtigem Mann-zu-Mann-Ton verkündete er mir: »Ich werd mich jetz mit meinen Brüdern beraten.«

»Ich mache eine kleine Runde und bin in fünf Minuten wieder da«, sagte ich zu ihnen.

Sie steckten die Köpfe zusammen, und ich ließ sie allein und schlenderte über das kleine Rasenstück davon, während ich sie im Auge behielt. Sie würden nicht davonlaufen. Beck hatte sie bereits zweimal gefunden, und er würde sie auch ein drittes Mal aufspüren. Außerdem würden sie sicher nichts unternehmen, das ihnen eine Anschuldigung einbrachte oder die Polizei zu ihnen nach Hause führte.

Als ich zurückkehrte, lösten sie sich voneinander, und Albert erklärte: »Wir erzählen Ihnen, wie wir die Tote gefunden haben.«

Ich nickte aufmunternd. »Schießt los.«

»Wir hatten im Schlamm nach Sachen gesucht, seit die Ebbe eingesetzt hatte. Wir haben uns von der Brücke abwärts vorangearbeitet, weil die Leute sich auf die Brüstung stützen und miteinander reden und nicht aufpassen, was sie machen, und dann fallen ihnen Sachen runter. Aber es war nicht viel, also machten wir weiter und zogen zur Bank oberhalb der Brücke. Aber da lag die Tote nicht.«

Er hielt inne, um sicherzugehen, dass ich ihn verstanden hatte.

»Ich höre zu«, sagte ich. »Sprich weiter.«

»Da war auch nicht viel zu finden«, fuhr er niedergeschlagen fort. »Wo der Fluss mitten durch London fließt, da findet man die guten Sachen. Aber die Banden in der Stadt haben die Gegend unter sich aufgeteilt, und es hat keinen Zweck, dass wir da hingehen. Die Banden würden uns wegjagen. Wir müssen nehmen, was wir hier kriegen können.«

»Also seid ihr zurück zum Ufer unter der Putney Bridge«, ermunterte ich ihn, bevor er seinen Kummer über die Missstände weiter ausbreiten konnte, wie es alle Händler tun: schlechter Umsatz, hartnäckige Konkurrenz, die allgemeine wirtschaftliche Situation im Land, die gegen den ehrlichen Geschäftsmann war, und so weiter und so fort.

»Und da lag sie«, sagte Albert einfach. »Teddy hat sie zuerst gesehen, stimmt's, Teddy?«

Edward, acht Jahre alt und der mittlere der drei Brüder, reagierte auf die Nennung seines Namens mit einem heftigen Nicken.

»Flach wie ein Pfannkuchen war sie«, wurde ich informiert. »Sie lag auf dem Rücken und starrte in den Himmel.«

»Was glaubt ihr, wie sie dorthin gekommen ist? Ich meine, was war euer erster Eindruck?«

Sie blickten unsicher drein. »Aus einem Boot gefallen?«, schlug Teddy vor.

»Oder sie ist von der Brücke gesprungen«, vermutete Albert. »Jedenfalls war es das, was wir im ersten Moment dachten. Dann kamen wir näher und stellten fest, dass ihre Sachen trocken waren. Ich hab zu meinen Brüdern gesagt, dass sie nicht im Wasser war.«

»Und ich hab gesagt«, meldete sich Teddy zu Wort, »ich hab gesagt, sie wird bald im Wasser sein, weil die Flut zurückkommt und sie zudeckt!«

»Also hab ich meine Brüder dagelassen und bin losgerannt, um jemanden zu rufen«, fuhr Albert fort. »Ich fand den alten Kerl von der Kirche und erzählte ihm, was wir gefunden hatten. Ich meine nicht den Pastor, ich meine den anderen.«

»Du meinst den Kirchendiener«, sagte ich.

»Genau. Er kam runter zum Wasser und warf einen Blick auf die Tote, und ich dachte, gleich wird er ohnmächtig! Er lief ganz eigenartig rot an. Wir sagten ihm, dass das Wasser steigt und dass sie bald überspült sein würde, wenn keiner was unternimmt.«

»Also erklärte er uns«, nahm Teddy den Faden wieder auf, »dass wir warten und die Tote bewachen sollten. Das hier hat er gesagt: ›Passt auf die Tote auf, Jungs, und jeder von euch bekommt einen Schilling!‹ Wir dachten, okay, das ist nicht schlecht, angesichts der Tatsache, dass wir so wenig gefunden hatten an dem Tag.«

Aus den Augenwinkeln bemerkte ich, dass Arthur, der kleinste der Brüder, sich unbehaglich wand.

»Der Kirchendiener …«, sagte Albert, indem er den Titel feierlich in die Länge zog, »… er kam mit dem Friedensrichter zurück! Wir hätten uns fast in die Hosen gemacht. Ich hätte ihn bestimmt nicht gerufen, wenn ich gewusst hätte, dass er gleich mit dem Friedensrichter antanzt!«

»Ihr kennt den Friedensrichter also?«, fragte ich.

Sie nickten betreten.

»Der alte Harrington. Er meinte, dass ihnen nichts anderes übrig bliebe, als die arme, unglückliche Frau wegzuschaffen, obwohl die Tote eigentlich dort liegen bleiben müsste, bis die Polizei eintraf. Doch der Fluss ließ das nicht zu. Und weil nicht genügend Zeit war, einen Constable zu holen, riefen sie irgendeinen Kerl herbei, der am Ufer entlangging. Er kam und half mit, sie wegzuschaffen. Der Kirchendiener gab jedem von uns einen Schilling, wie er es versprochen hatte, und sagte dann, wir sollten verschwinden. Das taten wir auch.«

»Danke sehr«, sagte ich. »Das war ein ordentlicher Bericht.«

Sie sahen mich erleichtert an.

»So weit, so gut«, fügte ich hinzu, und die Erleichterung schwand aus ihren Gesichtern und wich Nervosität. »Wisst ihr, was Spuren sind? Indizien?«

»Ja«, murmelten sie unisono.

»Und ihr wisst auch, dass Mord ein sehr schweres Verbrechen ist?«

Sie nickten heftig.

»Diese arme Frau wurde ermordet.«

»Das haben wir gehört«, sagte Albert. »Aber wir wussten es nicht, als wir sie gefunden haben, oder?«

»Nein!«, unterstützten Teddy und Arthur ihren älteren Bruder.

»Natürlich nicht. Aber jetzt wisst ihr es. Das macht einen Unterschied. Es bedeutet, dass alles, was ihr bei der Toten oder im Schlamm in ihrer unmittelbaren Nähe gefunden habt, ein wichtiges Beweisstück sein könnte. Falls solch ein Gegenstand zu einem späteren Zeitpunkt wieder auftaucht – sagen wir, weil jemand versucht, ihn zu verkaufen –, dann würde die Polizei davon erfahren. Das könnte sehr großen Ärger nach sich ziehen.«

»Wir würden doch keine Leiche ausrauben!« Albert blickte mich finster an.

»Sie würde uns heimsuchen!«, flüsterte Teddy heiser.

Sie würden vielleicht keine Leiche ausrauben – heute noch nicht –, doch in ein paar Jahren würden sie keine Angst vor Geistern mehr haben und abgebrühter ans Werk gehen.

»Ich sage ja gar nicht, dass ihr so etwas getan habt«, erwiderte ich laut. »Ich frage nur, ob ihr ganz sicher seid, dass ihr nicht vielleicht zufällig irgendetwas gesehen habt, das es wert gewesen wäre, eingesammelt zu werden? Vielleicht habt ihr es gar nicht sofort wahrgenommen, sondern erst nachdem der Kirchendiener und der Friedensrichter zusammen mit dem dritten Mann die Tote weggetragen hatten? In diesem Fall würde ich es sogar verstehen, wenn ihr es nicht einem der anderen Gentlemen überlassen hättet. Aber ihr müsstet es jetzt an mich übergeben. Also stelle ich meine Frage erneut. Habt ihr etwas gefunden und eingesammelt oder auch nur gesehen und nicht eingesammelt, irgendetwas? Denkt gründlich nach.«

Eine Pause entstand, und dann drehten Albert und Teddy wie auf ein Zeichen hin die Köpfe und sahen Arthur an, der ihren Blick trotzig erwiderte.

»Hast du es noch?«, fragte Albert.

»Jepp«, sagte Arthur widerwillig.

»Dann gib es her.« Albert streckte die Hand aus.

»Aber ich habe es gefunden, und es gehört mir!«, protestierte Arthur mit Nachdruck.

»Hey! Mach einfach, was ich dir sage, klar? Gib es her, oder ich schraub dir den Kopf von den Schultern!«

Ich hatte das Gefühl, dass der kleine Arthur diese Drohung schon viele Male gehört hatte, denn er schien nicht sonderlich beeindruckt. Doch sie bewirkte immerhin, dass er seinen Widerstand aufgab. Er kramte in seinen zerlumpten Sachen, und schließlich brachte er ein kleines Objekt zum Vorschein, das er seinem ältesten Bruder überreichte.

Albert streckte mir die offene Hand hin. In seiner Handfläche lag ein kleines gelbes Objekt.

»Wir schätzen, dass es Gold ist«, sagte er. »Wir wollten es verkaufen. Aber mit dem ganzen Ärger und den Bullen überall haben wir es lieber sein lassen.«

Ich nahm das Objekt entgegen. Es war ein Manschettenknopf. »Ja«, sagte ich. »Ich denke, ihr habt recht, und es ist tatsächlich Gold.«

»Aber es lag nicht in der Nähe der Toten!«, wies mich Albert eifrig auf diesen doch sicherlich bedeutsamen Punkt hin. »Er lag auf der anderen Seite der Schlammbank.«

»Zwischen Leiche und Ufer? Oder weiter weg?«

»Zwischen Leiche und Ufer. Es war eine lange Furche im Schlamm. Und das Ding lag genau darin.«

Er hat es verloren!, dachte ich aufgeregt. Der Mörder hatte die Leiche über den Schlamm gezogen und dabei den Manschettenknopf verloren, doch es war ihm nicht aufgefallen. Er wird den Verlust bald darauf bemerkt haben und besorgt gewesen sein, der Knopf wäre ihm am Tatort abhandengekommen, doch er wird hoffen, dass ihn dann das Wasser zugedeckt hat, bevor ihn jemand finden konnte.

Ich drehte den kleinen Manschettenknopf so, dass sich das Sonnenlicht in dem Rhombus fing, der eine Hälfte des verbundenen Paares ausmachte. Er trug eine Gravur. Ich sah genauer hin und stellte fest, dass es sich um ein Monogramm handelte. Ich konnte zwei ineinander verschlungene Lettern erkennen, ein L und ein C. Oder besser: ein C und ein L. Ich hätte mir das Monogramm gerne unter der Lupe angesehen, um ganz sicher zu sein, doch ich ging davon aus, dass ich mich nicht irrte. Warum um alles in der Welt war ich nicht überrascht? Ich untersuchte die Rückseite des Manschettenknopfs. Es gab Markierungen, den Stempel eines Prüfungsamts und etwas, das möglicherweise die Initialen des Juweliers waren, so winzig, dass ich wirklich eine Lupe benötigte, um etwas zu erkennen. Die Stempel würden uns zumindest das Jahr verraten, in dem der Manschettenknopf hergestellt worden war, und falls es uns gelang, den Juwelier ausfindig zu machen, konnte er uns vielleicht sogar verraten, wer die Manschettenknöpfe gekauft hatte.

»Wie sieht's mit einer Belohnung aus, Sir?«, wollte Albert wissen, ganz der tüchtige Jungunternehmer, der er war.

Ich ließ sie gehen, nachdem ich sie informiert hatte, dass sie später noch einmal wiederkommen müssten, um ihre Aussagen zu Protokoll zu geben. Sie würden schriftlich festgehalten werden, und sie mussten ihr Kreuz anstelle einer Unterschrift daruntersetzen. Albert informierte mich etwas überheblich, dass er durchaus imstande war, seinen Namen zu schreiben, danke sehr! Im Gegensatz zu seinen Brüdern, wie er einräumen musste.

»Kleine Taugenichtse«, sagte Inspector Morgan, als ich ihn später über das Ergebnis meiner Unterhaltung informierte.

»Seien Sie nicht zu streng zu ihnen«, bat ich ihn. »Die Buben finden kaum jemals etwas so Wertvolles, und sie haben es herausgerückt.«

Morgan schnaubte. »Hätten sie ihren Eltern davon erzählt, hätten wir es sicher nicht bekommen.«

»Ich denke, sie haben frühzeitig gelernt, den Mund zu halten, wenn sie etwas von wirklichem Wert finden. Falls sie es zu Hause abgeben, wird jegliches Geld, das der Verkauf den Eltern einbringt, in der nächsten Taverne verzecht.«

Ich kehrte zu Fuß nach Scotland Yard zurück, weil ich wusste, dass Dunn nicht allzu viele Fahrten in der Droschke als Spesen anerkennen würde. Es war ein Glück, dass ich mich so entschied, denn als ich die Brücke betrat, kam mir eine vertraute Gestalt entgegen. Charles Lamont kehrte von seinen geschäftlichen Angelegenheiten in der City von London zurück.

Er war sehr elegant gekleidet, wie schon bei unserer letzten Begegnung. Seinen Gehstock schwingend, marschierte er flotten Schrittes daher. Im Gegensatz zum ersten Mal trug er nun keinen ländlichen Anzug mehr, sondern war städtisch gekleidet in einen schwarzen Frack mit einem hohen Seidenzylinder auf dem Kopf. Sein üppiger Schnurrbart machte ihn zu einer unverwechselbaren Gestalt.

Er hatte mich ebenfalls erkannt und sah alles andere als erfreut aus. Wir begegneten uns in der Mitte der Brücke.

»Nun, Ross?«, begann er. »Ich nehme an, Sie haben mit meiner Frau gesprochen und sich selbst davon überzeugt, dass sie Ihnen keinen Schritt weiterhelfen kann? Ich nehme an, Sie werden sie nicht weiter belästigen?«

»Das ist richtig. Ich habe mit Mrs. Lamont gesprochen. Sie war sehr gefasst, sowohl bei meinem Eintreffen als auch bei meinem

Fortgehen. Sie hat mir erklärt, warum sie Rachel Sawyer als Einzige bei sich behalten und das gesamte übrige Personal des Haushalts ihres verstorbenen Onkels entlassen hat.«

Lamont blickte missmutig drein. »Ich wüsste nicht, weshalb die Frage, warum meine Frau Rachel Sawyer in ihrem Haus behielt, für Sie auch nur von geringstem Interesse sein könnte. Sie hat sie behalten, und das muss Ihnen doch genügen?«

»Wir von der Polizei sind akribisch bis ins kleinste Detail, Sir«, antwortete ich freundlich.

Das verschaffte mir ein weiteres Stirnrunzeln. »Ich weiß zwar nicht, was das soll, aber ich schätze, Sie kennen Ihr Geschäft.«

»Das hoffe ich doch, Sir.«

Lamont ließ sich Zeit, mich zu mustern. Der Wind wehte recht stark entlang der Themse und über die Brücke. Hoffentlich verlor er nicht noch seinen Zylinderhut. Mein eigener Bowler saß fest auf meinem Kopf. Mir wurde bewusst, dass man mir neben diesem Dandy schon auf weite Entfernung hin den Polizeibeamten ansehen konnte.

»Ich möchte nicht, dass meine Frau wegen dieser Sache unnötig belästigt wird«, sagte er unvermittelt. »Ich zweifle nicht daran, dass Sie nach Erleuchtung suchen, doch Sie werden sie nicht in unserem Salon finden. Ich sagte Ihnen bereits, meine Frau mochte Sawyer. Ich konnte wenig an ihr finden, außer ihrer Kompetenz in haushälterischen Dingen. Doch Amelia – Mrs. Lamont, heißt das – war es gewöhnt, sie um sich zu haben. Ihr Tod hat sie in große Trauer gestürzt, Ross, und ich hoffe wirklich sehr, Sie respektieren das.«

»In der Tat, Sir, auch ich hoffe, dass ich weder Sie noch Ihre Frau unnötig belästigen muss. Doch wie bei allen Ermittlungen dieser Art hängt alles davon ab, welche Fortschritte wir machen.«

Jetzt erfasste die Brise seinen Hut, und er packte hastig den Rand, damit er nicht davongeweht wurde und im Fluss landete. »Und machen Sie Fortschritte, Ross?«, wollte er wissen.

»Ich denke doch, Sir. Ich habe inzwischen mit den Jungen gesprochen, die die Tote gefunden haben.«

»Oh, die Gassenjungen. Ich schätze, irgendjemand musste sie finden. Sie nennen sich Schlammbeuter, richtig? Lumpensammler entlang der Ufer der Themse.«

»Das ist richtig, Sir.«

»Man fragt sich, was es dort zu finden gibt«, sinnierte Lamont. »Ein paar Münzen vermutlich und Metallstücke. Das jährliche Bootsrennen zwischen Oxford und Cambridge beginnt genau hier, wissen Sie? Große Menschenmengen strömen herbei, um den Ruderern zuzusehen. Viele von ihnen sind elegante Personen, die wissen, dass sie auf Taschendiebe achten müssen. Doch in der Aufregung sind sie achtlos und verlieren oft kleine Dinge: Münzen, Schmuckstücke, kleine Artikel des täglichen Bedarfs. Sobald sich die Menge zerstreut hat, kommen die Armen und durchkämmen das Gebiet. Alles Wertvolle wird aufgesammelt, nichts wird übersehen. Ich kann mir beim besten Willen nicht vorstellen, was die Schlammbeuter an den Ufern finden.«

»Sie wären erstaunt, was die Ärmsten der Armen noch zu Geld machen«, informierte ich ihn. »Es gibt Händler in London, die nahezu alles kaufen, von Metallstücken bis hin zu einer toten Katze, des Fells wegen. Wie es der Zufall will, hat sich etwas gefunden, das für meine Ermittlungen von Interesse ist – dort unten.« Ich deutete in Richtung des Ufers auf der Seite von Putney.

»Oh?« Lamonts dichte schwarze Augenbrauen stiegen fragend in die Höhe.

»Ich möchte nicht zu viel verraten, Sir, das verstehen Sie sicher. Es ist ein kleines Objekt, und es könnte sich durchaus als irrelevant erweisen.«

»Ach, tatsächlich«, sagte Lamont nach einem Moment des Schweigens. »Nun, dann weiterhin gute Jagd, Inspector Ross.«

Er salutierte mit seinem Gehstock und stapfte davon, während er weiter den Rand seines Hutes festhielt.

Ich setzte meinen Weg zum Scotland Yard fort.

Morris erwartete mich bereits. Er kam auf mich zu, sobald ich das Gebäude betrat.

»Wir kommen voran, Sergeant!«, informierte ich ihn aufgeräumt. Ich zückte den goldenen Manschettenknopf und hielt ihn vor mich hin. »Das hier, schätze ich, wird uns zu unserem Mann führen.«

»Ja, Sir«, erwiderte Morris, indem er den Knopf musterte. »Wir haben auch in anderer Hinsicht Fortschritte gemacht, Sir.«

»Oh? Wie das?«

»Wir haben eine telegrafische Nachricht aus Southampton erhalten, Sir. Sie kommt von Inspector Hughes. Der Superintendent wünscht, dass Sie unverzüglich in sein Büro kommen.«

»Ah, da sind Sie ja, Ross!«, empfing mich Dunn bei meinem Eintreten. »Wurde allerdings auch Zeit.«

»Ich bin zu Fuß von Putney hierher zurückgekommen, Sir.«

»Das will ich hoffen, Ross, das will ich hoffen! Der Steuersäckel kann schließlich nicht dafür herhalten, dass Sie wie ein Gentleman ständig mit dem Taxi unterwegs sind. Also, wie sind Sie vorangekommen?«

Ich berichtete ihm von den jüngsten Entwicklungen. Er lauschte aufmerksam, und wir besprachen die möglichen Auswirkungen.

»Hm«, murmelte er schließlich. »Wir müssen abwarten und sehen. Lassen Sie den Manschettenknopf hier bei mir. Ich kümmere mich um die Entzifferung der Stempel und Markierungen und der Initialen des Herstellers. Dr. Carmichael hat die Obduktion der Leiche übrigens inzwischen durchgeführt und seinen Bericht hergeschickt. Er bestätigt, dass die Frau von Hand erwürgt wurde. Er konnte keine Anzeichen finden, dass sich das Opfer zur Wehr gesetzt hat, und er nimmt an, dass der Angreifer sowohl kräftig als auch entschlossen war. Das Element der Überraschung hat vermutlich ebenfalls einen Gutteil dazu beigetragen.«

»Das war mehr oder weniger auch Dr. Crofts Theorie«, sagte ich.

Doch Dunn war bereits beim nächsten Punkt. »In der anderen Angelegenheit, der des vermissten Kindes Charlotte Canning und seiner Mutter – ich nehme an, Sie haben mit Morris gesprochen? Hat er Ihnen davon erzählt?«

Er nahm ein Blatt Papier von seinem Schreibtisch und hielt es mir hin.

Ich las die telegrafische Nachricht. *Vermisstes Kind mit Mutter hier. Schlage vor, Sie kommen augenblicklich vorbei. Hughes.*

Ich gab ihm das Blatt zurück. »Ich fahre gleich morgen, Sir.«

»Schon wieder Spesen! Zugfahrkarten für Sie nach Southampton und zurück sowie für die Frau und das Kind von Southampton nach London«, brummte Dunn. »Morris fährt besser auch mit. Er ist ein Familienmensch. Wenn das so weitergeht, Ross, verbrauchen Sie Ihre Spesen für das ganze Jahr auf einmal! Abgesehen davon möchte ich Sie daran erinnern, dass wir uns das alles hätten ersparen können, hätten Sie Ihre Pflicht getan und die Frau in Gewahrsam genommen, als Sie sie zusammen mit einem kleinen Kind unter der Brücke getroffen haben!«

»Wenigstens wissen wir jetzt, dass Canning seine Frau und seine Tochter nicht umgebracht hat«, entgegnete ich unklugerweise.

»Raus, Ross!«

Ich verließ sein Büro.

KAPITEL VIERZEHN

»Das wird eine schwierige Geschichte, Sir«, bemerkte Sergeant Morris, als wir am nächsten Morgen den Zug bestiegen. Wir hatten bereits neugierige Blicke auf uns gezogen, und ringsum wurden Spekulationen gemurmelt. Sowohl Morris als auch ich waren in Zivil unterwegs, doch die Öffentlichkeit erkennt Gesetzesbeamte sofort, erst recht, wenn es sich um zwei robuste Gestalten wie uns handelte, die ohne Gepäck reisten, sich nur wenig miteinander unterhielten und grimmige Entschlossenheit ausstrahlten.

»Ich hoffe sehr«, fuhr Morris fort, »dass die fragliche Frauensperson, diese Mrs. Canning, nicht in Tränen aufgelöst ist! Und noch dazu ein kleines Mädchen ... es wird sehr merkwürdig aussehen, wenn ich mir die Bemerkung erlauben darf, Sir. Zwei große Männer wie wir, die eine schluchzende Frau mit einem Kleinkind vor sich herschieben ... Es würde mich nicht überraschen, wenn die Menge auf uns losgeht.«

»Sergeant!«, protestierte ich. »Ihre pessimistische Sichtweise ist völlig grundlos!«

Morris blickte mich ausdruckslos an.

»Also schön, Sie haben einen Grund«, räumte ich ein. »Aber ich bin überzeugt, dass Mrs. Canning nicht den ganzen Weg nach London in Tränen aufgelöst sein wird. Was das kleine Kind angeht – nun, Sie sind selbst ein Vater, Morris. Benutzen Sie Ihre väterlichen Instinkte. Es ist der Grund, warum Superintendent Dunn wollte, dass Sie mitkommen.«

»Das kann ja wohl kaum unsere Aufgabe sein«, sagte Morris mit unerwarteter Halsstarrigkeit. »Es ist mir schon klar, dass die Lady das kleine Mädchen nicht ohne Erlaubnis des Vaters aus dem Haus hätte mitnehmen dürfen. Aber zwei Beamte von Scotland Yard loszuschicken, um die Dame zu verhaften? Es ist nicht so, als hätten wir nichts Besseres zu tun, Sir. Beispielsweise den Mordfall in Putney aufklären.«

»Morris, ich bin mir all dieser Argumente durchaus bewusst, ich brauche wirklich keinen Vortrag von Ihnen. Hätte die Mutter einfach das Kind genommen und wäre auf schnellstem Weg mit dem Zug nach Southampton gefahren, wie wir es jetzt tun, und hätte Mrs. Canning oder ihre Großtante Miss Stephens unverzüglich Hubert Canning informiert, wäre es wieder eine andere Geschichte. Canning wäre in einen Zug gestiegen und auf der Stelle losgefahren, um seine Tochter zu holen. Die Angelegenheit hätte vor einem Ehegericht geendet oder wäre privat geregelt worden. Die Polizei wäre erst gar nicht eingeschaltet worden. Aber so ist es nun einmal nicht gewesen, Morris, wie ich Sie erinnern möchte. Im Gegenteil, Canning kam zu uns und erklärte, dass seine Frau und sein Kind verschwunden seien. Was auch den Tatsachen entsprach.«

»Jawohl, Sir«, sagte Morris. »Meiner Meinung nach stand Canning dicht davor, unsere Zeit zu verschwenden – immerhin hat er uns weismachen wollen, dass seine Familie von einer Bande von Kriminellen entführt worden sei!«

»Er hat einen Fehler gemacht. Ich muss Ihnen gegenüber nicht erwähnen, Morris, dass meine eigene Position in dieser Angelegenheit stark kritisiert wurde. Ich habe die Frau unter den Gewölbebögen zurückgelassen …« Ich atmete tief durch. »Ich wäre Ihnen dankbar, wenn wir die Angelegenheit auf sich beruhen lassen könnten, bis wir dort sind. Haben wir uns verstanden?«

»Jawohl, Sir!«, sagte Morris, indem er die Hände vor der Brust verschränkte und sich in seinem Sitz zurücklehnte.

Andere Personen stiegen zu uns in den Waggon, und damit war das Thema ohnehin erledigt.

Ich war gespannt gewesen auf das Treffen mit Inspector Hughes, der in unserer Korrespondenz den Eindruck eines vernünftigen Burschen gemacht hatte. Er war relativ klein für einen Beamten, wahrscheinlich hatte er gerade mal die Mindestgröße, doch er war stämmig gebaut mit schwarzem Haar und einem runden, gutmütigen Gesicht. Er sprach mit einem leichten walisischen Dialekt. »Nun denn«, begann er, nachdem wir alle Platz genommen hatten. »Es ist folgendermaßen: Ich habe Mrs. Canning nicht in eine Zelle gesperrt. Es erschien mir nicht angemessen. Sie ist bei Miss Stephens, ihrer Tante, zusammen mit dem kleinen Mädchen. Ich glaube nicht, dass wir befürchten müssen, die beiden könnten Reißaus nehmen. Mrs. Canning ist nicht in der Verfassung dazu, und das Kind ebenfalls nicht. Sie sind zu Fuß von London hierhergekommen, wissen Sie?«

»*Zu Fuß?*« Es gelang mir nicht, meine Bestürzung zu verbergen. »Den ganzen Weg? Was ist mit dem Kind? Es kann unmöglich gelaufen sein!«

»Nein, Mr. Ross. Die Mutter hat ihre Tochter die meiste Zeit auf dem Rücken getragen, was ihr Vorankommen erschwert und weiter verlangsamt hat. Sie haben unterwegs vom Betteln gelebt. Mrs. Canning traf völlig erschöpft im Haus ihrer Tante ein. Miss Stephens brachte beide sofort zu Bett und schickte nach einem Arzt. Danach informierte sie mich. Bis ich bei ihr eintraf, hatte sie außerdem einen Anwalt beauftragt, ihre Nichte zu vertreten und auf die Wahrung ihrer Rechte zu achten. Miss Stephens mag nicht mehr die Jüngste sein, doch sie ist eine sehr energische Lady, und sie weiß, was sie will. Ich hatte in meinem Schreiben an Sie erwähnt, Ross, dass ich das Gefühl habe, Miss Stephens könnte eine gewisse Verantwortung für die gegenwärtige Lage ihrer Nichte empfinden. Ich möchte es nicht Schuld nennen. Doch sie hat sie zur Heirat gedrängt, und wie es scheint, ist die Ehe gescheitert.«

»Einen Anwalt zu bestellen, der Mrs. Cannings Sache vertritt, kostet sicher eine hübsche Summe«, sagte ich. »Aber von ihrem Standpunkt betrachtet ist es das Vernünftigste.«

»Der besagte Anwalt ist ein gewisser Mr. Quartermain. Er verlangt keine Gebühren, wenn ich das richtig verstanden habe. Er ist ein Einheimischer und hilft einer Freundin in einer Zwangslage. Er ist mit Miss Stephens durch die wohltätige Arbeit bekannt, für die sich die Lady seit vielen Jahren engagiert.« Er zögerte kurz. »Sehr zu ihrem Glück, könnte man sagen.«

»Es ist zu dumm«, entgegnete ich, »dass sie Mr. Quartermain nicht bereits konsultiert haben, als über die Ehe gesprochen wurde.«

»Hinterher ist man immer klüger, Ross. Hinterher ist man immer klüger«, erwiderte Hughes bedächtig. »Ich selbst habe eine meiner Kusinen geheiratet. Ich habe keine Familie hinzugewonnen, die ich nicht bereits vorher hatte. Das war natürlich nicht der Grund, warum ich meine Frau geheiratet habe. Aber wenigstens wusste ich, was ich bekam. Kommen wir zur Sache. Wir – das heißt Sie, ich und der Sergeant hier – müssen nur noch zu Miss Stephens gehen. Sie können mit Mrs. Canning sprechen und ein Arrangement treffen, sie und das kleine Mädchen mit zurück nach London zu nehmen.«

Die frische Seeluft war eine erquickende Abwechslung zum ewigen Ruß und Nebel in London. Die Möwen segelten und kreischten über unseren Köpfen. Selbst Morris sah zur Abwechslung einmal nicht mehr so aus, als stünde das Ende der Welt unmittelbar bevor. Er schien den Spaziergang zu Miss Stephens sogar zu genießen. Hughes wollte von mir wissen, ob ich je in dieser Gegend gewesen sei. Ich erwiderte, dass sowohl Morris als auch ich beruflich schon einmal in Hampshire gewesen seien, gleich gegenüber von Southampton Water, in der Gegend von New Forest.

»Der Shore-House-Mord, wie?«, fragte Hughes. »Ich war damals noch nicht hier, aber ich habe von dem Fall gehört.«

Miss Stephens lebte in einem hübschen Reihenhaus nicht weit von der Seeuferpromenade und den antiken grauen Stadtmauern.

Das Haus sah schon von außen wie das Heim einer Jungfer aus – die Spitzenvorhänge waren blütenweiß und blitzsauber, das kleine Fleckchen Vorgarten zwischen Haus und Gehweg war vollgestellt mit eingetopften Geranien auf blitzsauberem Kies. Die Fensterscheiben glänzten frisch poliert, genau wie der Türklopfer aus blankem Messing.

»Sie warten besser draußen«, sagte ich zu Morris. »Drei Beamte im Haus wären zu viel und könnten die Bewohner ängstigen. Abgesehen davon wollen wir nicht gestört werden, und sollte sich eine Menschenmenge einfinden – was durchaus geschehen könnte –, dann schicken Sie die Leute bitte wieder ihrer Wege.«

»Oh, die Nachbarn haben genug zum Tratschen, seit Mrs. Canning hergekommen ist«, sagte Hughes. »Sie erwarten uns sicher längst hinter ihren Gardinen, um das Geschehen zu beobachten.«

Auf unser Klopfen erschien eine kompetent wirkende Magd mittleren Alters, die uns schnell ins Haus ließ. Doch nicht schnell genug, um zu verhindern, dass die Nachbarn etwas bemerkten. Und selbst wenn sie nichts bemerkt hätten, konnte ihnen Morris unmöglich entgehen, der mit hinter dem Rücken verschränkten Händen draußen stand und Wache hielt.

Wir warteten einige Minuten in einem atemberaubend reinlichen Salon, bevor wir das Rascheln von Röcken vernahmen und die beiden Ladys erschienen.

Ich war zutiefst schockiert vom Anblick, den Jane Canning bot. Sie trug ein altes, verwaschenes Kleid, das sie wahrscheinlich bei ihrem Fortzug nach London zurückgelassen hatte. Sie war dünn wie ein Gespenst, und ihre Haut war als Folge des langen Fußmarschs hinunter zur Südküste so dunkel verbrannt wie die einer Zigeunerin. Ihre Gesichtszüge wirkten verhärmt, sodass sie zehn oder fünfzehn Jahre älter aussah, als sie in Wirklichkeit war.

Ich erinnerte mich an die Fotografie von ihr, auf der sie eine junge Mutter mit einem Baby auf dem Schoß gewesen war, und an das frühere Bild, das um die Zeit ihrer Eheschließung gemacht worden war. Diese Frau hier hatte kaum noch Ähnlichkeit mit der Person auf diesen Fotos. Sie sah uns nervös fragend in die Augen.

»Ich bin sehr erfreut, Sie gesund und wohlbehalten zu sehen, Mrs. Canning«, sagte ich zu ihr.

»Ich bin froh, dass Sie es sind, der hergekommen ist, Inspector Ross«, antwortete sie. »Sie waren sehr freundlich zu mir an jenem Abend.«

Hughes, der nichts von unserer Begegnung unter den Gewölbebögen der Waterloo Station wusste, blickte überrascht und fragend zu mir herüber.

»Vielleicht nicht so freundlich, wie Sie es gerne gehabt hätten«, antwortete ich ihr. »Ich hätte Sie nicht allein mit ihrer Tochter zurücklassen dürfen.« Ich wandte mich an Miss Stephens. »Ich bin erfreut, Ihre Bekanntschaft zu machen, Ma'am.«

Miss Stephens war die Besitzerin und Bewohnerin dieses kleinen geschniegelten Häuschens. Sie war eine feine und überraschend attraktive Frau. Trotz ihres Alters war ihr Haar noch dunkel und voll mit lediglich einigen grauen Strähnen darin. Sie stand kerzengerade und aufrecht wie ein Gardist und fixierte mich mit bohrenden Blicken.

»Sie sollten wissen, Inspector Ross, dass meine Nichte in einem erbärmlichen Zustand vor meiner Tür aufgetaucht ist.«

Jane blickte zu Boden.

»Sie hatte ihre Schuhe auf dem langen Weg hierher vollkommen durchgelaufen«, fuhr Miss Stephens fort. »Sie kam barfuß an. Ihre Sachen hingen in Fetzen. Das Mädchen hat sie im ersten Moment gar nicht erkannt, als es die Tür geöffnet hat. Es dachte, sie wäre eine Bettlerin. Meine Nichte musste es erst daran erinnern, wer sie war. Sarah – das Mädchen – stieß einen Entsetzensschrei aus, und ich kam herbeigerannt. Ich hätte nie gedacht, Jane einmal so sehen zu müssen, das darf ich Ihnen versichern, Sir!«

Ich dachte, dass Jane dicht davorstand, in Tränen auszubrechen, als sie hörte, wie ihr elender Zustand so unverblümt beschrieben wurde.

»Vielleicht hat Inspector Hughes Ihnen bereits gesagt«, stauchte mich Miss Stephens weiter zusammen, »dass ich die Dienste von Mr. Quartermain, dem Anwalt, in Anspruch zu nehmen gedenke?«

»In der Tat, Ma'am, das hat er. Trotzdem muss ich Mrs. Canning und das Kind mit zurück nach London nehmen, noch heute. Ich habe mit dem Kindermädchen gesprochen, Ellen Brady«, fügte ich an Jane gewandt hinzu. »Ich denke, ich habe eine ziemlich genaue Vorstellung von dem, was Sie dazu gebracht hat, St. John's Wood zu verlassen.«

»Es war töricht von mir«, sagte Jane Canning. »Aber ich war in Panik. Ich dachte, mein Mann und der Arzt würden mich in ein Sanatorium stecken.«

»Hah!«, rief Miss Stephens entrüstet aus. »Der Einzige, der in ein Sanatorium gehört, ist Mr. Canning!«

»Ich verließ das Haus zusammen mit Charlotte«, berichtete Jane. »Ich hatte die Idee, mir irgendwo eine Anstellung zu suchen, die uns beide ernähren konnte. Das Geld, das ich bei mir hatte, war so wenig. Es reichte kaum für eine Nacht in einem sehr unangenehmen und schmutzigen Etablissement. Die Wirtin dort – sie glaubte wohl zu wissen, was passiert war. Dass ich weggelaufen war, meine ich. Ich erwähnte ihr gegenüber, dass ich eine Stelle suchte, und sie meinte, dass … dass eine junge Frau wie ich immer eine sichere Möglichkeit habe, Geld zu verdienen. Ich wusste, was sie meinte.«

»Ein Skandal!«, ereiferte sich Miss Stephens.

»Ich verließ das Etablissement gleich am nächsten Morgen und wagte nicht, nach einer anderen Unterkunft zu suchen. Ich gab das letzte verbliebene Geld für Essen aus. Ich hatte praktisch keinen Schilling mehr, als Sie mich an jenem Abend gesehen haben. Ich wusste, dass Hubert früher oder später zur Polizei gehen würde. Mir wurde klar, dass es nur einen Ort gab, den ich aufsuchen und an dem ich aufgenommen zu werden hoffen konnte, und das war Tante Alice hier. Ich hatte kein Geld mehr, um mit dem Zug oder einer Kutsche zu fahren. Ich musste zu Fuß laufen.«

»Es ist ein Wunder, dass sie es bis hierher geschafft hat«, sagte Miss Stephens.

Ich musste ihr beipflichten. »Ich muss darum bitten, das Kind Charlotte Canning zu sehen«, sagte ich.

»Ich gehe sie holen«, erwiderte Jane hastig, bevor ihre Tante etwas sagen konnte. Sie verließ den Raum.

Nun, da wir für einen Moment allein waren, brach es wütend aus Miss Stephens hervor. »Ich wünschte, dieser elende Canning wäre nie in Southampton aufgetaucht! Er hat meiner Nichte ein miserables Leben beschert! Oh, ich streite nicht ab – genauso wenig wie Jane –, dass sie ein komfortables Zuhause hatte, mitsamt Dienern, und dass er ihre Rechnungen bezahlt hat, ohne zu meckern. Mr. Quartermain hat mir gesagt, dass all diese Dinge stark zu Cannings Gunsten ausgelegt werden. Die Tatsache, dass er sie fast zu einer Gefangenen im eigenen Haus gemacht hat, zählt so gut wie gar nichts. Und dieser inkompetente Arzt, den er angeschleppt hat, um Jane zu untersuchen! Er wird seine Meinung abgeben – dass sie in eine spezielle Klinik geschickt werden sollte. Er wird als sogenannter Experte vor jedem Gericht so aussagen, und die Richter werden ihm glauben. Es wird nahezu unmöglich sein, Gerechtigkeit für Jane zu bewirken, doch Mr. Quartermain – und ich! – denken nicht daran, kampflos aufzugeben!«

»Das freut mich zu hören, Ma'am«, sagte ich. »Trotzdem muss ich darauf bestehen, Mutter und Tochter mit zurück nach London zu nehmen.«

»Ich werde meine Nichte begleiten!«, erklärte Miss Stephens.

Das nahm mir mehr oder weniger den Wind aus den Segeln. »Nun, Ma'am, Sie müssen nicht fürchten, dass wir Ihre Nichte anders als mit ausgesuchter Höflichkeit behandeln. Sergeant Morris, der draußen wartet, hat selbst fünf oder sechs kleine Kinder und ein Enkelkind. Er ist sehr gut mit den Kleinen.«

»Das ist doch überhaupt nicht wichtig! Ich mache mir keine Gedanken um Sie oder Ihren Sergeant. Ich mache mir Sorgen wegen diesem Halunken Canning! Werden Sie mit der Bahn nach London zurückfahren?«

»Ja. Die Reise dauert nicht allzu lang.«

»Dann können Sie ohnehin nicht verhindern, dass ich Sie begleite. Die Eisenbahn ist dazu da, die Öffentlichkeit zu befördern. Ich bin ein Mitglied der Öffentlichkeit. Ich werde mir einen gültigen Fahrschein besorgen, und ich komme mit Ihnen.«

Ich hörte Jane Canning mit leiser, beruhigender Stimme auf jemanden einreden, und einen Moment später steckte ein kleines Mädchen neugierig den Kopf in den Salon.

»Hallo, Miss Charlotte!«, sagte Hughes aufmunternd. »Ich denke, du erinnerst dich an mich, oder? Ich bin hier, weil ich deine Mama sehen muss.«

Charlotte schob sich in den Raum, ihre Mutter dicht auf den Fersen. Sie war ebenfalls braun gebrannt, doch ansonsten schien sie in halbwegs akzeptablem Zustand zu sein. Die meisten Brotkrumen, die Jane Canning unterwegs erbettelt hatte, hatte sie zum Füttern ihrer Tochter aufgebraucht. Das Kind trug neue Kleidung.

»Das ist Mr. Ross, Charlotte«, sagte Jane zu ihr und deutete auf mich.

Doch während Hughes bereits eine bekannte und akzeptierte Gestalt war, galt dies nicht für mich. Charlotte wandte sich ab und vergrub das Gesicht in den Röcken ihrer Mutter.

»Wir haben gepackt und sind abreisebereit«, sagte Miss Stephens forsch. »Wir haben Sie erwartet.«

Jane hielt die Hand ihrer Tochter. Bei den Worten ihrer Tante zuckte Jane unwillkürlich zusammen, und das kleine Mädchen blickte erschrocken zu ihrer Mutter hoch. Jane beugte sich vor und flüsterte Charlotte etwas ins Ohr, während sie mit der freien Hand über den Kopf des Kindes streichelte.

Ich hatte nie zuvor bedauert, Polizeibeamter geworden zu sein. Doch ich kann aufrichtig sagen, dass ich genau dies damals für einen kurzen Moment tat.

Wir brachen alle gemeinsam zum Bahnhof auf. Unsere Geschwindigkeit war der des Kindes angepasst, also eher gemächlich. Zusätzlich verlangsamt wurden wir durch die große Zahl anderer Fußgänger rings um uns. Doch es war ein schöner Tag, und wer uns beobachtete, hätte nichts weiter als Touristen in uns vermutet, Besucher, die die Sehenswürdigkeiten abklapperten. Morris trug eine kleine Tasche mit Jane Cannings Siebensachen darin, und Hughes hatte sich des viel größeren Handkoffers von Miss Stephens angenommen. Wir hatten die Hälfte des Weges zurückgelegt, als etwas vollkommen Unerwartetes geschah.

Ich bin niemand, der fest an das Schicksal glaubt, doch ich weise die Vorstellung auch nicht rundweg von mir. Was sonst hätte Lizzie und mich nach so vielen Jahren wieder zusammenführen können? Was war mit dem lange zurückliegenden Sommergewitter, das Mills dazu getrieben hatte, Zuflucht zu suchen – und ihn zum Zeugen eines Mordes gemacht hatte? Oder mit dem unglaublichen Zufall, dass Mills, der junge Student, am Fluss spazieren gegangen war, als sein Blick auf ein hübsches junges Mädchen in einem Stechkahn fiel, vorwärtsgestakt von einem Fremden – der ein halbes Leben später der Grund dafür werden sollte, dass Mills am Galgen landete?

Und nun griff das Schicksal – oder der Zufall – wieder ein. Während unseres Wegs zum Bahnhof war mir, als ich mich umsah, aufgefallen, dass sehr viele Menschen in die gleiche Richtung zu laufen schienen wie wir, und alle schienen Gepäck in der einen oder anderen Form bei sich zu tragen. Schwitzende Pferde zogen Omnibusse voller Passagiere und ihrer Habseligkeiten. Ich erwähnte das geschäftige Treiben gegenüber Hughes.

»Ach, dieses Kommen und Gehen ist normal«, antwortete er. »Sehen Sie, auf der einen Seite ist der Endbahnhof, und auf der anderen liegt der Victoria Pier. Von dort gibt es einen regelmäßigen Fährdienst nach Le Havre und zu den Kanalinseln.«

Ich denke, es war die Erwähnung der Kanalinseln, die Charles Lamont in meinen Kopf brachte und zugleich meinen Blick fokussierte, als hätte ich ein Teleskop vor den Augen. Ich habe mich oft gefragt, ob ich ihn ohne Hughes' Worte bemerkt hätte unter all den Gestalten, die mit Koffern und Taschen zum Pier eilten. Doch es war, als hätte Hughes ihn heraufbeschworen, denn es war eindeutig Lamont, der keine zwanzig Meter vor uns in unsere Richtung lief. Es war schwer zu glauben, dass ich ihn mir nicht einbildete.

»Morris!«, sagte ich zu meinem Sergeant. »Ist das nicht Charles Lamont dort vorne vor uns? Sagen Sie mir, dass ich mich nicht irre!«

»Ich will verrückt sein!«, entfuhr es Morris. »Das ist der Mann, Sir, keine Frage!«

»Wir müssen ihn aufhalten und verhaften!«, drängte ich den verblüfften Hughes. »Sehen Sie ihn? Diesen eleganten Gentleman dort vorn?«

Während ich noch redete, drehte Lamont den Kopf, vielleicht gewarnt von einem sechsten Sinn, dass er das Objekt des Interesses anderer geworden war, und wir sahen seinen eleganten Schnurrbart. Das zerstreute jegliche Zweifel. Sein Gesichtsausdruck, als er mich erkannte, war im ersten ungläubigen Moment geradezu komisch. Dann verwandelte er sich in Entsetzen. Er schleuderte seinen Handkoffer von sich und rannte los.

»Er ist ein Verdächtiger in einem Mordfall in London!«, rief ich Hughes zu. »Er versucht, sich aus dem Land abzusetzen! Kommen Sie, Morris!«

Falls Hughes Einwände gehabt hatte, dann wurden seine Zweifel vom Anblick des rennenden Mannes ausgeräumt. Ein Mann, der vor der Polizei flüchtet, ist ein Mann, der aufgehalten werden muss.

Wir alle sprangen vor und ließen die erstaunten Ladys stehen. Ich rannte an der Tasche vorbei, die Lamont von sich geschleudert hatte, und bemerkte im Laufen, dass irgendein Opportunist sie bereits für sich in Beschlag nahm. Das Gleiche war mit Lamonts Hut geschehen. Er war heruntergefallen, der Wind hatte ihn erfasst, durch die Luft gewirbelt und in die Arme eines Spaziergängers fallen lassen. Wir konnten nichts von alledem verhindern. Lamont bahnte sich einen Weg durch das Gedränge und nutzte die Tatsache aus, dass die gleiche Menge uns bei unserer Verfolgung behinderte.

In jeder anderen Gegend hätte sich der eine oder andere pflichtbewusste Bürger an der Jagd beteiligt. Einer fing immerhin zu rufen an: »Haltet den Dieb!«, doch niemand sonst war bereit, seine Tasche stehen zu lassen, wie Lamont es getan hatte. Dies war eine Ansammlung respektabler Stützen der Gesellschaft von der Sorte, die das Verfolgen und Festnehmen von Gesetzesbrechern anderen überließ. Nur ein paar abgerissene Kinder, die sich eingefunden hatten, um Taschen und Koffer zu tragen oder Leuten den Weg zum Schiff zu zeigen (beides Angebote, die man tunlichst ausschlug), rannten neben Lamont her – und feuerten *ihn* an, nicht uns, seine Verfolger.

Ich glaube, der Kerl wäre uns am Ende tatsächlich entkommen, doch zu seinem Pech und unserem Glück tauchte ein unerwartetes Hindernis in seinem Weg auf.

Zwei wettergegerbte Matrosen, wahrscheinlich Besatzungsmitglieder eines Schaufelraddampfers, kamen genau in dem Augenblick aus einem Wirtshaus, als Lamont den Eingang passieren wollte. Lamont seinerseits hatte genau diesen Augenblick ausgewählt, um sich umzudrehen, und weil er die beiden aus diesem Grund nicht sehen konnte, rannte er mit voller Geschwindigkeit in sie hinein. Wir sahen ihn fluchen und wie er die beiden zur Seite zu stoßen versuchte. Doch sie hatten etwas gegen derartige Unverschämtheiten und packten ihn bei den Armen. Er kämpfte wütend und trat nach ihnen.

Wir kamen gerade rechtzeitig, um ihm eine mächtige Abreibung durch die beiden erbosten Matrosen zu ersparen, und nahmen ihn in polizeilichen Gewahrsam.

»Meine Frau weiß nichts davon!«, waren seine ersten Worte, als wir ihm schließlich gegenüberstanden.

KAPITEL FÜNFZEHN

Wir kehrten nicht, wie wir es ursprünglich geplant hatten, als Gruppe von vier Personen nach London zurück, einschließlich des kleinen Mädchens, sondern zu sechst. Lamont wurden Handschellen angelegt, und er wurde Morris anvertraut, worauf er in stiller Wut vor sich hinbrütete. Beide Frauen musterten ihn mit verstohlenem Schrecken. Der gefesselte Mann setzte auch bei den anderen Menschen ringsum viel Getuschel in Gang, sodass Morris sich schließlich gezwungen sah, mitsamt seinem Gefangenen in einen anderen Waggon zu steigen, während ich bei den Ladys blieb. Ich hatte vorausteIegrafiert und Dunn über die jüngsten Entwicklungen informiert. Daher war ich auch nicht überrascht, dass der Superintendent uns an der Barriere erwartete, als wir am frühen Abend in Waterloo Station eintrafen.

Dunn zog höflich den Hut vor den Damen und stellte sich vor. Dann wandte er sich an Morris.

»Draußen wartet ein Gefangenenwagen, Sergeant. Stecken Sie Ihren Mann hinein, und bringen Sie ihn zur Bow Street. Dort sperren Sie ihn in eine Zelle«, befahl er. »Wir kümmern uns morgen früh um ihn.«

Als Morris und der finster dreinblickende Lamont uns endlich verlassen hatten, wandte sich Dunn an mich und kam zur Sache.

»Ich werde Sie begleiten, Ross«, sagte er. »Wir fahren mit den Damen gleich nach St. John's Wood. Draußen wartet eine Kutsche auf uns.«

Wir traten hinaus auf den Bahnhofsvorplatz und sahen gerade noch, wie Lamont in der »Schwarzen Maria« weggebracht wurde.

Dunn deutete in die entgegengesetzte Richtung. Warum war ich nicht überrascht, als ich Wally Slaters zu der Parodie eines Grinsens verzogene Preisboxer-Visage erblickte? Er wartete neben seiner Kutsche. Sie stand abseits der regulären Reihe und war mit einer handschriftlichen Notiz gekennzeichnet: »Reserviert«.

Wally nahm die Notiz herunter und verstaute sie in seiner Manteltasche. »Guten Abend, Ladys und Gentlemen!«, begrüßte er uns.

»Nach St. John's Wood, Fahrer!«, befahl Dunn. »Sagen Sie ihm die genaue Adresse, Ross.«

Für einen Moment befürchtete ich, dass Slater – der gesehen haben musste, wie Lamont in die Schwarze Maria verfrachtet worden war – eine Bemerkung bezüglich unserer offensichtlich erfolgreichen Aktion fallen lassen würde. Doch in Dunns Gegenwart hütete er sich davor. »Jawohl, ja, die Herrschaften, St. John's Wood. Victor und ich bringen Sie sicher und wohlbehalten hin.«

Es herrschte viel Betrieb auf den frühabendlichen Straßen, und wir brauchten eine Weile, um unser Ziel zu erreichen. Charlotte war erneut in den Armen ihrer Mutter eingeschlafen, erschöpft vom langen Tag und der Zugreise. Jane sah hinunter auf ihr schlafendes Kind, und ihr Gesichtsausdruck war traurig und resigniert.

Miss Stephens beobachtete das Chaos, das völlig normal war für die Straßen Londons um diese Tageszeit. »Das ist ja ein furchtbares Durcheinander«, sagte sie schließlich. »Kann man das nicht besser organisieren?«

Abgesehen davon sprach niemand ein Wort, bis wir fast am Ziel angekommen waren. Dann wandte sich Miss Stephens an Superintendent Dunn.

»Erwartet Mr. Canning meine Nichte und ihre Tochter noch heute Abend?«

»Er wurde über unser bevorstehendes Eintreffen informiert, Ma'am«, antwortete Dunn.

»Nun, dann lässt sich wohl nichts daran ändern, und wir müssen den Tatsachen ins Gesicht sehen. Gibt es vielleicht ein einfaches, dennoch sauberes Hotel in der Nähe? Ich glaube nicht, dass Mr. Canning mich unter seinem Dach haben möchte. Was Jane angeht …« Sie blickte zu ihrer Nichte und dem schlafenden Kind. »Ich glaube nicht, dass Jane die Nacht im gleichen Haus verbringen will wie er oder dass er sie unter seinem Dach haben will. Doch ich nehme an, wir müssen das Kind bei ihm lassen?«

»Das ist richtig, Ma'am«, antwortete Dunn höflich. »Zumindest für den Augenblick.«

»Wenn Hubert es erlaubt, würde ich gerne bei Charlotte bleiben«, sagte Jane beinahe unhörbar leise.

Die Tür wurde uns von Mrs. Bell geöffnet, die ungeduldig auf unser Eintreffen gewartet haben musste. Von den Dienstmädchen war nichts zu sehen. Mrs. Bell musterte uns eisig, bevor sie uns einlud, das Haus zu betreten. Wir trotteten in die Halle. Dann kam Hubert Canning aus dem Salon, und zur gleichen Zeit rannte das Kindermädchen Ellen Brady die Treppe herunter.

»Gott sei gelobt, und gesegnet seien alle Heiligen! Wie sehr habe ich für diesen Moment gebetet! Das liebe kleine Kind sicher und wohlauf zu sehen – und Sie ebenfalls, Mrs. Canning!«

Charlotte rührte sich, doch sie wurde nicht richtig wach. Hastig legte Jane ihre Tochter in Ellens Arme. »Bitte bring sie nach oben in die Kinderstube, und leg sie ins Bett, Ellen.«

Ellen brachte ihr Schutzbefohlenes weg. Canning hatte zwar seine Frau und mich erwartet, doch sicherlich nicht Dunn. Nach seinem schockierten Gesichtsausdruck zu urteilen hatte er Miss Stephens noch viel weniger auf der Rechnung gehabt. Er kehrte in den Salon zurück, und wir alle folgten ihm. Mrs. Bell schloss hinter uns die Tür, doch ich war sicher, dass sie draußen in der Halle wartete und hoffte, etwas von dem zu hören, was gesagt wurde.

»Ich bin Ihnen zu Dank verpflichtet, Gentlemen, dass Sie meine Tochter gefunden und zu mir zurückgebracht haben«, sagte Canning steif zu Dunn und mir. Er hatte sich vor dem Kamin aufgebaut, breitbeinig und mit hinter dem Rücken verschränkten Händen.

Nun richtete er den Blick auf die ältere Lady. »Ich hatte nicht erwartet, Sie zu sehen, Miss Stephens.«

»Sie haben doch wohl nicht geglaubt, ich hätte Jane gestattet, mit ihrer kleinen Tochter und unter polizeilicher Eskorte hierher zurückzukehren, ohne selbst mitzukommen? Das wäre äußerst nachlässig von mir gewesen.«

Canning errötete. »Ja, richtig«, murmelte er leise. Er hatte die ganze Zeit sorgfältig vermieden, seine Frau anzusehen. Jetzt wandte er sich an sie, und in seinem Gesicht stand offene Feindseligkeit. »Sie, Madam, haben mich und sich selbst entwürdigt. Sie können gehen, wohin auch immer es Ihnen beliebt. Sie werden nicht unter diesem Dach bleiben.«

»Jane und ich werden in einem geeigneten Hotel in der Nähe absteigen«, meldete sich Miss Stephens zu Wort, bevor Dunn oder ich etwas sagen konnten. »Mr. Quartermain wird morgen eintreffen, und wir werden uns mit ihm beratschlagen.«

»Wer zum Teufel ist Mr. Quartermain?«, brüllte Canning ungehalten, während er dunkelrot anlief. Sein Van-Dyke-Bart bebte.

»Mr. Quartermain ist der Anwalt, den ich beauftragt habe, die Rechte meiner Nichte zu wahren«, entgegnete Miss Stephens.

»Haben Sie das, bei Gott? Nun, Ma'am, Sie können so viele Anwälte beauftragen, wie Sie wollen. Meine Tochter bleibt hier bei mir, unter meinem Dach und unter meinem Schutz.« Canning fuhr herum und sah Dunn und mich an. »Ich weiß nicht, wie die weitere Vorgehensweise in Bezug auf die Polizei aussieht«, sagte er. »Ich möchte nicht, dass Anzeige erstattet wird gegen Mrs. Canning wegen ihres Verhaltens und der Entführung meiner Tochter. Das würde zu viel Gerede nach sich ziehen. Ich möchte – ich wünsche, dass diese Sache so diskret gehandhabt wird wie nur irgend möglich. Ich werde mir ebenfalls rechtlichen Beistand holen, gleich als Erstes morgen früh. Ich glaube nicht, dass ich die Hilfe der Polizei noch länger benötige.«

»Nun, Sir, das mag sein, wie es will«, sagte Dunn gelassen. »Tatsache ist jedoch, dass wir noch nicht ganz mit Ihnen fertig sind. Aber das kann ebenfalls bis morgen früh warten. Wenn Sie sich bitte zusammen mit ihrem Rechtsbeistand am Vormittag beim Scotland Yard einfinden würden?«

»Warum denn das?«, brüllte Canning aufgebracht.

»Nun, Sir, da wäre zum einen die Angelegenheit einer uneidlichen Falschaussage, Sir. Sie haben behauptet, Ihre Frau und Ihr Kind seien durch unbekannte Täter entführt worden, obwohl Sie genau wussten, dass dies nicht der Wahrheit entsprach. Sie haben uns über die präzise Abfolge der Ereignisse getäuscht, die zum Fortgehen Ihrer Frau führten. Die Polizei hat beträchtliche zeitliche und finanzielle Ressourcen auf Ihren Fall verwendet. Doch das können wir alles morgen früh besprechen. Ich sorge dafür, dass die Damen in einem angemessenen Hotel untergebracht werden. Guten Abend, Sir.«

Später, während Slater den beiden Frauen in die Kutsche half, raunte Dunn mit leiser Stimme: »Überlassen Sie diesen Canning ruhig mir, Ross. Wenn er morgen mit seinem Anwalt auftaucht, werden wir ihm eine ernste Verwarnung erteilen und die Sache danach auf sich beruhen lassen. Er war ein Ärgernis, doch es wäre schwierig, wenn nicht gar unmöglich, ihn ernsthaft zu belangen. Jetzt ist es an den Anwälten, über die Zukunft der häuslichen Übereinkünfte der Familie Canning zu verhandeln. Sie konzentrieren sich besser auf den Mord in Putney. Begeben Sie sich noch heute nach Fox House, und informieren Sie Mrs. Lamont, dass wir ihren Ehemann in Gewahrsam genommen haben?«

Ich öffnete den Mund zu einer Antwort, doch in diesem Moment kam Wally Slater zu uns. Ich fragte ihn, ob er ein kleines, respektables Hotel in der Nähe wisse.

»Ich kenne genau das richtige, Gentlemen!«, informierte er uns. »Ich bringe Sie gleich hin.«

Wir stiegen zu den Frauen in die Kutsche. Jane weinte leise vor sich hin.

»Ich werde meine Tochter nie mehr wiedersehen, Inspector Ross! Sie wird so verängstigt sein, wenn sie morgen früh aufwacht und ich nicht da bin – und auch nicht mehr erscheine.«

Ihre Tante tätschelte ihr den Arm. »Ruhig, mein Liebes, nur ruhig. Das Kindermädchen scheint deine Tochter sehr zu mögen. Du musst keine Angst um ihr Wohlergehen haben. Lass uns abwarten und sehen, was Mr. Quartermain zu sagen hat, wenn er morgen in London eintrifft.«

Viel schien von Mr. Quartermain abzuhängen. Ich hoffte sehr, dass er seine Mandanten nicht im Stich ließ.

Das Hotel, zu dem Wally Slater uns schließlich brachte, machte einen ganz ausgezeichneten Eindruck, sodass wir die beiden Frauen dort absteigen ließen.

»Nun, Ross?«, fragte Dunn, als wir zu der wartenden Kutsche zurückkehrten.

»Ich würde es vorziehen, wenn ich heute Abend nicht noch den ganzen Weg nach Putney laufen müsste. Das Tageslicht lässt bereits nach, und bis ich dort bin, ist es vollends dunkel. Lamont hat gesagt, seine Frau wisse nichts von alledem, doch ich bin mir dessen nicht so sicher. Ich glaube, die beiden stecken unter einer Decke, und die ganze Geschichte reicht zurück bis zum Mord an Isaiah Sheldon vor all den Jahren. Soll Mrs. Lamont ruhig ein wenig warten und nervös werden. Ich mache mich gleich morgen früh auf den Weg.«

»Also gut, ich überlasse es Ihrem Urteilsvermögen – immerhin kennen Sie diese Frau bereits. Lassen Sie sich von dieser Kutsche nach Hause bringen. Sie haben es weiter als ich. Ich gehe zu Fuß oder nehme mir eine andere Kutsche, wenn ich eine sehe.«

»Da wäre noch eine Sache, Sir«, sagte ich vorsichtig.

»Ja?«

»Ich würde gerne morgen meine Frau mitnehmen, wenn ich Amelia Lamont befrage.« Ich hielt den Atem an. Worum ich da gerade gebeten hatte, war gelinde ausgedrückt unvorschriftsmäßig.

»Warum?«, fragte Dunn mit bemerkenswerter Ruhe, während er mich mit einem scharfen Blick musterte.

»Mrs. Lamont ist eine wohlhabende Frau mit gutem Ruf in ihrer Gemeinde. Wir haben Lamont in Gewahrsam, weil er versucht hat, aus dem Land zu flüchten. Sie war nicht bei ihm. Sie sitzt vermutlich immer noch daheim in Putney und spielt die respektable Dame. Manch einer mag glauben, dass ihr Unrecht widerfahren ist, dass sie die sitzen gelassene Ehefrau ist, die Frau, die törichterweise einen Schurken geheiratet hat. Wir können sie nicht einbestellen und verhören wie eine … eine …«

»Eine gewöhnliche Kriminelle?«, schlug Dunn in trockenem Tonfall vor. »Das ist es, Sir, genau das. Es ist eine Sache, wenn ich sie für eine gewöhnliche Kriminelle halte, eine Mörderin, die ein Mitglied ihrer eigenen Familie umgebracht hat …«

»Was noch zu beweisen wäre!«, warnte Dunn.

»Ich werde diese Beweise finden! Mehr noch, sie und ihr Mann haben, wie ich glaube, gemeinsame Sache gemacht bei der Ermordung von Rachel Sawyer, und ich kriege die Wahrheit aus ihnen beiden heraus. Aber Sie haben recht mit dem, was Sie andeuten, Sir. Wir können Amelia Lamont natürlich nicht behandeln wie eine Bordellmutter oder eine Diebin. Sie ist eine gerissene Frau, die sich in den Augen der Welt nichts zuschulden hat kommen lassen. Der Öffentlichkeit wird es schwerfallen zu glauben, dass sie derart heimtückisch ist. Deshalb möchte ich jemanden dabeihaben, der eine Frau wie Mrs. Lamont versteht, das heißt, der besser versteht als ich, wie ihr Verstand arbeitet. Eine andere Frau könnte Dinge im Verhalten von Amelia Lamont bemerken, die mir oder jedem anderen männlichen Beobachter entgehen. Ich würde Lizzies scharfe Beobachtungsgabe in dieser Situation zu schätzen wissen.«

Ich hätte beinahe hinzugefügt, dass Amelia schon einmal vor meinen Augen ohnmächtig geworden war, doch falls das ein Trick gewesen war, würde sie es meiner Ansicht nach kaum wagen, ihn vor einer weiblichen Zeugin zu wiederholen.

»Also schön«, brummte Dunn. »Aber Diskretion, Ross, Diskretion, vor allem anderen!«

Er stapfte eilig davon, bevor er seine Meinung ändern konnte.

Ich stieß einen Seufzer der Erleichterung aus. »Nach Hause, Wally«, sagte ich zu Slater.

»Ich bringe Sie in null Komma nichts hin, Inspector!«, versicherte mir der Kutscher. »Hü, Victor, hü!«

Elizabeth Martin Ross

Es war spät geworden, bis Ben fertig war mit seinem Bericht, was sich alles an diesem Tag ereignet hatte. Ich war froh zu hören, dass Jane Canning und ihre Tochter in Sicherheit waren, doch ich empfand tiefes Mitgefühl für die arme Jane. Ich war sicher, ihre Angst, von ihrer Tochter getrennt zu werden, war wohlbegründet.

Ben informierte mich, dass er von Superintendent Dunn die Erlaubnis erbeten hatte, mich am nächsten Morgen mit nach Putney zu nehmen, wenngleich nur in der Rolle einer Beobachterin. Ich war erstaunt, dass Dunn sich bereit erklärt hatte, mich mit Ben nach Putney gehen zu lassen, unter der Voraussetzung, dass ich mich still verhielt. Ich erklärte ihm einigermaßen entrüstet, dass ich das Gespräch selbstverständlich nicht unterbrechen würde. Ich wusste, dass Ben um Erlaubnis gefragt hatte, mich mitzunehmen, weil er sehr nervös war wegen der bevorstehenden Befragung von Amelia Lamont. Es endete damit, dass wir über den Mord an Rachel Sawyer redeten und wie er das Gespräch am besten eröffnen konnte.

»Sie weiß nicht, dass wir ihren Mann festgenommen haben«, warnte Ben. »Ich muss es ihr zuerst sagen, man mag es drehen und wenden, wie man will. Ich habe nicht die geringste Ahnung, ob sie gleich wieder ohnmächtig zu Boden sinkt wie beim letzten Mal oder ob sie in Hysterie verfällt. Ich weiß nicht, ob du sie zur Besinnung bringen oder beruhigen musst oder beides, Lizzie. Ich will nur nicht, dass Johnson, der Butler, mit seinem Krug Wasser hinzukommt!«

Es war spät geworden, doch wer konnte schon schlafen angesichts so vieler unbeantworteter Fragen, die uns beiden im Kopf herumschwirrten? Vielleicht konnten wir die Antworten nicht finden, während wir dasaßen und redeten, doch vielleicht entdeckten wir, was mein Vater immer »das Ende der Schnur« genannt hatte. Ich erzählte Ben von diesem Ausspruch, und er fragte, was er bedeutete.

»Nun, dass die Ereignisse irgendwie in einem Zusammenhang stehen, und wenn wir an einem Ende der Schnur anfangen und ihr immer weiter folgen, kommen wir irgendwann zum anderen Ende.«

»Dein Vater war ein Optimist«, meinte Ben.

»Er war ein sehr praktisch veranlagter Mensch. Ein Arzt. Wenn ein Patient zu ihm kam und sich über verschiedene Symptome beschwerte, musste er ihnen nachgehen, bis er die Ursache der Beschwerden gefunden hatte.«

»Ich habe, wenn du so willst, versucht, drei Patienten gleichzeitig zu behandeln«, sagte Ben. »Ich habe Charlotte Canning zu ihrem Vater zurückgebracht. Ich habe Charles Lamont in Gewahrsam genommen. Jetzt muss ich mich mit Amelia Lamont befassen, und ich habe das ungute Gefühl, dass sie der schwierigste Patient sein wird.« Er seufzte. »Ich wünschte nur, ich könnte mich erinnern, was das war, was ich bei meinem ersten Besuch in Fox House gesehen habe. Es nagt an meinem Verstand, aber es kommt einfach nicht an die Oberfläche.« Er trommelte gereizt mit den Fingern auf die Armlehne. »Ich hatte gehofft, dass ich bei meinem zweiten Besuch wieder in den gleichen Salon geführt würde – das Zimmer, in dem Isaiah Sheldon starb. Dann wäre es mir vielleicht wieder aufgefallen, und ich hätte gewusst, warum es so an mir nagt. Aber ich wurde in ein Hinterzimmer gebracht und hatte keine Gelegenheit …«

»Also schön«, sagte ich. »Erzähl mir noch einmal, was du bei deinem ersten Besuch gesehen hast, während jener wenigen Minuten, in denen du allein im Raum warst, bevor Lamont und seine Frau hereinkamen.«

Ben lehnte sich zurück, schloss die Augen und begann zu erzählen. »Ich habe das Gleiche gesehen wie James Mills, als er vor sechzehn Jahren vor dem Fenster stand. Das kam mir eigenartig vor. Wie wenig sich verändert hat in den Jahren, wenn Mills' Beschreibung korrekt war. Und ich denke, dass sie stimmte, weil ich wirklich alles wiedererkannt habe. Oh, die Sessel zu beiden Seiten des Kamins sind neu, aber sie stehen genau da, wo sich nach Mills' Worten auch schon die alten Sessel befanden.«

»Und *was* hast du gesehen?«, hakte ich nach. »Der Butler hat dich in den Raum geführt. Er hat dich dort zurückgelassen? Hat er die Tür hinter dir geschlossen?«

»Ja, Johnson hat hinter mir die Tür geschlossen. Ich war vielleicht für fünf oder sechs Minuten allein im Raum. Warte mal, wenn ich mit der Tür im Rücken dagestanden habe, dann war das Fenster zu meiner Rechten. Daneben stand ein kleiner Tisch mit einer Öllampe, genau wie in Mills' Beschreibung. Die Standuhr war ebenfalls dort, an der dem Fenster gegenüberliegenden Wand. Zu meiner Linken war der Kamin, mit den Sesseln davor. Kein Feuer, als ich dort war.«

Ben stockte. »Ich hatte damals nachgefragt, als Mills seine Geschichte erzählte. Warum sollte an einem schwülen Tag, an dem es ein Sommergewitter gegeben hatte, ein Feuer im Kamin brennen? Doch ich glaube, Dr. Croft hat mir bereits die Antwort darauf gegeben. Isaiah Sheldon war sehr besorgt um seine Gesundheit. Der Tag war heiß gewesen, was zum Gewitter geführt hatte, doch nachdem es sich ausgetobt hatte, war die Temperatur gesunken. Sheldon fürchtete, die plötzliche Veränderung könnte seinem Wohlbefinden abträglich sein.«

»Mr. Sheldon mag ein wohltätiger und großzügiger Mann gewesen sein«, sagte ich nachdenklich, »doch es muss schwierig gewesen sein, mit ihm zusammenzuleben. Ständig die Sorge wegen neuer eingebildeter Wehwehchen.«

»Croft meinte, als er an jenem Tag gerufen worden war, dass Sheldon sich buchstäblich zu Tode gesorgt hätte. Darüber hinaus fand er keinen Anlass, faules Spiel zu vermuten.«

»Er hat auch nicht danach gesucht«, erwiderte ich.

»Nein … nein, du hast natürlich recht, Lizzie. Wir sehen nur das, wonach wir suchen.« Ben schlug mit der Faust auf die Armlehne. »Was *habe* ich gesehen, Lizzie?«

»Du warst dabei, es mir zu erzählen«, erinnerte ich ihn. »Du bist bis zum Kamin gekommen. Es brannte ein Feuer an dem Tag, als Sheldon starb, jedoch nicht, als du zu Besuch dort warst.«

»Nein. Das Wetter ist derzeit zu mild, und die Lamonts scheinen sich nicht so vor Erkältungen zu fürchten wie der alte Sheldon. Neben dem Kamin stand ein Kohleneimer, gut gefüllt und bereit für den Fall, falls es abends kälter wird. Es war gute Wohnzimmerkohle …«, fügte Ben mit schiefem Grinsen hinzu. »Nicht das billige Zeug. Ich kenne mich damit aus. Einmal ein Minenarbeiter, immer ein Minenarbeiter, Lizzie. Ich habe mir die Kohle in diesem Eimer genau angesehen.« Er lehnte sich zurück. »Mills' erster Gedanke, als er eine junge Frau den Raum betreten sah, war, dass sie gekommen war, um das Feuer zu schüren. Dann bemerkte er, dass es eine junge Lady war und kein Hausmädchen.«

Ein Kribbeln rann mir über den Rücken. »Oh, Ben …«, flüsterte ich.

Ihm war der gleiche Gedanke gekommen. Er saß kerzengerade in seinem Stuhl. »Aber wie wir heute wissen, gab es damals ein Hausmädchen in diesem Haushalt. Jemanden, dessen Arbeit es gewesen wäre, das Feuer im Salon in Gang zu halten.«

»Rachel Sawyer …«, flüsterte ich. »Ben, das muss Rachel Sawyer gewesen sein! Hör zu, Johnson, der Butler, hat die Tür hinter dir zugemacht, als er ging, um seine Herrschaften zu holen. Weil er nicht wollte, dass du mithören kannst, was sie miteinander besprachen. Aber wenn Amelia die Tür nicht geschlossen hat, als sie ins Zimmer gekommen ist …«

»Hat sie nicht!« Ben sprang von seinem Sessel hoch und marschierte aufgeregt in unserem kleinen Wohnzimmer auf und ab. »Mills hat es mir erzählt. Er sagte, als die junge Lady das Zimmer verließ, nachdem sie die furchtbare Tat begangen hatte, schloss sie die Tür hinter sich … *die Tür, die sie beim Eintreten offen gelassen hatte!* Sie ließ den Toten allein vor dem Kaminfeuer zurück.« Ben klatschte in die Hände. »Rachel Sawyer war mit einem Eimer Kohlen auf dem Weg in den Salon. Durch die offene Tür sah sie, wie Amelia den alten Gentleman mit einem Kissen erstickte. So muss es gewesen sein! Rachel hätte Alarm schlagen können und aller Welt erzählen, was sie gesehen hatte. Doch das tat sie nicht …«

»Weil sie wusste«, unterbrach ich ihn, »dass sie Amelia damit ein Leben lang erpressen konnte. Amelia war jetzt eine reiche Erbin. Das war der Grund, weshalb Amelia Rachel Sawyer zu ihrer Haushälterin machte. Das war der Grund für die eigenartig enge Verbindung zwischen den beiden Frauen. Rachel Sawyer hatte Amelia Lamont in der Hand!«

Ben blieb stehen und runzelte die Stirn. »Aber wusste Charles Lamont davon?«

»Zu Anfang bestimmt nicht«, sagte ich. »Doch später muss Amelia ihm alles gestanden haben. Lamont mochte Rachel nicht. Hätte er allein entscheiden können, er hätte sie sicherlich entlassen. Irgendetwas hielt ihn davon ab, das zu tun.«

»Seine Frau stützte sich sehr auf Rachel, hat er mir erzählt«, sagte Ben.

»Aber das reicht nicht. Es musste mehr dahinterstecken, Ben. Irgendwann erfuhr Lamont, dass Rachel Sawyer wusste, was Amelia getan hatte.«

»Doch beide arrangierten sich mit der Situation, so unerträglich sie auch gewesen sein mochte. Sie hielten viele Jahre lang durch …«, sinnierte Ben. »Aber dann änderte sich irgendetwas, ein neues Element kam ins Spiel …«

Mein Mut sank. »Oh Gott, Ben …«, hauchte ich. »Ich glaube, es muss daran gelegen haben, dass ich in der St. Mary's Church Fragen über Isaiah gestellt habe. Ich habe mich so sehr für den Grabstein interessiert, als wir ihn endlich gefunden hatten … und Amelia Lamont überraschte mich dabei. Waren es meine Aktionen an diesem Tag, die zur Ermordung von Rachel Sawyer führten? Sie war eine Erpresserin, so viel scheint jetzt festzustehen, und ohne Zweifel eine unangenehme Person, doch der Gedanke, dass ich die Ereignisse ins Rollen gebracht habe …«

Ben machte zwei, drei rasche Schritte auf mich zu und packte meine Hände. »Nein, Lizzie, nein! Du bist nicht verantwortlich für Rachels Tod. Es mag Amelia nervös gemacht haben, dass du herumgelaufen bist und Fragen über ihren Onkel gestellt hast. Und ja, sie hat ein schlechtes Gewissen – vorausgesetzt, sie besitzt einen letzten Rest menschlicher Gefühle. Doch du warst nur eine neugierige Frau, weiter nichts. Du warst in keiner offiziellen Eigenschaft unterwegs. Nein, ich denke, es war mein Besuch bei Dr. Croft, der alles änderte. Ich war ein Polizeibeamter, der Fragen wegen des Totenscheins stellte, und das war eine ernste Gefahr.«

Ben ließ meine Hände los und erhob sich. »Ich hatte Croft gebeten, den Lamonts nichts von meinem Besuch zu erzählen, und er gab mir quasi sein Ehrenwort. Ich war sicher, dass er den Mund halten würde. Schließlich hätte es sonst nur dazu geführt, dass das Gerücht die Runde machte, er habe die Todesursache falsch diagnostiziert. Trotzdem müssen die Lamonts irgendwie davon erfahren haben.«

»Das finden wir morgen heraus, Ben«, sagte ich und gab mir die größte Mühe, zuversichtlich zu klingen.

KAPITEL SECHZEHN

Inspector Ben Ross

Ich hatte am Vorabend mit Wally Slater vereinbart, dass er am Morgen zu meinem Haus kommen sollte, um mich und Lizzie nach Putney zu bringen.

Bessie sah uns mit niedergeschlagenem Blick hinterher, als wir davonrollten. Sie wäre zu gerne mitgekommen, doch sie sah ein, dass es unmöglich war.

»Mrs. Lamont wird mich wiedererkennen, ganz bestimmt«, warnte mich Lizzie, als wir in Slaters Growler die Straße entlangrumpelten.

»Dann erkennt sie dich halt wieder. Es könnte uns sogar weiterhelfen. Sie wird erkennen, dass wir ihr schon auf der Spur waren, bevor Rachel Sawyer starb. Das bringt sie noch mehr aus der Fassung, und falls sie sich schon eine Geschichte zurechtgelegt hat, ist sie ihrem Zweck vielleicht nicht länger dienlich.«

»Ich fürchte immer noch, dass Rachel Sawyer sterben musste, weil ich nach Putney gefahren bin.« Lizzie drehte den Kopf und blickte aus dem Fenster. Wir waren nicht mehr weit von der Brücke entfernt. »Was, wenn sich herausstellt, dass es so war?«

»Mach dir darüber keine Gedanken, Lizzie. Deine Anwesenheit auf diesem Friedhof hat die Kette von Ereignissen ganz bestimmt nicht ausgelöst. Der Auslöser liegt vielmehr Jahre zurück, als Rachel Sawyer und Amelia Lamont ihren unheiligen Handel eingingen. Das konnte nur schlimm enden. Früher oder später musste es einen Punkt geben, an dem die Belastung dieser Vereinbarung unerträglich wurde. Amelia Lamont und Miss Sawyer wären im Streit auseinandergegangen. Es wäre vielleicht nicht zum Mord gekommen, weil schließlich bereits sechzehn Jahre vergangen waren. Rachel, der in Ungnaden entlassenen Haushälterin, hätte nach so langer Zeit wahrscheinlich niemand mehr geglaubt, wenn sie mit der Wahrheit über Isaiah Sheldons Tod herausgerückt wäre. Sie hätte nicht erklären können, warum sie nicht früher ausgesagt hatte. Dass es zum Mord kam, liegt wohl an meinem Besuch bei Dr. Croft, genau wie ich gestern Abend sagte. Wenn also jemand verantwortlich ist, dann ich. Ich würde zu gern wissen, wie die Lamonts es erfahren haben. Ich kann nicht glauben, dass der gute, alte Croft es ihnen erzählt hat.«

»Hat er vielleicht auch nicht«, meinte Lizzie.

»Vielleicht. Wie dem auch sei, Rachel Sawyer starb nicht, weil du auf dem Friedhof herumgelaufen bist und sie dich dabei gesehen hat.«

Lizzie wirkte nicht überzeugt. Tatsache war, dass trotz all meiner Versicherungen ihr gegenüber ein Korn Wahrheit in dem steckte, was sie gesagt hatte. Auch ich trug meinen Anteil der Schuld an Rachel Sawyers Tod. Mehr noch, ich fühlte mich verantwortlich für das Unbehagen meiner Frau. Ich hätte es nicht Lizzie überlassen dürfen, die Details von Mills' Geschichte nachzuprüfen. Es war von Anfang an eine polizeiliche Angelegenheit gewesen. Wenn jemand nach Putney hätte gehen sollen, um sich auf dem Friedhof umzusehen, dann ich selbst und nicht Lizzie. Ich sage nicht, dass ich den gleichen Erfolg gehabt hätte wie sie, wahrscheinlich nicht annähernd. Vielleicht hätte ich gar nichts herausgefunden. Selbst der alte Kirchendiener hätte sich einem kräftigen Kerl wie mir gegenüber nicht so kooperationsbereit gezeigt und mir den Weg zum Grab von Isaiah Sheldon beschrieben. Eine respektable junge Frau hingegen, noch dazu mit einem Mädchen im Schlepptau, hatte seine Galanterie angesprochen.

Also hatte Lizzie die Befriedigung zu wissen, dass sie bei ihrem

Besuch in Putney ein exzellentes Stück Detektivarbeit geleistet hatte. Doch jetzt musste sie mit den Folgen leben, und daraus ließ sich keinerlei Befriedigung ableiten. Ein Polizeibeamter weiß, dass man die Resultate einer Mordermittlung nicht so einfach unter den Teppich kehren kann wie ein Dienstmädchen die Teeblätter, die es verstreut hat, um den Staub zu binden. Das Schlimmste, was einem passieren kann, ist, dass ein Unschuldiger zu Schaden kommt. Rachel Sawyer war keine Unschuldige gewesen. Sie hatte die Saat ihres eigenen Untergangs selbst ausgesät. Ich hoffte, dass Lizzie das nicht vergessen würde. Letzten Endes konnte selbst ich sagen, dass Rachel Sawyer gestorben war, weil ich eine Geschichte weitergegeben hatte, die mir ein Mann auf dem Weg zu seiner Hinrichtung erzählt hatte. Mills' Gewissen war dadurch erleichtert worden – doch es ließ die Person, die mir am liebsten von allen war, mit einem bekümmerten Herzen zurück.

Es hatte den Anschein, als würden wir – das heißt, die Polizei – bereits erwartet, denn kaum hatten wir Fox House erreicht, flog auch schon die Haustür auf, und der Butler zerrte uns förmlich ins Innere. Er hatte Lizzie für einen Moment verwirrt angestarrt, doch dann hatte er die Tür vor der Welt da draußen zugeschlagen und vor jedem, der vielleicht zufällig vorbeikam und uns sehen konnte.

»Die gnädige Frau empfängt Sie im Salon«, informierte er uns, bevor ich etwas sagen konnte. »Hier entlang bitte.«

Also erwartete mich Amelia Lamont. War es ihrem Mann irgendwie gelungen, eine Nachricht zu ihr durchzuschmuggeln?

Wir betraten den vorderen Salon und hörten, wie hinter uns die Tür geschlossen wurde.

Mrs. Lamont stand mit dem Rücken zu uns vor dem Kamin und starrte auf den kalten Rost hinunter.

»Guten Morgen, Inspector Ross«, sagte sie, ohne sich umzudrehen.

»Guten Morgen, Ma'am«, antwortete ich. »Ich habe meine Frau

mitgebracht. Ich hoffe, Sie haben keine Einwände gegen ihre Anwesenheit?«

Amelia drehte sich um und erblickte Lizzie. Ihre Augen wurden groß. »Aber Sie kenne ich doch!«, rief sie aus.

»Wir sind uns kurz auf dem Friedhof begegnet, am Grabstein Ihres verstorbenen Onkels«, erwiderte Lizzie.

Mrs. Lamont schien völlig perplex angesichts dieser neuen Entwicklung. Sie schwieg sekundenlang, dann beschloss sie offensichtlich, die Angelegenheit fürs Erste auf sich beruhen zu lassen. Sie deutete auf einen der Sessel beim Kamin. »So nehmen Sie doch bitte Platz, Mrs. Ross«, sagte sie.

Lizzie setzte sich, und Mrs. Lamont nahm auf dem Lehnsessel ihr gegenüber Platz, nachdem sie flüchtig in den Raum gedeutet und mir so angezeigt hatte, ich möge mir irgendeine andere Sitzgelegenheit auswählen. Ich nahm einen Sessel beim Fenster und trug ihn herbei, sodass wir eine hübsche kleine Konversationsrunde bildeten.

Amelia sah elend aus. Ihr Teint war fleckig, und ihre Augen waren rot gerändert. Bevor ich sprechen konnte, sagte sie einfach: »Er hat mich verlassen.«

»Ja, Ma'am«, antwortete ich.

Sie fing an, mit den Fingern der rechten Hand den Ehering am Ringfinger der linken zu drehen. »Ich werde ihn nie wiedersehen«, fügte sie im gleichen untröstlichen Tonfall hinzu.

Ich spürte, wie Lizzie mich ansah. »Nun, Mrs. Lamont«, begann ich. »Das ist vielleicht gar nicht so sicher, wie Sie glauben – auch wenn ein Wiedersehen möglicherweise nicht unter den Umständen stattfindet, die Sie sich wünschen, sondern auf der Anklagebank.«

Amelia sah überrascht hoch. Dann flackerte Angst in ihren Augen auf, als sie begriff, was meine Worte bedeuteten.

»Wir haben Ihren Mann festgenommen«, fügte ich hinzu, um meinen Punkt zu verdeutlichen.

Sie stieß einen langen, leisen Seufzer aus. »Wie das?«

»Er wurde in Southampton verhaftet, in der Nähe der Fährstation, als er versuchte das Land zu verlassen.«

»Dann ist alles vorbei, und nichts ist übrig«, sagte sie. »Warum ist er geflohen?«

Sie sah mich überrascht an. »Warum? Weil er dachte, Sie wüssten, was er getan hat und weshalb er es für nötig gehalten hatte. Als er Sie auf der Brücke traf, war er überzeugt, Sie hätten Beweise gefunden. Später erfuhren wir, dass Sie, nachdem Sie bei ihrem letzten Besuch hier gegangen waren, noch einmal heimlich zurückgekehrt sind. Sie schlichen zur Hintertür und redeten mit Harriet. Sie fragten nach der morgendlichen Routine, ob Harriet heißes Wasser in Charles' Schlafzimmer gebracht und ob sie ihn gesehen hätte an jenem Morgen, als Rachel starb. Sie sagte Ihnen, sie hätte das Wasser vor der Tür abgestellt und ihn nicht gesehen. Sie fragten, weil sie dachten, dass er aus dem Haus geschlichen und Rachel gefolgt wäre. Hätte Harriet ihn gesehen, wäre das ein Alibi für Charles gewesen, nicht wahr? Doch sie hatte ihn nicht gesehen.«

»Harriet hat Ihnen erzählt, dass ich zurückgekommen bin, um mit ihr zu reden? Das überrascht mich«, räumte ich ein.

»Sie war zu lange fort gewesen für ihre Aufgabe. Als sie in die Küche zurückkehrte, schimpfte die Köchin mit ihr, und sie gestand, dass Sie sie aufgehalten und ihr Fragen gestellt hatten. Die Köchin rief Johnson und erzählte ihm die Geschichte … und Johnson hielt es für seine Pflicht, Charles bei seiner Rückkehr darüber zu informieren. Doch Charles war Ihnen bereits auf der Brücke begegnet, und er war überzeugt, dass Sie den Manschettenknopf gefunden hatten, Ihren geheimnisvollen Andeutungen nach zu urteilen.« Sie stieß einen weiteren Seufzer aus. »Charles wollte die Schuld auf sich allein nehmen, um mich zu schützen. Das ist der Grund, warum er geflohen ist.«

»Haben Sie die Ermordung von Rachel Sawyer gemeinsam geplant?«

Plötzlich wurde sie lebhaft. »Nein! Ich schwöre, ich hatte nicht die geringste Ahnung, was Charles vorhatte! Als Sie zu uns kamen, um uns zu informieren, dass man Rachels Leiche gefunden hatte, da zog es mir den Boden unter den Füßen weg, und ich fiel in ein schwarzes Loch. Nichts auf der Welt hätte schlimmer sein können! Ich wusste sofort, dass Charles dahintersteckte, und das war mehr, als ich ertragen konnte. Ich trauerte nicht um Rachel, sondern um uns, um Charles und mich selbst, weil ich wusste, dass … dass die Polizei keine Ruhe geben würde, bis sie Charles in Ketten gelegt hatte. Hätte er mir vorher von seinem Plan erzählt, ich hätte ihn angefleht, es nicht zu tun. Doch Charles war schon immer ein Spieler …« Ihre Stimme versagte bei den letzten Worten.

Sie riss sich sogleich wieder zusammen und beugte sich vor. »Warum sind Sie gekommen, um Dr. Croft Fragen zu stellen? Warum haben Sie ihm den Totenschein meines Onkels gezeigt? Ihn nach diesem furchtbaren Tag gefragt? Und Sie, Mrs. Ross …« Sie wandte sich an Lizzie. »Warum haben Sie sich beim Kirchendiener nach meinem Onkel erkundigt und wollten wissen, wo sein Grab ist? Der Kirchendiener sagte, Sie würden Erkundigungen im Namen eines Gentlemans einziehen, der selbst nicht herkommen könne. War das im Namen der Polizei? Hat Ihr Mann Sie hergeschickt?«

»Nein«, antwortete Lizzie. »Das war meine eigene Idee.«

»Aber warum?« Amelia schrie fast vor Fassungslosigkeit.

Ich befürchtete, sie könnte hysterisch werden. Es war Zeit für mich, die Leitung dieses Gesprächs an mich zu reißen. »Hat Dr. Croft Ihnen erzählt, dass ich bei ihm war?«

»Nein, nein.« Sie schüttelte den Kopf. »Er hat kein Wort zu uns gesagt. Was die Sache noch verdächtiger machte. Es war dieses schwachsinnige Hausmädchen, das er in seinen Diensten hat. Sie war so erschrocken vom Auftauchen eines Inspectors vom Scotland Yard vor ihrer Tür, dass sie zu jedem Haus in der Nachbarschaft rannte, um es den anderen Dienstboten zu erzählen. Schließlich erreichte das Gerede unsere Küche, und Johnson gab es an uns weiter. Was brachte Sie nur dazu, diesen Totenschein zu suchen? Warum haben Sie so viele Fragen gestellt? Und da war noch ein Mann, der Erkundigungen einzog. Johnson hat auch von ihm gehört. Es war ein derb aussehender Kerl, der im Schankraum einer Taverne auftauchte und sich stark für Fox House und dessen Geschichte interessierte. Haben Sie ihn geschickt?«

Offensichtlich hatte Mary, Crofts Dienstmäddchen, an der Tür gelauscht. Doch ich war hier derjenige, der die Fragen stellte. Ich deutete auf den kalten Kamin. »Es brennt kein Feuer heute. Aber an dem Tag, als Ihr Onkel Isaiah Sheldon starb, brannte ein Feuer im Kamin, ist das richtig? Obwohl der Tag sehr warm und drückend gewesen war und es sogar ein Gewitter gegeben hatte?«

Amelia starrte mich an, als wäre ich ein Geist, der plötzlich aus der Unterwelt erschienen war und sich in ihr Wohnzimmer gesetzt hatte. »Woher ... woher wissen Sie davon?«, flüsterte sie.

»Ich weiß es. Woher? Dazu komme ich später. Die Aufgabe, das Feuer in Gang zu halten, wurde dem damaligen Hausmädchen übertragen, Rachel Sawyer. Das war der Grund, aus dem sie an die offene Tür kam, wo sie mit ansehen musste, was an jenem Tag geschah, ist es nicht so, Mrs. Lamont?«

Aus Amelia Lamonts Gesicht war alle Farbe gewichen, und ich befürchtete ernsthaft, sie könnte wieder ohnmächtig werden.

Lizzie war ihr Zustand nicht verborgen geblieben. Sie erhob sich aus ihrem Sessel, zog einen Hocker neben den Sessel von Amelia, setzte sich darauf und ergriff Amelias Hand. Ich dachte im ersten Moment, die Frau würde ihre Hand zurückziehen, doch stattdessen sah ich, wie sich ihre Finger um Lizzies Hand schlossen.

Sie sah Lizzie an. »Sagen Sie mir, Mrs. Ross, kennen Sie das Gefühl, jung und ganz allein auf der Welt zu sein, ohne Eltern und ohne Vermögen?«

»Allerdings«, antwortete Lizzie. »Dieses Gefühl kenne ich sehr gut.«

»Dann werden Sie meine Situation verstehen, als ich ein sehr junges Mädchen war.«

Es schien, als würde Amelia Lamont nur noch mit Lizzie reden, in einem privaten Tête-à-Tête. Ich räusperte mich laut, um sie daran zu erinnern, dass ich in offizieller Eigenschaft hier war und dass alles, was sie sagte, als Aussage gegenüber der Polizei gewertet werden würde.

Sie drehte sich zu mir um und bedachte mich mit einem Blick, der keinerlei Interesse an meiner Gegenwart verriet oder daran, was ich in Erfahrung brachte. »Es ist ohnehin alles vorbei«, sagte sie tonlos. »Es spielt keine Rolle mehr. Charles ist fort. Ohne Charles habe ich nichts.« Sie atmete tief durch. »In meinem Fall starben meine Eltern in einem Abstand von achtundvierzig Stunden. Die Cholera war ausgebrochen. Sie raffte die Menschen so schnell dahin, dass niemand reagieren konnte, und ich war mit dreizehn eine Waise. Mein Vater war in seinem Geschäft bei Weitem nicht so erfolgreich gewesen wie Onkel Isaiah. Er hatte beträchtliche Schulden hinterlassen. Das Haus mitsamt allen Möbeln wurde verkauft, die wenigen Schmuckstücke meiner Mutter, das Geschirr, von dem wir aßen, die Kleidung in den Schränken, einfach alles. Mir blieb nur das, was ich am Leib trug. Und das mit dreizehn Jahren!«

»Mein Vater war Arzt«, sagte Lizzie mitfühlend. »Er kannte die Cholera.«

»Onkel Isaiah nahm sich meiner an«, fuhr Amelia fort. »Er und mein Vater hatten sich nicht sonderlich nahegestanden, wegen des großen Altersunterschieds zwischen den beiden. Mein Großvater war zweimal verheiratet. Mein Onkel war der Sohn seiner ersten Frau, und mein Vater wurde erst viel später in der zweiten Ehe geboren. Onkel Isaiah hielt meinen Vater für unvorsichtig und seine Investitionen für töricht. Aber mein Vater hatte alle Ratschläge in den Wind geschlagen, die Onkel Isaiah ihm gab. Trotzdem war Onkel Isaiah so freundlich, mich hierher nach Fox House zu holen, um bei ihm zu leben.«

»Er war ein gütiger Mann«, sagte ich.«

»Oh ja, Inspector, das war er in der Tat! Während ich unter seinem Dach heranwuchs, konnte ich mit eigenen Augen sehen, wie weit sich seine Güte erstreckte. Weit über Fox House und mich hinaus.« Ein trockenes Lächeln huschte über ihre Lippen, doch es kam nicht bis zu den Augen. Sie ließ Lizzies Hand los, hob die Linke und fing an, alles mit dem Zeigefinger der Rechten an den Fingern abzuzählen.

»Waisenhäuser. Missionen in weit entfernten Ländern. Geburtskliniken für die Armen. Öffentliche Büchereien für die Textilstädte im Norden. Sie können sich nicht vorstellen, wie viele verschiedene Institutionen und Vereine an unserer Tür erschienen und mit der Schale in der Hand bettelten. Und alle bekamen etwas.«

»Nicht nur ein gütiger, sondern ein herzensguter Mann.«

»Das glaubte ich auch, eine ganze Reihe von Jahren, während ich heranwuchs. Dann änderte sich meine Sichtweise nach und nach. Als ich neunzehn war, wurde mir bewusst, wie unersetzlich ich für sein Wohlergehen geworden war. Was Rachel später für mich wurde, das war ich damals für ihn. Ich führte seinen Haushalt, so jung ich auch war. Ich kümmerte mich um Probleme unter der Dienerschaft, ich entschied über das Essen, ich sorgte dafür, dass die Lebensmittelrechnungen prompt bezahlt wurden. Ich war seine Gesellschafterin. Ich spielte jeden Abend nach dem Essen mit ihm Karten, außer an Sonntagen. Er liebte Bézique. Manchmal, insbesondere an regnerischen Tagen, musste ich bei ihm sitzen und laut vorlesen, bis meine Stimme fast versagte. Und immer trockenen Stoff, Nachrichten, insbesondere aus der Wirtschaft, und alles, was mit Kaffeehandel zu tun hatte. Oder gelegentlich auch aus einem Predigtbuch von irgendeinem lange verstorbenen Pfarrer. Oder aus den übersetzten Essais von Montaigne. Er mochte keine Belletristik; sie war ihm zu seicht.«

Sie stockte. »Als ich zwanzig war, lernte ich Charles Lamont kennen. Es war auf einer Gartenparty im Hochsommer. Alles ringsum war Farbe, Lachen, Leben, Geplauder. So ganz anders als hier in Fox House, wo es stets dunkel war, wo es an jeglichem Humor mangelte, an jeder trivialen Unterhaltung.« Sie stockte erneut sekundenlang in der Erinnerung an jene langen, langweiligen Tage. »Ich habe von der Gartenparty gesprochen. Mittendrin in all dieser Ausgelassenheit war ein Neuankömmling in unserer Nachbarschaft, der attraktivste Mann, den ich je gesehen hatte. Ich war ihm ebenfalls aufgefallen, und er bat einen Bekannten, uns einander vorzustellen. Das war Charles Lamont. Ich verliebte mich in ihn.«

Die letzten Worte waren so einfach ausgesprochen, und doch sagten sie alles. Ich bemerkte, wie Lizzie mich ansah.

»Wir fingen an, uns zu treffen«, fuhr Amelia fort. »Wann immer und wo immer es ging. Er wollte, dass wir uns verlobten. Ich schlug vor, dass er mit Onkel Isaiah sprechen sollte. Er sagte, er würde das gerne tun, doch es gebe ein Problem. Er hatte durch ein Unglück den größten Teil seines Vermögens verloren.«

Abermals blickte Lizzie mich an, doch Amelia schien es nicht zu bemerken. Ja, dachte ich, ein Unglück beim Kartenspiel oder ein Pferd, das als letztes im Feld durch die Ziellinie gegangen war! Doch Lamont hatte Zeit gehabt, Erkundigungen über Sheldon einzuholen. Er hatte herausgefunden, dass Sheldon sehr wohlhabend war und dass diese junge Frau, die ihn so bewundernd anstarrte, Sheldons einzige lebende Verwandte war. Er hatte den Traum eines jeden Spielers gefunden – eine Erbin, die bald sehr reich sein würde. War Isaiah Sheldon nicht schon ein alter Mann?

»Inzwischen«, erklärte Amelia unterdessen, »war mein einundzwanzigster Geburtstag nur noch Wochen entfernt, und danach hätte ich die Erlaubnis meines Onkels nicht mehr benötigt. Doch ohne seine finanzielle Unterstützung wäre eine Heirat unmöglich gewesen. Ich beschloss, ihn zu fragen, ob er uns helfen würde, Charles und mir. Schließlich hatte er unzähligen anderen Leuten geholfen, warum also nicht uns?

Ich erinnere mich noch sehr gut an unsere Unterhaltung. Ich saß an der gleichen Stelle wie jetzt, und er hockte dort drüben, mir zugewandt. Das war sein Stammplatz am Kamin, mit dem Rücken zur Tür, um keinem Luftzug ausgesetzt zu sein. Seine Gesundheit war seine größte Sorge. Er litt immer an irgendetwas, und ständig wurde nach Dr. Croft geschickt. Nachdem … nachdem mein Onkel gestorben war, ließ ich die beiden Sessel verbrennen und kaufte die neuen, die Sie hier sehen. Jedenfalls erklärte ich ihm, dass Charles und ich heiraten wollten. Er begehrte von mir zu wissen, warum Charles nicht selbst zu ihm gekommen sei, um um meine Hand anzuhalten. Ich berichtete ihm von Charles' geschäftlichem Pech, infolgedessen er den größten Teil seines Vermögens verloren hatte. Ich betonte, dass es nur ein vorübergehender Rückschlag sei, von dem er sich schon bald wieder erholen würde. Ich fragte Onkel Isaiah, ob er mir eine finanzielle Zuwendung machen könne am Tag meines einundzwanzigsten Geburtstags. Er war schon so nah.

Er hat nur gelacht. Ich sehe sein Gesicht heute noch vor mir und höre sein Lachen.« Ihre Stimme wurde heftig. »Er lachte mich aus! ›Was willst du, meine Liebe?‹, fragte er. ›Du möchtest, dass ich dir eine Mitgift gebe, damit du diesen Lumpen heiraten kannst?‹ Ich protestierte, verwahrte mich dagegen, dass Charles ein Lump wäre. ›Du bist zu jung und unerfahren in weltlichen Dingen, um überhaupt zu wissen, was du willst!‹, erwiderte mein Onkel. ›Ganz sicher in einer derart ernsthaften Angelegenheit. Du kennst den Mann doch kaum! Es schadet nicht, wenn du noch wartest. Wenn er dich wirklich liebt, wird er das verstehen. Er wird auf dich warten.‹

Ich war zutiefst bestürzt. Ich bettelte und flehte ihn an. Ich sagte, ich würde doch nur um genügend Geld bitten, um ein bescheidenes Heim mit Charles gründen zu können. ›Warum willst du ein anderes Heim?‹, fragte mein Onkel. ›Du hast ein sehr komfortables Zuhause hier bei mir. Komm schon, Liebes, in einem Monat oder zwei hast du das Interesse an diesem Burschen verloren, diesem Lamont. Du liebst ihn nicht, mein armes Kind. Was du empfindest, ist nichts weiter als eine mädchenhafte Schwärmerei für einen Dandy mit gewandter Zunge. Du bist im Grunde eine vernünftige Person, und schon bald wirst du ihn als das sehen, was er in Wirklichkeit ist. Oder du begegnest einem anderen Mann und verliebst dich in einen neuen Stutzer. Ich möchte nicht mehr darüber reden, dass du Fox House verlässt, und auch nicht über Geld! Schließlich bin ich ein alter und gebrechlicher Mann, meine Liebe, und eines Tages wirst du alles erben, was ich besitze. Vielleicht, wenn du dann immer noch entschlossen bist, Lamont zu heiraten, kannst du es dann tun.‹

Ich musste Charles erzählen, dass ich zwar alles erben würde, doch vor diesem Tag überhaupt nichts bekäme. Charles versicherte mir, dass er warten würde, bis ich frei und unabhängig sei. Vielleicht, so meinte er, seien die Worte meines Onkels gar nicht so abwegig. Er sei schließlich über achtzig. ›Ich wünsche ihm nicht den Tod, bestimmt nicht‹, sagte er, ›aber es dauert sicher nicht mehr allzu lange, bis du die Herrin über dein eigenes Vermögen bist.‹«

Amelia gab ihrer Verärgerung mit einem Aufschrei Ausdruck. »Ha! Charles kannte Onkel Isaiah nicht! Er redete ununterbrochen davon, ein gebrechlicher alter Mann zu sein, aber er erfreute sich bester Gesundheit!« Sie deutete auf das Ölporträt, das mir bereits bei meinem ersten Besuch aufgefallen war. »Das ist mein Onkel, gesund und munter, in seinen jüngeren Jahren. Er sah mit achtzig fast noch genau so aus, mit Ausnahme der weißen Haare und einer gewissen Steifheit in der Hüfte, glauben Sie mir! Und trotzdem erklärte er immer wieder, dass er an der Schwelle des Todes stünde. Dr. Croft war der häufigste Besucher in Fox House! Er versuchte meinem Onkel zu erklären, dass etwas weniger Wein und weniger Braten und dafür mehr Bewegung all seine Wehwehchen kurieren würden, seine Schlaflosigkeit, sein Sodbrennen, all die ›Symptome‹, wie mein Onkel sie stets nannte.«

Sie verstummte.

»Sie begannen zu fürchten, dass Charles Lamont nicht länger warten würde, falls Mr. Sheldon keine Anstalten machte zu sterben«, sagte ich schließlich. »Es gab andere hübsche Mädchen, darunter einige, die vermögend und unabhängig waren, und er war ein attraktiver Mann.«

»Oh, es war noch schlimmer als das«, sagte Amelia leise. »Eines Abends, ein paar Wochen nach unserer Unterhaltung, saßen Onkel Isaiah und ich wieder einmal über einem Spiel Bézique zusammen. Ohne Vorwarnung sagte er: ›Ich habe mich über diesen Halunken Lamont kundig gemacht. Er ist ein Spieler und bis über beide Ohren verschuldet, ein richtiger Taugenichts. Du wirst ihn niemals heiraten, nicht mit meinem Geld! Es ist geradezu meine Pflicht, alles in meiner Macht Stehende zu tun, um zu verhindern, dass du dich an ihn verschwendest! Es würde dir schon bald wie Schuppen von den Augen fallen, nachdem du ihn geheiratet hättest! Nun, ich werde dem einen Riegel vorschieben. Nicht nur jetzt, sondern ein für alle Mal, auch nach meinem Tod. Ich werde meine Anwälte beauftragen, ein neues Testament zu verfassen. Ich werde dir eine anständige Summe treuhänderisch hinterlassen. Du wirst nicht verhungern, doch du wirst bescheiden leben. Der größte Teil meines Vermögens geht an die zahlreichen wohltätigen Einrichtungen, die ich auch schon in der Vergangenheit unterstützt habe. Sag das deinem Lamont. Das ist meine Entscheidung, und ich werde sie nicht mehr ändern. Es ist zu deinem eigenen Besten, meine Liebe, und eines Tages wirst du mir dafür dankbar sein.‹«

Die nächsten Worte fielen ihr eindeutig schwerer als alle anderen bisher. »Ich hatte Angst, Charles zu verlieren«, sagte sie beinahe unhörbar leise. »Ich wusste, dass wir ohne Onkel Isaiahs Vermögen niemals heiraten konnten. Am nächsten Tag kam Onkel Isaiah wegen dieses heftigen Gewitters nicht zu seinen Anwälten. Bevor es ausbrach, war es drückend schwül gewesen. Ich hatte den ganzen Tag über Kopfschmerzen gehabt, und es ging mir überhaupt nicht gut. Unnötig zu sagen, dass Onkel Isaiah ununterbrochen jammerte. Seine Gelenke schmerzten, er hatte Schwierigkeiten zu atmen, und er überlegte, jemanden nach Dr. Croft zu schicken. Schließlich bestand er darauf, dass das Feuer im Kamin angezündet wurde, während der Sturm draußen immer noch tobte, weil es, wie er sagte, nach dem Regen stark abgekühlt sein würde, doch ein rascher Temperaturwechsel wäre, wie wohl jedermann wüsste, gefährlich für eine Person mit so empfindlicher Gesundheit wie der seinen. Ich kam in dieses Zimmer und fand meinen Onkel schlafend vor. Am nächsten Tag würde es kühler sein. Nichts würde einen Besuch beim Anwalt mehr verhindern. Ich musste handeln.«

»Sie nahmen ein Kissen und platzierten es über dem Gesicht Ihres Onkels«, sagte ich. »Sie erstickten ihn.«

Sie betrachtete mich mit völliger Hoffnungslosigkeit. »Also hat Rachel letzten Endes doch mit Ihnen geredet. Wir hatten solche Angst, sie könnte uns verraten, als wir hörten, dass die Polizei Nachforschungen wegen des Todes meines Onkels anstellte. Nach so langer Zeit! Charles befürchtete, Rachel könnte versuchen, ihre Haut zu retten, indem sie alles verriet. Ich widersprach, beteuerte ihm, das würde sie nicht tun. Sie hätte zu viel zu verlieren. Doch Charles hat Rachel noch nie gemocht und ihr auch nicht vertraut.«

»Nein, Mrs. Lamont, Rachel hat nicht mit uns gesprochen. Es gab einen weiteren Zeugen.«

»Nein, nein!«, entgegnete sie mit plötzlicher Energie. »Das ist völlig unmöglich!«

»Ein Gentleman, der an jenem Tag in Putney zu tun hatte und auf dem Heimweg nach London war. Er wurde vom Gewitter überrascht und versuchte, hier Unterschlupf zu finden. Er konnte sich an der Tür kein Gehör verschaffen, also ist er um das Haus herumgegangen, zu diesem Fenster dort drüben gekommen …« Ich zeigte mit dem Finger darauf. »… und hat mit angesehen, was Sie getan haben.«

»Aber … aber damals hat niemand etwas gesagt! Dieser Gentleman, von dem Sie reden – warum hat er all die Jahre geschwiegen?«

»Er hatte seine eigenen Gründe, Stillschweigen zu bewahren über seinen Besuch in Putney. Doch er hatte das Gefühl, nicht ins Grab gehen zu können, ohne sein Gewissen zu erleichtern. Deshalb hat er eine Aussage gemacht.«

Sie sank zurück in ihren Sessel. »Ich dachte, nur Rachel hätte etwas gesehen. Sie war auf dem Weg hierher, mit dem Kohleneimer, genau wie Sie dachten. Ich hatte vergessen, die Türe zu schließen, und sie hat alles mit angesehen. Sie sagte, ich hätte nichts von ihr zu befürchten. Sie wollte lediglich ein besseres Leben. Sie war kompetent, hatte die Pension ihrer Eltern geführt, verfügte über eine gewisse Bildung und wusste, wie man mit Geschäftsleuten umgeht. Sie war nicht zufrieden mit ihrer Rolle als Dienstmädchen. Aber wenn ich ihr die Position der Haushälterin geben würde …« Amelia machte eine resignierte Handbewegung. »Ich war einverstanden. Es war wie der Pakt, den Faust mit dem Teufel abschloss. Wir waren nie wieder frei von ihr. Sie kam und setzte sich zu mir wie eine Gesellschafterin. Sie begleitete mich, wenn ich ausging, selbst bei kleineren Besorgungen. Alles nur, um mich daran zu erinnern, dass ich sie nie wieder loswerden würde. Charles hasste sie vom ersten Augenblick an, und er hätte sie am liebsten davongejagt, also musste ich ihm erzählen, warum sie bleiben konnte und was … was ich getan hatte. Wir haben die letzten sechzehn Jahre damit gelebt. Ich schwöre, ich wusste nicht, dass Charles losgezogen war, um sie zu töten. Aber endlich frei zu sein von ihr …«

»Ich muss Sie bitten, mich nach London zu begleiten, Mrs. Lamont«, sagte ich.

»Ja. Natürlich. Lassen Sie mich nur noch nach meinem Hut und meinem Umhang rufen.« Sie erhob sich.

»Meine Frau wird Ihnen behilflich sein«, sagte ich höflich.

Lizzie war ein wenig überrascht, doch sie sprang rasch auf.

Mrs. Lamont winkte ihr, wieder Platz zu nehmen. »Es dauert nur einen Moment, bleiben Sie sitzen.« Sie verließ den Raum mit festem Schritt. Ich hörte, wie sie draußen nach Johnson rief.

»Geh trotzdem mit!«, drängte ich Lizzie.

Lizzie folgte ihr nach draußen, und wenige Minuten später kehrten beide Frauen zurück, Mrs. Lamont in ihren Ausgehsachen.

»Nun denn, Inspector Ross, gehen wir«, sagte sie forsch.

Ihr Verhalten war gefasst und stand in völligem Kontrast zu dem während der Zeit vorher, und das machte mich irgendwie nervös. Was hatte sie gemacht in jenen kurzen Sekunden, bevor Lizzie draußen in der Halle zu ihr gestoßen war? Was war geschehen?

KAPITEL SIEBZEHN

Zurück in London, dauerte es eine Weile, bis wir Amelia Lamont abgeliefert hatten. Anschließend musste ich zum Scotland Yard und Superintendent Dunn über die Ereignisse des Morgens Bericht erstatten. Erst danach konnte ich mich wieder der Angelegenheit Charles Lamont zuwenden.

Er hatte die vorangegangene Nacht in den Zellen des Marylebone Magistrates Court verbracht, wo er zweifellos von lärmender, betrunkener und unleidlicher Gesellschaft umgeben gewesen war. Am Morgen war er dem Haftrichter vorgeführt worden und in Gewahrsam geblieben. Ich hoffte, dass er die Zeit genutzt hatte, um über seine Lage nachzudenken und ein wenig von seiner Arroganz abzulegen. Ich erwartete gar nicht, ihn kooperativ vorzufinden, das wäre zu viel verlangt gewesen, aber zumindest so weit ernüchtert, dass er der Realität ins Auge sah. Unglücklicherweise war ich nicht sein erster Besucher.

»Sein Anwalt ist bei ihm, Sir«, informierte mich der Beamte vom Dienst. »Er erschien vor etwa einer Stunde.«

»Wie zum Teufel ist er so schnell hergekommen?«, murmelte ich zu mir selbst.

»Das kann ich Ihnen nicht sagen, Mr. Ross, aber er war sehr hartnäckig. Er gab keine Ruhe, bis ich ihn zu dem Gefangenen vorließ, damit er mit ihm reden konnte.«

Der Beamte hatte kaum den Mund geschlossen, als hinter uns eine Tür geöffnet wurde. Ich drehte mich um und sah einen großen hageren und vornehm wirkenden Gentleman in schwarzer Garderobe eintreten. Sein würdevolles Gehabe und die Aura von Autorität, die ihn umgab, deuteten auf die höheren Ränge entweder der Kirche oder des Gesetzes hin. Das Fehlen eines römischen Kragens – und die lederne Mappe voller Papiere, die er sich unter den Arm geklemmt hatte – legte das Gesetz nahe. Er musterte mich aufmerksam von oben bis unten, bevor er zu reden ansetzte. »Sie sind vermutlich Inspector Ross, der Beamte, der die Verhaftung vornahm?«

»Das bin ich, Sir.« Ich konnte mir nicht helfen, aber als ich antwortete, hatte ich das Gefühl, ich wäre im Zeugenstand und dieser Gentleman vor mir würde gleich jedes meiner Worte zerpflücken.

»Mein Name ist Pelham, und ich vertrete Mr. Lamonts Interessen, sollte die Angelegenheit bis zur Verhandlung kommen.« Er hielt inne. »Wenn ich richtig informiert wurde, haben Sie auch Mrs. Lamont verhaftet, ist das richtig?«

»Das haben wir, Sir.«

»Dann werde ich auch sie vertreten.«

»Seien Sie versichert, Sir, dass die Schwere der erhobenen Vorwürfe ausreicht, um beide Lamonts vor Gericht zu stellen«, sagte ich zu ihm. »Darf ich erfahren, wie es kommt, dass sie so schnell von Ihren Klienten herbeigerufen werden konnten?«

»Selbstverständlich, Mr. Ross. Mrs. Lamont hatte mit Ihrem Besuch am heutigen Morgen gerechnet. Ihr Butler war daher bereits vor Ihrer Ankunft von ihr instruiert worden, sich augenblicklich mit mir in Verbindung zu setzen, sollten *Sie*, Mr. Ross, Mrs. Lamont in Gewahrsam nehmen. Im Verlauf Ihres Besuchs erfuhr sie von Ihnen, dass Mr. Lamont bereits in den Händen der Polizei war. Aus diesem Grund erweiterte sie ihre Instruktionen gegenüber dem Butler entsprechend, um ihren Ehemann mit einzuschließen. Johnson, der Butler, machte sich auf den Weg zu mir, sobald Sie Fox House mit Mrs. Lamont verlassen hatten, um mich zu informieren, dass beide Lamonts in polizeilichem Gewahrsam seien und dringend meiner Dienste bedürften.«

Das also war der Grund, weshalb sie so gefasst gewesen war, als sie mit mir am Morgen das Haus verlassen hatte. Sie hatte bereits einen Notfallplan in der Schublade gehabt. Lediglich ein kurzer Moment allein mit Johnson war nötig gewesen, um ihre Instruktionen insofern auszuweiten, als auch Charles Lamont juristische Vertretung brauchte. Sie hatte diesen kostbaren Augenblick ausgenutzt, als sie das Zimmer verlassen hatte, bevor ich Lizzie hatte hinterherschicken können. Lizzie war Sekunden zu spät draußen in der Halle angekommen. Der unerschütterlich loyale Butler hatte seine Instruktionen buchstabengetreu befolgt. Amelia Lamont war wirklich eine gerissene Frau.

»Dann darf ich annehmen, dass Sie jetzt mit Ihrer Klientin sprechen wollen?«, fragte ich.

Er ließ sich zu einem trockenen Grinsen hinreißen. »In der Tat, das möchte ich, Inspector Ross. Zweifellos werden wir uns schon bald wieder begegnen. Einen guten Tag wünsche ich Ihnen.«

Charles Lamont saß an dem stabilen Metalltisch in der Mitte seiner kleinen Zelle. Er hatte sich an diesem Morgen nicht rasiert, und sein Rock war zerknittert, trotzdem gelang es ihm irgendwie, stutzerhaft auszusehen.

»Pelham sagt, Sie hätten meine Frau verhaftet!«, fuhr er mich aufgebracht an, kaum dass ich die Zelle betreten hatte und noch bevor ich ein Wort sagen konnte.

»Das ist richtig«, räumte ich ein.

»Was für ein Unsinn!«, lautete seine Antwort. »Sie hat sich überhaupt nichts zuschulden kommen lassen. Sie waren übereifrig, Inspector Ross, um nicht zu sagen, höchst voreilig.«

»Tatsächlich?« Ich setzte mich ihm gegenüber auf den zweiten Stuhl, der für den Anwalt in die Zelle gebracht worden sein musste. Ich steckte die Hand in die Tasche und nahm den Manschettenknopf heraus, legte ihn auf den Tisch und zog die Hand weg.

Lamont betrachtete den kleinen Gegenstand ausdruckslos. »Ah«, sagte er. »Sie glauben, dieser Knopf gehört mir?«

»Er trägt Ihre Initialen, und er ist mit dem Siegel des Goldschmieds gestempelt. Es sollte nicht schwierig sein, den Händler zu finden. Er wird sich erinnern, für wen er die Manschettenknöpfe hergestellt oder an wen er sie verkauft hat. Es steht in seinen Büchern. Der Knopf wurde ganz in der Nähe der Stelle gefunden, wo Rachel Sawyer starb.«

»Tatsächlich?« Er trug noch immer diesen gedankenverlorenen Gesichtsausdruck, doch sein Verstand arbeitete auf Hochtouren. Seine nächsten Worte verrieten, dass er beschlossen hatte, nicht länger so zu tun, als gehörte der Knopf nicht ihm. »Ich hatte mich schon gefragt, wo er abgeblieben war. Ich kann mir beim besten Willen nicht vorstellen, wie er an die Stelle gekommen sein mag, wo er nach Ihren Worten gefunden wurde. Wer hat ihn entdeckt?«

»Ein Straßenjunge. Er lag auf der Schlammbank.«

»Ah, richtig, ich habe diese Gassenkinder bei der Arbeit gesehen. Der Bericht eines solchen Jungen ist bestenfalls fragwürdig. Er könnte den Knopf ganz woanders herhaben. Vielleicht ist er sogar unter kompromittierenden Umständen in seinen Besitz gelangt, wer weiß! Er könnte sich eine Belohnung erhoffen, wenn er der Polizei erzählt, dass er ihn am Schauplatz einer polizeilichen Ermittlung gefunden hat.« Er machte eine abfällige Handbewegung. »Sehen Sie? Ich muss gar nicht abstreiten, dass der Knopf von mir ist und ich ihn verloren habe. Es ist schon einige Zeit her, und ich war sehr verärgert deswegen. Ich habe ihn überall gesucht. Ich habe den anderen immer noch, und ich hatte bereits überlegt, ob ich den verlorenen nachmachen lassen soll. Ich bin noch nicht dazu gekommen. Ich habe keine Ahnung, wie der verlorene Knopf seinen Weg in die Taschen eines dieser jungen Taugenichtse gefunden hat. Er wird zweifellos behaupten, ihn gefunden zu haben.«

Ich nahm den Manschettenknopf und steckte ihn wieder ein.

Er beobachtete mich dabei. »Es bedeutet nicht, dass ich die Frau umgebracht habe. Warum sollte ich auch?«, sagte er schließlich.

»Sie war eine Erpresserin. Sie hat ein Verbrechen beobachtet, das von der Frau begangen wurde, die Sie später geheiratet haben. Ein Mord, der Amelia Sheldon in den Besitz des Vermögens ihres Onkels Isaiah brachte und sie in die Lage versetzte, Sie zu heiraten, Mr. Lamont. Sie hatten kein Geld. Ich vermute, sie waren schon immer knapp bei Kasse. Es ist allgemein bekannt, dass Sie ein Spieler sind. Und es war nicht schwierig herauszufinden, welchen Ruf als Spieler Sie haben.«

»Sie besitzen eine lebhafte Fantasie, Inspector Ross. Der Onkel meiner Frau starb vor sechzehn Jahren. Der damalige Arzt, Dr. Croft, war gut bekannt mit dem verstorbenen Mr. Sheldon und hatte keinerlei Bedenken, den Totenschein auszustellen.«

»Rachel Sawyer war Zeugin der Tat, die Ihre Frau begangen hat«, erwiderte ich. »Damals war sie ein einfaches Hausmädchen. Sie brachte Ihre Frau dazu, sie zur Haushälterin zu machen und sich, kurz gesagt, für den Rest ihres Lebens um sie zu kümmern.«

»Und daraus folgern Sie, ich hätte urplötzlich beschlossen, sie *jetzt* zu töten? Sie behaupten, ich hätte so lange Zeit erlaubt, dass meine Frau erpresst wurde, ohne etwas dagegen unternommen zu haben?« Lamont schnaubte verächtlich.

»Es gab neue Entwicklungen in jüngster Zeit, auf die Sie nicht vorbereitet waren. Sie und Ihre Frau wurden damit konfrontiert, dass nach so vielen Jahren plötzlich Fragen gestellt wurden bezüglich Mr. Sheldons Tod. Nicht lange, und die einzige verbliebene Hausangestellte von Mr. Isaiah Sheldon würde ebenfalls befragt werden. Sie vertrauten Rachel Sawyer nicht. Sie befürchteten, Rachel könnte unter der Befragung durch die Polizei zusammenbrechen und alles erzählen. Sie gerieten in Panik, denke ich.«

»Sie können meine Frau trotzdem nicht wegen des Todes ihres Onkels belangen«, erklärte Lamont so geduldig, als wäre ich schwer von Begriff. »Es gibt keinen Zeugen, der eine diesbezügliche Aussage machen könnte. Ganz gleich, wo und warum und von wessen Hand Rachel Sawyer starb, es ändert nichts daran. Sie kann nicht mehr aussagen.«

»Es gab einen weiteren Zeugen«, sagte ich.

Das brachte ihn um seine Fassung. Die selbstsichere, beinahe lässige Art und Weise entglitt ihm für einen kurzen Moment.

»Wen?«, fragte er in scharfem Ton.

»Einen Gentleman auf dem Rückweg von Putney nach London. Er wurde vom Gewitter überrascht und suchte Schutz vor dem Sturm. Er kam zu Fox House und beobachtete zufällig durch das Fenster, was im Innern geschah.«

Lamont hatte sich wieder gefasst. »Dann hätte der fragliche Gentleman damals Alarm schlagen sollen – wenn er wirklich gesehen hat, was Sie behaupten.«

»Er hatte seine Gründe, dies nicht zu tun. Diese Gründe sind nun entfallen, und er hat seine Aussage bei der Polizei zu Protokoll gegeben.«

»Sie wird keiner Befragung standhalten, da bin ich ganz sicher.« Er kniff die Augen zusammen. »Wer ist dieser Gentleman überhaupt?«

Ich war nicht willens, ihm diese Auskunft jetzt schon zu geben. Mr. Pelham, sein Anwalt, würde es ohnehin früh genug herausfinden, sobald er sich mit den Beweisen gegen seine Mandantin befasste. Meine Zuversicht sank. Lamont hatte allen Grund, so selbstsicher zu sein. Rachel konnte nicht mehr verhört werden, genauso wenig wie Mills. Pelham würde sehr rasch begreifen, dass Mills' Aussage – gemacht unter den verzweifelten Umständen seiner bevorstehenden Hinrichtung – keinesfalls so stichhaltig war wie für eine Verurteilung notwendig. Ein fähiger Verteidiger würde sie in der Luft zerreißen.

Eine Sache jedoch konnte Lamont nicht abstreiten.

»Sie sind erneut in Panik geraten«, sagte ich, »als wir uns auf der Brücke in Putney begegnet sind und Ihnen klar wurde, dass ich den Manschettenknopf habe. Ihre Verzweiflung nahm noch zu, als sie erfuhren, dass ich mit Harriet gesprochen hatte, dem Küchenmädchen. Ich konzentrierte meine Ermittlungen auf Sie – und Sie flüchteten. Damit demonstrierten Sie Ihre Schuld. Vielleicht hofften Sie, Ihre Flucht würde uns von Ihrer Frau ablenken.«

Lamont hob die Hand, als wollte er mich zum Schweigen bringen. Ich wartete. »Es gibt etwas, das ich wissen muss, Ross«, sagte er. »Wie um alles in der Welt konnten Sie mich in Southampton bereits erwarten? Niemand wusste, dass ich vorhatte, an Bord dieser Fähre zu gehen. Ich wusste es ja selbst nicht bis zum vorangegangenen Abend. Meine Frau kann es Ihnen nicht gesagt haben – ich hatte sie nicht eingeweiht.«

»Manchmal begünstigt das Schicksal die Gerechtigkeit«, antwortete ich. »Ich war in einer völlig anderen Angelegenheit in Southampton – einer polizeilichen Angelegenheit, die nichts mit Ihnen oder Ihrer Frau und dem Mord an Rachel Sawyer zu tun hat. Ich habe Sie nur zufällig gesehen, mit der Reisetasche in der Hand, als Sie auf den Victoria Pier zuhielten, von wo die Fähre abgeht.«

»War das so, tatsächlich?«, murmelte er. »Nun, so ein Zufall ist noch lange kein Beweis. Es ist nicht verboten, das Land zu verlassen. Ich war zum gegebenen Zeitpunkt keines Verbrechens angeklagt oder auch nur als Verdächtiger verhört worden. Sie waren bei uns, um uns die Nachricht vom Tod einer Angestellten zu überbringen, und baten mich, die Leiche zu identifizieren. Das hatte ich getan. Soweit es mich betraf, war das das Ende meiner Nützlichkeit für Sie, und ich war frei, zu tun, was immer mir beliebte.« Er zuckte die Schultern. »Wenn Sie mir erzählen, dass meine arme Frau unter der Wahnvorstellung leidet, ich hätte Sawyer getötet, dann lassen Sie sich von mir gesagt sein, dass Amelia einem Irrtum unterliegt.«

»Die Anklage hängt nicht davon ab, was Ihre Frau zu Protokoll gibt!«, schnaubte ich.

Lamont beugte sich zu mir vor und lächelte. »Kommen Sie, Ross – Sie sind ein erfahrener Polizeibeamter. Wenn Sie behaupten, ich hätte Sawyer getötet, müssen Sie mir erst einmal ein Motiv nachweisen.«

»Ich habe bereits von Ihrem Motiv gesprochen«, erinnerte ich ihn. »Das Verbrechen Ihrer Frau, beobachtet von Rachel Sawyer. Sie beide dachten, die Umstände des Todes von Isaiah Sheldon würden erneut untersucht. Das verursachte beträchtliche Nervosität bei Ihnen beiden. Würde Miss Sawyer standhaft bleiben, oder würde sie ebenfalls in Panik geraten und einräumen, was sie beobachtet hatte vor all den Jahren? Sie mussten auf Nummer sicher gehen, und es gab in Ihren Augen nur einen Weg, dies zu bewerkstelligen.«

»Ah!« Lamont beugte sich vor und zeigte triumphierend mit dem Zeigefinger auf mich. »Das ist doch alles nur *Ihre* Theorie, Inspector Ross! Wie wollen Sie denn beweisen, dass Sawyer irgendetwas gesehen hat zum damaligen Zeitpunkt, wie Sie behaupten? Das können Sie nämlich nicht. Die elende Frau ist tot. Und ohne diesen Augenzeugen, von dem Sie behaupten, er hätte ein Verbrechen beobachtet, können Sie meine arme Frau nicht unter Anklage stellen, geschweige denn eine Verurteilung bewirken.

Abgesehen davon können Sie auch mich nicht anklagen, denn mein Motiv – oder das, was Sie dafür halten – existiert überhaupt nicht, es sei denn, meine Frau wird zuerst wegen des Mordes an ihrem Onkel verurteilt.« Es war ein beinahe verzücktes Lächeln, das er dieser Aussage folgen ließ.

Als er weitersprach, gluckste er sogar. »Sie sind ein erfahrener Beamter, und Sie wollen mir ernsthaft erzählen, dass Sie so einen Fall vor ein britisches Geschworenengericht bringen wollen? Sechzehn Jahre nach der angeblichen Tat, wobei der Arzt, der den Totenschein unterschrieben hat, sogar noch am Leben ist? Croft wird seine Meinung sicherlich nicht ändern über etwas, was damals keine Zweifel bei ihm erweckt hat. Sawyer, die Zeugin, auf die Sie sich stützen könnten, kann nicht mehr aussagen. Oh, sicher, Sie sagen, es gibt einen weiteren Zeugen, aber Sie verhalten sich merkwürdig still, was Details angeht. Ich nehme an, der Grund ist, dass seine Aussage keine Geschworenen beeindrucken kann. Nein, nein, Ross, Sie haben ein Kartenhaus gebaut, und eine britische Jury wird es zum Einsturz bringen. Kein Gericht wird meine Frau verurteilen, und aus diesem Grund haben Sie nicht das Geringste gegen mich in der Hand.«

Ich hatte meinen Gegner unterschätzt. Der erbärmliche Mistkerl lachte mich jetzt beinahe laut aus.

»Mrs. Lamont hat gestanden!«, stieß ich zwischen zusammengebissenen Zähnen hervor.

»Hat sie das? Tatsächlich? Betrachten wir die wirren Worte, die meine arme Amelia unklugerweise Ihnen gegenüber geäußert hat. Ich habe mich erst in allerletzter Minute zur Abreise entschieden. Meine Absicht war es, nach Guernsey zu fahren und mich auf der Insel um eine familiäre Angelegenheit zu kümmern. Ich war es leid, ständig die Polizei um mich herum zu haben und ganz Putney über meine Angelegenheiten reden zu hören, deshalb entschloss ich mich spontan zu dieser Fahrt. Ich informierte meine Frau nicht vorher, weil sie mich angefleht hätte zu bleiben. Sie war nicht gern allein im Haus mit niemandem außer den Dienern, nach Sawyers elendem Tod. Ich hatte vor, ihr eine telegrafische Nachricht zu schicken, sobald ich auf Guernsey angekommen war.

Natürlich war Amelia vollkommen durcheinander, als Sie ihr die Nachricht überbrachten, dass ich verhaftet worden war. Sie wusste nicht, was sie sagte, als Sie sie befragt haben. Sie war in einem Schockzustand. Wenn sie sich erst wieder beruhigt hat, wird sie ihre Aussage widerrufen, keine Frage.«

Er zögerte kurz. »Oh, soweit ich weiß, war Ihre eigene Frau zugegen, als Amelia dieses angebliche Geständnis gemacht hat«, fuhr er dann fort. »Die Geschworenen dürften das überaus zweckdienlich für Sie halten und demzufolge der Aussage Ihrer Frau ebenfalls nur wenig Gewicht beimessen. Ich denke, Inspector Ross, Sie werden den Tag nicht erleben, an dem *meine* Frau verurteilt wird, und das völlig zu Recht!«, fügte er ein wenig zu hastig hinzu. »Sie hat ihren Onkel nicht ermordet. Ich habe Sawyer nicht ermordet.«

Er lehnte sich zurück, schürzte den Mund unter dem prächtigen

Van-Dyke-Bart und fügte hinzu: »Ich mochte Sawyer nie um mich herum. Sie war zu vertraulich in ihrem Benehmen und geradezu abstoßend gewöhnlich. Doch sie war eine exzellente Haushälterin.«

»Ich habe so ein Gefühl, als würden die beiden Lamonts ungeschoren davonkommen«, sagte ich an jenem Abend zu Lizzie. »Ich will verdammt sein, wenn es so kommt!« Meine Stimmung war seit meiner Unterhaltung mit Lamont an diesem Tag zutiefst betrübt.

»Aber Lamont kann doch wohl nicht abstreiten, dass er versucht hat, aus dem Land zu flüchten? Nicht mit so einer fadenscheinigen Ausrede, von wegen familiären Angelegenheiten auf Guernsey? Vergiss nicht, ich war dabei, als du Amelia Lamont gesagt hast, dass er verhaftet wurde und in der Zelle sitzt. Das war schlimm für sie. Aber schon bevor du ihr von seiner Verhaftung erzählt hast, als sie sich im Wohnzimmer vor dem Kamin umgedreht und uns beide angesehen hat, waren ihre ersten Worte: ›Er hat mich verlassen.‹ Ihr Schmerz war echt, das könnte ich beschwören, aber sie litt nicht, weil er sie gegen ihren Willen zurückgelassen hat, wie er dich jetzt gerne glauben machen würde. Sondern, weil er sich aus dem Haus davongestohlen hatte, um sie für immer zu verlassen, allein mit der Polizei und den erhobenen Anschuldigungen. Sie war am Boden zerstört nach seinem Verrat. Selbst die Tatsache, dass ich mit dir mitgekommen war, interessierte sie kaum noch, denn der Mann, für dessen Liebe sie vor all den Jahren so ein grauenhaftes Verbrechen begangen hatte, dieser Mann hatte sie verlassen. ›Charles ist fort. Ohne Charles habe ich nichts.‹ Erinnerst du dich?«

Lizzie schwieg einen Moment. »Ich kann nicht anders, aber sie tut mir leid«, fügte sie nahezu unhörbar leise hinzu. »Sie hat alles nur aus Liebe getan, aus Liebe zu Charles Lamont.«

Ich beugte mich vor und ergriff ihre Hände. »Lizzie, hör mir zu! Lass dich nie dazu hinreißen, Mitleid mit einem Mörder zu empfinden! Mord ist das schlimmste aller Verbrechen. Ein Leben, einmal genommen, bleibt für immer verloren. Jeder fühlt sich hin und wieder elend, ausgebeutet, verraten oder verkauft. Doch das rechtfertigt einfach nicht die Anwendung von derartiger Gewalt. Sicher kann jemand unbedacht reagieren, wenn er sich bedroht fühlt oder ein Kind schützen will … in der Hitze des Augenblicks, in einer verzweifelten Situation kann jeder von uns nach einer Waffe greifen und zuschlagen. Aber kaltblütig töten kann längst nicht jeder. Diese Frau stand vor einem schlafenden Mann von achtzig Jahren, der sie vor einem Leben in Armut bewahrt hatte, und drückte ihm ein Kissen auf das Gesicht.

Ich habe nicht vor, sie davonkommen zu lassen – genauso wenig, wie ich zulassen werde, dass Lamont seiner gerechten Strafe entgeht.« Ich hielt inne, um kurz nachzudenken. »Die geradezu lächerliche Ausrede, die er heute vorgebracht hat – dass er plötzlich eine familiäre Angelegenheit auf einer Kanalinsel erledigen wollte –, sie ist Unsinn, wie du ganz richtig gesagt hast. Ich denke nicht, dass eine Jury ihm das abkaufen würde. Die Geschworenen würden es als das sehen, was es war: ein Fluchtversuch, um seiner Verhaftung zu entgehen. Lamont ist von Natur aus nervös und neigt zu Panik. Das ist ja auch der Grund, warum er Rachel Sawyer ermordet hat.«

Lizzie runzelte die Stirn. »Ich frage mich, ob er ihr nicht einen Abschiedsbrief hinterlassen hat. Er hat sie nicht aufgesucht, um ihr zu sagen, dass er zu verschwinden beabsichtigte. Wenn sie am Morgen herausfand, dass er nicht mehr da war, hätte sie vielleicht zur Polizei rennen und Alarm schlagen können. Doch das tat sie nicht. Sie wusste, dass er fortgegangen war, für immer. Er muss ihr einen Brief geschrieben haben, irgendetwas, eine Entschuldigung für sein böswilliges Verlassen.«

»Vielleicht hat sie den Brief längst vernichtet«, sagte ich automatisch. Doch Lizzie schüttelte den Kopf. »Ich glaube nicht, Ben. Es war die letzte Botschaft von ihm, und falls seine Flucht erfolgreich verliefe, würden es für immer seine letzten Worte an sie bleiben, so als wäre er gestorben. Ich denke, sie hat den Brief behalten. Wenn sie ihn nicht bei ihrer Festnahme bei sich trug, dann befindet er sich noch in ihrem Haus. Wenn du mich fragst, ich würde eine Durchsuchung ihres Zimmers organisieren. Vielleicht hat sie einen Sekretär, einen mit einem Geheimfach oder zweien. Es sind sehr verbreitete Möbelstücke. Keine Lady möchte, dass ihre Zofe ihre persönliche Korrespondenz liest. Dort würde ich so einen Brief verstecken, und dort hat sie es mit Sicherheit auch getan – da ihn dort keine andere Person finden und lesen kann.«

Es war ein stichhaltiges Argument. Ich brauchte jedes Indiz und jeden Beweis, dessen ich nur habhaft werden konnte.

Ich versuchte, meinem aufkeimenden Optimismus nicht nachzugeben. Ich dachte immer noch, dass Amelia jedes belastende Stück vernichtet hatte, auch den Abschiedsbrief. Sie hatte ihn wahrscheinlich ins Feuer geworfen … nur dass an diesem Tag kein Feuer gebrannt hatte! Abermals keimte Optimismus in meinem Kopf auf. Hatte ich Lizzie nicht genau deswegen mit nach Putney genommen, weil ich wollte, dass sie Amelias Stimmung einschätzte?

»Ich schicke Morris gleich morgen früh als Erstes nach Fox House«, sagte ich zu ihr. »Ja. Ich werde ihm sagen, dass er jeden Schrank und jede Schublade aufbrechen soll, die er verschlossen vorfindet, und wenn er einen Brief oder sonst etwas Verdächtiges entdeckt, soll er es zum Yard bringen. Wer A sagt, muss auch B sagen, wie es so schön heißt. Ich habe bei dieser Geschichte von Anfang an so ziemlich jeden verärgert, der mir in den Weg gekommen ist, und ich bin so oft ins Fettnäpfchen getreten, dass es auf einmal mehr oder weniger jetzt auch nicht mehr ankommt.«

KAPITEL ACHTZEHN

Am nächsten Morgen machte sich Morris in aller Frühe auf nach Putney und Fox House. Ich konnte mir gut vorstellen, mit welcher Empörung Johnson, der Butler, zusehen würde, wie Morris das Haus auf den Kopf stellte. Ich zweifelte keine Sekunde daran, dass es eine weitere Beschwerde über das Vorgehen der Polizei geben würde.

Amelia Lamont war jetzt meine Priorität. Ich beabsichtigte, sie zu vernehmen, sobald ich mit Dunn über den Stand der Ermittlungen gesprochen hatte. Doch bevor ich dazu kam, erschien Pelham in meinem Büro.

In seiner tiefschwarzen Kleidung stand er vor mir wie ein großer dünner Unglücksvogel. »Mrs. Lamont ist krank!«, verkündete er.

»Wie krank?«, fragte ich ungläubig.

»Sie ist mehr oder weniger zusammengebrochen. Ihre Nerven haben versagt unter dem Stress der misslichen Lage, in der sich ihr Mann befindet.«

»Und womöglich ihrer eigenen misslichen Lage ebenfalls?«, schlug ich vor.

Pelham neigte den Kopf auf eine merkwürdige Weise zur Seite und sah mich an. Er erinnerte mich nun sogar mehr an eine Aaskrähe, die einen Kadaver inspizierte. »Mrs. Lamont hat das Geständnis widerrufen, von dem Sie behaupten, sie hätte es Ihnen gegenüber gemacht. Es war rein mündlich, das Resultat eines Zustands am Rande der Hysterie, abgelegt unter extremen und höchst unvorschriftsmäßigen Umständen. Die einzige andere Person, die zugegen war und es gehört hat, war Ihren eigenen Ausführungen gemäß Ihre Ehefrau. Mrs. Lamont wird kein schriftliches Protokoll unterschreiben, in welchem der Inhalt dieses Gespräches festgehalten werden soll.«

»Widerrufen also, ja? Nun, das ist nicht so einfach, wie es sich anhört. Sie war alles andere als hysterisch, Sir. Sie war vollkommen klar, als sie ihre Aussage gemacht hat. Sie hat in allen Einzelheiten geschildert, wie es zur Tat kam. Zudem gab es einen weiteren Zeugen, abgesehen von Rachel Sawyer. Mrs. Lamont wird noch heute ein weiteres Mal vernommen –«

Er ließ mich nicht ausreden.

»Das kommt überhaupt nicht infrage! Sie werden Mrs. Lamont heute nicht vernehmen!«

»War der Polizeiarzt bei ihr?«, fragte ich.

»Das war er, und er pflichtet mir bei, dass sie nicht vernehmungsfähig ist. Mehr noch, sie ist eine zartbesaitete Frau aus gutem Hause, und eine Gefängniszelle ist ein höchst ungeeigneter Ort, um sie unterzubringen. Schmutzig und ungesund. Ich werde die vorläufige Freilassung beantragen, bis die weiteren Ermittlungen abgeschlossen sind. Es existiert nicht der geringste Grund, sie nicht in ihr eigenes Haus zurückkehren zu lassen. Es gibt keinerlei Anhaltspunkte, dass sie auf freiem Fuß eine Straftat begehen oder Zeugen zu beeinflussen versuchen könnte, insbesondere, da Sie, Inspector …« Er bedachte mich mit einem höchst herablassenden Blick. »… da Sie, Inspector Ross, trotz Ihrer Versicherung, es gebe einen weiteren Zeugen des Verbrechens, das Sie meiner Mandantin zur Last legen, seltsam unwillig scheinen, diesen Zeugen zu benennen oder gar vorzuzeigen.«

In diesem Moment wurde mir klar, auch angesichts des triumphierenden Aufblitzens in seinen blassen Augen, dass Pelham nicht nur herausgefunden hatte, wer mein anderer Zeuge war, sondern auch, unter welchen Umständen er seine Aussage gemacht hatte. Er war sicher, dass er jeden Richter und jede Jury überzeugen konnte, die Aussage zu verwerfen, die Mills mir in jener Nacht in Newgate in die Feder diktiert hatte. Kein Wunder, dass Lamont so zuversichtlich gewesen war, dass weder er noch seine Frau jemals vor Gericht gestellt wurden.

Pelham deutete mein Schweigen folgerichtig als Eingeständnis, dass meine Argumentation auf tönernen Füßen stand. Er erhob sich. »Mrs. Lamont wird, sobald sie auf freiem Fuß ist, nach Putney in ihr Haus zurückkehren«, sagte er. »Sie wird dort bleiben und nirgendwo anders hingehen.«

»Im Gegensatz zu ihrem Ehemann!«, rutschte es mir heraus.

Pelham zuckte nur mit einer Augenbraue. »Sollte es notwendig werden, dass Sie noch einmal mit ihr sprechen, so wird dies in ihrem Heim stattfinden – und in meiner Gegenwart, Inspector. Ich wüsste nicht, welche Einwände die Polizei dagegen haben könnte.«

Mit diesen Worten marschierte er, die Ledermappe unter dem Arm, zur Tür hinaus.

Ich sandte ein stilles Gebet gen Himmel, dass Morris' Suche ein Erfolg beschieden sein würde, denn es war mehr als wahrscheinlich, dass Pelham mit seinem Antrag auf Freilassung seiner Mandantin aus dem Polizeigewahrsam Erfolg haben würde. Und falls Mrs. Lamont in ihr Haus zurückkehrte, würde ihre erste Handlung darin bestehen, jeglichen Beweis zu vernichten, der für uns vielleicht von Nutzen sein konnte.

Die Schicksalsgöttinnen schienen an jenem Tag ein wildes Würfelspiel zu veranstalten. Pelham war noch nicht lange fort und ich kam soeben von Superintendent Dunn zurück, den ich über die jüngsten Entwicklungen informiert hatte, als Biddle in meiner Bürotür erschien und zwei Gentlemen ankündigte, die mich dringend sprechen wollten.

»Wer sind die beiden?«, fragte ich gereizt. »Um was geht es?« Meine Unterhaltung mit Pelham machte mir immer noch zu schaffen.

»Es geht um die Sache in Putney, Sir. Es handelt sich um einen Mr. Williams und einen Mann, der sagt, er sei sein Gärtner.«

Williams … Williams … Der Name klang vertraut, doch ich vermochte ihn nicht einzuordnen. Dann erinnerte ich mich wieder. Mr. Williams war der Besitzer des Hauses, in dessen Gartenschuppen die Leiche von Rachel Sawyer gebracht worden war, um sie vor dem Hochwasser der Themse zu schützen. Meine Stimmung sank noch weiter. Zweifellos war Williams, inzwischen von seiner Reise zurück, wegen des Missbrauchs seines Eigentums aufgebracht und kam nun hierher, um sich zu beschweren.

Fußetrappeln auf der Holztreppe kündigte das Erscheinen zweier Personen an, die einander so unähnlich waren, wie das nur möglich schien. Der eine, gut gekleidet, war klein, schmächtig, mit sehr blassem Teint, einer spitzen Nase und Augen, die mich kurzsichtig anblinzelten. Er ähnelte einer weißen Maus, so sehr ein Mensch das nur konnte. Der andere hingegen war kräftig, groß, braun gebrannt und in Arbeitskleidung und funkelte mich finster an. Ich erkannte ihn sogleich als den Gärtner aus Putney.

Ich wandte mich an den Kleineren der beiden. »Mr. Williams, nehme ich an? Ich denke, ich weiß, warum Sie gekommen sind, und ich versichere Ihnen, dass, hätten wir eine andere Möglichkeit gesehen, wo wir die Leiche hätten lagern können … es war wirklich so kurzfristig und furchtbar dringend –«

Williams winkte aufgeregt ab. »Nein, nein, Inspector Ross, ich bitte Sie! Es war tatsächlich sehr unglücklich, dass Sie die Tote in mein Gartenhaus bringen mussten. Aber Mr. Harrington, der Friedensrichter, der, wenn ich richtig informiert bin, den Transport von der Schlammbank in den Schuppen veranlasst hat, hat mir alles erklärt. Mrs. Williams geriet zuerst sehr aus der Fassung angesichts der Neuigkeiten. Sie befürchtete, der Ruf unseres Haushalts könnte dadurch in der gesamten Nachbarschaft geschädigt werden.«

»Aber Sie und Ihre Frau waren doch unterwegs zur fraglichen Zeit, dachte ich …«, erwiderte ich hastig. »Ich bin sicher, niemand von den Leuten wird glauben –«

Er beugte sich vor. »Aber das tun sie auch nicht!«, sagte er sehr ernst. »Zumindest nicht auf die Weise, die meine Frau befürchtet hat. Sie dachte, keine andere Dame würde sie mehr besuchen. Niemand würde mehr eine Einladung zum Dinner annehmen. Und kein ehrenwerter Haushalt würde uns noch zu sich bitten.«

»Und ist das geschehen?«

»Nein«, sagte Williams offen. »Wir – unser Haushalt – sind im Gegenteil recht berühmt zurzeit in Putney. Doch anstatt Anstoß zu nehmen, scheint alle Welt fasziniert zu sein. Wir sehen einen beständigen Strom von Besuchern an unserer Tür, und alle wollen den Gartenschuppen besichtigen.«

»Ich fürchte, das ist die menschliche Natur, Mr. Williams«, sagte ich und hatte Mühe, die Erleichterung aus meiner Stimme herauszuhalten. »Der Grund, weshalb ich hier bin und meinen Gärtner Coggins mitgebracht habe, ist ein völlig anderer.«

Ich richtete meine Aufmerksamkeit auf den Gärtner. Sein Gesicht war dunkler geworden, als sein Arbeitgeber von den vielen Besuchern gesprochen hatte, die den Schuppen sehen wollten, und ich erkannte, dass ihm der plötzliche Ruhm des bescheidenen Schuppens gar nicht passte. Vermutlich genauso wenig wie die vielen Menschen, die über den Rasen trampelten.

»Mr. Coggins«, sagte ich. »Sie haben geholfen, die Tote zu transportieren, wenn ich mich recht entsinne?«

»Das ist richtig«, brummte Coggins. »Ich kannte sie nicht. Die Tote, meine ich. Aber der Richter, Mr. Harrington, er kannte sie. Der alte Kerl, der sich um die Kirche kümmert, kannte sie auch. Er war ziemlich aus der Fassung wegen der Sache. Aber ich wusste nicht, wer sie war.«

An diesem Punkt verstummte er und schien wieder in dumpfes Brüten zu versinken angesichts der schlechten Behandlung, die ihm und seinem Gartenschuppen widerfahren war.

»Kommen Sie, Coggins, seien Sie ein guter Mann«, nötigte ihn sein Arbeitgeber. »Erzählen Sie dem Inspector, was Sie mir erzählt haben.« Er sah mich um Entschuldigung bittend an. »Coggins ist ein wenig nervös, wissen Sie? Aber er ist darauf bedacht, seine Pflicht als Bürger zu erfüllen.«

»Ich kannte sie nicht«, wiederholte Coggins hartnäckig. »Aber ich hatte sie gesehen«, fügte er unwillig hinzu.

»Wo? Wann?«, fragte ich in der Erwartung, nun zu hören, dass er Rachel Sawyer in der Vergangenheit beim Einkaufen in der High Street gesehen hatte. Doch seine nächsten Worte verschlugen mir die Sprache.

»Früher an jenem Morgen, richtig früh, meine ich. Und da war sie am Leben.«

»Warum haben Sie uns nichts davon erzählt?«, ächzte ich.

»Wozu denn?«, entgegnete Coggins. »Ich wusste ja nicht, *wer* sie war. Das hab ich Ihnen doch gesagt! Ich hab sie nur *gesehen*. Als ich die Tote anschaute, dachte ich bei mir, das ist sie, das ist die gleiche Frau. Aber ich wusste ihren Namen nicht, und weil Mr. Harrington und der Kirchendiener sie kannten, dachte ich, ich halte den Mund. Also hielt ich den Mund. Abgesehen davon hat mich niemand gefragt.«

Ich hätte am liebsten den Kopf in den Händen vergraben. Coggins' Verhalten war alles andere als ungewöhnlich. Im Gegenteil, es war mir sehr vertraut. Er wollte nicht in etwas verwickelt werden, das ihn nichts anging und ihm nur weiteres Ungemach bescheren würde. Seine einzige Sorge galt dem Garten seines Arbeitgebers, denn wenn es dort Schäden gab, würde Williams ihn zur Rechenschaft ziehen. Doch nach der Verhaftung Lamonts hatten ihn Zweifel beschlichen, ob sein Verhalten richtig war. Natürlich hatte er zuerst mit seinem Brötchengeber darüber gesprochen, nicht mit der Polizei.

Mr. Williams drängte ihn erneut. »Bitte, Coggins! Erzählen Sie Mr. Ross genau das, was Sie mir vorhin erzählt haben! Ich bin sicher, er wird verstehen, dass Sie zuerst nicht erkannt haben, wie wichtig es ist.«

»Das war's schon«, sagte Coggins. »Ich habe sie früher gesehen –

am frühen Morgen, putzmunter –, und sie hat sich lautstark mit Dandy Jack gestritten, unten beim Fluss.«

»Dandy Jack?«, rief ich bestürzt. Kam hier etwa ein neuer Verdächtiger ins Spiel, der mir bisher entgangen war? Das konnte nicht sein.

Coggins besaß den Anstand, unbehaglich dreinzublicken. Er warf einen raschen Blick zu seinem Arbeitgeber, dann murmelte er: »Verzeihung, Sir.« Er wandte sich wieder an mich. »Ich hätte sagen sollen, Mr. Lamont, der in Fox House lebt. Einige der Einheimischen nennen ihn Dandy Jack, weil er mit seinem Gehstock durch die Gegend stolziert und diesen modischen Bart trägt und immer herausgeputzt ist wie ein feiner Pinkel. Es ist eine Art Witz unter den Einheimischen, Sir.«

Rache ist süß, und ich verspürte einen unwürdigen Moment reinsten Entzückens beim Gedanken daran, dass der vornehme Charles Lamont hinter seinem Rücken Dandy Jack genannt wurde und Gegenstand von Heiterkeit und Spott war.

»Coggins wurde nervös, als er von Mr. Lamonts Verhaftung erfuhr«, erklärte Williams. »Er war genauso schockiert wie wir alle. Er kam zu mir, und ich sagte ihm, dass er sofort zur Polizei gehen und seine Information preisgeben müsse. Aber er wollte nicht allein her, deswegen habe ich ihn begleitet«, schloss Williams taktvoll. Er verzichtete darauf, anzumerken, dass Coggins wohl ohne Begleitung überhaupt nicht im Scotland Yard erschienen wäre.

»Biddle!«, rief ich.

Der Constable erschien Sekunden später.

»Holen Sie Stift und Papier! Dieser Zeuge hier möchte eine Aussage machen. Setzen Sie sich hierher, und schreiben Sie alles auf. Und Sie, Mr. Coggins, fangen bitte ganz am Anfang an. Lassen Sie nichts aus, wie unbedeutend es auch erscheinen mag.«

Coggins starrte zuerst Biddle an, dann den Stift und das Papier und schließlich mich. »Also schön. Ich tue mein Bestes. Mr. und Mrs. Williams waren außer Haus. Ich wollte, dass der Garten hübsch und gepflegt aussieht, wenn sie am nächsten Tag heimkehrten. Also ging ich bald zur Arbeit und war schon um sechs Uhr früh dort. Das ist eine gute Zeit für Gartenarbeit. Die Vögel singen, der Tau bedeckt das Gras, und die Welt ist in Ordnung. Nun ja, wenigstens meine Welt.«

»Ganz bestimmt«, pflichtete ich ihm bei. »Bitte erzählen Sie nicht zu schnell, sonst kommt der Constable nicht mit.«

»Schon gut«, brummte Coggins. »Keine Aufregung. Ich mach's langsamer. Nach einer Weile hörte ich die Kirchenuhr sieben schlagen. Ich arbeitete weiter, aber fragen Sie mich nicht, wie lange. Das weiß ich nämlich nicht so genau. Doch die Uhr hatte noch nicht acht geschlagen. Mein Rücken verlangte nach einer Rast, und ich hatte Lust auf eine heiße Tasse Kaffee. Es gibt einen Stand bei der Brücke, wo man morgens frischen heißen Kaffee kaufen kann. Der Bursche macht ein gutes Geschäft mit den Leuten, die über die Brücke müssen, um in Fulham zu arbeiten. Wie dem auch sei, mein schnellster Weg zu diesem Stand geht durch das Gartentor auf der Rückseite des Grundstücks und dann am Leinpfad entlang. Ich trat durch das Tor, und gerade als ich mich nach links wenden wollte, zum Kaffeestand, warf ich zufällig einen Blick nach rechts. Dort waren zwei Leute, und einer von ihnen war Dandy Ja–, Verzeihung, ich meine Mr. Lamont. Er redete mit einer Frau. Ich warf einen Blick auf sie und dachte, dass sie nicht von der Sorte war, von der man erwartet hätte, dass er sich mit ihr abgibt. Sie war reizlos und nichtssagend und nicht mehr ganz jung. Die beiden schienen zu streiten. Ich dachte, dass es wohl um den Preis ginge. Ich weiß, es war noch ziemlich früh für dergleichen, aber die Dirnen sind immer auf der Suche nach Kundschaft, egal um welche Tageszeit. Nicht, dass sie wirklich nach einem Straßenmädchen aussah, wie ich bereits sagte, viel zu reizlos. Andererseits hatte sie vielleicht gerade eine Pechsträhne und wollte nicht ins Armenhaus. Sie gingen ein Stück weiter, unter die Bäume am Ufer, und ich glaubte, sie wären sich einig geworden.

Ich dachte nicht mehr daran, sondern ging zur Brücke, um meinen Kaffee zu trinken. Ich unterhielt mich ein wenig mit ein paar Leuten, die ich kannte und die auch regelmäßig zum Kaffee dort auftauchten.« Coggins warf einen verstohlenen Blick zu seinem Arbeitgeber. »Ich weiß nicht genau, wie lang ich dort war, aber es kann nicht sehr lang gewesen sein. Auf dem Rückweg zu meiner Arbeit, wieder den gleichen Leinpfad entlang, hörte ich jemanden rufen. Ich sah, dass es Mr. Harrington war, der Friedensrichter. Ein paar Leute standen um jemanden herum, der im Schlamm lag: Mr. Harrington, der alte Kirchendiener und ein paar Jungen.«

Coggins zögerte. »Da hatte niemand im Schlamm gelegen, als ich vorbeigekommen war, das kann ich Ihnen sagen! Wie dem auch sei, Mr. Harrington und die anderen winkten mir, herbeizukommen und ihnen zu helfen. Und das habe ich getan. Mr. Harrington hatte die Idee, die Tote in den Schuppen zu legen.« Coggins sah Williams an. »Es war nicht meine Idee, Sir.«

»Ganz recht, ganz recht, Coggins«, besänftigte Williams den aufgebrachten Gärtner.

»Das ist alles. Ich habe ihr Gesicht nicht genau gesehen, als wir sie in den Garten getragen haben, aber als wir sie auf meine Werkbank gelegt haben …« An diesem Punkt schnitt Coggins eine leidende Grimasse. »Als wir sie auf meine Werkbank gelegt und dabei meine Töpfe und Setzlinge zu Boden gestoßen haben, konnte ich sie genauer betrachten. Nun erkannte ich die Frau, die vorher mit Dandy Jack, pardon, Mr. Lamont geredet hatte. Ich hielt es immer noch nicht für nötig, etwas zu sagen, schließlich kannten Mr. Harrington und der Kirchendiener die Tote mit Namen, also wussten sie mehr als ich. Ich dachte nicht, dass Mr. Lamont etwas damit zu tun haben könnte. Warum sollte er auch? Ich dachte, vielleicht hat sie einen anderen Mann angesprochen und war von ihm verprügelt worden? Dann kam die Polizei, zuerst die einheimischen Bullen und dann Sie.« Coggins fixierte mich mit anklagendem Blick. »Alle trampelten über meinen Rasen und traten auf die Büsche. Ich dachte, das hört nie wieder auf. Es war Abend, bevor ich auch nur anfangen konnte, den Garten aufzuräumen. Ich musste am nächsten Morgen in aller Herrgottsfrühe wiederkommen, um die Arbeit abzuschließen. So hat man meine Zeit verschwendet!«

»Und was ist mit der Zeit der Polizei?«, entgegnete ich. »Ein Mord hatte sich ereignet, und Sie hätten uns mit wichtigen Informationen weiterhelfen können! Sie hätten helfen können, den genauen Zeitpunkt des Todes festzulegen, Mann! War Ihnen das denn nicht bewusst?«

»Nein, natürlich nicht!«, begehrte Coggins auf. »Ich kenne mich doch nicht aus mit Polizeiarbeit! Ich bin Gärtner. Ich … erst als ich hörte, dass Sie Dandy – Mr. Lamont verhaftet haben, dachte ich wieder daran und überlegte, dass ich besser mit Mr. Williams darüber rede.«

Es hatte wenig Sinn, meinem Ärger Luft zu machen, dass der Gärtner sich erst so spät gemeldet hatte. Wir alle haben unsere Prioritäten, und für Coggins standen eben sein unterbrochener Arbeitstag und die vernichteten Setzlinge im Vordergrund. Zudem war es ihm anfangs unmöglich erschienen, dass ein langjähriger Einwohner von Putney, ein Gentleman und Arbeitgeber, irgendetwas mit dem Tod einer Frau zu tun haben konnte, die Coggins für eine Gelegenheitsprostituierte gehalten hatte. »Gibt es sonst noch etwas?«, fragte ich ihn. »Nein? Gut, dann lesen Sie bitte das Protokoll, das der Constable angefertigt hat, und wenn Sie damit einverstanden sind, unterschreiben Sie es.«

Coggins las das Protokoll mit gerunzelter Stirn, dann setzte er seinen Namen mit überraschend klarer, deutlicher Schrift darunter.

»Ich habe meine besten Setzlinge verloren«, brummte er. »Und alles nur, weil Sie und Ihre Leute diese Leiche in meinem Gartenschuppen ablegen mussten!«

Selbst danach hielt das Schicksal noch eine Überraschung für uns bereit. Es war später Vormittag, als Morris wieder im Yard erschien, nachdem er Fox House durchsucht hatte. Unter dem Arm trug er ein mysteriöses Paket, eingeschlagen in eine Zeitung.

»Was haben Sie da?«, fragte ich ihn.

»Ich bin nicht ganz sicher, Mr. Ross, deswegen dachte ich, es wäre vielleicht besser, wenn ich es mitbringe. Ich habe dem Butler eine Quittung ausgestellt.« Morris stellte das Paket auf den Tisch und wickelte es aus. Ich fühlte mich an eines jener Gesellschaftsspiele erinnert, die manche Leute an Weihnachten spielen.

Ausgepackt erwies sich das Objekt als ein kleines Kästchen aus Holz mit hübsch verzierten Paneelen an allen vier Seiten sowie oben und unten. Die Intarsien stellten größtenteils Blumen, Vögel und Blätter dar, doch die Oberseite zeigte einen Hafen mit merkwürdig aussehenden Booten. Alles war in hellen Grün-, Rot- und Blautönen gehalten.

»Ich kann es nicht öffnen, Sir«, sagte Morris. »An diesem Ende gibt es einen schmalen Streifen, der sich zur Seite bewegen lässt, aber nur ein Stück weit und dann nicht mehr. Es ist ein hübsches Teil, deswegen wollte ich es nicht gewaltsam aufbrechen. Könnte sich um ein Schmuckkästchen handeln, aber es klappert nichts, wenn man es schüttelt. Es wiegt auch nicht besonders viel. Ich schätze, es kommt aus dem Ausland.«

Constable Biddle, von Natur aus die Neugier in Person, hatte sich in den Raum geschoben, um herauszufinden, was Morris entdeckt hatte. Weder Morris noch ich hatten ihn bemerkt, und so schraken wir zusammen, als er plötzlich laut ausrief: »Es ist eine chinesische Trickschachtel!«

»Was machen Sie hier, mein Sohn?«, herrschte Morris ihn an. »Wer hat Sie gebeten, in Mr. Ross' Büro zu kommen?«

Biddle war zu fasziniert von dem Kästchen, als dass er den Tadel beachtet hätte. »Genau wie die Schachtel im *Schatz des Kublai Khan!*«, fuhr er in ehrfürchtigem Ton fort.

»Ich nehme an, Sie meinen einen dieser Schundromane, die Sie immer lesen«, schnappte Morris. »Ich habe Ihnen schon mehr als einmal gesagt, es endet noch damit, dass sie Ihnen das Gehirn verdrehen! Mir scheint, das ist schon geschehen!«

»Nein, nein, Morris, warten Sie.« Ich hob die Hand, um Morris' Eifer zu bremsen. »Biddle, was wissen Sie über diese Schachteln? Was haben Sie aus der Lektüre dieses Buches erfahren?«

»Man steckt Dinge hinein, die man vor anderen verbergen will«, versicherte uns Biddle atemlos. »Im *Schatz des Kublai Khan* enthält eine Schachtel wie diese dort eine Karte, die zeigt, wo der Schatz versteckt ist. In einer Pagode nämlich.«

»Und wissen Sie auch, wie man sie öffnet?«, riefen Morris und ich beinahe gleichzeitig.

»Kann schon sein«, antwortete Biddle und nahm die Schachtel hoch. »Wenn Sie mir eine oder zwei Minuten lassen?« Er studierte das Kästchen stirnrunzelnd.

»Dieses Stück hier ist beweglich«, erklärte Morris ungeduldig und deutete auf den schmalen Streifen. »Aber das ist alles.«

Biddle verschob den Streifen und probierte die anderen Seiten, während der Streifen verschoben war. Die Oberseite des Kästchens mit dem Hafenthema bewegte sich einen Zentimeter zur Seite, doch sie ließ sich nicht öffnen.

»Setzen Sie sich, Biddle«, forderte ich den jungen Constable auf.

Biddle nahm Platz, stellte das Kästchen vor sich auf den Schreibtisch und begann von Neuem, alle Seiten auszuprobieren. Es gelang ihm, einen weiteren schmalen Streifen zu finden, der sich verschieben ließ. Hernach ließ sich der Deckel noch einen Zentimeter zur Seite drücken. Nach vielem Gefummel stieß Biddle einen leisen triumphierenden Laut aus, und der Deckel glitt komplett hinweg und gab den Blick auf den Inhalt frei. Morris und ich beugten uns vor. Die Schachtel war leer.

»So viel dazu«, brummte Morris frustriert.

»Nein, nein, es gibt noch ein zweites Fach, Sir, Sergeant«, versprach Biddle. »Sehen Sie, das Loch ist nicht tief genug. Es muss irgendwo eine Schublade sein, irgendwo darunter.« Er schob und drückte an den Seiten, und die den beiden verschiebbaren Streifen gegenüberliegende Fläche ließ sich drei oder vier Zentimeter weit anheben. Darunter wurde ein kleiner Knopf sichtbar. Biddle zog daran, und mit einem unerwarteten Klimperton glitt eine kleine Lade heraus. In ihr lag ein gefaltetes Blatt Papier.

»Gut gemacht, mein Junge!«, sagte Morris, und Biddle errötete heftig angesichts des seltenen Lobs.

Beide beobachteten mich gespannt, als ich das Blatt nahm und es entfaltete.

»Wir haben ihn, Morris«, sagte ich. »Wir haben Dandy Jack!«

»Wen?«, fragte der Sergeant verwirrt.

»Biddle wird Ihnen alles erklären. Ich muss mit diesem Blatt sofort zu Superintendent Dunn.«

KAPITEL NEUNZEHN

Dunn breitete den Brief flach auf seinem Schreibtisch aus, und gemeinsam beugten wir uns darüber und lasen.

Meine geliebte Frau,

wenn Du diesen Brief liest, bin ich bereits weit weg. Ich hätte mir gewünscht, dass unser gemeinsames Leben nicht auf diese Weise endet, doch es ist unvermeidlich. Die Polizei scheint offensichtlich zu glauben, dass sie genügend Beweise in der Hand hat, um eine Verhaftung vorzunehmen, und sie kann jeden Moment auftauchen, um mich mitzunehmen. Das Einzige, was mir jetzt noch bleibt, ist, das Land zu verlassen. Wenn ich erst weg bin, werden sie, wie ich hoffe, damit aufhören, Dich zu belästigen, denn Du bist eindeutig schuldlos in der Angelegenheit von Sawyers Tod.

Ich bedaure nicht, Sawyer aus unser beider Leben entfernt zu haben, abgesehen davon, dass es zu der gegenwärtigen bedauerlichen Situation geführt hat. Sie war eine grässliche Frau und hat ihren Untergang selbst heraufbeschworen. Hätte sie das Geld genommen, das sie in den letzten Jahren bei uns zusammengespart hat, und wäre fortgegangen, wozu ich sie zu überreden gehofft hatte – all das wäre vermeidbar gewesen. Doch ich hatte nicht bedacht, wie sehr sie es genoss, uns in der Hand zu haben … und wie gierig sie war.

Sie erklärte sich an jenem Morgen ohne jedes Zögern zu einem Treffen am Fluss bereit. Ich hatte ihr gesagt, dass ich die neue Situation mit ihr besprechen wolle, ohne Gefahr zu laufen, dass jemand vom restlichen Personal uns höre. Doch die Unterhaltung lief von Anfang an schief. Es fing damit an, dass sie noch mehr Geld von uns forderte. Sie prahlte damit, dass wir keine andere Wahl hätten und in ihrer Hand seien. Wäre sie vernünftig gewesen, ich schwöre Dir, ich hätte sie nicht umgebracht. Ich denke, Du verstehst mich, denn auch Dein Onkel hat Dir keine andere Wahl gelassen vor all den Jahren. Ich weiß, dass Du das, was Du damals getan hast, für uns beide getan hast. Genau wie ich.

Ich bin mir völlig darüber im Klaren, wie sehr Dich dieser Brief bekümmern wird. Doch ich bitte Dich, Du musst mir glauben, dass ich immer getan habe, was ich für das Beste für uns hielt. Bitte vernichte diesen Brief, sobald Du ihn gelesen hast. Er darf niemand anderem in die Hände fallen. Meine Liebe zu Dir bleibt unverändert, liebste Amelia, und ich bitte Dich, nicht im Zorn an mich zurückzudenken. Ich habe Dich nicht verlassen, denn Du wirst für immer in meinem Herzen bleiben.

Dein Dich liebender Mann

Charles Lamont

Dunn und ich richteten uns auf und blickten uns an.

»Sie hat den Brief nicht vernichtet«, sagte ich. »Lizzie hatte recht. Das sind Lamonts letzte Worte an sie. Indem sie den Brief las, hörte sie seine Stimme. Es war genauso, als hätte er seine Worte im Todeskampf zu ihr gehaucht.«

»Das hat er«, sagte Dunn grimmig. »Indem sie diesen Brief behalten hat, hat sie ihn an den Galgen gebracht.«

Mit dem Abschiedsbrief konfrontiert blieb Lamont nichts anderes übrig, als seine Tat zu gestehen.

»Ich streite trotzdem ab, dass ich die Absicht hatte, sie umzubringen! Aber es war offensichtlich, dass sie nicht die Absicht hatte, vernünftig zu sein. Sie wurde unangenehm, anmaßend, verhöhnte mich. Ich verlor die Geduld. Ich packte sie am Nacken. Ich wollte sie schütteln, mehr nicht. Sie fiel einfach tot vor meine Füße.«

Lamont zögerte. »Es war bemerkenswert. Für ein paar Sekunden war ich schockiert. Ich musste die Leiche loswerden sowie sämtliche Beweise, und ich hatte nur wenig Zeit dafür. Denn ich musste schnellstmöglich zurück nach Hause. Das Mädchen, Harriet, hatte heißes Wasser vor meine Schlafzimmertür gestellt. Wenn es zurückkam, um den leeren Krug zu holen und das Waschbecken mit Wasser, und alles würde unberührt dort stehen, würde es ihren Rhythmus stören, und ich konnte nicht sicher sein, was sie dann tun würde. Sie konnte klopfen oder sogar das Schlafzimmer betreten, oder sie konnte nach unten gehen und es Johnson erzählen, der nach oben kommen und klopfen würde. Meine Abwesenheit würde entdeckt werden.« Lamont seufzte. »Aber das hatten Sie sich bereits gedacht, nicht wahr, Ross? Deswegen waren Sie so begierig darauf, Harriet auszufragen.«

»Jeder Haushalt hat seine morgendliche Routine«, sagte ich. »Eigenartigerweise ist es jener Teil des Tages, der in seinen Abläufen am meisten fixiert ist. Wenn sich etwas ändert, dann in der Regel nur, weil es unumgänglich ist.«

Lamont nickte. »Ich stand noch nie vor einer schwierigeren Notwendigkeit als an diesem Tag. Eine Leiche loszuwerden! Wie um alles in der Welt macht man das? Ich schleifte Sawyer in Richtung Fluss, doch sie war schwer und starkknochig, wie Sie selbst gesehen haben. Ihr Gewicht und das ihrer Kleidung und der schlüpfrige Grund unter meinen Füßen, all das hielt mich auf. Ich konnte sie kaum bewegen! Dabei muss ich den Manschettenknopf verloren haben. Als ich es auf dem Heimweg merkte, war keine Zeit mehr, umzukehren und danach zu suchen. Es war so ein winziges Ding. Ich dachte, dass man den Knopf vielleicht übersieht. Die Chancen standen nicht schlecht.«

»Drei Männer waren nötig, um sie von der Schlammbank in einen nahe gelegenen Garten zu tragen«, informierte ich ihn. »Ich bin nicht überrascht, dass Sie Mühe hatten, die Tote zu bewegen. Nicht umsonst nennt man die Tragfähigkeit eines Schiffes Deadweight – totes Gewicht.«

»Da haben Sie's ja«, sagte Lamont aufgebracht. »Ich hatte keine andere Wahl, als sie auf dem Schlamm liegen zu lassen. Ich hoffte, dass das steigende Wasser sie davonspülen würde. Vielleicht hätte es funktioniert, wenn nicht der dumme Zufall dazwischengekommen wäre. Wenn nicht diese elenden Schlammjungen gekommen wären, um im Dreck zu wühlen ...« Er grinste schief. »Es ist wie bei einem Kartenspiel. Man muss das Blatt spielen, das einem ausgeteilt wurde. Manchmal ist das Glück auf deiner Seite und manchmal nicht.« Er beugte sich vor. Plötzlich wirkte er ängstlich und besorgt. »Aber meine Frau hatte nichts damit zu tun, absolut überhaupt nichts! Das müssen Sie mir glauben. Das steht ja auch so in meinem Brief.«

»Er legt Wert auf die Feststellung, dass seine Frau nichts mit dem Mord an Rachel Sawyer zu tun hat. Das stehe ja auch so in seinem Brief. Wir haben keinen Beweis, dass es anders wäre, und sie wird nicht wegen Mordes an Rachel Sawyer angeklagt«, erzählte ich Lizzie an jenem Abend.

»Und was ist mit dem Mord an ihrem Onkel?«, fragte sie.

»Pelham hat sicher nicht die geringste Lust, zwei Mandanten auf einmal an den Henker zu verlieren. Es könnte seinem Ruf schaden. Er wird alles daransetzen, sie vor dem Galgen zu bewahren, und vielleicht hat er sogar Erfolg damit. Lamont schreibt davon, was Amelia ›an jenem Tag getan‹ hat, doch er wird in seinem Brief nicht deutlicher, was genau das gewesen ist. Als wir ihn nach diesem Satz gefragt haben, erwiderte er, es bezöge sich darauf, dass sie noch heute Schuldgefühle habe, weil sie damals in Panik geraten war, als sie ihren Onkel tot vor dem Kamin fand. Anstatt sofort den Arzt zu rufen, ließ sie Isaiah Sheldon nach oben tragen und befahl die Anwendung von Senfpflastern. Sie hätte völlig den Kopf verloren, behauptet Lamont, und würde sich seit damals Vorwürfe machen, weil sie so respektlos mit dem Toten umgegangen sei.

Ich glaube nicht, dass er mit dieser Erklärung durchkommt. Doch es bleibt unklar, auf was er sich in seinem Brief bezieht.

Wie dem auch sei, weder Rachel noch Mills können in den Zeugenstand gerufen werden. Pelham wird versuchen, die Anklagepunkte gegen sie wenigstens teilweise zu entkräften, wenn er sie schon nicht ganz aus der Welt schaffen kann. Falls sie überhaupt verurteilt wird, dann schätze ich, höchstens zu einer Gefängnisstrafe. Sicher nicht zum Tod durch Hängen.«

Lizzie erschauerte. »Sie würde nicht lange überleben im Gefängnis«, meinte sie leise.

»Sie ist eine starke und einfallsreiche Frau«, entgegnete ich.

»Sie hat nichts mehr, wofür es sich lohnen würde, die Zeit im Gefängnis zu überleben«, erwiderte Lizzie.

Ich war nicht sicher, ob ich das auch so sah, doch Lizzies Meinung stand fest, und so verstummten wir beide und saßen in unserem winzigen Wohnzimmer mit dem Teetisch zwischen uns. Ein dumpfes Geräusch aus der Küche verriet uns, dass Bessie mit ihrer üblichen Vehemenz an den Abwasch ging.

»War Canning eigentlich heute mit seinem Anwalt beim Yard?«, fragte Lizzie unvermittelt.

»Oh ja, das war er. Ich hatte ganz vergessen, es dir zu erzählen. Soweit ich weiß, hat Dunn ihm eine gehörige Standpauke gehalten über das Verschwenden von polizeilichen Ressourcen und ihn dann hinausgeworfen.«

»Ich frage mich, wie das enden wird«, sagte Lizzie düster.

Elizabeth Martin Ross

Wir sollten es bald herausfinden. Am folgenden Abend kam Ben mit einem Brief nach Hause, der zu seiner Adresse am Yard geschickt worden war. Er stammte von Miss Alice Stephens, und es war eine Einladung an Ben und mich für den nächsten Sonntag, zusammen mit ihr und ihrer Nichte den Tee im Hotel zu nehmen. Die beiden Frauen wollten am darauffolgenden Montag nach Southampton zurückkehren.

Jane Canning und ihre verzweifelte Situation hatten mich sehr beschäftigt. Nach allem, was Ben mir erzählt hatte, fand ich es schwer vorstellbar, dass der abscheuliche Hubert Canning mit irgendetwas einverstanden sein könnte, das seine Frau ebenfalls akzeptabel fand. Die Diskussionen, die in den wenigen Tagen seit der Rückkehr Janes und ihrer Tochter aus Southampton stattgefunden hatten, konnten nur erbittert gewesen sein. Miss Stephens schien großes Vertrauen in einen gewissen Mr. Quartermain zu setzen, doch ich habe schon früher Bekanntschaft mit den Cannings dieser Welt gemacht. Ihr übersteigertes Selbstwertgefühl umgibt sie wie ein Panzer. Man kann sie nur selten dazu bewegen, auch nur das kleinste Zugeständnis zu machen oder einen anderen Standpunkt als den eigenen zu akzeptieren.

Gewiss schien mir nach Bens Bericht, dass Canning dies niemals getan hatte. Das einzige Mal, dass er mit irgendetwas einverstanden gewesen war, was Jane gewollt hatte, war bei der Einstellung des Kindermädchens Ellen Brady.

Meine einzige Hoffnung bestand darin, dass Canning so erschrocken gewesen war, weil er mit seinem Anwalt vor Superintendent Dunn hatte erscheinen müssen, um sich eine Standpauke anzuhören, dass er vielleicht nun eher bereit war, etwas zu einer raschen Einigung beizutragen. Dunns ernste Warnung mochte ihn dazu bewegen, wo es die Gefühle seiner Frau nicht vermochten.

Da war noch etwas. Es war klar, dass er seine Tochter wieder unter seinem Dach haben wollte. Doch er scherte sich nicht einen Penny darum, was aus Jane wurde. Meine persönliche Meinung war, dass Jane wohl nicht die graue Maus gewesen war, die er bei der Hochzeit zu heiraten geglaubt hatte, und dass er sie deswegen hatte loswerden wollen. Doch nicht durch Scheidung, was eine viel zu öffentliche Angelegenheit geworden wäre. Stattdessen hatte er geplant, sie still und leise in die berüchtigte »Spezialklinik für die Behandlung weiblicher Hysterie« abzuschieben. Was das kleine Mädchen anging, so war das eine ganz andere Angelegenheit. Sie würde eines Tages seine Erbin werden, und er wollte sie in seiner Nähe haben, um Kontrolle über sie auszuüben. Die gleiche Sorte von Kontrolle, die Isaiah Sheldon einst über Amelia hatte ausüben wollen. Die arme kleine Charlotte würde noch früh genug herausfinden, wenn sie älter wurde, was für ein Tyrann ihr Papa war.

Das Hotel war klein, jedoch sauber und ordentlich, sehr ruhig und offensichtlich von älteren Damen geschätzt. Die Luft war geschwängert mit dem Duft von Lavendel und Hustendrops. Miss Stephens erklärte uns, dass sie mit der Hotelleitung abgesprochen habe, dass wir an jenem Nachmittag den Tee in der Bibliothek einnehmen konnten, wo wir ungestört waren. Als wir den kleinen, beengten Raum betraten, dachte ich bei mir, dass die Hotelleitung wohl doch nicht so großzügig gewesen war, wie es im ersten Moment geklungen hatte. Ich konnte mir nicht vorstellen, dass irgendjemand den Raum freiwillig benutzen wollte. Der Titel »Bibliothek« war eine mächtige Übertreibung. Das angebotene Lesematerial bestand aus einer Reihe von Magazinen, diversen Ratgebern zur Bewältigung des Lebens, die von verschiedenen religiösen Organisationen gespendet worden waren, sowie der vollständigen, mehrbändigen Biografie des verstorbenen Prinzgemahls Albert. Die Sessel waren hart. Der Teppich war abgewetzt und passte nicht genau in den Raum, was die Vermutung nahelegte, dass er aus irgendeinem anderen Zimmer stammte und an diesem wenig genutzten Ort sein Gnadenbrot fristete. Die bunte Mischung aus getrockneten Blumen und Blättern in einer hässlichen Vitrine auf dem Kamin musste entweder herausgenommen und abgestaubt oder am besten gleich entsorgt werden.

Wir drückten uns alle in das Zimmer. Die Reifröcke der Frauen nahmen so viel Raum ein, dass Ben förmlich gegen die Wand gedrängt wurde. Dann servierte ein Hausmädchen, das sicher fast so alt war wie die übrigen Hotelgäste, den Tee.

»Jane und ich sind Ihnen höchst verbunden, dass Sie gekommen sind«, begann Miss Stephens die Unterhaltung. »Wir sind entzückt, Ihre Bekanntschaft zu machen, Mrs. Ross.«

Ich erwiderte das Kompliment. Die Wahrheit war, als Ben mir von der Einladung erzählt hatte, hätte mich nichts auf der Welt davon abbringen können mitzugehen. Ich war neugierig, die beiden Frauen kennenzulernen. Miss Stephens war genau so, wie ich sie mir vorgestellt hatte. Eine sittsame alte Jungfer mit hohen Prinzipien, die wenig Verständnis hatte für das Elend in einer unglücklichen Ehe. Nur der Schock hatte sie dazu bringen können, ihrer Nichte Zuflucht zu gewähren. Hätte Jane ihr aus St. John's Wood geschrieben und ihre Tante angefleht, nach Southampton zurückkehren zu dürfen und ihren Ehemann zu verlassen, Miss Stephens hätte ihre Bitte rundweg abgeschlagen. Jane hätte wahrscheinlich einen Antwortbrief erhalten, in dem die Tante sie an ihre »Pflicht« erinnerte. Doch die erschöpfte, ausgemergelte, barfüßige Gestalt, die unangemeldet vor ihrer Haustür gestanden hatte, hatte sie nicht abweisen können.

Miss Stephens hatte einmal akzeptiert, dass Mr. Canning einen geeigneten Ehemann für ihre Nichte Jane abgeben konnte. Jetzt – wie wohl vorauszusehen war – hatte sie eine komplette Kehrtwende vollzogen, und Hubert Canning war der Erzfeind geworden. Canning hatte Miss Stephens enttäuscht. Er hatte ihr ein unwillkommenes Dilemma beschert, indem er seinen Teil der Vereinbarung nicht eingehalten hatte. Er hatte Miss Stephens' Urteilsvermögen infrage gestellt. Canning hatte seine Pflicht vernachlässigt.

Mein Interesse bestand darin, Jane Canning zu beobachten. Sie musste inzwischen um einiges gesünder aussehen als vor einer Reihe von Tagen, als sie vor der Tür ihrer Tante angekommen war. Doch sie war immer noch sehr dünn und offensichtlich zutiefst unglücklich. Ihr Elend war an den tiefen Linien zu erkennen, die ihr Gesicht vorzeitig hatten altern lassen, und an der ständigen Bewegung ihrer Hände im Schoß. Ich wünschte, ich hätte Hubert Canning vor mir, sodass ich ihm ins Gesicht sagen konnte, was ich von ihm hielt. Ich war überrascht – und ich denke, Ben ebenfalls –, als Jane sich plötzlich erhob.

»Wenn ich richtig informiert bin, Inspector Ross«, begann sie, »dann wünscht mein Mann nicht, dass mein Fall zur Anzeige gebracht wird.«

»Es handelt sich mehr oder weniger um einen häuslichen Streit, Mrs. Canning«, antwortete Ben. »Das ist jedenfalls die Ansicht vom Scotland Yard. Wir fanden das als vermisst gemeldete Kind. Sie haben Ihre Tochter zurückgebracht. Es wäre schwierig, aus Ihrem Verhalten eine Anzeige zu konstruieren. Es würde noch mehr öffentliche Gelder kosten. Abgesehen davon haben wir Wichtigeres zu tun. Was nun geschieht, ist Sache von Ihnen und Mr. Canning. Ich denke, er ist der gleichen Meinung. Er ist froh, wenn er die Polizei wieder aus seinem Leben heraushat. Sind Sie in der Zwischenzeit vielleicht zu einer Einigung gelangt?«

»Dieser erbärmliche Kerl möchte die ganze Geschichte am liebsten unter den Teppich kehren, ausradieren, als wäre nie etwas geschehen!«, meldete sich Miss Stephens abrupt zu Wort. Nachdem sie ihre Meinung kundgetan hatte, presste sie die Lippen fest zusammen, auf dass nicht noch harschere Worte aus ihrem Mund kamen.

Jane sah ihre Tante an, dann setzte sie die Konversation fort. »Meine Tante war mehr als freundlich. Sie hat mich sehr unterstützt und sogar einen Anwalt für mich engagiert, wie Sie wissen. Mr. Quartermain wird uns dabei helfen, mit Hubert zu verhandeln. Er hat mir erklärt, dass in den Augen des Gesetzes mein Ehemann die geschädigte Partei ist und dass ich keinen Grund habe, die Scheidung von ihm zu verlangen.«

Miss Stephens zuckte beim Klang des gefürchteten Wortes zusammen, doch es gelang ihr, still zu bleiben.

»Andererseits hat er zweifellos allen Grund, die Scheidung von mir zu verlangen.« Jane lächelte melancholisch. Sie klang bemerkenswert gelassen und pragmatisch. Ich fragte mich, wie lange sie die Anstrengung, diesen Schein zu wahren, aufrechterhalten konnte.

»Ich habe ihn verlassen«, fuhr sie fort. »Ich habe seine Tochter mitgenommen, ohne seine Erlaubnis, und ich habe mit Charlotte wie eine Vagabundin auf den Straßen von London und auf dem freien Land gelebt. Wir haben unser Essen erbettelt und tranken Wasser aus Bächen und Pferdetränken. Zweimal hat uns ein freundlicher Bauer erlaubt, in einer Scheune zu schlafen. Ansonsten sind wir in Hecken am Straßenrand gekrochen, um Schutz zu finden.« Ihre gelassene Fassade bekam ein paar Brüche, und sie senkte den Blick, um auf ihre Hände zu starren, die nun fest ineinander verschränkt in ihrem Schoß lagen, als wollte sie das andauernde Zittern auf diese Weise unterbinden. »Ich kann Ihnen gar nicht sagen, wie sehr ich entsetzt bin über mein eigenes Verhalten. Der Gedanke, was Charlotte hätte zustoßen können! Ich kann nur sagen, dass ich nicht mehr klar zu denken vermochte, dass mein Urteilsvermögen ausgesetzt hat, ausgelöst durch meine Angst, in einer Anstalt eingesperrt zu werden, einem jener Häuser, in das sie Frauen stecken, die als ›schwierig‹ gelten.«

»Ich bin Polizeibeamter und kein Richter«, antwortete Ben liebenswürdig.

»Sie sind ein freundlicher Mann. Sie waren gut zu mir und Charlotte, schon beim ersten Mal, als wir uns begegnet sind, bei Waterloo unter den Gewölbebögen. Ich bin Ihnen wirklich dankbar.«

Ich konnte sehen, dass Ben nicht wusste, was er darauf antworten sollte. Er bedeutete ihr mit einer Geste fortzufahren.

»Hubert will sich nicht von mir scheiden lassen«, berichtete sie. »Er hat Angst vor dem öffentlichen Skandal!«

Und davor, dass Einzelheiten seines Verhaltens gegenüber seiner Frau an die Öffentlichkeit gelangen könnten!, dachte ich bei mir.

An diesem Punkt gab Miss Stephens ein ersticktes Geräusch von sich, als wollte sie sich räuspern, doch es sollte wohl andeuten, dass sie etwas zu sagen wünschte. Ihre Nichte warf ihr einen nervösen Blick zu.

»Ich finde keine Worte, um Mr. Cannings Verhalten zu billigen«, begann Miss Stephens. »Doch das ist ein Punkt, in dem ich mit ihm übereinstimme. Eine Scheidung vor einem Gericht mit einer öffentlichen Anhörung kommt überhaupt nicht infrage! Es ist ganz und gar inakzeptabel, dass alle und jeder die Einzelheiten einer häuslichen Existenz erfahren. Reporter dasitzen zu haben, die alles aufschreiben, um es in ihren Zeitungen zu drucken? Nein, nein, das kommt nicht in Betracht. Es gibt ein wenig elegantes, nichtsdestoweniger passendes Sprichwort: Man wäscht keine schmutzige Wäsche in der Öffentlichkeit.«

Sie schüttelte den Kopf. »Und das wird auch in diesem Fall nicht geschehen. Wenn Jane zu mir nach Southampton zurückkommt, um bei mir zu leben, dann gibt es unvermeidliches Gerede. Wir müssen das akzeptieren und hoffen, es irgendwie auszusitzen. Doch eine Rückkehr als *geschiedene Frau* ist völlig undenkbar. Ich bin in mehreren wohltätigen Zirkeln tätig, und die Damen, die sich in diesen Kreisen engagieren, müssen frei sein von jeglichem Skandal. Man würde von mir verlangen, dass ich aus den Komitees zurücktrete! Mr. Quartermain versteht das sehr wohl.«

Ich verstand es ebenfalls. Miss Stephens fühlte sich verpflichtet, ihrer Nichte Jane ein Zuhause anzubieten – falls unbedingt nötig. Doch dieses Angebot würde sofort zurückgezogen werden, sollte Jane eine geschiedene Frau sein. So viel zu den wohltätigen Damen und ihren guten Werken!, dachte ich aufgebracht. Ich bemerkte Bens Blick und schluckte die Worte hinunter, die mir auf der Zunge brannten.

Jane meldete sich hastig zu Wort, um mit den Erklärungen fortzufahren. »Nach vielen Verhandlungen, die Mr. Quartermain in unserem Namen führte, hat sich Hubert mit einer Trennung ohne Scheidung einverstanden erklärt. Die Einzelheiten wurden besprochen und vereinbart. Ich werde nach Southampton zurückkehren und bei meiner Tante leben. Hubert wird meine Abwesenheit zunächst dadurch erklären, dass er jedem erzählt, ich müsse meine kranke Tante pflegen. Nach einer Weile werden die Leute aufhören zu fragen, wo ich bin, oder akzeptieren, dass ich nicht wieder auftauche. Das ist jedenfalls das, was Hubert hofft. Die Leute werden möglicherweise glauben, dass ich in irgendeinem Sanatorium bin, und der Anstand verbietet ihnen, nach Details zu fragen.

Hubert wird mir eine monatliche Unterstützung zahlen, sodass ich meiner Tante finanziell nicht zur Last falle. Im Gegenzug darf ich mit niemandem über unsere privaten Angelegenheiten sprechen. Ich habe mich ›anständig‹ zu verhalten, wie Hubert es nennt. Insbesondere habe ich jeglichen Kontakt mit den Weinhändlern zu vermeiden, mit denen er geschäftlich zu tun hat.«

Janes Stimme brach. »Unsere Tochter bleibt bei ihm in London. Das ist sehr schwer für mich, doch ich habe keine andere Wahl, als auch diese Bedingung zu akzeptieren. Kein Gericht würde mir das Sorgerecht zusprechen.« Jane sah Ben an und versuchte ein schwaches Lächeln. »Wenn Polizeibeamte jemanden verhaften, Taschendiebe und andere Ganoven, dann fordern sie sie oft auf, ›unauffällig‹ mitzukommen, jedenfalls habe ich das gehört.«

Ben erwiderte ihr Lächeln. »Das sagen sie in der Tat hin und wieder. Ich selbst habe es noch nie gesagt, auch nicht als junger Constable. Zumindest erinnere ich mich nicht daran.«

Janes Lächeln war bereits wieder verblasst. »Nun denn, ich werde mich ›unauffällig‹ entfernen. Im Gegenzug für meine bedingungslose Kooperation darf ich Charlotte dreimal im Jahr besuchen. Einmal an Weihnachten, einmal an Ostern und einmal an ihrem Geburtstag im Juli. Ich darf keine weiteren Versuche unternehmen, sie zu sehen oder mit ihr zu kommunizieren, sonst werden die Besuche ganz unterbunden, ein für alle Mal. Ich konnte Hubert davon überzeugen, dass er Ellen Brady als Kindermädchen behält, wenigstens fürs Erste, damit Charlotte jemanden um sich hat, den sie kennt und dem sie vertraut.«

»Das Kindermädchen schien Charlotte sehr zu mögen, als ich mit ihr sprach«, sagte Ben.

Jane nickte. »Ellen ist eine gute, nette junge Frau, und Charlotte liebt sie. Ich war ziemlich überrascht, dass Hubert einverstanden war, sie als Kindermädchen zu behalten. Ich befürchte allerdings, dass Mrs. Bell, die Ellen noch nie mochte, weil sie sie nicht eingestellt hat, so lange keine Ruhe geben wird, bis er Ellen schließlich doch entlässt.«

Miss Stephens meldete sich zu Wort. »Canning wird das Mädchen nicht allzu bald entlassen, weil er fürchten muss, dass es in einen anderen Haushalt geht und schwatzt. Es ist die beste Lösung, auf die wir in dieser traurigen Situation hoffen durften. Alles dank der Bemühungen von Mr. Quartermain.«

Jane wandte sich an mich. »Ich weiß nicht, was Sie von uns denken, Mrs. Ross, und von dieser Geschichte. Aber ich möchte, dass Sie eines wissen. Ich bin überzeugt, dass Hubert seine Tochter liebt. Er will frei sein von mir, aber Charlottes Wohlergehen ist eine ganz andere Sache. Er wird sich um sie kümmern. Ich möchte nicht, dass Sie glauben, ich würde mein Kind in der Obhut von jemandem zurücklassen, der kein Interesse an seinem Wohlbefinden hat. Ich weiß, dass er sich ausgezeichnet um sie kümmern wird.«

Es liegen Welten zwischen »ausgezeichnet kümmern« und »liebevoll aufziehen«, doch ich sagte zu Jane, dass ich sie verstand. Es bestätigte das, was ich mir schon vorher gedacht hatte. Ich fügte hinzu, dass ich froh darüber war, dass alles so rasch und glatt geregelt und sie nicht völlig von ihrer Tochter abgeschnitten worden war.

»Ja«, sagte sie. »Es ist mehr, als ich erwartet habe. Hubert kann sehr rachsüchtig sein. Aber Mr. Quartermain hat ihn davon überzeugt, wie wichtig es für Charlotte ist, dass sie mich sieht.«

Es gab nichts mehr zu sagen. Wir tranken unseren Tee. Die Bedienung steckte ihren Kopf durch die Tür und erbot sich, die Kanne aufzufüllen, doch wir lehnten dankend ab und erhoben uns, um zu gehen. Miss Stephens dankte uns erneut für unser Kommen und informierte uns, dass sie mit dem Kutscher, der sie und ihre Nichte zum Hotel gebracht hatte, vereinbart hatte, dass er am Montag wiederkommen und sie beide zum Bahnhof von Waterloo bringen würde.

»Er ist ein Mann von höchst erschreckendem Äußeren«, sagte sie nachdenklich. »Aber er hat uns in dieses Hotel gebracht, also ist sein Urteilsvermögen einwandfrei.«

»Sein Name ist Wally Slater«, informierte ich sie. »Sie können sich voll und ganz auf ihn verlassen.«

Langsam und schweigend wanderten Ben und ich die Straße hinunter. Ich schob meine Hand in seine, und er drückte meine Finger. Ein Omnibus kam rumpelnd vorbei, und die Hufe der schwitzenden Pferde klapperten auf dem Kopfsteinpflaster. Ben hob winkend den Arm, und das Gefährt hielt an. Wir stiegen ein und fuhren nach Hause.

Ich glaube nicht, dass einer von uns beiden je mehr erfreut gewesen war, als wir uns unserem winzigen Häuschen in Hörweite der großen Eisenbahnstation von Waterloo näherten. Die schweren Dampfmaschinen stampften und ächzten hinter uns, als wir die Brücke überquerten. Dichte Dampfschwaden stiegen in die Luft. Auf dem Fluss fuhren Ausflugsboote. Die Menschen trugen ihren Sonntagsstaat. Bessie öffnete uns die Tür und begrüßte uns mit einem breiten Grinsen und einem »Da sind Sie ja endlich!«, was ganz und gar nicht die Art und Weise war, die man von einem gut ausgebildeten Hausmädchen erwartet hätte, wenn ihre Arbeitgeber heimkehrten. Constable Biddle hatte dienstfrei und saß in der Küche bei seinem neuesten reißerischen Groschenroman. Vor ihm stand ein leerer Teller mit Kuchenkrümeln. Sein Sonntagsanzug drohte aus allen Nähten zu platzen, und sein Kragen hatte einen Knopf verloren und stand offen. Unser Zuhause war niemals zuvor ein so warmer und einladender Ort gewesen.

KAPITEL ZWANZIG

Es war beinahe zwei Wochen her, seit ich zusammen mit Ben Miss Stephens und ihre Nichte Jane Canning im Hotel besucht hatte. Die beiden Frauen waren längst nach Southampton abgereist. Ben hatte neue Ermittlungsfälle auf dem Schreibtisch, und ich saß einmal mehr in Tante Parrys vollgestelltem Salon, trank Tee und lauschte ihrer Litanei von Beschwerden. Sie wechselte mühelos von einem Problem zum nächsten. Frank hatte London verlassen, um seinen voraussichtlichen neuen Wahlkreis zu besuchen. Doch er hatte ihr geschrieben und die Gemeinde geschildert, die er in Zukunft repräsentieren würde – vorausgesetzt, er wurde gewählt.

»Es klingt nicht nach der Sorte von Wahlkreis, die ich mir für ihn gewünscht hätte!«, lamentierte sie. »Ich hatte auf einen friedlichen ländlichen Wahlbezirk gehofft, wo er den Beschäftigungen eines Landedelmannes nachgehen kann. Stattdessen hat er nun eine Stadt, in der sie alle möglichen Arten von Tonwaren herstellen. Die ganze Bevölkerung arbeitet mit! Die Luft glüht die ganze Nacht hindurch rot, schreibt Frank, von all den Brennöfen, die niemals erlöschen. Große Rauchwolken hängen ständig über der Stadt, und man kann sie aus vielen Meilen Entfernung sehen!«

»Ich denke, Frank hätte das Leben auf dem Land früher oder später als langweilig empfunden«, erwiderte ich. »Er war schon immer lieber da, wo die Dinge in Bewegung sind und es Herausforderungen für ihn gibt. Er hat sich an das Leben in Russland angepasst und danach an das Leben in China«, versicherte ich ihr. »Er hat bestimmt keine Mühe, sich auch an seine neue Situation zu gewöhnen.«

»Wenn es doch nur so einfach wäre!«, sagte Tante Parry wenig überzeugt. »Er schreibt außerdem, dass er überlegt, sich zu verloben und zu heiraten!«

Du meine Güte!, dachte ich. Frank hat keine Zeit verschwendet.

Tante Parry hielt mit dem Lamentieren inne, um sich mit einem gebutterten Scone zu trösten. »Ich hoffe nur, er hat klug gewählt. Ihr Name ist Patience Wellings. Ich habe in mehreren Nachschlagewerken nachgesehen, aber ich konnte ihre Familie nirgendwo finden. Ihr Vater ist Geschäftsmann, wie ich höre. Mein verstorbener Mann Josiah war ebenfalls Geschäftsmann, und so habe ich keine Einwände als solche. Es ist nur so, dass ich mir für Frank eine etwas gehobenere Verbindung gewünscht hätte.«

Ich war erleichtert zu hören, dass Frank sich offensichtlich vom gesunden Menschenverstand hatte leiten lassen, und sagte zu Tante Parry, dass ich gespannt darauf sei, Miss Wellings kennenzulernen.

»Ich auch, ich auch«, antwortete sie düster.

Es schien an der Zeit, das Thema zu wechseln. »Hattest du inzwischen Glück bei der Suche nach einer neuen Gesellschafterin, Tante Parry?«

Ihre Miene hellte sich auf. »In der Tat, meine liebe Elizabeth! Miss Rosa Featherstone trifft in der nächsten Woche hier ein. Sie kommt aus Birmingham und ist die Tochter eines Schullehrers, weswegen ich hoffe, dass sie imstande ist, laut vorzulesen, ohne über längere Worte zu stolpern, wie es bei Laetitia Bunn der Fall gewesen ist. Ich hoffe auf das Beste, Elizabeth, aber das tue ich immer, wie du weißt. Doch ich habe so viele Enttäuschungen erlebt, was Gesellschafterinnen angeht … alle die, die ich wirklich mochte, haben mich verlassen, um zu heiraten. Genau wie du es getan hast. Du hast mich, ohne nachzudenken, im Stich gelassen, Elizabeth, und noch dazu, um einen Polizisten zu heiraten! Glaube nicht, ich hätte keine hohe Meinung von Inspector Ross – aber ehrlich, Elizabeth, Mord und Totschlag!« Sie erschauerte.

»Er untersucht nicht immer nur Mordfälle«, protestierte ich.

»Mir scheint, dass er überhaupt nichts anderes macht, meine Liebe«, entgegnete Tante Parry. »Jedes Mal, wenn du mich besuchen kommst, ist der Inspector mit einem neuen grausigen Verbrechen beschäftigt! Es ist solch ein unangenehmes Geschäft, und ich muss mich wirklich wundern, dass Inspector Ross sich für eine Karriere bei der Polizei entschieden hat.«

»Nun, irgendjemand muss die Arbeit schließlich erledigen«, sagte ich.

»Da hast du wohl recht«, pflichtete mir Tante Parry verdrießlich bei. »Aber du hättest ihn nicht heiraten müssen, mein Kind! Über was um alles in der Welt unterhaltet ihr euch nur beim Abendessen?«

Ich konnte nicht widerstehen zu antworten: »Manchmal über den aktuellen Fall, an dem Ben gerade arbeitet. Aber nicht immer.«

Sie setzte sich zurück und starrte mich entsetzt an. »Also wirklich, Elizabeth! Das Leben an sich ist freudlos genug. Läute doch bitte nach Simms. Sämtliche Scones sind aufgegessen, und die Crumpets sind schon ganz kalt. Wir brauchen dringend mehr Crumpets – und vor allem heißere!«

[Ende]

„Die deutschen Leser werden M.C. Beatons Krimis lieben." ANN GRANGER

M.C. Beaton
AGATHA RAISIN UND
DER TOTE RICHTER
Kriminalroman
Aus dem Englischen
von Sabine Schilasky
256 Seiten
ISBN 978-3-404-16828-6

So hat Agatha Raisin sich ihren Neuanfang in den Cotswolds nicht vorgestellt: Die Dörfler wollen lieber unter sich bleiben! Doch die Ex-PR-Beraterin ist es gewohnt, ihren Kopf durchzusetzen. Um Eindruck zu schinden, reicht sie beim örtlichen Backwettbewerb eine Feinkost-Quiche als ihre eigene ein. Dumm nur, dass einer der Preisrichter stirbt und in Agathas Quiche Gift gefunden wird. Kann sie den Mordverdacht gegen sich ausräumen?

Bastei Lübbe

Ein neuer Blick auf den Mythos Sherlock Holmes

David Pirie
DIE AUGEN DER
HEATHER GRACE
Aus den dunklen Anfängen
von Sherlock Holmes, Bd. 1
Kriminalroman
Aus dem Englischen
von Michael Ross
336 Seiten
ISBN 978-3-404-16974-0

Sie ist jung und schön: Heather Grace, eine der ersten Patientinnen, die den jungen Arzt Arthur Conan Doyle aufsuchen. Doyle ist verwirrt, nicht nur wegen ihrer Schönheit, sondern auch wegen ihrer Visionen von einem Phantom, die sie immer öfter heimsuchen. Bald jedoch lenkt ein viel schwerwiegenderer Fall Doyle ab: der Mord an einem reichen Geschäftsmann. Doyle selbst gerät in Verdacht. Hilfesuchend wendet er sich an seinen alten Mentor, den brillanten Dr Joseph Bell. Dieser findet bald heraus, dass der Schlüssel zur Lösung des Rätsels in der Tat in den Augen der Heather Grace liegt ...

Lesejury